U0507999

有爱的青春陪伴者

终点是你

半颗苹果 / 著

贵州出版集团
贵州人民出版社

图书在版编目（CIP）数据

终点是你 / 半颗苹果著. — 贵阳：贵州人民出版
社，2023.10
ISBN 978-7-221-17912-8

Ⅰ.①终… Ⅱ.①半… Ⅲ.①长篇小说 – 中国 – 当代
Ⅳ.①I247.5

中国国家版本馆CIP数据核字（2023）第174292号

终点是你
ZHONGDIAN SHI NI

半颗苹果 / 著

出 版 人：朱文迅
责任编辑：陈　章
特约编辑：文佳慧　鲁　璐
责任校对：言　一
装帧设计：刘　艳　唐卉婷
封面绘制：暖阳64
出版发行：贵州出版集团　贵州人民出版社
地　　址：贵阳市观山湖区中天会展城会展东路SOHO公寓A座
印　　刷：长沙鸿发印务实业有限公司
版　　次：2023年10月第1版
印　　次：2023年10月第1次印刷
开　　本：880毫米×1230毫米　1/32
印　　张：10
字　　数：335千字
书　　号：ISBN 978-7-221-17912-8
定　　价：45.80元

贵州人民出版社微信

目录
CONTENTS

目录
CONTENTS

第一章：时涧可以专属吗

或者说，左西达可以拥有他吗

01

安静了将近两个月的校园在八月末尾总会热闹起来，新生和家长一起凑成熙熙攘攘的场面。戎颖欣也曾是其中一员，可现在已经大三的她是学生会的成员之一，负责接待新人，一大早就从宿舍出来忙活，到晚上嗓子都喊哑了。

戎颖欣在食堂给自己打包了一碗牛肉饭，心里盘算着等会儿回去后，看昨天更新的韩剧下饭，她受不了一个人吃饭的安静，总要找点东西配着。平常她都是和室友方高诗一起，但宿舍除了她其他人都还没回学校，昨天戎颖欣也是一个人睡的，显得特别孤单。

想到这儿，戎颖欣就打算等会儿在群里问问那两个人什么时候回学校。

她们住的是四人宿舍，上学期有个人搬走了，尤泽恩又三天两头不回来，剩下她和方高诗两个人，和别的宿舍比真是一点都不热闹。

戎颖欣提着自己的晚餐，走到宿舍门口时发现门没锁，她一愣，难道是出门的时候忘记锁门了？

倒也不是没有可能，平时这些事都是方高诗提醒她的。又开始思念室友的戎颖欣带着点警惕推开门，然后眼睛就瞪大了。

"你是谁啊？"

原本要迈进去的脚停住了，屋里的人听到声音也转过来，戎颖欣的第一反应是，这人脸色咋那么难看？

等反应过后，细看这位突然出现的女生。一头黑长直发，脸上挂着副大眼镜，镜片挺厚，估计度数不低，很普通的黑T恤牛仔裤。

但这些都不是重点，重点是这个女生太白了，白得没血色。加上眼睛下面还挂着两个大大的黑眼圈，太深太黑了，存在感十足。

"请问你是？"她又问了一遍，人也走了进去。

过了两三秒钟，一个干巴巴的声音才响起："我住这儿。"

戎颖欣第一时间都有点没听明白，之后倒是懂了，这位是新室友。

学校宿舍紧张，新学期开学分配新室友过来很正常。

戎颖欣放下戒心，坐在自己的位置上挺自来熟地和对方打招呼："我叫戎颖欣，你叫什么啊？"

"左西达。"

依旧是毫无感情的声音悠悠响起。

戎颖欣又看了眼在对面床位收拾的人，干笑了一下。

其实离得近了，戎颖欣发现这女生长得很好看，巴掌脸、鼻子挺，眼睛大得像漫画中的人物。可问题在于，她的人和声音一样，自始至终都没什么表情变化，眼皮也耷拉着一副睁不开眼的困顿样子，再配上那副厚眼镜和浓重的黑眼圈——还挺厌世的。

戎颖欣拿出手机和另外两个人汇报的时候用的是"怪人"这个词，有些不礼貌，但她觉得贴切。

"咱宿舍来了个怪人？怎么个怪法？"群里，方高诗发的是语音。

戎颖欣听得小心翼翼，生怕被对面正在收东西的左西达听去，颇有些做贼心虚。

戎颖欣飞快地打字：有点像科学怪人，只不过是女版的。反正等你们回来就知道了。

方高诗和尤泽恩都是南松市本地人，要回来就两趟地铁的事，因为对"科学怪人"实在太好奇，方高诗第二天中午提前返校，结果扑了个空，左西达并不在宿舍里。

"人去哪儿了？"方高诗问戎颖欣。

戎颖欣很无奈："我哪知道，我还能看着她啊。"

昨天戎颖欣折腾累了，躺在床上没一会儿就睡着了，一直睡到上午十点多才醒，醒来宿舍里就只剩她一个了。

"不过话说回来，我今天起床之后越想这个名字越觉得熟悉。"戎颖欣颇为苦恼。

方高诗接话："难道是你高中同学？"

"怎么可能！高中同学我还想不起来我的记性得多差？"戎颖欣气笑，推了方高诗一把，但又被方高诗扯住胳膊。

两人拉拉扯扯一起往食堂走，直到吃饭的时候戎颖欣还不甘心："不行，下午我去学生会查查，要不然我太难受了。"

求知欲让戎颖欣说到做到，没承想查左西达一点都不难，戎颖欣不过是和学姐提了一句，对方反而对她的无知感到惊讶。

"左西达你不知道啊，建筑系的学霸，去年拿金奖那个，咱校之光。"

学姐这么一说，戎颖欣终于知道自己为什么会觉得"左西达"这个名字熟悉了。

左西达是同她一届的南松市理科状元，以最高分进的德里大学。其实当时左西达的分数足够去名安市的普宁大学，最后她却选择了德里大学，也不知道和她是南松市人有没有关系。

戎颖欣将打听到的八卦告诉方高诗。

"我们学校也不差好吗？建筑系更是数一数二的。"听八卦归听八卦，自己学校的面子还是要挽的，方高诗很努力。

但戎颖欣无情地揭穿了她："是人家数一咱们数二好吗！要接受现实啊朋友，咱学校是好，但普宁大学更好，这是大家都知道的。"

这种好能体现在录取分数上，也能体现在以后的发展和就业上，所以左西达的选择就让人捉摸不透了。戎颖欣心痒痒，以前觉得挺遥远的人现在竟然和自己住到了一起，以后时间久了说不定有机会问。想到这戎颖欣有点急着回宿舍，说不定左西达已经回去了，要不然试试约她一起去食堂吃饭？

戎颖欣正打算和方高诗商量一下，就见对方盯着篮球场的方向，隐约还能听到一些女生的尖叫声。

　　"这么热闹，还没正式开学呢不应该有比赛啊。"戎颖欣不解。

　　"这还用问吗？肯定是我男神（可望而不可即的男人的统称，一般指女生心仪的对象或偶像）来了，你陪我看看去。"方高诗拽戎颖欣。

　　戎颖欣不从："我不想被踩。我今天穿的可是新鞋，你让我干净两天，方高诗你是大力士吗你咋不去练体育呢，去体院多好啊。"

　　男神催生勇气和力气，平时文文弱弱的方高诗一旦碰上有关时涧的事，就能瞬间变成另一个人，而像她这种"两面派"在学校里还有很多，分成"时涧在"和"时涧不在"两个模式。

　　方高诗现在就是"时涧在"模式。时涧是学校篮球队的替补队员，之所以替补不是说他技术不行，而是时间不固定。所以，遇见他的概率属于随机分配。

　　时涧这人几乎具备了所有男神的必要条件，盘靓条顺大帅哥，成绩好，还是篮球队的。但他这个男神是歪着长的男神，歪就歪在——花。如果硬要在这个"花"上找一个可取之处的话，至少他是明着花的。

　　对部分女生来说这或许不算致命缺点，反而男人不坏她们不爱，总觉得自己是能收服这个坏男人的天命之女，前赴后继、络绎不绝。

　　方高诗和戎颖欣还是来得晚了，纯娱乐的内部篮球赛以时涧一个漂亮的扣篮结束。他走到场边，一把将正等着他的女生轻而易举地抱了起来，覆着一层薄汗的手臂肌肉随着动作绷紧，在小麦色的皮肤下鼓起。

　　时涧的脸上挂着大大的笑容，阳光明亮，还带着一些干净的少年气，他是真的耀眼，也难怪会被那么多女生迷恋。

　　然而这个画面就是方高诗不愿意看的，她噘着嘴巴扭开脸，突然在人群里看见熟悉的面孔。

　　"泽恩？"

　　她们宿舍的另外一位室友。

02

　　尤泽恩是个奇葩，全校公认的，成天顶着烟熏妆出来进去，衣服也多是黑色，耳朵上打满耳洞，脖子上清晰可见的文身，看着挺难接触，但其实并不然。

尤泽恩情商很高，总是能用最快速度和她所希望接触的人打成一片，就比如说她的生活导员，她的班级导员，甚至还有她们系的几位教授。

所以她能有点小小任性的底气。

尤泽恩家里条件不错，但家里孩子也比较多，父母不太管她，要钱就给。尤泽恩就用这些钱或投资或理财，积攒下不少资金，前阵子还和人合伙开了一家酒吧。

"你回学校怎么不告诉我们？"方高诗直接质问，刚刚为时涧吃下的醋这会儿全在尤泽恩身上撒出来。

"刚回来就被向光霁他们叫来了。"尤泽恩心里明镜似的，一把将方高诗拉到自己怀里，另一只手捏了捏方高诗的脸蛋。

方高诗也没顾上挣扎，问："你和向光霁认识？什么时候的事？很熟的那种吗？"

向光霁是时涧的哥们，尤泽恩认识向光霁就说明很有可能也认识时涧。

"别绕弯子，我知道你想问什么。时涧我真不熟，你要是看上向光霁了还有点可能，他这段时间总上我酒吧。"尤泽恩直接一步到位。

方高诗也没失望，能认识向光霁也不错，至少是时涧身边的人，这点沾亲带故就够她兴奋的了。

那天尤泽恩没在宿舍住，去见了一趟导员就走了，说是晚上还有事，不过她在走之前很明确地答应了方高诗，等下次向光霁再去酒吧喝酒的时候一定通知她。

来去匆匆的尤泽恩没能和新室友碰上。

别说她了，就连方高诗和戎颖欣一直到她们都睡了，属于左西达的床还空空如也。第二天早晨等她们醒了发现东西动过，但人已经不见了。

"你确定，咱们的这位新室友是真实存在的吗？"叼着牙刷的方高诗回头看着左西达的床。

戎颖欣明知道事实但想到昨天看到的苍白脸色，还是打了个冷战："我靠你别吓我行吗，我还指望让学霸带带我呢。"

不过事实证明有左西达和没左西达差别并不大，她在宿舍的时间很少，基本也就是回来睡个觉。差不多到了半个月之后戎颖欣才知道，左西达要去参加比赛，学校对这件事也很重视。

本来戎颖欣还想着能沾沾左西达的学霸气息，没沾到就算了，最近反倒有更加不务正业的嫌疑，戎颖欣并非自愿，她是被迫陪着方高诗追星。

一个星期之内她们去了三次尤泽恩的酒吧，每一次都扑了空，连时涧的影子都没见着。最后方高诗也累了，就改成更有指向性的，让尤泽恩在明确见到了时涧本人后再给她们打电话。

戎颖欣感谢方高诗的迷途知返，顺便敲诈了一顿二楼的小炒。两人吵吵闹闹地往食堂走，戎颖欣却注意到站在门口的左西达。

快十月份了大家都穿了外套，可左西达竟然还只穿一件短袖 T 恤，和戎颖欣第一次见她时的装扮几乎没分别。

戎颖欣想上去打招呼，尽管到她们还没有多少交流，但好歹是室友，见到了说几句话也是应该的。

戎颖欣快走两步到左西达身后。

"来吃饭啊？"她轻拍了一下左西达的肩膀。

眼前的人转了过来，镜片后面的目光带着一点迷茫和空白。

不会是不记得我是谁吧？戎颖欣想到一个尴尬的可能，还来不及细究，就眼睁睁看着左西达在她面前倒了下去。

小炒是吃不上了，戎颖欣和方高诗架着左西达往校医务室走去。

饿着肚子的两人在校医务室待了半个多小时，床上的人终于睁开了眼。

"你醒啦，感觉还好吗？"戎颖欣凑过去，刚刚那个尴尬的场面让她选择直接自我介绍，"我是戎颖欣，你的室友，你记得吗？"

"我住斜对面，我叫方高诗。"也凑了过来的方高诗介绍自己。

左西达看着眼前的两人，慢慢撑起身子坐了起来。

戎颖欣注意到她脸色比之前要憔悴不少，整个人看上去简直丧到无以复加，也不知道这段时间她到底经历了什么。她正想着，耳边传来一句："我记得你。"然后又看向方高诗，"也见过你，不过你都在睡觉。"

这话方高诗听着别扭，说得好像她整天光睡觉了，但好像也没错，对方回来的时候她可不都在睡觉吗？

"我晕过去了？"左西达认识这里是校医务室。

听她问起这个，戎颖欣露出了一言难尽的表情。

左西达在她面前直接晕过去把她吓得够呛，险些没打120。

她们带着左西达到了校医务室后，校医见了一点不慌张，甚至还说了一句："咋又来了？"

"校医说你是疲劳过度，似乎还有点营养不良。"戎颖欣只说了一半，剩下一半卡在那不上不下。

她很想问左西达咋把自己搞这么惨，可毕竟和左西达还不熟，怕交浅言深，而听闻的左西达近乎自言自语地说了一句："就差一点。"

戎颖欣和方高诗对视一眼。

方高诗问了一句："啥意思？"

"吃点东西就不会晕倒。"干巴巴的语调，但确实回答了方高诗的问题。

左西达的声线其实不难听，清清爽爽的，还沾着一点若有似无的甜，就和她的长相一样，都被其他东西盖住了，冰层下面的花，有颜色，但先是寒冷。

她俩听明白了左西达的意思，"差一点"指的是差一点就能进食堂吃上饭了。

"你上次吃饭是什么时候？"方高诗问。

左西达认真想了好一会儿，然后回道："不记得了。"

这四个字让戎颖欣和方高诗同时"眼前一黑"。

医务室里安静了好一会儿，最后是方高诗的感叹："这个世界上果然没有无缘无故的瘦啊。"

当天，方高诗和戎颖欣发挥了室友爱，一个负责去食堂买吃的，另一个负责把左西达送回宿舍。

对于她们这样的安排，左西达眼神中带着茫然，但到底什么都没说，戎颖欣让她下床就下床，让她走就走，很好摆弄。

这似乎是一个开始，回去之后左西达吃了饭就上床睡觉了，这一睡就睡了将近二十四小时。

戎颖欣怕她睡得太久再饿晕过去，就给她买吃的回来，然后在左西达连续三天都没出门之后，她又主动把人领出了宿舍。

其实她们算不上多熟，但是左西达太好说话了，几乎是戎颖欣说什么她都点头，给饭就吃，让出门就跟着一起出门，去的是食堂，一路上有认识左西达的也有不认识的，可但凡和戎颖欣熟的都要来问上一句"这是咋回事"。

戎颖欣的回答也简单："这是我们宿舍吉祥物。"

03

没日没夜赶工的成果是让人满意的，如果不出意外，得奖十拿九稳，左西达不再需要赶工。以前的双人行暂时变成了三人行，只是左西达太特别了。

戎颖欣说她是吉祥物这话一点没错，平日里左西达总是很安静，半耷拉着眼皮，一副没精神的样子，不是捧着电脑看资料就是拿着画本写写涂涂，宿舍里就跟没她这个人似的。但戎颖欣觉得左西达说不定是个吃货，因为她唯一一次主动和她们说话，是问戎颖欣："这个好吃吗？"

戎颖欣手里的雪糕刚咬一口，见左西达眼巴巴看着，她犹豫着递过去："挺好吃，你要吃吗？"

于是那根雪糕最后全进了左西达的肚子，她还不忘认同："是很好吃。"

这种状态一直持续到周一。

左西达一大早就回系里了，戎颖欣以为她怎么也要晚上才回来，没想到中午就在宿舍见到了她，还抱着一堆书。她太瘦了拿着很吃力，因为累，脸上还有了点红润的气色。这几天左西达没有通宵熬夜，黑眼圈也消得差不多了，脸色也好看了许多。

刚巧尤泽恩今天也回宿舍，第一次见左西达，她形容：标准的美人坯子，就是没好好打扮打扮。

左西达进宿舍没多久，方高诗就冲了进来，情绪很激动。戎颖欣太了解了："说吧，你男神又怎么了？"

"也没怎么，不过是男神要去上公开课。"方高诗兴冲冲地拉上戎颖欣就要去。

戎颖欣拗不过方高诗，正好左西达也在，她便问道："下午有事吗？要不要一起？"

"对对，西达一起去。我男神也是学霸，学霸见学霸这事靠谱！"方高诗说着就拉着两人一起出了门。她们三个先去校门口买了灌饼，左西达第一次吃，咬下第一口便面露惊讶。

戒颖欣笑道："怎么样，好吃吧？我和方糕吃过一次就爱上了。""方糕"是方高诗的昵称，戒颖欣有时候会这么腻腻歪歪地称呼对方。

"我也爱上了。"左西达学着戒颖欣的方式说话，反而把戒颖欣整得一愣，十分不适应。

她们仨一个建筑系，一个英语系，一个信息工程系，跑过来听人家经管系的课，不过这事在今天不奇怪，像她们这样的女生还有很多。

她们来得晚，教室里近乎满员，幸好有方高诗的朋友给她们提前留了位置。

直到这会儿，左西达才知道她们是陪方高诗来看"男神"。她不知道"男神"是谁，也没见过，但她并不排斥来听经济学的课，刚开始也听得很认真，却被突然从眼前飞过的一个白色物体吓到，整天都好像睁不开的眼睛终于瞪大了，反应过来才发现那纸团掉到了一个男生面前。左西达不知道他看到了什么，她只记得，自己看到了一个特别灿烂的笑容。

和她不一样，那个男生不算白，脖颈绷起的线条优雅，左西达几乎是下意识地就开始在心里描绘。

她的人像素描可以做到高度还原，她也喜欢画形形色色的人。可那样的笑容，左西达没画过，应该说她从没见过，像有阳光透过来，模糊的、温暖的，光是看好像就能感觉到温度。她不会画也画不好，正看得认真，后知后觉地注意到那双眼睛。

一双特别好看，但更为深邃的眼睛。

那双眼睛在左西达身上停留，大约是察觉到她的目光，却并没有表现出任何不适，甚至像打招呼一样挑了下眉。左西达忘记了回神，她好像被什么东西扯住了一样。

那天晚上方高诗很兴奋，而左西达也才知道原来那个男生就是方高诗的"男神"，学校响当当的名人。她不是很在意，却心情复杂。

她又尝试画了那个仍然记得清楚的笑容，她希望能把它留住，却画不出来，试了很久终究没办法还原到她满意。这让左西达烦躁，可刘教授又说，太像不好，所以现在这样才是好的？

左西达无法理解。

其实左西达还想再看看那个笑容，可因为系里课程紧张了起来，无法再参与方高诗的"追神计划"。时间匆匆流逝，直到刘教授提了一盒大闸蟹给她，左西达才意识到，国庆到了，放假七天，其他人都会回家，所以她也应该回家。

螃蟹是别人给刘教授的，一共就这么两盒，刘教授没给自己的研究生博士生，而是给了左西达。

刘教授在德里大学的地位非同一般，不光是在国内，在国际上也同样享有盛誉，可以说是德里大学建筑系镇系石一样的存在了。

早在左西达上大一的时候刘教授就有想法留她在本校直博，但另一方面又觉得左西达应该去国外或者普宁大学深造，那才是更好的选择，不过转而想到这孩子的性格，又犯愁。

今年年初左西达的外婆去世了，她请了两个星期的假，再回来时变得更沉默了，本就不爱与人交流，自那以后更是话都不怎么说，整日独来独往。

刘教授对左西达的家庭有些了解，所以平时在学校总会多关心一些。

方高诗和左西达顺路，本打算约一起去坐地铁，但左西达拒绝了。她不缺钱，而且她有两份生活费，平常又基本没花销，这会儿也不想转两趟地铁那么麻烦，就干脆打个车，还顺便把方高诗捎了回去。

左西达说的小区是高档小区，在市中心，地段好，价格也高，还都是大面积的跃层。

方高诗后知后觉说："原来你是富二代。"左西达摇头，不是谦虚，对左西达来说那不是她家，那是她妈妈和继父，还有她同母异父的妹妹的家。

左西达进门的时候客厅里一阵阵嬉闹声，似乎是寇冉冉在说什么。寇冉冉今年上初中二年级了，却还喜欢搂着爸爸妈妈撒娇，声音甜甜软软的，自带娇憨稚气。

来开门的戈方仪似乎也急于参与客厅的话题中，和左西达说了一句"回来了"就转身回客厅了。

左西达跟着进去，继父寇智明对她很温和地笑，声音比戈方仪真诚许多："西达回来啦，在学校很累吗？感觉你好像又瘦了点。"

他在等待左西达的回答，但左西达摇了摇头："不累。"

"还是要照顾好自己的身体，不要光顾着学习。"寇智明又关切地嘱咐，不过很快就被寇冉冉打断，她在说学校的事。

左西达没兴趣听，坐了会儿就用"累了"的借口回楼上去了。

左西达的房间在寇冉冉隔壁，原本是寇冉冉的书房，左西达搬过来之前才收拾成卧室。对此，寇冉冉很不高兴，闹了很久，最终以一部新款手机停止了绝食行动。

不过一个月时间，左西达开学时还好好的房间，如今却堆满了东西，仔细一看不难发现都是寇冉冉的，不爱穿的衣服鞋子，不喜欢的旧书包和写过的教材、练习册，能看出是被人收拾过的，放得整齐，却依旧让这屋子看上去拥挤不堪，除了床上没有东西，就连床头柜上都没多少空余。

从学校带回来的双肩背包左西达还拿在手上，没有地方放，左西达也不在意，原地扔下，然后坐到了唯一还算宽敞的床上。

几天而已，左西达没打算在这里久留，这不是她的家。

左西达是跟着外婆长大的，她有自己的卧室，有专属她的书桌、书柜，外婆会给她收拾得干净又整洁，虽然都是老家具了，却从不见上面有灰尘。

左西达以前不住学校，当初她之所以选择德里大学而没去更好的普宁大学，就是因为德里大学在本市，她可以每天回家，外婆年纪大了，需要有人在身边。

对于她这样的选择，戈方仪很赞同。戈方仪忙于自己的新家庭，没办法分出心神照顾年迈的母亲，有左西达代劳当然是好，反倒是寇智明找左西达单独聊过，让她好好考虑，就算去名安市也没关系，他们会照顾老人。

而现在她只庆幸自己没走，在外婆最后的时光里，她一直都在外婆的身边。

04

左西达在房间里待了一下午，看看文献资料，一不留神，时间就过去了。直到寇智明来叫她，晚饭已经准备好了。

左西达不挑食，可她觉得今天这饭格外难吃。除了她之外的三个人在说着过年的计划，寇冉冉说要去加拿大看爷爷奶奶，寇智明也想父母了，去年就没回去，今年趁着年假去看看也是应该，戈方仪也是这么个想法。

"那姐姐也和我们去吗？到时候怎么和爷爷奶奶说？"寇冉冉把话题扯到左西达身上，戈方仪脸色顿时就不好看了。

寇智明家条件好，当时她和寇智明在一起的时候就因为她是离过婚的，还带着个孩子遭到了寇智明父母的强烈反对，争取了将近一年才终于说服他们，却也一直得不到认可，寇冉冉出生之后才慢慢好些。

但这不代表他们就能接受左西达这个外人，戈方仪都是尽量避免在他们面前提起。左西达常年和她母亲生活在一起，戈方仪只定期过去看看，送些生活费。

"我来和他们说。"短暂的沉默后由寇智明打破。

寇冉冉似乎还要说什么，被寇智明瞪了一下，才不得已咽回去。

餐桌上的气氛就此冰冷了，不再有人交谈，似乎一下子就回归到了吃饭这件事的本质上。左西达更是从头到尾一句话没说，吃完饭把自己的碗放进水槽洗干净后就又回房间了。

这次她没再看文献，只是坐在床上。过了一会儿，有人把门推开了。

左西达不抬头都知道，是戈方仪，寇智明会敲门。

她问左西达学习累不累，之后又问左西达钱够不够花，左西达的回应总是很简练。

戈方仪轻轻皱眉，觉得这个女儿实在难沟通，便放弃了所谓的情感交流，直接转到正题："过年去武河市看看小姨吧。你们也有一段时间没见了，前几天小姨打来电话还说想你。"

"前几个月才见过，外婆的葬礼上。"左西达纠正。

戈方仪有一瞬间的尴尬："你这孩子……"

她想找到一个训斥左西达的理由，可无从开始，干脆摊牌。她一向如此，希望左西达能明白她的不易。

"西达你一向都是很懂事的，别让妈妈操心。"

但这话戈方仪说得多了，从左西达很小的时候开始，几乎每次戈方仪过来总要和她说一句"你懂事，别让妈妈操心，妈妈过些时日再来看你"。

左西达没说话，戈方仪只当她已经理解了。

在她心中，左西达还是很听话的，于是就又有了些亏欠，语气便更温柔了，摸了摸左西达的头发："妈妈给你卡上打了五千块钱，过节了你自己买几件好看的衣服。女孩子这个年纪最应该好好打扮，如果看上什么也可以告诉妈妈，妈妈给你买。"

就连还在上中学的寇冉冉都已经开始开口要名牌包了，戈方仪就觉得左西达也是一样的。她并不知道她的这个女儿如果不是室友提醒就会在零上几度的天气只穿着一件 T 恤出门，又怎么会去关心什么名牌包。

自以为已经安抚好左西达的戈方仪心满意足，而原本打算在家住两天的左西达已经改变了主意，准备第二天就回学校去。不过她这次回来还有一个目的，把之前得了奖的模型带回去，学校要安排去参展，可屋子里并没有。左西达便问戈方仪："我放在那边的模型呢？你帮我收起来了吗？"

戈方仪茫然，想了好一会儿才说："那个啊，你妹妹的同学说喜欢，我送给她了，反正都用完了不是吗？"

她说完就走了，毕竟她要说的话已经说完了。

左西达没有拦戈方仪，也没有说那个模型的意义，她只提醒自己，以后不要把这样的东西带回来。

以后，或许也没有以后了。

母亲刚去世那会儿，戈方仪是真的伤心了一段时间，一边抹眼泪一边和左西达说："和妈妈回家吧，以后和妈妈住。"

然后左西达就被接了过来，老房子也是在那时候被戈方仪租出去的。

寇智明不难相处，可寇冉冉百般刁难，在戈方仪面前无中生有，戈方仪慢慢失去耐心，后知后觉地发现左西达住在这里其实并不是那么方便。

当时左西达提出要去宿舍住的时候，戈方仪大大松了一口气。

第二天左西达要走，寇智明几次挽留，甚至在寇冉冉口无遮拦时表现出了很明显的不悦，最终是看左西达实在坚持，才无奈点头。不过寇智明坚持送左西达，他开车把左西达送回了学校，还给了她一个红包。

"虽然只是国庆并不是过年，但红包就是讨彩头。叔叔也不知道你买点什么好，就自己看着多买点好吃的吧，别总是学习，也要注意营养。"

这样的事以前就有，左西达没有拒绝："谢谢叔叔。"

"客气什么。"寇智明想摸摸左西达的头，他时常对寇冉冉做这个动作，但最终还是没能伸出手去，到底情感上还是不熟。

左西达回宿舍的时候，里面空无一人。尤泽恩和方高诗回家了，只有戎颖欣还在学校，她家太远了，就不想来回折腾，但这会儿也没在。

自从和戎颖欣她们熟悉起来之后，左西达的生活就热闹了很多，她不曾主动过，但对于戎颖欣她们的靠近也没有拒绝。

可到底是不够的，外婆去世以后，时间越久左西达就越是焦躁，她迫切地需要点什么来填补那个缺口，从戈方仪那里回来之后这种感觉就更强烈了。

朋友不行，戈方仪也不行，还有什么？左西达想不到。唯一的决定就是原来的老房子不能再租了，国庆节之后她就去和中介说，赔违约金也无所谓。

继续画船屋手稿吧，左西达想用这个来分散思绪，可她在拿速写本的时候，无意间翻到了前几天的素描。

很多张，都是同一个人，并不太像的笑容。左西达惊讶于过了这么久自己竟然还能清清楚楚记得那个笑容的样子，便也就能知道，自己画得到底有多糟糕。

如果能再看一次就好了。左西达这样想着，目光停留在眼前的画上，越看，这个想法就越强烈，甚至扭曲变形成，最好能天天看，只给她一个人看。

意识到这一点的左西达愣了一下，再去看这些画，整日半垂着的眼睛微微睁开，有一些偏执形成的光点在闪烁着。

同一时间在南松市的另一边，时涧从花店出来，手里捧着九十九朵红玫瑰。身后的店员窃窃私语，其中的一个小姑娘刚刚问他要电话，说要帮他注册会员，时涧拒绝后，对方露出了落寞的表情。

小姑娘长得显小，圆圆的眼睛很可爱，失落让她像一朵还没完全盛开就先凋零了的花。时涧笑了笑，语气很轻柔："但如果你是私人向我要的话，我就很高兴了。"

小姑娘拿到了一串号码。

时涧捧着玫瑰坐上向光霁的车。今天是时涧妈妈的生日，按照惯例，他肯定是不会再出门了。

向光霁把时涧送到后，便潇洒倒车出地库。时原的车也刚好停进车库，脸色不太好地下车，时涧笑着，果然看到对方从后座抱出一束红玫瑰，大小差不多，可见也是九十九朵。

时原："小兔崽子你就不能不和我抢，我老婆过生日要送也应该是我送啊。"

时涧丝毫不为所动："时总请不要用辈分压人，你老婆也是我妈，大家各凭本事。"

时涧还在伊宛白肚子里时就各种折腾，伊宛白那段时间是吃不下睡不好，时原一直记得这事儿，总觉得这孩子就是来折腾他妈的。

这会儿还想说什么，一身蓝色长裙的伊宛白迎了出来。

年近五十的伊宛白保养得非常好，似乎岁月对美人都格外温柔。她是南松美术学院的老师，整天与油画在一起，家里又有爱她的丈夫和孩子，很少有让她操心的事。

这会儿看到丈夫和儿子一人抱着一束红玫瑰站在门口，伊宛白忍不住就笑了："在家门口就能看到这么养眼的画面，我真是太幸福了。"

伊宛白喜欢红玫瑰，像今天这样特殊的日子和平常的时间里时原、时涧父子俩也常常会买花送给她，家里的红玫瑰几乎就没断过。

"老婆生日快乐！"时原整个人都变了，一点没了刚刚对着时涧吹胡子瞪眼睛的凶悍。

"谢谢老公。"接过花，伊宛白顺势抱住了时原，在他脸上轻轻亲了一下。夫妻俩都没有因为孩子在旁边就不好意思，毫不掩饰对彼此的爱意。

"恩爱秀够了的话，伊老师，看看这边还有一个男人等着你呢。"时涧站累了也等久了，就靠在了旁边的门柱上，一条长腿半屈着，吊儿郎当地开口。

伊宛白笑着，走了过来："这不就来了吗，我还能让帅哥等着？"

"就是，那个太老了没意思，我还年轻呢。"时涧也把花递过去，同时在伊宛白的脸上亲了一下，深邃的目光仿佛永远带着深情，可那抹从心里透出来的温柔却不是对着谁都有的，"祝伊老师生日快乐，在我心里伊老师永远都是最美的。"

"那我可就信了。"伊宛白目光中盈满了幸福。

晚上伊宛白的画廊有个小型聚会，都是伊宛白的朋友和同学，有些最近才回国，看到时涧，不免感叹："小时候就好看，长大了果然是个大帅哥，小姑娘要被你迷死了吧。"

"这点你是说着了，不能把女儿介绍给他，要流泪的。"伊宛白也不否认，"以后他摔几个跟头就知道疼了。"

"怎么能胳膊肘往外拐呢？你就不怕你儿子流泪？"时涧辩驳。

伊宛白无动于衷："那你是活该。"

05

原本十一假期戎颖欣已经做好一个人孤单的准备，结果左西达第二天就回来了，又隔一天尤泽恩也回来了，只是带着一脸愁容。

尤泽恩的酒吧叫"有间岁月"，是她和另一个朋友合开的，投资一人一半，收入和损失自然也是。

尤泽恩人脉广，也善于和人打交道，开酒吧又免不了应酬，这些自然就由她负责，而她的朋友则负责酒吧的日常管理。

起初尤泽恩没多想，可每个月都徘徊在赔钱边缘的事实让她不得不想，明明客人也不少，不说多赚但起码不至于濒临赔钱。她几次想和对方商量对策，但对方的态度都不积极。有些事尤泽恩不好直说，就趁着国庆对方出去旅行，私下把办公室的笔记本电脑拿了出来。

事情发展到现在，她心里已经基本有数了，只差个证据，结果面对那些账目简直像在看天书，她特别犯愁，连戎颖欣邀请她一起吃饭都被她拒绝了。

——没心情。

和戎颖欣形单影只去吃饭的情形不同，建筑系明显都是些勤劳孩子，留下的不止左西达，还有好多建筑系的研究生，都忙着课题和竞赛呢。

回来后的这几日，左西达虽然都自觉赶工，但其实她手上的事并不着急，差不多下午五点左右就准备回宿舍，却被穆翔飞拦住，说要请她吃饭。

穆翔飞是刘教授带的研究生，和左西达还算熟，但这样的邀请倒是第一次。

左西达沉默看了对方一会儿，她对这件事的兴致其实不高，可她在穆翔飞脸上看到了类似期待和需要的神色。期待的和需要的，自然是左西达。

左西达就这么看着，直到她满意了，才点头："好啊。"

他们去的是市中心，回来都快晚上九点了。戎颖欣在洗澡，盘腿坐在椅子上的尤泽恩见到左西达只抬了抬头，笔记本屏幕的光投在她脸上，白花花的一片，和她还没卸掉的烟熏妆混在一起，反差效果十足。

左西达也对尤泽恩点点头，之后便把书包里的东西都拿了出来。节后有个作业要交，左西达已经完成得差不多了，这会儿也不着急，想等戎颖欣洗完澡之后再去洗漱一下。

左西达本是想先开电脑，却发现身边的尤泽恩举止怪异，盯着屏幕一边挠脸一边拽自己头发。她头发的颜色很浅，是漂到极致的那种浅金，这会儿全被她弄得炸了起来。

左西达不能理解，余光注意到电脑上的东西。距离不远，左西达的眼镜也还没摘，看得清，就更疑惑了。

"这些不太对。"她指着电脑。

"你看得懂？"尤泽恩眼睛里闪烁的光芒简直能用"久旱逢甘霖"来形容。

左西达迟疑着点头，不是对这个问题，而是对尤泽恩的状态："看得懂。"

"是有对不上的地方吗？"尤泽恩又试探着问了一句。

这次左西达没说话了，只点头。然后尤泽恩就疯了。

她把左西达拽过来，按在自己刚刚坐的椅子上，语气哄骗但也真情实感："你是我的救星啊宝贝，快帮帮我吧，我要死了，真的。"

她一边说一边从背后搂住左西达，有点太近了，但左西达没拒绝她的动作，也没拒绝她的请求。

不过十几分钟的工夫，左西达便清楚地罗列了出来。

账目果然有问题，如果按照正常流水盈利应该还不错，但偏偏每个月都有几笔分开的款子被汇进一个个人账户，名目各不相同，但最终的走向都一致，而这个账户的所有人，尤泽恩就算用膝盖想也能想到。

她得到想要的结果，可这结果不能让她快乐。向左西达表达了感谢之后，她就把自己扔到床上，一动不动。

不过尤泽恩到底还是很顽强的，第二天起来就生龙活虎了，对左西达更是热情似火。她记着左西达的人情，只是昨天实在没心情，今天恢复了，就立刻开启肉麻模式。

她先点了早餐，堆了满满一桌子。

刚起床的左西达是很好摆弄的，让坐下就坐下了，说吃饭那就先吃饭吧，可有一个问题，她看不清。

"我得戴眼镜。"她打算去拿，但尤泽恩抢了个先。

尤泽恩却没立刻将眼镜给她，而是拿在手里盯着瞧："我说宝贝啊，你真不适合戴眼镜。"说罢还把镜子摆到左西达面前，"明明是个大美女，但现在你看看，爱学习的好学生。"说到这里，她帮左西达把眼镜戴上了，让左西达去看前后的反差。

左西达还没说什么，从洗手间出来的戎颖欣先开口了："你这话我就不同意了，我们西达本来就是大学霸，需要靠这些外表的东西吗？再说了，我觉得这样也很好看，多特别啊，懂得欣赏的人自然能看到她的美。"

"少来这套，明明有的东西成天藏着掖着的，是想在家下崽儿吗？别天真了亲爱的。"

换作其他人尤泽恩可能还懒得说呢，而她的话似乎也不无道理，只是戎颖欣心里还多少有点不服气，反倒是一直没说话的左西达开了口："所以，不戴眼镜吗？"

"戴隐形啊。"尤泽恩一听左西达这是打算接受，立刻就来兴致了，"要不我们一会儿吃完饭去逛街吧！"

左西达没意见，戎颖欣一听逛街也跃跃欲试，最后尤泽恩大手一挥，就这么决定了。

那天她们三个都买了不少东西，尤其是左西达，除了隐形眼镜之外，尤泽恩还给她选了很多衣服。

左西达太白了，去换衣服的时候店员还在和她们开玩笑，说就没见过这么白的女孩。而左西达本身五官就长得好，尤其眼睛很大很漂亮，只是老像睁不开似的，这会儿也是，可这并不妨碍什么，在失去了又大又厚的眼镜之后，哪怕左西达依旧没精打采丧气十足，但任谁也没法否认她是个美女的事实。

"有点像日系漫画里的角色。"看着镜子里的左西达，戎颖欣承认尤泽恩的品位确实好。

左西达的气质太特殊，这身裙子能中和掉她身上的颓丧，硬生生拉出些反差，但又十分恰当的与众不同的魅力。

"就是这么个意思。"尤泽恩生出几分骄傲。

06

逛街是个消耗体力的事，尤泽恩和戎颖欣回到宿舍后倒头就睡，左西达没睡意，便拿出电脑做作业，不知不觉间天就黑了。

那两个人先后转醒，正研究是去食堂还是点外卖的时候，尤泽恩的手机响了，一连串的微信提示音跟催命似的。

她划开看了一眼，有些意外但又了然般地挑了下眉毛，想了想，对戎颖欣和左西达问道："朋友约我去泡温泉，一起去玩两天？"

难得的假期一直窝在学校确实浪费，趁着这两天出去玩一圈也不错，但戎颖欣有顾虑，怕都不认识会尴尬，就问是不是会有很多人。

尤泽恩也不确定。那家温泉酒店是她朋友开的，十一之前刚开始营业，把大家都叫过去是为了热闹热闹，大概率人不会少，但她可以保证不会把她们扔下，无论有谁都一直和她们在一起。

这样一来，戎颖欣也就答应了。一旁的左西达没说话，戎颖欣也替她答应了。

"要去当然一起去了，西达可是我们宿舍的吉祥物。"

左西达没有拒绝。

"那我再问问方糕，看她能不能提前回来。"尤泽恩说着就开始打电话。可等电话拨过去她们才知道，方高诗和父母去了邻省的爷爷奶奶家，不好中途离开，便只能作罢了。

"下次咱们在一起，山高水远，来日方长。"当时在电话里方高诗还有心情臭贫，可等到第二天，当她得知她男神——也就是时涧——也去了之后，电话那边传来了声嘶力竭的哀号。

时涧不仅来了，甚至还和向光霁一起来接人。

酒店老板和向光霁打电话时就提了一句，但他不知道向光霁和尤泽恩是认识的，只说也是他们学校的。听闻是三个女生，向光霁兴冲冲地说要来接，把时涧也给拉了过来。

两人分别开了车，在大门口一前一后地停好，时涧在抽烟，远远看过去是一道修长的身影，左西达一眼就认了出来，然后便是向光霁骂街的声音："尤子你可别和我说我心心念念一早晨的美女就是你，我现在走还来得及吗？"

"会说话吗你，有比我更美的美女吗？"尤泽恩毫不示弱。

两个人你来我往的。

但左西达并没有在意，而是把视线转向时涧。

左西达在看时涧，只将几分相似留在本子里的人，如今才是原本模样。今天的天气很好，太阳是最真实，也是还原度最好的照明，得以让左西达看清。

用画画的角度来看，时涧的轮廓堪称完美，更偏向西方人一些的立体，双眼皮很明显，显得眼睛格外深邃。大概是被向光霁和尤泽恩的对话逗乐，他这会儿是笑的，眉眼弯弯，带着点少年的可爱和稚气，比太阳更炙热，也更耀眼。

那是左西达在纸上也在心里描绘过的笑，却又并不一样。这很正常，左西达却暗暗吃惊，原来还有更好的，于是也就想到了，可能这也不是全部。

她开始好奇起来。

大概是左西达的目光实在太直白，时涧看了过来，两人的视线交错在一起，专属于左西达的瞬间，带着或许只是不经意的深情。

长相关系，时涧只要很认真看一个人时，就会看上去满载柔情，好像把所有温柔都给了对方。

他似乎有些吃惊于左西达一点没收敛的目光，但完全没抗拒，反而为她拉开了车门："请。"

在来之前向光霁和时涧说好了，如果他看上哪个姑娘会给时涧眼神暗示，到时候时涧就载其他女孩，好给他俩二人世界，现在向光霁是完全没暗示，但时涧看他和尤泽恩吵得火热，干脆给他们机会，让他们还有一路可吵。

而向光霁和尤泽恩在车里到底吵没吵没人知道，他们这辆车倒是很安静。

车子在校门口调了个头，速度刚提起来，左西达的手就被拉住了，她回头，对上戎颖欣忐忑的目光："你摸我的手。"她声音压低了。

左西达就也配合她："怎么这么凉？"

"就是啊，你说我紧张个什么劲儿，这是方糕的男神，又不是我的男神。"戎颖欣一脸纠结。

结果被突然插进话来的时涧吓一跳："要说悄悄话，能麻烦你们再小声点吗？现在这样我隐隐约约能听见，还听不清，你们是想难受死我吗？"

他这句话几乎立刻缓和了气氛，戎颖欣笑了，笑完了就没那么紧张了，还顺便把方高诗给出卖了："我们在说另一个朋友，也是我们学校的，她是你的小迷妹，要是知道我们在你车里估计要直接晕过去了。"

"有那么夸张吗？"时涧一直在笑，而他的笑很具感染力，他并不是一个让人有距离感的人，"那要不然，我们给她发个视频？"

"好啊，好啊。"时涧的提议马上就得到了戎颖欣的积极响应，她太想看看方高诗看见她们和时涧在一起时的表情了。

视频发过去之后响了好一会儿，时涧的嘴角边一直都挂着笑，左西达透过后视镜看他，几次与时涧对视，可她都没有移开目光。

她就是想看他，想得正大光明。

"干吗？你们到了？"

视频接通后方高诗的声音拉回了左西达的注意力。

戎颖欣笑得贼兮兮："还在路上，你猜，我们和谁在一起？"

"不就你们三个吗，还能有谁啊？"方高诗似乎刚刚睡醒，每个字都粘在一起。

可这种状态没能持续下去，戎颖欣把手机一转，在开车的时涧找了个空当很配合地回头，看着镜头对视频那边的方高诗笑得灿烂，又可爱又迷人，还没等说话，视频断了。

"你们的朋友没晕过去，视频先晕过去了。"时涧满含笑意，又重新看向前面，虽然在说笑但他的车子却开得很稳，修长的手指搭在方向盘上，也让左西达的视线跟着逗留了一会儿。

戎颖欣对方高诗的反应很失望，完全不符合预期嘛，最起码也要尖叫一下啊。正打算打字过去声讨，方高诗先发了音频通话过来，戎颖欣随手就按开了免提功能。

"戎颖欣你是想我死吗？啊？你是想我死吗？我哪里得罪你了，我早晨刚起来脸都还没洗呢，你给我看什么？你让我男神对我啥印象，我差点原地自杀我和你说，我奶奶都被我吓到了，你安的什么心啊！"

一连串的控诉中间连个磕巴都没有，戎颖欣想找个空插句话都不行，最后等方高诗说完了，戎颖欣的表情那叫一个一言难尽，停了好一会儿，一直到前面传来时涧的一声轻笑，低低的，震在了左西达的耳膜上，也让戎颖欣回过了神，犹犹豫豫地提醒："亲爱的，其实我开的是免提。"

话音刚落，屏幕就切回了聊天界面，语音又一次被挂断。方高诗的反应达成高度统一，逃避得那叫一个干脆利索。

这次戎颖欣多少有了点忐忑，她不知道方高诗会不会真的介意，毕竟方高诗确实把时涧当作男神很久了，但紧接着手里就传来振动，她低头一看，是方高诗给她发了一个竖中指的表情，她不仅没生气，反而松了口气。

"不会真让她不开心了吧，其实我刚刚什么都没看清，她挂得太快了，我都怀疑她看没看清我。"

时涧也问起，于是戎颖欣就把方高诗发来的表情包给他看。时涧微微一愣，随即就笑了，眼睛眯起来长长的睫毛低垂着，显得整个人都暖融融的。

他是一个很好相处的人，之后的路程几乎就没让车里再冷过场，分寸感掌握得极好，轻而易举就消除了彼此之间的距离，并且让人产生信任感。

等到了地方之后，时涧才刚下车就被向光雾拉走了，戎颖欣把左西达的胳膊拽得生疼。

"咋办啊，我感觉我也要成时涧的迷妹了，他也太好了吧，又帅又接地气。"戎颖欣语气激动，说话的时候还在偷偷看那边时涧低头抽着烟的身影。

左西达没回答，可她认同戎颖欣说的。

时涧很好，好到让她想拥有。这种感觉就好像小时候去动物园，她看到围栏后面的老虎，也吵着说很好，说想要，但外婆告诉她老虎属于大自然，动物园里的老虎都是可怜的，因为它们没有自由。

那时涧呢？他属于谁，他可以属于一个人吗？或者说，左西达可以拥有他吗？

这样想着的左西达再一次把目光放在了时涧身上，原本半垂着的眼睛微微睁开了一些，但又很快落了下去，无声无息，无人察觉。

07

会员制的温泉酒店建在景区的山顶上，坐拥着一片人工湖，再过些日子山上的枫叶红彻底了会更美，但现在也值得一看。左西达她们三个去转了一圈，拍了好些照片，刚回房间就接到了方高诗的视频。

刚刚出门之前戎颖欣给方高诗发过一次，不过当时方高诗在陪爷爷奶奶吃饭，不方便说话，就先挂断了。这次旁边没别人，方便她撒泼打滚，要求戎颖欣她们再给她一次和时涧视频的机会。

"你当我们和他很熟吗？"戎颖欣无奈，当时要不是时涧提起，她哪好意思。

"我不管，反正你们得给我想办法。"

方高诗不讲理，但忘记了人外有人，天外有天，尤泽恩在一旁凉飕飕地提议："是谁昨天一脸冷漠地拒绝我们，说要陪爷爷奶奶，还说什么来日方长，当时你怎么不哭呢？"

尤泽恩的嘴炮（指口头攻击、表达）技能本来就强，刚刚在车上大约是和向光雾又练习来着，这会儿完全是max级别（夸张地表示很高的级别），方高诗扛不住，再一次溜了。

"这点出息。"尤泽恩把手机扔回给戎颖欣，打算回房间，还提醒剩下的两个人，"你们最好也睡一觉，晚上才是重头戏。"

她们三个住的是套房，一共三个房间，中间夹着一个小客厅，外面的露台上摆了泡温泉的浴缸，清一色原木材质，颇有些日式风格。

今天来的这些人都不是大白天去欣赏自然景观的类型，像左西达她们三个还出去转了一圈，更多人因为早起，到了房间就开始补眠，就像尤泽恩说的，夜晚才是开始。

酒吧外面连通着温泉，大片的落地窗最大限度减少隔绝，酒精和音乐，热气升腾后的朦胧，鼓噪着不真实。

左西达也喝了酒，不多，脑海中想的大约也和在场的人不同，她在研究这里的建筑结构，有哪里很出彩，又有哪里稍显不合理，怎么修改一下会更好。

她近乎痴迷，戎颖欣突然凑了过来，音乐声太大了，要说话必须贴着。

"你说，这大概就是传说中的众星捧月吧？"戎颖欣一边说一边给左西达指。

左西达顺着看过去。

那边的座位是 U 形的，和此时的情形搭配在一起简直太合适不过，被几个女生围坐在最中间的时涧嘴里叼着根烟，依旧在笑。

左西达看见了，就没再移开目光，刚刚心里想着的事也被放在一边。她喜欢时涧的笑，可她不喜欢时涧身边的人。

后来尤泽恩有点喝多了，戎颖欣说要送她回房间，左西达点了点头，本来是想跟着回去，却看到时涧突然离开人群，自己向外面的走廊去了，于是话到嘴边就改成了让她们先回去，她也站了起来，但去的却是时涧离开的方向。

和尤泽恩一样，时涧也喝了很多酒，本就是出来玩的，他没顾忌也没收敛，这会儿出来想透透气，结果身后跟了个小尾巴。

时涧是真有些醉了，看人都开始恍惚，于是就越发专注，深情从他的双眼中不随主人抑制地流淌着，直到将左西达整个人包围住。

"是你啊。"时涧认出眼前这个瘦瘦的女孩，是今天坐他车不爱说话的那个，也是总看他的那一个。

时涧一早发现，他甚至记得早在今天之前，在公开课上这个女孩也在看他，原本无心拆穿，可现在他喝多了，眼看着对方也不说话，只一味走到自己跟前，视线和之前一样，一点都不遮掩地直盯着他瞧。他便开了口："你总是看我。"

他的声音里都是笑意，脸上也是。左西达很喜欢，又在眼前，距离合适到不需要思考，她直接就抬起手，想摸一摸。

看过了，她想知道触感。

时涧察觉到左西达的动作，他没躲开，反而觉得有趣。看他的女生很多，随后来向他表白的也不少，可一上来就伸手的，她还是第一个。

他没拒绝，任由左西达抚上他的脸颊。她的指尖有点凉，可随即又被他的温度同化，那只手没有马上离开，而是顺着脸颊移动到了眉毛、眼尾，好像在勾勒什么，很缓慢。夹在时涧手指间的烟还有大半，却被先一步扔掉，腾出的双手用来将眼前的人揽进怀里，同时低下头衔住了对方的嘴唇。

08

戎颖欣是被电话吵醒的，她有点不高兴，就是纯粹的起床气想发火。

接起电话的瞬间还是怒气冲冲的口吻，可下一刻就怂了。电话那边是她母上大人，于是她赔着笑脸说自己刚睡醒，一通电话下来，睡意是一点都没剩了。

她起来去了趟洗手间，然后转悠着想给自己找点喝的，有纯净水，但她不想喝，她就想喝点带点甜味的，她记得昨天她们买了可乐然后随手放在客厅的某处，正找着，门开了，戎颖欣看见从门外进来的人，愣了。

"不是……"她说到一半先看了看属于左西达的房间，然后又飞快地转回来，挺茫然的，"你没在房间啊，去哪儿了？"

她还以为左西达和尤泽恩都在睡，接着又想到什么："对了，你昨天几点回来的？"

"你们都睡了。"左西达避重就轻，可戎颖欣没意识到，之后她也没在客厅里久留，直接就回了自己房间。

喝完可乐戎颖欣算是彻底精神了，本打算去左西达房间找左西达聊天，结果左西达蒙上被子直接睡了过去，另一边的尤泽恩也没起，剩下她一个人百无聊赖一直等到中午，饿得快前胸贴后背了，这两人才终于起床。

同样作息的不在少数，所以等她们收拾好下去餐厅吃饭的时候，碰到了不少熟人，时涧和向光霁也在，坐在最靠窗边的位置。正午的阳光落在临窗而坐的时涧身上，明暗错落间将完美的轮廓清楚勾勒，对比得向光霁宿醉后枯槁的神色状态越发明显。

尤泽恩负责点菜，左西达完全没意见，给她什么她就吃什么，其他两个人也早习惯了这种模式。在等菜的过程中尤泽恩和戎颖欣在聊天，似乎上午方高诗又打了视频过来，她已经回学校了，守着空荡荡的宿舍给戎颖欣表演干打雷不下雨。

左西达有一句没一句地听着。她们坐的位置和时涧他们隔了些距离，但角度刚好对着。左西达看过去，便发现时涧也在看她，目光相会时，时涧一边笑，一边无声无息地对她挑了下眉。

那个笑容一如既往地好看，嘴角扬起的弧度很有感染力。可除了左西达之外没人知道也没人看见，身边的尤泽恩和戎颖欣还在聊天，那边的向光霁正在低头摆弄手机，显得隐秘，又极度暧昧。

下午就该走了。回到房间之后，尤泽恩把自己扔进沙发。她今天没化烟熏妆，浅金色的头发扎在一起梳了个高马尾，短短的碎发掉了下来，显得整个人俏皮又慵懒，唯独嘴巴不饶人："我看向光霁像要死了一样，估计昨天没少喝，回去之后又指不定和哪个女生大战三百回合呢。"

这样的话题戎颖欣不好往下接，她有些羞涩地眨了眨眼，似乎只是这样就已经不好意思起来。尤泽恩瞥了她一样："小女孩你也该长大了，要不我给你介绍一个？"

"不是说向光霁吗，怎么说起我来了，都什么跟什么啊。"一说起这个戎颖欣犯起了磕巴。她微胖，总觉得男生不会喜欢她这样的，性格又大大大咧咧，直接就处成哥们了，所以到现在一直都没谈过恋爱。

尤泽恩看她着急撇清的样子也没再为难她："反正一会儿回去，我是不敢坐向光霁的车了，他要是在高速上厥过去我找谁说理去，一会儿我去看看还有谁能送我们。"

"啊？也就是说我们回去也不能坐时涧的车了？好可惜啊，我以为还能和男神多待一会儿呢。"

戎颖欣万分可惜，迎头就飞来一个抱枕，尤泽恩的声音紧随其后："想什么呢，不是方糕的男神吗，你怎么也跟着叫上了？我告诉你别想那些没用的，你这样的拉到时涧面前就是个炮灰，连玩的资格都没有。"

时涧是什么样的人，尤泽恩很清楚，典型的"三不渣男"——不主动，不拒绝，不负责。看着温柔好相处，可这样的反而更可怕，很容易让女生误解，但其实他的温柔根本无差别，对待谁都是一样。

以前方高诗总是一副对时涧着迷的样子，尤泽恩看着就有点来气，可看多了习惯了不说，她后来发现方高诗其实就是粉丝心理，和追星差不多。还会因为时涧功课好而奋起学习不想拖偶像后腿，也压根没想和他真怎么样，尤泽恩才愿意在有机会的时候帮帮她，多给她创造一些见偶像的机会。

可这不代表她就愿意看到戎颖欣也跟着沦陷，刚才那一抱枕，就是为了及时打醒戎颖欣。

"我也就是说一下，说说还不行啊！"戎颖欣委屈，委屈完又有点小生气，自己在那边嘀嘀咕咕的。

这一幕把尤泽恩给看笑了："你是在偷偷骂我吗？"

"那既然都是偷偷的了还能让你知道啊。"

戎颖欣话音刚落，这次飞来的不是抱枕了，是尤泽恩本人，直接把她按在沙发里上下其手。左西达看着她们俩在沙发里闹成一团，刚刚尤泽恩的话，她也听见了。

　　戎颖欣的失望来得有点早，向光霁喝得连路都走不直了，压根没打算逞强开车，已经找了别人帮忙，不过对于尤泽恩有事就先撤的想法表示很鄙视，站在车边就和她展开灵魂讨论。戎颖欣也在，被这两人逗得一直捂着嘴笑。

　　左西达离得稍远了一些，听到身边有声音，一回头。

　　"估计还要一会儿，先上车。"时涧的声音低低的，左西达回头看他，彼此之间超过了安全距离，他的目光从容地将她包围。

　　让左西达想到了昨天在温泉旁边，却又有些不同。

　　左西达跟着时涧来到另一辆车旁边，时涧帮她打开后排车门，左西达上车的同时时涧收回手，指尖却轻轻地拐了个弯，从左西达扶着车门的手背上划过。后者微微一愣，不知这举动到底是有意还是无意，车门就已经关上了。

　　时涧原本也打算先上车，可在中途被人拦了下来。

　　邬兴平是时涧一个朋友的朋友，昨天晚上刚为他们介绍过，时涧不看僧面看佛面，人都过来了，便停下脚步打了个声招呼。

　　这人挺直接，不是奔着他来，而是奔着他老子。

　　时总日理万机，不是什么人都见的，邬兴平想请时涧帮忙搭个线。时涧脸上的笑容一点没变："这个我不是不能帮，挺简单个事儿，但我和你直说吧，在我爸眼里我就是个不学无术的富二代，只知道花他的钱，觉得我身边的都是狐朋狗友。所以通过我介绍，可能真还不如不介绍呢。"

　　他一边说一边搭上对方的肩膀，透着亲近。邬兴平的犹豫几乎可以忽略不计，接着就改成了："哪能啊，时少别妄自菲薄啊，这会儿太匆忙了。哪天有时间我请时少吃饭，那今天就先不打扰了。"

　　明显已经打消了要时涧帮忙的念头，但话不能说明，时涧能说自己"不学无术"他却万万不能跟着认同，"哪天有时间"这话简直万能又百搭。

　　等人走了，这回时涧也不急着上车了，他抽了根烟。

身上烟草的味道大约要更浓了一些吧，车上的左西达闻不到，便只能用想象的，同时左手还下意识地在自己的右手背上摸了摸。

时涧上车的时候戎颖欣也跟过来了，她对再次坐时涧的车表示有悲有喜，悲的是尤泽恩的枕头记忆犹新，喜的是能和时涧这样的帅哥"共处一室"。

而戎颖欣的悲喜交加在她和时涧聊开了之后就只剩下喜了，甚至连喜都要不见了，只剩下忘乎所以。

左西达一直少说话，却依旧没改来时的习惯，总喜欢看时涧。不一样的是，这次她得到了时涧的回应。两人的视线第 N 次在后视镜中相遇时，时涧问了一句："睡得好吗？"

和前面的话题无关，而且眼睛也没从左西达身边移开，左西达知道他在问自己，便答道："很好。"

她刚说完旁边的戎颖欣跟了一句："她睡到中午才起床，能不好吗，差点没把我饿死。"

戎颖欣对左西达和尤泽恩因为睡觉而让她饿了一上午的事耿耿于怀，逮到个机会就要吐槽两句。

听完此话的时涧笑了，深邃的目光再一次落在左西达的身上，哪怕是通过镜子的折射，却依旧带着专属于他的吸引力。

和时涧在一起会让人感觉很轻松很自在，似乎永远都没有冷场的时候，这是他的魅力所在，超过了尤泽恩枕头的威慑力。

不过两段路程就成功把戎颖欣也变成了他的小迷妹，在校门口分别之后就开始跟着方高诗一起叫男神，说她以后也要追星了。她这边兴致勃勃，完全没注意左西达一直没给她回应。

时涧没有要她的联系方式，不是没有机会，有的只是他想或者不想而已，意识到这一点的左西达终于明白了，原来这样是不行的，或者说，是还不够的。

第二章：专属的身份要第一优选

因为左西达，不喜欢当第二名

01

将左西达她们送回学校之后，时涧在回家的路上又接到了其他朋友打来的电话，约他出去。今天是国庆假期的最后一天，大家都想抓住这最后的尾巴，但时涧刚刚开了两个半小时的车，已经不想再用一点力气了。

车库里的车已经停满，他便只能停在院子里。

他爸妈趁着国庆出去度假了，晚上的飞机，要凌晨左右才能回来。

空无一人的别墅里带着夕阳过去后的暗淡，时涧一路开了灯，在冰箱拿水的时候看到餐桌上阿姨给他准备的晚餐，四菜一汤还带一点辣，是伊宛白喜欢的口味，时涧从小吃到大。

他还不饿，原本就已经凉了倒是也不怕再放一放，拿了水就回了房间，上楼的时候接到了时原打来的电话。

"你们到机场了？"从日本飞回来差不多要四个小时，这个时间他们应该已经在候机了。

"马上登机，但公司有点事着急，我发你邮件了你看看，具体的问小侯，晚点我下飞机再联系你。"时原的语气挺急的。

和时涧在酒店的说辞恰恰相反，他自从上了大学之后，便一直有在公司帮忙，慢慢熟悉公司业务。到现在也算是能独当一面了，毕了业直接接手公司也完全不是问题。时涧对此并不排斥，时原一早就吵着要退休，时涧也就有了心理准备。

可他并不想完全走时原的老路，不是说他不甘心在父亲的阴影下，相反，他是很佩服时原的。

时原是孤儿，父母在他很小的时候就去世了，他就被亲戚扔皮球一样踢来踢去，吃百家饭，混到高中毕业。出来工作后，他一路削尖脑袋往上爬往上走，别说在南松市，就算在全国，百岩集团也能占有一席之地。

可随着年纪越来越大，时原的冲劲儿是越来越小了，再加上和伊宛白夫妻恩爱，他似乎更愿意把精力留在家里。

现在的百岩集团已经原地踏步许久了，时涧没打算改变父亲的想法，公司是他的，他当然有权做决定。

可时原在时涧上大学后就不止一次地对他表示，公司要交给他，他才是百岩集团的未来。

"都说咱家是暴发户，你可得给老子争口气，别让他们小瞧了去，挣他们的钱，让他们没钱可挣。"时原拍着时涧的肩膀，不像是老子在对儿子说，更像是老大在交代小弟。

所以时涧必须要考虑得更多。他有自己的计划和想法，创新意味着风险，但风险也意味着更高的回报。

现在时原要他应急，时涧也没推辞。他大概知道是那个项目出了问题，十一之前他才代表公司和对方接触过，当时就感觉有些不稳妥，所以这会儿也不至于慌乱。

时间在这个时候就显得不那么重要了，时涧进了书房就再没离开过。

在一片静谧中，他的电话突然响起，时涧眼睛没离开电脑屏幕，直接接起来，电话里传出一个女生的声音："亲爱的，一会儿有时间出来坐坐吗？"转着调子，百媚千娇。

可时涧在电话这头微微蹙了眉，甜美的声线不足以分辨，他没听出是谁，将手机拿开看了一眼备注才恍然大悟："菲丽丝你什么时候回国的，怎么没早点给我打电话？"

菲丽丝是中美混血，放假期间在国内兼职模特时和时涧相识，后来她出国继续念书，联系也就少了。

时涧觉得自己记不起她的声音很正常，她现在给时涧打来电话的用意更明显。至于时涧有没有这个意思,他暂时还没去想,但今天肯定是不行了。

菲丽丝听了之后挺失望,撒着娇希望时涧能为她改变主意。

时涧很有耐心,十分温柔地哄着,同时完全没影响他一心二用继续工作,一直到菲丽丝满意了,才挂断电话。

时涧的声音毫无破绽,可从头到尾他的脸上都没什么情绪变化,更没有半分爱情的成分,只是菲丽丝看不到。

等时涧把事情都处理好的时候已经挺晚了,他昨天几乎没怎么睡,今天又开了车,这会儿已经很疲倦了,回到房间洗完澡就直接睡了。

时涧不知道父母是什么时候回来的,只是第二天早晨下楼的时候,伊宛白就已经在厨房里了,一走进去就闻到了一丝甜甜的香味儿。

"红豆粥?"他来到伊宛白身后,伸手抱着纤瘦的母亲,同时往锅里看了一眼。

"是啊,你和你爸不是都喜欢吃这个吗?"被儿子抱在怀里的伊宛白笑得很温柔,还顺势往后面靠了一下,时涧的身高高,她的头只将将到对方肩膀,"我儿子可真是长大了,怀抱很有安全感啊。"

"这个怀抱永远都属于你。"

时涧稳稳当当地做着母亲的支撑,但伊宛白却拍了一下他的手臂,一下从时涧的怀里离开:"瞎说,这样以后你的女朋友要吃醋的,我很好地把你照顾长大,就很知足啦。"

"伊老师这么大度啊,谁未来要是做了你的儿媳妇可要享福喽。"时涧说得好像这事儿里没他似的。

伊宛白拿了煮好的鸡蛋递过来,时涧很顺手地拿了一颗。

昨天晚上就没吃饭,这会儿确实饿了。

伊宛白一会儿也要去学校,一般时原都会先送她然后再去公司,二十几年了一直都是这么过来的,可见夫妻二人的感情。

伊父是德里大学的校长,伊母是知名的书法家,伊宛白自己也是美院出了名的美女。

当年追她的人数都数不过来,其中也不乏高门子弟,时原那时事业刚起步,混在那群追求者中根本不够看。别人车接车送的时候他还蹬着一辆自行车,可偏偏伊宛白就选择了这样的他,那时候时原就暗暗发誓,以后绝不让伊宛白吃一点苦。

他做到了，而且一直在继续着。所以有时候伊宛白也会想不通，为什么时澜的感情观会和他们做父母的有那么大差别。

从开始谈恋爱到现在，每一个女朋友他都说喜欢，可喜欢得都很短暂，还时不时地也喜欢一下别人。为此有女孩子来家里闹过，要伊宛白做主，说非时澜不嫁，伊宛白留女生吃了饭，听完了她所有的控诉，都是关于为什么时澜不能爱她更久一点的质问。

对此伊宛白无能为力，她无法要求时澜如何，哪怕他是她的儿子。他有对待、处置感情的自由。时原倒是时不时就要提一句，冷嘲热讽地说时澜早晚要遭报应——你不在乎感情，感情就不在乎你，有你哭的那一天。

但也仅此而已了，并没有真的插手什么，只说女生找来家里打扰伊宛白的事不能再发生，而时澜倒是也真的做到了。

母子俩说着话，时原从楼上下来了，他先在伊宛白额头上亲了亲，然后拦住要去给他盛粥的伊宛白，自己去厨房盛了一碗红豆粥。

时原的眉头微皱，心情欠佳的样子，餐桌上的话题也和昨天晚上的事有关。

"你的意思是这不是偶然事件，对方就是不想继续合作了？"

昨天的事虽然暂时解决了，可时原不能不多想。

其实之前时澜在和对方接触过之后就曾经与他提过，可毕竟合作那么久了，当时时原并没有真的放在心上，只是今时不同往日。

"一个月前他们临时要求提高价格，原本说好是从明年开始变更，却又反悔，我觉得是和雷天集团早前联系过他们有关。可他们不想赔付违约金，就用各种各样的方法逼我们先提出解约，一次不成估计还会有下一次。"

家里的餐桌不是谈论公事的地方，更何况伊宛白还在吃早餐，时澜点到为止，而时原也很在意这一点。沉默了一会儿之后，他只说了一句："一会儿你和我一起回公司。"

学校和公司之间有时候是很难真正两全的，就像今天这样——时澜旷课了。而且随着事情的发展又连续旷了两个多星期，幸好他之前出勤率一直不错，倒也不至于影响太大。

不过他没出现，让学校里的一些人很失落，往常这些和左西达是完全没关系的，甚至在这个学期之前她都不知道时涧是何许人也，可现在不一样了，左西达有些焦躁不安，心里揣着点东西，倒不至于完全影响全部，更像是一道题没办法继续解下去的无奈。

02

周末左西达在去给房子办理退租的时候遇到了阻碍——租户不愿意提前搬走，他们新买的房子刚下钥匙，算上装修放味，之前签署的一年合同刚好合适，再搬的话实在太麻烦。

最后是中介出面协商的，左西达在原有的基础上再多赔付他们一个月的房租，同时给他们一个月找房子的时间才算谈妥。

和左西达之前预想的有差别，但也总算是办完了——只需要等到一个月之后交房子。左西达接受了这个事实。

却在回学校的路上接到了戈方仪的电话。

当初租房子的时候给租户留的是戈方仪的电话，这会儿可能是租户又给她打去了电话，但其实毫无意义。

"房子是外婆留给我的。"出租车在路边停靠，左西达拉开车门上车，神色完全没有任何起伏，"我有权支配。"

车里广播的声音太大，左西达没能完全听清电话那边的戈方仪说了些什么，也不是那么想听清，大致是对她这样完全不和家长商量就擅自做主的行为表示不满。

"没人说那房子不是你的，外婆留给你，我们也不想和你争。可当初同意租出去的也是你，这样突然反悔，很没有契约精神，也让我很难做。"

戈方仪似乎是来做说客的，左西达无法理解她的行为和做法，可她不想辩解，房子是她的，租户那边她也给予了赔付，她其实不欠任何人的。

"我已经和对方说好了。"左西达这样说完之后，又想起一件事来，"对了，当初租房子的时候，上半年的房租应该在你那儿，记得转给我。"

"你！"戈方仪气急，却没放任自己发泄出来，努力缓和了一下，再开口时就多了些痛心疾首，"西达，你没有以前懂事了。"

就好像这句话该是多么沉重，而左西达又该多么懊悔地去反思自己的罪行一样，然而事实是她面无表情地挂断了电话。

左西达回到宿舍的时候差不多快五点了，一推开门就看到方高诗和戎颖欣背对着她排排坐，面前都放了一个发着白光的镜子，两个人的动作也很统一，都在脸上比画着。

"西达回来啦,快,赶快过来加入我们。"方高诗盛情邀请,左西达没动。

一旁半躺在床上的尤泽恩"扑哧"一下笑了："你打开门的方式没有不对,这是咱们温馨可爱的宿舍。"

"她们在干吗？"左西达不解,不是不懂这个行为本身,她知道她们是在化妆,可现在是下午五点。

"晚上我们酒吧有活动,时涧也去,刚给我打了电话过来订酒,然后这两人就疯了。"尤泽恩说完突然眼珠子一转,扑腾一下从床上坐起来揽住左西达的肩膀把她按在了椅子上。

尤泽恩桌上的镜子,如实地照出左西达苍白的脸和茫然的眼神。

没精打采,丧气逼人。

"你瞅瞅你,一天天地浪费这张脸,来,看姐姐我给你施展个魔法。今天该着了,就让我们姐妹几个出去杀他个片甲不留！"尤泽恩突然有了劲头,她翻出自己的化妆包,左西达的目光跟随她的动作而动。

"时涧也会去"这句话在左西达心里盘旋不去,她默默听着,然后伸手摘掉了自己脸上的眼镜。

尤泽恩的酒吧换了合伙人,她是干脆的人,出现这样的事没什么好说的,快速找到另一个想投资的人才是正事。手续昨天刚签订完,今晚她特意请了圈子里很火的一支地下乐队,打算热闹热闹,讨个彩头。

本来就打算邀请戎颖欣她们的,只是时涧的电话比她早了一步,戎颖欣她们三个是她少数没有任何利益纠葛的朋友,和她们在一起能让尤泽恩感到轻松,没有负担,她喜欢和她们相处在一起。虽然她早有实力可以搬出去自己住,凡事也能方便不少,可还是留在了宿舍。

夜晚。

人气乐队的到来为酒吧吸引了不少忠实粉丝,都在为自己的偶像尖叫、呐喊。

但戎颖欣她们完全不认识这支乐队,演唱的歌曲风格也是她们不太理解的,就有些难以融入,最为关键的是,她们并没有看到时涧,后来干脆连尤泽恩都不知道跑哪里去了，这就让人很难开心起来。

不过她们很快就找到了另一件有趣的事，那就是左西达似乎很受欢迎。是方高诗最先发现有几个男生在偷瞄左西达，之后更是有人明目张胆地送酒来。她们三个都不是常来酒吧的人，一时之间不知道该如何应对，最后戎颖欣抱着防人之心不可无的想法，生硬地拒绝了。

方高诗有些酸，毕竟女生都希望自己能被人注意，眼看身边的左西达一直垂着脑袋，就伸手托起了她的下巴。

突然的举动让左西达有些惊讶，眼睛微瞪，视线直直地看向方高诗。左西达那双黑白分明的大眼、苍白的肤色在这种环境下尤为显眼，方高诗毫无防备地受到冲击，那种被折服的感觉让她瘪起嘴。

"我是不是也该美白了。"松开左西达下巴时方高诗这样嘟囔了一句。

旁边的戎颖欣没听清，低头要求她重复，于是两个人就美白丸到底有没有用展开了热烈的讨论。但因为周围实在太吵，她们说得最多的一句话是："你说什么？我没听清！再说一遍！"

左西达没参与她们的话题中，她甚至不知道美白丸是什么。

注意力又放回她面前的橙汁，她不是很喜欢，太酸了。

想起刚刚有人送来一杯花花绿绿的东西，左西达好奇那是什么，正回忆着又察觉有人在看她。她转头看向一旁，是隔壁桌的男生在看她，他还对她笑了笑。

男生长得很秀气，戴着个鸭舌帽，穿一件白衬衣，显得整个人都很干净利索，连刚刚的笑容也很阳光。

可左西达很快就收回了自己的目光，她见过更好的，其他的就显得很无趣了。

乐队唱了一会儿便下台了，似乎是中场休息。

左西达也顺势去了趟洗手间。

尤泽恩的酒吧装修得很复古，甚至还有一台黑白电视机放在吧台边上，瞬间将人带回 20 世纪 80 年代。可左西达觉得还是有些地方不合理，就比如从洗手间出来的这些转弯，平白浪费了许多空间。

她一路走一路看，突然发出一声惊呼——有人从后面碰了一下她的肩膀，可这一声到最后却是收敛的势头，她闻到了熟悉的烟味儿。

烟味在酒吧里简直就是标配，可左西达就是能分辨细小的不同，尼古丁混杂着烟草的香味并不让她厌烦，或许也仅仅因为，它是属于时涧的。

时涧其实早就来了，只是他们这伙人比较多，就选了楼上的 VIP 包房。

房间里有一扇落地窗正对着楼下，他们这些人中有两个是今天的乐队粉丝，都坐在窗边，时涧对乐队不太有兴趣，本想让开，可他看到了左西达。

没办法，这女孩白得太显眼了，在一片昏暗中突兀地与周遭划分开来，却偏偏整个人的气场颓丧到极点，过程中被身边的朋友勾住了下巴，才终于有了点情绪变化。

发现这份与众不同的人似乎并不止他，很多男生都对左西达表达了好感，还有人给她送酒，但都被拒绝了。左西达察觉到有人在看她之后也没有任何多余的表示，这让时涧想起那天在温泉酒店。

她跟着自己出来，却只是站在那不说话，但她的眼神时涧看得懂。

想到这里的时涧摩挲了一下手指，刚好左西达在这时离开了座位，时涧收回目光，也跟着出去了。

他乐于看到左西达的惊讶或者其他的情绪起伏和变化。可她又很快归于平静，撩起眼皮看他。她那干净纯粹到无以复加的一双眼睛，好看到让人心悸。

"化妆了？"时涧的手指在左西达眼睛下方挥了挥，左西达下意识闭了一下眼睛。

"嗯，戴了隐形。"左西达的声音没什么波澜。

时涧发现自己对她的声音竟然有些陌生，她太少讲话了。

"很好看。"时涧满含笑意，"平时也好看，只是不一样。"

他没说谎，哪怕平日左西达戴着厚厚的眼镜，时涧也没觉得那样的她就不好看了，她是很特别的。

"能走吗？"他又问。

"嗯。"毫不犹豫地，左西达点了点头，然后又抬起眼睛，黑色的瞳孔中是时涧的身影，"去哪儿？"

"和我走就行了。"时涧加深了笑意，深邃的眼睛弯下来，嘴角的弧度依旧带着少年的稚气，只是此时又多了些痞意。

左西达没出声，可她的眼睛给了时涧答案。

03

夜里十二点，城市最热闹的时间段过去了。

横穿了市中心的绩古江以前主营生计，来往船只络绎不绝，现在却是南松市很重要的地标景点，两岸的高楼也算在这独特的风景之中，成了一部分。

时涧把车子停在一处缓坡，十月中旬的夜晚增添凉意，左西达身上披着对方的外套，并不觉得冷，可她觉得时涧会冷。看他单薄的卫衣，她刚准备把身上的衣服脱下来，就被时涧发现，并且拦下了她的动作。

"穿着。"祈使句的命令语气，却附加笑容，深深的眼窝勾勒出温柔缱绻，立体的轮廓有光与暗的分界。左西达的眼睛是还原度最高的画笔，比她的手更有能力将这一幕记录。

她没有再要把衣服还给他，而是默默用手指攥紧了外套的下摆。自从外婆去世之后，已经很少有人会这样和她说话了，甚至是用牺牲自己的方式给她温暖，无论多少，却是有的。

夜深了，江面上没了游江的船，只剩下江水本身，看不出深浅，只有如烟的一片黑暗与岸上的折射，像一面流动的镜子。也是这一片黑暗，将繁华切割开，隔江对望，那边就像是另一个世界，只有走过去之后才会发现，其实也没什么不同。

"有没有觉得很解压？"时涧问。

左西达第一反应是他的声音依旧那么好听，是她很喜欢听的，然后才品味出内容，摇了摇头："我没什么压力要解。"

她说的是实话，但身边的时涧笑了。左西达的胳膊感受到对方传递来的一点点震感，那是过近距离下才会产生的。

"那我可要羡慕你了。"

左西达不太明白他这话的意思，两个人几乎是同一时间转头，左西达的睫毛很长，半垂着时几乎将所有的视线都隔绝，但这会儿却在时涧的眼前抬了起来。空气中留下了一个接近半月形的弧度，然后那双清澈到惊艳的眼睛才终于现出庐山真面目来。

这是个有点怪的少女。时涧弯起嘴角，在脸颊两边形成了两个很好看的小梨窝。

"那至少空气很好吧，你不抽烟又不喝酒，在酒吧不无聊吗？"

"我们是去看你的。"左西达毫不犹豫道出实情，她自己没觉得有什么。

时涧忍不住就笑了："宝贝儿你也太诚实了吧，这么硬核的回答，我还真有点不知道该怎么回了。"

第二天中午左西达上完课回来的时候，宿舍里只有尤泽恩，她在等左西达。

"你昨天去哪儿了？"尤泽恩问。

"和朋友出去了。"左西达其实并不觉得她有必要向任何人汇报她的行踪，所以当尤泽恩再次追问她和谁一起出去的时，她没有回答。

面对左西达的沉默尤泽恩皱了皱眉，她明白左西达的意思，顿了一下之后说道："和时涧出去的，是吗？"

这次左西达有了反应，她停下动作，看向尤泽恩的目光中带着一点点疑惑。尤泽恩主动帮她解谜："昨天你和他一起离开的时候，我看到了。"

尤泽恩看到的时候几乎不敢相信，左西达和时涧不是一个世界的人，可事实在眼前她不得不信。

之后她又几次想打个电话给左西达，但都在犹豫中放弃了，于是她特意找左西达问明白。

左西达盯着尤泽恩看了一会儿，似乎在细细琢磨她这句话的意思，还有此时对方的表情。

宿舍里的安静持续了一小会儿，接着是左西达将电脑放回桌上的声音。她坐到了尤泽恩的面前："我不能和他一起吗？"

这次换尤泽恩愣了一下。如果是别人问这句话尤泽恩一定会将其理解为挑衅，可现在问的人是左西达，她对她这个室友有些了解，便只是叹了口气："没什么不能的。"

她说的是事实，男未婚女未嫁，没什么不能的。

"我没有要怪你的意思，你也知道方高诗和戎颖欣都对时涧有好感，可我不会有机会对她们说这番话，你知道为什么吗？"

"不知道。"左西达认真思考，然后摇了摇头。

"因为她们长得不够好看，不是时涧的'菜'。"很残忍，却是没办法否认的真相。

时涧众所周知的花心，每一任女朋友都是出了名的美女，没人会对此有争议，欣赏美是人类的天性，更何况他原本就有选择。

"可你不一样，你有这个，甚至在这个之余，你还很不同，所以时涧会对你有兴趣，但你有没有想过这份兴趣能持续多久？如果你说你也只是想随便相处看看，那就当我在放屁，可你真的确定你要的仅仅如此吗？你又能做到吗？"

左西达一看就是没怎么谈过恋爱的女生，这点从很多生活细节就可以看出来，所以尤泽恩才会特意等着她，和她说这么多。尤泽恩不想左西达一开始恋爱就接触像时涧那样的人，那对她来说绝对不是什么太好的选择。

"早点回头吧，亲爱的，免得越陷越深。"尤泽恩是真心喜欢左西达这个朋友的，那份与众不同也同样吸引了她，从而让她产生了一种类似保护的心理。

左西达的手被尤泽恩拉着，尤泽恩的手很温暖，左西达感受着这份温度，并没有点头，也没有其他任何表示。

她不知道什么叫所谓的越陷越深，她只知道，似乎她想要的，和尤泽恩理解中的，不太一样。

话题结束。

左西达是去不成系里赶图了。但左西达也没闲着，在宿舍里开电脑渲染，电脑风扇加足马力，嗡嗡声不绝于耳。左西达很专注，刚刚那个话题在她的沉默中结束了。

尤泽恩也算沉得住的性子，说过了也就不再提了，她在看美剧，怕打扰左西达，就戴了耳机。两个人各忙各的，也算宿舍里的常态。差不多下午三点左右尤泽恩接了一通戒颖欣的视频通话，要她们一起去礼堂那边。学生会在筹备过些天和美国学校交流的欢迎会，如果没事就去凑个热闹。

"想去吗？"尤泽恩问左西达。

左西达的思维还停留在电脑上，一时回不过神。

尤泽恩看着她迷茫的眼神和透着一点点红的眼底，大概是长时间对着电脑导致的。

想着出门去转转放松下眼睛，她便直接替左西达回答了："我们一起去，正好晚上还可以去北门那边吃饭，我想吃麻辣香锅。"

"哎呀，我也想吃，那快点来吧，方糕已经在路上了。"提到麻辣香锅，戒颖欣来了兴致。

挂断视频，尤泽恩拉着左西达就要出门。左西达不得不关上电脑，她没有想去或者是不想去一说，被人拉着，也就去了。

最近这段时间学生会很忙，要办欢迎晚会自然少不了表演节目的环节。

据说对方学校的啦啦队很出名，这次也会跟着一起来交流，德里大学不想落下风，可想来参加的未必有拿得出手的才艺，有拿得出手才艺的人家未必想参加。

现在学生会的状态就是到处抓人，动用一切人脉在学校里寻找有能之士，碰见在女生宿舍楼下弹吉他唱歌的人楼上的女生还没表示呢，学生会的人先两眼放光，还要悄悄过去怕把人吓跑了，走到身后才开口的样子莫名其妙就带了点猥琐："同学，有想法用自己的力量为母校尽一份力吗？"

"你们这样没挨揍就不错了。"方高诗笑得前仰后合。

一旁的戎颖欣一脸无闹，关键是他们这么努力抓来的人也还是不怎么样。刚刚那个跳街舞的还说自己去韩国训练过，结果跳得都浪费那两张来回机票，方高诗觉得她看两天视频都比那人跳得强。

"那你来参加啊，你敢参加我就敢让你上，当搞笑节目了呗。"戎颖欣看不惯方高诗那副站着说话不腰疼的样子，一边回嘴余光刚好瞥到窗户外面，然后便是一愣。

礼堂位置其实挺偏的，在学校篮球馆后面。门外有个小花园，平时没什么人来，可现在出现的两人却分外惹眼，男的帅，女的美，只是那女孩哭得有点可怜。

方高诗也看到了，立刻就忘了原本在和戎颖欣争论的事，她认出和时涧在一起的那个女孩就是前一阵子在篮球场看到过的那个，只是现在这状态，怎么看都是有故事啊。

她兴致勃勃地凑到窗边，和原本就坐在这儿的左西达挤在一起。

窗户一直没关，所以从一开始，时涧和那个女生的对话左西达都听得一清二楚。

女生今天是来找时涧复合的，一直在哭，说话抽抽噎噎的，十分可怜，就连方高诗听了都心疼，身为主角的时涧似乎也没有无动于衷，他将人拉到怀里，轻拍着对方的背脊安慰，可说出来的话却不是那个女生想听到的。

他很温柔，连眼神都好像能化出水来一样："别哭了，会有更好的人在等你的。"

040

04

作为时涧的小迷妹，方高诗自然觉得时涧永远是对的，自带粉丝滤镜没办法，还说时涧就连拒绝都这么温柔。

听到这话的尤泽恩紧蹙着眉，目光在左西达身上流连许久，已经沉寂了一个下午的谈话，被另一种暗指的方式说了出来。

"对所有女人都温柔那就是花心，真正的好男人是只对一个人温柔。"她语气沉甸甸的，确实有几分认真。

但别说方高诗，就连戎颖欣都没站在她这一边："其他的事我不知道，但就今天这件，我觉得男神没做错什么吧，不想在一起了就要干脆利落地拒绝，一直给对方希望才是真的渣，男神虽然花心，也不能所有事都怪在他身上。"

没有盟友的尤泽恩分外孤独，也不再多说。她太懂得点到为止的意义，说多了人家未必愿意听，每个人都有每个人的选择，只是后果也要自己担着就是了。

"对了，西达你昨天怎么提前走了？我给你打电话你也不接，就发了条微信说和朋友在一起，搞得那么神秘。"戎颖欣想起昨天的事，随口问起。

但左西达的回答十分简单："遇到了朋友。"

和给尤泽恩的答案高度一致，只是戎颖欣不知道任何内情，也没再多问什么，反而是旁边的尤泽恩轻声哼笑了一下。

窗户外面的人早已经走了，可之后左西达的目光却还是时不时地飘向窗外。

对与不对的她并不是特别关心，她在意的是她不喜欢时涧抱别人，哪怕是为了拒绝，她也不喜欢。

同样耿耿于怀的还有方高诗，对遇到时涧这件事她不能抱以平常心，时不时就要抱怨一下为什么她就那么倒霉——没坐过时涧的车，去酒吧也见不到人，好不容易在学校碰上了，又是这样的场面，完全不适合上去打招呼。

戎颖欣被她烦得脑袋里的神经一跳一跳的，最后干脆追上去用拳头威胁，再说就揍她，才让方高诗不情不愿地闭上了嘴。

那天的麻辣香锅很好吃，这是对已经吃过的三个人来说，对左西达来说简直是惊艳。吃下去的第一口她就直接瞪大双眼表示高度的赞同！左西达今天没戴眼镜，黑白分明的一双漂亮眼睛里写满了惊讶，方高诗挺骄傲，是她发现了这家店，也同样赞赏："好吃吧？"

左西达点了点头，眼睛中的惊讶还没完全散去，搭配着眼睑上的一点点红，很无辜很无害，就连邻桌的人都开始频频回首。

"你喜欢的话我们明天也可以来吃。"戎颖欣再次提议道。

她眼看着左西达吃了两小碗米饭，离开的时候还回头看了那家店一眼，恋恋不舍的样子，让戎颖欣心软乎乎的。戎颖欣对左西达似乎有一种特殊的、想要照顾的心情，大概是从她眼睁睁看着对方晕倒在面前时开始的。

"可以吗？"听闻的左西达很高兴，一脸期待的样子。

这让戎颖欣也莫名其妙地跟着满足："当然可以。"

"连着两天吃不腻？"尤泽恩是不打算明天再来了。

不过方高诗也挺支持："这么好吃当然吃不腻，明天我也一起，中午吧。我上午没课在宿舍睡觉，你们下课了给我发微信。"

约定就此达成。

第二天左西达从早晨开始就有点惦记着，来到系里时很巧合地在走廊里遇上穆翔飞，对方远远地就对她露出微笑，温润儒雅，语气也很关切："昨天怎么没来？身体不舒服了吗？"

"没有。"左西达摇头，但没有解释自己的去向。

穆翔飞停顿了一下，似乎有所犹豫，但最终却把目光流转于左西达的眉眼之间："你今天没戴眼镜。"

半垂着的视线是两人都习惯的常态，只是少了隔阂，就显得特别起来，左西达没去看穆翔飞，只点了点头，又听对方说："很好看。"

有人说过类似的话，但不一样，于是左西达终于抬起眼睛。那一刻，穆翔飞愣住了，干净通透到极点的一双眼睛只在最深处藏着一点细碎的光亮，似乎有勾魂摄魄的本领，让他好一会儿才反应过来。左西达问他："之前不好看？"

他慢了太多，才赶忙答道："没……没有，平时也好看。"磕磕绊绊的。

而且是左西达问过之后才说的。左西达重新摆下眼皮，瞬间又恢复到平时好像对一切都不关心的样子。穆翔飞下意识地有点着急，他觉得他似乎说错了什么，只想着补充："不是，我的意思是都好看，只是好看的方

042

式不一样。"

可他说完又觉得这样再去解释不好，也可能是他想多了，眼看着左西达并没有什么表示，想了想，决定换个话题："我知道有家店很不错，晚上有事吗？没事的话我请你吃饭吧。"

又是吃饭，左西达想到昨天好吃的麻辣香锅，这次穆翔飞也说好吃，让她生出一些对食物本身的期待："好。"

她点了点头，与她的冷淡相比，穆翔飞却好像很高兴的样子。

中午的麻辣香锅依旧好吃，只是人满为患的环境成了减分项。

回去的路上戒颖欣提议下次可以点这家的外卖回宿舍，但方高诗说那样就变味了不好吃了，两个人就外卖问题吵了一路。左西达并没有发表任何意见，下次还有人带她来她就来，如果要点外卖她也不反对。

至于晚上的那一顿，穆翔飞所言非虚，确实很好吃，而且也没有中午那样嘈杂。

回去的路上左西达想着也可以像方高诗那样，把这家店推荐给她们，下次一起来，正想着，身上多了件衣服。

"晚上冷了，你穿着。"在察觉到左西达的视线时穆翔飞解释道，目光有些躲闪，似乎不太好意思。

左西达没有拒绝，只下意识侧过头闻了闻身上的衣服，没有尼古丁味，也没有烟草味，有的只是一些洗衣粉的香味，不难闻，可她并不喜欢。

她被送到宿舍楼下，回头的时候看到穆翔飞微笑着对她挥手，于是她就也做了一个再见的动作，之后才转身上楼。

让人意外的是，宿舍里竟然空无一人，反而是隔壁隐隐约约传来方高诗的声音，似乎是在玩狼人杀，她们挨着的这几间宿舍偶尔就会凑在一起玩。左西达没打算过去，去拉窗帘的时候才发现，原来穆翔飞还没走，依旧站在原地，抬头看楼上的姿势还有些虔诚。

之后穆翔飞有空就会约左西达，带她去吃好吃的餐厅，但左西达并不是每一次都会答应赴约，有时候明明已经说好了的，但如果是戒颖欣她们找她的话就会临时推掉。

不过周六这天左西达却是和穆翔飞一起出去的。之前穆翔飞带她去过一家韩式烧烤店，左西达非常喜欢，所以今天他打电话来时没什么事的左西达便答应了，只是饭后对方提议想看电影被左西达拒绝了。

"我想回去了。"她的语气没什么回旋的余地。

穆翔飞似乎有些不甘心，又描述了一下那部电影到底有多好看，见左西达都没有丝毫兴趣的样子才把人送回去。

这次到了宿舍楼下他却没有立刻和左西达说再见，而是拉住了左西达的手腕。

"明天，我还能见你吗？"力量很大，不是左西达能抗衡的，她被迫站在原地，感受着穆翔飞的手渐渐地往下，似乎要牵她的手，她鲜有表情变化的脸上微皱了眉，察觉到的穆翔飞瞬间就松开了她。

自然下落的手臂传来失重感，左西达低下头，然后又抬起眼睛看了穆翔飞一眼，穆翔飞微微愣住，还来不及说话，左西达就先说了一句："再见。"然后头也不回地转身离开了。

左西达回去的时候宿舍里很热闹，她错过了些什么，听了一会儿才弄明白。

过些天的欢迎晚会，学校选了时涧做学生代表上台讲话，刚开始时涧不是很愿意，是他们学生会派人几次三番地劝说，后来学校也出面找他聊过才最终让他点头。结果消息一出，很多人在背后议论时涧是走后门才得到这个机会，就因为他外公是学校的前任校长。

"这就是赤裸裸的嫉妒，说这些话的肯定是男生，就因为时涧有很多女生喜欢但他们却找不到女朋友，所以就这样诋毁他。"方高诗刷了一晚上的论坛，一直在为时涧辩解，后来嫌手机打字慢就干脆换成电脑。像她这样的女生还有很多，和另一拨人几乎形成对骂局势，也难分伯仲，反而越骂越生气。

"你也犯不着这样，冷静点，公道自在人心。"比起方高诗，戎颖欣则平和许多，其实但凡有点理性的人应该都能理解学校的做法。

时涧成绩好有目共睹，只是出勤率拉低了期末的分数，要不然第一名的奖学金绝对是他的。而且另一方面还有个形象问题，这是中美两个学校之间的交流，到时候还会有很多记者，上台发言的学生代表了学校的形象，当然要选外表出众的。

可现在的方高诗就跟打了鸡血似的，谁也劝不住，键盘敲击声不绝于耳。

左西达也登录了论坛，她发现骂时涧的帖子确实不少，但似乎都是新建的，应该被管理员清理过一批了，她随便看了几篇，倒觉得挺无聊，又想也不知道时涧有没有看到这些帖子，如果看到了又会是什么心情，会在意吗？

想到这里，左西达再一次翻出自己的速写本，里面有很多时涧，但它们又都不是时涧，太单薄、太片面，而真正的时涧到底什么样，左西达还不够了解。

05

原本左西达对欢迎晚会一点兴趣也没有，但听说时涧会上台之后便改变了想法，和她有类似情况的女生还有很多。

此刻，时涧站在台上。他的声音低低的，清爽而温和，嘴角边始终挂着恰到好处的微笑。

发言稿是学校交给他的，被很多老师修改过，过于官方，和时涧本人没有半点关系。左西达没仔细听，只是目不转睛地盯着那道身影。

演讲结束的时候时涧弯下腰对着台下鞠了一躬致谢，目光却落在了左西达的方向，并且嘴角的弧度更深了一些。

下台的身影修长而挺拔，从容淡定地完成了学校交给他的任务。台下的老师无比满意，脸上都挂着骄傲的表情，左西达则转身离开，这里已经没有了让她留下的理由。

巧合的是在门口她又遇到了几个同样打算离开的女生，在向大门走的那一小段距离中，那几个女生在讨论着。

"最后时涧的那个笑容就是给我的，他在看我，我现在真的死而无憾了。"激动的声音太大，几乎在整个走廊回荡。

左西达本来心里的喜悦涓涓流淌了一小段路程，现在被闸门戛然而止在半路上。

她停下脚步，身侧的手指合拢成拳，虚虚地握着什么，转回身就跑了起来。突然的举动把那几个女生吓一跳，她们似乎说了一句什么，但这次左西达没有听清，也不打算去听。她的脚步很快，一路冲到后台。

她跟着戎颖欣来过，知道如果从后台离开的话后面还有个小门，不一定如她所愿，但总要试一试。

晚会还在继续，后台的人很多，她甚至看到了戎颖欣。在一片忙乱中，左西达没有停留，直接离开穿过一小段走廊之后就到了后门口，她刚冲出来，左侧传出一道含笑的声音。

"跑这么急，准备去哪儿啊？"

左西达猛地听见时涧的声音，向前的脚步及时刹住，转而小跑几步，将自己埋进左侧那道人影的怀里。

时涧被吓了一跳，赶忙将手里的烟拿远了，刚刚差一点就烫到左西达了。

他放任左西达的动作，说了一句情侣间才有的对话："这一惊一乍的。"语气中潜藏着无限包容和暖意。

左西达享受着这片刻的拥有。时涧温柔的声音，还有身上的烟味混合着烟草的味道，一起温暖着她。

她更加用力地拥抱着时涧，回应着刚刚时涧说的那句话。

"没什么，你很好。"换言之——因为时涧很好，所以我想在此刻拥抱你。没有原因，只是随心而动。

被夸的时涧低低一笑："谢谢你，你也很好。"

继上次之后，两人见面的机会便少了起来。

十一月，位于南方的南松市也开始冷了，今早的天空就是阴沉沉的。

戎颖欣几次提醒等会儿去系里的左西达穿上棉服，最后不放心，干脆亲自去左西达的柜子里翻找，拿出一件合适的递给她。

"你怎么跟她妈似的。"尤泽恩被戎颖欣闹醒后，第一句就是这句吐槽。

没想到惹火上身，戎颖欣转头对着床上躺着的尤泽恩也是一顿念叨："你今天也不能穿皮衣出门。你不能要风度不要温度，到时候感冒了有你受的，或者你干脆穿我这件，黑色的多合适你，就这么定了，衣服我给你放这儿了。"

戎颖欣作为宿舍的温暖小姐姐存在，对看见的人都发动了温暖守护。

躺着的尤泽恩还没反应过来，就已经被安排得明明白白的了。除非她今天不打算回宿舍，要不然戎颖欣回宿舍发现她没照做，一定会更加念叨加"温暖守护"。想想还是算了吧，从了她，尤泽恩这么随意地预想着。

左西达穿好棉服后，回到系里之后又得到一个消息。她之前拿去参赛的作品得奖了，是二等奖。

"高兴一点，又不是非要拿第一，二等奖也很好啊，多少人想得都得不到呢，都是荣誉。"刘教授宽慰左西达。

左西达点了点头，面无表情的样子无法分辨情绪，可刘教授能猜到，她并不开心。

左西达在专业方面好胜心很强，又有能拿第一的机会和本事，只拿了第二，对她来说跟失败没有差别。

"你也别不服气。董锐志的作品你也看了，确实很不错，这个第一名副其实。"刘教授年近五十，风浪见得多了，能明白左西达的年轻气盛，却不想她钻牛角尖，"你的优劣太明显，家装类是你的强项，上次那个古风宅院让你名声大噪，想法和构思确实很惊艳，可一旦涉及其他领域你的弱点就凸显出来了，这是你的问题，你要正视。"

董锐志和左西达都是圈子里很受关注的新人，董锐志胜在全面，可以驾驭任何风格，而左西达却很有偏向，如果是她擅长的领域她会发挥得异常出色，反之则效果平平。虽说拥有自己独特的风格并且能在这个风格中做到完美是一件非常难得的事，但在现阶段却不是左西达要去追求的。

左西达明白刘教授的意思，她其实也早意识到这个问题。但她觉得哪怕在自己不擅长的领域她也能赢董锐志，她并不服气，这次不行，还有下次。

"我向系里给你申请了补助，这次你去参赛的费用系里给你报销，过两天差不多就能批下来，奖金倒是已经到了，你拿去给自己买点好吃的。看你瘦得，上次你师母看到回去心疼了好几天，一直说让我带你回去吃饭。"

左西达知道教授这是在关心她，可实在心情欠佳，便只点了点头。

她被这个二等奖影响了，奖杯也没拿走，就打算在系里放着。

从刘教授的办公室出来，她先回了建模室。同一个小组的组员都没在，估计是去吃午饭了，台子上放了不少东西，都只是个大致的雏形，左西达的作品也在其中。

她最近在做的船屋是她的心血之作，预想的成品是完全立于水面之上的。难度很大，但对左西达来说只是时间问题。

专心做一件事能让左西达静下心来，可偏偏有人来打扰。

面对刘教授的安慰，左西达都没说几句话，在穆翔飞面前只会更少，可穆翔飞似乎什么都没察觉，还在恭喜左西达得奖。

拿着美工刀雕刻模型细节的左西达脸上没什么大表情，但手下的动作更快了，后来穆翔飞说了什么她没仔细听，直到穆翔飞推了推她的胳膊。

左西达手上雕琢的小零件因为突然的外力，而走向歪斜。

穆翔飞并没有注意到这个细节，还在问她："西达，你听到我说了吗？"

"你说什么？"左西达放下手里的东西去看穆翔飞，这次她是真的很认真，她就想知道对方到底说了什么要紧的话值得上手来推她。

穆翔飞见左西达终于转过来看他，他脸上闪过一抹羞涩，自顾自将刚刚的话又重复了一次："我说，我希望你能成为我的女朋友。"

06

"不可能。"想也不想，左西达直接扔出这三个字。

穆翔飞愣了一下，毫无空当的话让他失去了反应能力，但到底是很好理解。

他想再争："为什么啊？我对你不够好吗？"

"你对我好，照顾我，带我去吃好吃的，这我知道。可我不想做你女朋友，也不想和你谈恋爱。"左西达没有转弯抹角，没有伪装，也没有隐藏，她没空去想那些。

她现在满脑子都是刚刚那个零件她需要重新做，必须保证和上一次一模一样才行。

"可……你这样是不对的，只想接受我对你的好，却不想付出任何东西，这叫什么？"

穆翔飞没想到左西达是这样想的。在他的印象里，左西达一直是一个很单纯的女生，和其他大多数女生都不一样，同时在专业上又很强势，而他也是被她的这种反差吸引着，甚至是为之着迷。

他以为他们的关系已经到了可以说喜欢的地步，甚至觉得左西达有很大概率会答应他，但结果似乎和他想的并不一样。或者说完全相反。

"是很自私，但我帮你做模型，帮你完善你的作品，之前你去参展的作品都是我帮你的，不是吗？"左西达不知道这些可不可以作为等价交换，她只是说出事实，证明她也同样有付出，只是和穆翔飞想要的相差甚远。

穆翔飞蒙了，他以前并没有考虑过这些。是因为系里的恋人或者是关系好的朋友，相互帮忙做作品是很正常的，他把它视为关系特殊的表现，可现在看来左西达并不是这样想的。

可他也很快释然，左西达太特别了，说单纯也好，说不谙世事也可以。

穆翔飞自问对左西达还是有所了解，她对感情就是很迟钝的，甚至是淡漠的，穆翔飞尝试去理解左西达的情感表达，从而来说服他自己。

他沉默了一会儿，又重新开口："西达，那我现在和你说不是这样的呢，我对你好是因为我喜欢你，想和你谈恋爱，那你从现在开始，可以考虑考虑我吗？"

穆翔飞换了一种方式，他并没有放弃的打算："我还会继续对你好，会努力追求你，直到你对我动心为止。"

他说得信誓旦旦，目光分外坚定，左西达分析着他的这番话，却也不太确定："你的意思是，从现在开始我不用再帮你做任何事，而你会继续对我好，用这种方式让我喜欢你，是吗？"

"是。"穆翔飞点头。

"那如果我一直没有喜欢上你呢？"左西达反问。

穆翔飞笑了笑，想也不想地回答："你会的，我对我自己有信心。"

会这样说是穆翔飞突然想到了一个方法，从左西达在建的模型中找到的灵感。

他知道左西达一直很喜欢做各种各样的住宅，从别墅到宅院，从多层建筑到各种树屋、船屋之类，他打算投其所好。

前一阵子，他同宿舍的哥们儿给女朋友送了一朵永生花，女孩子感动不已。

穆翔飞把这两件事结合在一起，打算亲手建一个花房的模型送给左西达，在里面摆上永生花。他会好好设计花屋的造型，绝不是敷衍了事的那种。毕竟太敷衍的话，对同专业的他和示爱来说，都不是一个好的选择。

怀揣着这种想法，穆翔飞离开的时候近乎急切。

而左西达的脑海中还在回荡着刚刚穆翔飞的那句"你会的"，最终她把这句话附着在手上那块已经废弃的零件上，随手扔进了垃圾桶。

之后的那段时间里，左西达不是上课做作业就是继续建模型，拒绝一切社交，似乎又恢复到了她准备比赛那会儿。

"如果是我在比赛上拿了第二名，我肯定会拉着你们大庆三天，怎么到咱们西达这儿就差点抑郁呢？"方高诗不理解。

戎颖欣是问过左西达的，当时左西达的回答是："我不喜欢做第二名。"

她不在意吃什么，也不在意穿什么，可她有她在意的地方，比任何人都坚决或决绝。

宿舍里的其他三个人都明白左西达的意思。其中数戎颖欣最心疼，每天去建筑系给左西达送吃的。她担心左西达又像上次一样饿晕倒，在吃饭这方面，比谁都盯得紧。

不过左西达也不是完全没理会其他事，老房子的交房日期要到了，她和中介提前约定好时间，办完手续便拿回了房子的钥匙。

也不知道是不满左西达毁约还是什么，那家租户在走之前把房子弄得挺乱，没有毁坏什么，只是看上去像是很久都没有好好打扫过了。

左西达在房子里待了一会儿，随即转身出去买了一套清洁用品，从上午一直干到天黑。等她终于摘下手套，屋子里已经是窗明几净的状态了。

老房子的格局不错，三室一厅，南北通透。加上左西达的外婆爱干净，她外婆在的时候，房子虽然老旧但一直都收拾得规整、干净。左西达不想老房子这么脏乱，而且这里也是她唯一的家了。

将房子收拾干净，左西达这会儿才坐下休息，但这一歇息就品出累来，而且还有点头晕心悸。

左西达这才想起来，她好像又一天没吃饭了，手摸向口袋，果然翻出几颗糖。是戎颖欣放的，为的就是在这种时候能派上用场。

要不请戎颖欣她们去那家麻辣香锅吃饭吧。在被一颗糖唤醒了胃口之后，左西达想念起麻辣香锅的味道，也不知道戎颖欣她们吃过饭了没。左西达翻出手机，准备给戎颖欣发语音，结果还没等她打开微信，就收到一条消息。

接着是第二条、第三条、第四条……这样的事在最近常会发生，左西达连看的欲望都没有——是穆翔飞。

自那以后，穆翔飞便经常发消息约她，说要带她去吃好吃的。

左西达明白穆翔飞是什么意思后，面对约会请求便直接拒绝。

穆翔飞会露出失望的表情，有时还会追问一句为什么。左西达不明白，"不想"就是全部，她不想去，于是便拒绝，多么简单的道理，可穆翔飞好像并不明白。

时不时地，穆翔飞还会来给她送东西，都是些吃的用的。戎颖欣也会做同样的事情。都是对她好，可前者会让左西达有负担，她不喜欢那种负担；而后者却半点都不会。

把那些信息全部忽略掉，左西达直接点开戎颖欣的头像发了语音过去，正巧戎颖欣和方高诗在逛街，也都还没吃晚饭。

左西达问了她们所在的地址后，便准备下楼打车过去接她们。

左西达关了灯，提着两大袋垃圾走了。

而另一边被左西达无视掉的穆翔飞开始着急了，他不是没发现左西达最近的冷淡，他想扭转这种局面，于是更加殷勤地约左西达，也将更多希望寄予他正在做的花房上。

他给自己的好兄弟发了信息，请对方来帮忙，好能尽快完工。

在很饿的时候吃到自己想吃的东西是一件让人满足的事。

左西达从坐下开始就闷头吃饭，好在戎颖欣和方高诗也习惯了。眼看她吃完一碗饭又添一碗，可见有多饿，就也没去打扰。等吃得差不多了，戎颖欣才关切地问了一句："又没好好吃饭？作业都赶完了吧，那个船屋弄得怎么样了？"

"作业差不多了，但还得再改改。船屋就只弄了个雏形，时间不够。"最后一句左西达说得很认真。这是她时常会有的感觉，一天太短了，一个星期也太短了，好像一眨眼就过去了。

戎颖欣听后觉得可惜："那个船屋你设计得多棒啊，做完了肯定很酷，不知道放假之前我能不能看到它完工。"

"应该可以。"左西达盘算了一下，那句应该似乎可以忽略，而她说完之后又反问了一句，"你喜欢？"

"喜欢啊，我就是海边长大的嘛，小时候就总是做梦，在海上建个房子生活。不过，我是不能实现这个梦了，但有个模型也好啊。"戎颖欣说着说着似乎又被拉回到了小时候，嘴角挂着笑，眼神带着向往。

方高诗在一旁说她没出息，什么叫不能实现，万一以后中彩票了呢，那就找西达建一个真正的海上房子。

戎颖欣白了她一眼："那也得等我先中奖了再说。"

她们俩开始了日常斗嘴，而旁边的左西达则默默有了自己的盘算。

07

时涧熬了两个通宵，才赶在周五下班前把报告交到时总，也就是他老爸的办公桌上。

最近几年，国内形势算不上好，头先以房地产起家的几家公司都面临着转型问题，百岩集团就在其中。时原也算高瞻远瞩，属于先看出形势的那一拨，所以并没有被颓废的地产形势拖垮脚步。但后续涉猎的领域越来越广，这也意味着变新战略不够精准。

时涧交上的报告里，主要详细地说了新能源市场的潜力。他之前也和时原聊过，于公于私，时涧都希望公司好，所以时原要他递交一份具体的报告上来，供高层评估。

时涧对此没有异议，回去就着手准备，忙了整整两天，终于忙完了。

之后便是不管不顾地睡了将近二十个小时，起来的时候已经是下午了，还不是自然醒，而是被手机给闹起来的。

向光霁在短信里疯狂CUE（叫、提醒）他，说聚会没他，很多女生都在抱怨。

时涧今天没事，也就答应了会去。

下楼的时候他爸妈正在客厅里。下午的阳光太好了，在十一月的天气中属于需要被珍惜的存在。伊宛白沐浴在阳光下，在修剪时原买回来的鲜花，她仔细修剪好，一一摆进花瓶，旁边的时原也跟着学，结果越帮越忙，被伊宛白一巴掌拍在手腕上，他也不生气，嘿嘿嘿笑着。

时涧看着父亲冒傻气的样子，有些无语地迈动长腿走过去，在伊宛白的头上亲了亲。伊宛白笑着抬手拉住他的手臂："睡醒了？"

"醒了，有吃的吗？"

"给你做了海鲜粥，在厨房温着呢，我去给你盛。"伊宛白说着站起来。

时原拦了一下："你让他自己去。"

"也不知道是哪个黑心老板压榨员工，我心疼我儿子两天都没睡好觉，就想亲手给他盛。"伊宛白意有所指，可看过去的眸中都是笑意，"你负责把这些收拾好，再把桌子擦干净，我一会儿回来检查。"

她布置的任务，时原不敢说不，只能点头。

时涧吃完了饭，没有再打扰父母过二人世界。

他收拾好出门，却发现一个月没来，这里还是这样。该喝酒喝酒该玩闹玩闹，大家都还是老样子，便让他觉得有些乏善可陈。

"觉得无聊？"向光霁凑过来，他看出时涧兴致不高。

"那给你看个八卦，女生你认识。"向光霁说着，拿出自己的手机点进群分享给时涧看。

时涧一开始听着，还在想是什么八卦奇事。

没想到群分享的第一张照片就是左西达。照片上的左西达没戴眼镜，黑色的长发挡住了小半张脸，微低着头，看不出什么表情。

那模样让看着照片的时涧下意识地勾起嘴角，露出一个无声的微笑。

照片上左西达的面前，是用一圈玫瑰和蜡烛围住的透明房子，里面摆着永生花，看着像一个迷你版花店。

这个场景不用说也看得出是在告白。时涧又往下翻了翻，在众多对话里只看到说最后两个人是一起走的，至于左西达到底答应没有，没人知道，很多人也都在好奇。

"据说告白的是建筑系的研究生，这东西就是他自己做的，而且这个女孩也是大学霸，前两天还拿奖了呢。"向光霁继续发挥他八卦的潜质，指着照片给时涧科普，"这可能就是好学生之间的爱情？连告白都用专业技能，你看这小房子多精致，要花多长时间才能完成啊！"

要花多少时间时涧不知道，他只记得那天晚上，在他刚刚上台发言完之后，照片里的这个女生像个小炮仗一样扑进他怀里，那时候的她和照片里很不一样，很鲜活，也更有生命力。

像向光霁这种不常来学校的人都能八卦到，证明这件事确实有一定的影响力，穆翔飞准备了好长时间，终于在星期五的晚上再一次向左西达告白，公开的。

老天很给面子，那天晚上一点风都没有，红色的蜡烛尽职尽责地照亮中心的花房，可左西达好半天都没有反应，看得倒是认真。

兴奋劲儿过了的穆翔飞后知后觉忐忑起来，周围的人越聚越多，左西达冷静且毫无表示的样子，就显得突兀，也不合情理。

要是依旧被拒绝的话，当着这么多人的面会很丢脸，穆翔飞意识到这一点，伴随着失落与伤心，在众目睽睽下扭曲成了一丝愤怒，他压低声音去试探："你还是不想答应我吗？"

左西达终于移开了原本町着花房模型的目光，转而落在穆翔飞身上。

她的视线中带着疑惑："我应该怎么样，觉得感动、惊喜，从而喜欢上你吗？"

左西达不是故意要难为谁，她是真的不懂，她不明白穆翔飞摆上这些东西的用意。晚上很冷，她穿得又不多，她不想在这里站着，只为了看眼前这一堆东西。

"我……我为你准备了很久，也花了很多心思和时间，你难道一点都不动容吗？"穆翔飞觉得左西达简直可以用"冷血"来形容。

可左西达毫无察觉，她只是实话实说："那你就是在浪费时间了，你做得很差。"

这回穆翔飞就是装都没办法装好，脸色越来越难看。左西达还在继续："甚至没有修改补救的必要，而且这也不是你一个人做的，至少两个人帮你，我也要去喜欢他们吗？"

话说到这个份上，穆翔飞也知道没有必要追求下去了。可他还没失去理智，也不想当着这么多人的面让自己下不来台，便直接拉住了左西达的手："跟我来，我们找个地方聊聊。"

左西达低头看了一眼被拉住的手腕，没拒绝。她冷得早就不想继续留在室外了，于是就同意跟穆翔飞一起离开。

在外人看来这是一场没有结局的告白，至少对他们来说是这样的，围观的人最想看到的是两个主角相拥相吻，似乎只有那样才是顺理成章、让人心满意足的结局。

穆翔飞拉着左西达到了学校外面的咖啡馆之后，说得最多的还是解释自己为什么会找别人帮忙，以及他想送给左西达那个花房的意义和他付出的心血和努力。

他说了很久，可左西达毫无表示。似乎他的这些话还没有那块蛋糕对她的吸引力大，最后穆翔飞放弃了，他觉得左西达就是块石头，冷心冷血，焐不热。

"西达，可能是我们不合适吧，但我还是想说一句，你这样会让对你好的人失望，人都是相互的，但你却好像没有感情一样。"穆翔飞觉得左西达太过冷漠，太过冷漠的人是感受不到他人的付出的。

最开始他觉得这样的左西达与众不同，可现在他才发现这份与众不同，似乎太过了。

"以后见面还是朋友。"穆翔飞保持绅士风度，去结了账之后又把左西达送了回去。

而他想得也确实没错，他的话在左西达这里完全比不上那块蛋糕，所以当她回到宿舍，戎颖欣她们都围过来的时候，她只能摇头："我没听，他说很多，但我只记得他说我们不合适。"

08

生活又恢复到平常的模样，对左西达来说是这样的。

她中午在去食堂的路上回想着刚刚刘教授对她说的话。是关于她的期末作业的。

这学期的期末作业是一座图书馆，左西达想做到打破常规，用很多扭曲的极限角度去完成整体构造，她自己很满意，可刘教授看过之后的评语是：没有灵魂。

左西达很不喜欢这样抽象的评价。

刘教授察觉到了，特意把她叫到办公室，给她看很多国内外的优秀作品。

"你觉不觉得它们的冲击力很强？不是它们有多创新，能找到别人都找不到的角度去完成，而是作者赋予了它们生命，喷薄而出的是来自建筑本身的灵魂。"

她对刘教授是尊重的，离开办公室后就一直在思索，对周遭的其他事物不由自主地就屏蔽掉了。等到左耳突然传来一声很近的响指声时，她被吓了一跳，第一反应便是转头去看，结果只看到一个快速掠过的影子。左西达愣了愣，后知后觉地又转向右边，直接就看进了一双神采奕奕、仿佛闪烁着光芒的深邃眼眸中。那是时涧的眼睛。

喷薄而出的灵魂——这句话再次出现，直接而清楚地展现在左西达的眼前。

时涧："想什么呢，这么入神？"

左西达没回答，她甚至连眼睛都没从时涧的脸上移开，不去考虑合适不合适，只依照自己想的，再去多看一会儿。

被盯着瞧的时涧早已习惯，粲然一笑之后对着左西达伸出手："把手机给我。"

"啊？"左西达下意识反问。

时涧就又重复了一次，还贴心地放慢了速度："你的手机，给我。"

这次左西达听懂了，但没想明白时涧是要做什么，只拿出手机交给他。

左西达的手机没密码，时涧划开屏幕之后看到的是一张出厂自带的壁纸，他笑了一下，快速输入自己的号码并且拨通。

左西达看完全程，终于懂了。

他们之前一直都没有联络方式，时涧没提过，左西达接过时涧递回的手机，并没有开口询问什么。

反倒是时涧主动问起："下午三点半有课吗？篮球队有比赛，要不要来看？"

左西达有点走神，从而忽略前情提要，只问她听见的内容："下午三点半？"

这次，时涧总算表示出一点无奈："是啊，三点半，但下面的呢都没听到？"

左西达没否认，时涧就更无奈了："一天天的怎么老走神，我是说如果没事的话，下午来看我打篮球吧。"

他说着刚好有一辆自行车经过左西达，离得近，几乎是擦着左西达的手臂过去的。时涧看了一眼已经远去的车子，然后伸手把她拉到了靠里的位置。

左西达被时涧调换了位置后还带着一点茫然。可很快第二辆经过的自行车给了左西达答案，她转头看了一眼身边的时涧，他正在掏烟出来，稀松平常的样子好像根本就没拿这当一回事。

收回目光的左西达垂眼看着地面，让人无法分辨她到底在想些什么。

之后时涧接了个电话，似乎有人急着找他，便在半路和左西达分别，一边后退一边对左西达摆手，顺便提醒她："下午别忘了。"

他今天穿了一件黑色的外套，里面的卫衣也同样是黑色的，卫衣的帽子扣在头上，逆着走过人群的动作洒脱自如，还带了一点点痞气。左西达对他点头，便得到了一个她最喜欢的笑容。

经过的人纷纷看过来，更有女生对着时涧小声尖叫。

可左西达知道，那个笑容属于她，一直到时涧走远了，那画面都挥散不去。

之后左西达又回到系里，下午没课了，她打算继续建船屋的模型。

船屋的窗檐有一个特殊设计，需要很小心去处理，可左西达却心不在焉，连着两个都用力过猛。在她的观念里就没有"将就"两个字，不合格的就直接扔掉，并且也不打算放弃，直接开始做第三个。

这回终于成功了。

看着手里的完成品，左西达满意地扬起嘴角，半垂着的目光中闪烁着一抹尖锐和戾气，这在平日里是完全看不到的。

左西达从不追求对事物的"满不满意"，而是反问对事物的把控度，她享受掌握的快乐。所以左西达面对人们的请求和要求时她都无所谓，因为是给满意和喜欢的答复，而不是让她去掌控。不过，目前来说，让左西达想要掌握的，也只有专业和时涧而已。

左西达继续完善模型。模型零散的小细节非常多，这也是建模需要消耗大量时间的原因，等她再回过神来的时候已经是下午四点了。模型没能完成的部分在叫嚣，让左西达不舒服，可她还是选择放下手里的东西，她要去篮球馆，剩下的就等晚上回来再做。

随着天气越来越冷，室外的篮球场已经彻底闲置下来。

今天这场比赛，是他们学校和隔壁艺术大学的友谊赛，不需要太过较真，可篮球这项运动本身就会激发很强的胜负欲。

左西达来的时候比赛已经进行到了下半场，馆内观众不少，但基本都是女孩子，甚至有些就干脆站在场边，反正不那么正式，也没有人会去阻拦。

她们大多是来看时涧的，每次时涧进球都会引来满场欢呼。

左西达看不懂篮球也完全不了解规则，可她想时涧该是很厉害的，因为场内的欢呼几乎就没断过。

最终是德里大学的篮球队取得了这次比赛的胜利。

双方球员互相熟悉，又是友谊赛，便插科打诨着约定好了下次再战，对方球员还说要悄悄给时涧使美人计让他上不了场。

没办法，他是全场得分最高的球员，自然最受瞩目也最拉仇恨。

"那我可等着了，别叫我失望。"时涧一副尽管放马过来的样子，可余光却瞥向了旁边站着的左西达。

他上半场的时候没看见左西达，本以为她不会来了，没想到下半场却赶来了。时涧是在下半场罚球的空当看见左西达的。

很多女生都是奔着时涧来的，对篮球并不关心，现在看比赛结束了，都开始蠢蠢欲动。

有些拿毛巾，有些拿水，想找个机会到时涧面前献一番殷勤。可在她们迎过去之前，已经和队员说完话的时涧只笑着对她们摆了下手，是礼貌的但也是拒绝的意思，接着便径直走到左西达面前。

其他女生的目光犹如芒刺扎在左西达的身上，可左西达无知无觉。左西达看清了向自己走来的时涧之后，视线里便再也盛不下别的了。

时涧的皮肤是健康的小麦色，出了汗之后还散发着光泽，从肩膀到手臂的过渡无比流畅，左西达的心里有一杆笔，已经开始了描绘。

"你来晚了。"

左西达眨眨眼，没否认，目光中多了些心虚。

她似乎不再戴眼镜了，这么看过来的时候，眼睛清澈透亮得惊人，也让时涧忍不住抬手，揉了一下对方的头发。

发丝软软的，手感极好，于是他的笑意就更深了，收回手的同时左右看了看，发现左西达两手空空什么都没有，"扑哧"一下就笑了出来，目光变得十分柔软，近乎可以称之为宠溺，然后拉住左西达的手臂，向大门的方向走去。

"去哪儿？"被带着走的左西达问了一句。

前面的时涧脚步没停："去买水啊。"

09

"下次我会给你带的。"左西达拿出学术精神，知错就改。

于是，时涧就笑得更厉害了。

他把空掉的矿泉瓶扔进垃圾桶里，用另外一只手捏了一下左西达的脸颊："你怎么能这么可爱呢，我的宝贝儿？"

是个疑问句，但左西达判断并不需要回答，也没躲开时涧的动作。

时涧看着眼前安静的女生，觉得她的反应可爱得很，于是提议："我去洗个澡换衣服，一会儿带你去吃饭，吃西餐好不好？我知道一家味道不错。"

听到"味道不错"，左西达就有点动心了，可系里卡在一半的进展让她焦躁不安，想赶快回去完成，便轻轻摇了摇头。

时涧有些意外："怎么了，一会儿有事？"

这次左西达点点头。走廊的灯光是白色的，而左西达本身就白，像一粒雪找到同类，声音也是冷冷清清的："在弄模型，到一半了。"

时涧想了想之后说道："那你也要吃饭吧，现在都六点了，我们不去那么远了，在学校旁边吃一口？"

"好。"这次左西达没拒绝，"我们去吃麻辣香锅吧。"

"麻辣香锅？"时涧惊讶于左西达竟然会主动提议，"你喜欢？"

"很好吃。"

难得看她用如此强烈的字眼表达喜爱，时涧瞬间觉得她接地气起来。

"好，我们就去吃麻辣香锅。不过你得等我十分钟，我真得换身衣服，要不然一身臭味。"

来吃麻辣香锅是左西达的提议，可她却并不开心，时涧简直像个景点，不光店里的其他客人，就连门口都有人张望。

时涧也挺无奈的，可这事儿也不是他能控制的，最后就连店老板都来调侃说："小伙子真受欢迎，以后常来。"

时涧也只能用笑作为回应。

之后左西达要回系里，时涧送她去。

虽然左西达没有表现出不开心的情绪，但时涧却自觉认为是他带来不好的印象。

于是他问道："不高兴了？"

听闻的左西达抬眼看他，轻轻摇了一下头。她没有不高兴，这种情绪和高兴不高兴并没有直接关系，她不知道时涧明不明白她的意思，只听他说了一句："要不我下次戴个帽子。"

这个提议让左西达思考起可实施性来。

时涧似乎还没说完，这次的声音中多了点笑意，就显得暧昧起来："或者，你干脆把我藏起来。"

时涧的一个玩笑却恰好命中左西达的心中所想。可把人关起来是犯法的，至少，不能用实质性的方式，那么剩下且唯一的那种，左西达知道是什么。

"藏起来。"她下意识地重复，喃喃低语中所包含的认真和偏执都没有被身边的人发现。

时涧似乎有充电功能，让之后左西达的工作都变得顺利了很多。手机响的时候她刚把这一部分完成，是戎颖欣的视频，催她回宿舍的。

　　这倒是少有，戎颖欣她们都知道左西达是个一旦投入就完全没有时间观念的人，并且不喜欢别人强加干涉，她们平时都很少过问她几点回来。左西达还处在意外中，也就没听出戎颖欣在视频中为难的语气，她在完全没有心理准备的情况下迎接了方高诗的炮火。

　　理由很简单，她和时涧同进同出还一起吃饭的事被发到了论坛上，左西达作为"新欢"，身家背景被调查得清清楚楚，一直在密切关注着时涧消息的方高诗几乎不敢相信自己的眼睛。

　　她和左西达住在一个屋子里，却没有察觉到任何端倪，也压根想不到左西达会和时涧扯上关系。

　　"你明知道我喜欢时涧，我一口一个男神地叫着，说了得有一百次吧，你就这么背着我和他勾搭在一起，你良心不会痛吗？"

　　有些事就是这样，方高诗可以接受别的女生，却不能接受身边的人。那种无限接近但又不属于她的感觉让她更难受，再加上左西达的刻意隐瞒，还让她同时产生了被朋友欺骗的背叛感。

　　如果左西达早一点和她说，哪怕就在她看到那些照片的前一分钟，方高诗都还能感觉到左西达是在乎她这个朋友的，有考虑她的感受，可没有，左西达什么都没做，甚至到了现在左西达都只是垂着眼睛不知道在看哪里，总之是没看她，也没看任何人。

　　左西达的这种态度让方高诗更生气了，方高诗希望得到左西达的解释和道歉，但左西达什么都没说。

　　"你不要觉得你现在了不起了，我男神可是很博爱的，就连分手都那么温柔你也看到了，你也没什么特别的。"方高诗说这话的时候根本没过脑子，单纯为了抒发情绪。她现在心口好像燃烧着一团火，不吐不快。

　　一旁一直没说话的尤泽恩站了起来："好了，够了。"

　　成功换来一片安静后，尤泽恩走到方高诗身边，拍了拍她的肩膀把她拉到椅子上："这事我之前就知道，我也没和你们说，你要生气的话算上我一份吧。"

　　"什么？"方高诗猛地一回头，眼睛瞪得圆圆的，一脸不可置信地看着尤泽恩，"你也知道？"

　　"嗯，我也知道。那天在酒吧我看到西达是和时涧一起走的。"

方高诗大概是气到了极致，她之后一直拒绝再和任何人交流，尤泽恩后续去她床位看了一会儿，正蒙着被子赌气呢，于是转回身看了一眼接到电话后就回宿舍的左西达。

这天晚上宿舍里前所未有地安静，安静到让人觉得压抑甚至窒息。

10

同样是隐瞒，可方高诗没有生尤泽恩的气，反而拉着尤泽恩要一起孤立左西达。她拒绝和左西达有任何言语上的交流，也不准另外两个人和左西达说话，努力拉帮结伙将她们三个组成一个阵营。

戎颖欣很无奈，可昨天晚上她听到了方高诗的啜泣声，一直到天快亮的时候还不时传来哽咽。戎颖欣能理解方高诗的心情，也承认这次左西达确实做得不太好，至少是伤害到了朋友的感情。

戎颖欣不知道具体的事，但时涧并不是方高诗的，依据论坛上所说他分手后也一直是单身，他不属于任何人，哪怕方高诗无数次地强调她的喜欢，那也只是单方面的，可左西达的隐瞒太致命，爱情无可厚非，但她踩到了友情的边界线。

别说方高诗，就连戎颖欣都觉得不舒服，好像她们都不值得一句解释，好像她们对她来说无关紧要。无论事实如何，至少左西达现在给她的直观感觉就是这样。

不再有人提醒左西达要多穿衣服，中午也没有人邀请她一起吃饭，晚上回到宿舍都是戎颖欣和方高诗在聊天，将左西达彻底地屏蔽在外。

至于尤泽恩，她在的时间本就不多，曾几次欲言又止，再想想又似乎没有立场去要求任何人。

左西达这段时间并不开心，可偏偏有人来火上浇油。穆翔飞来找她，把她堵在教室门口，当时还有很多同学在，但他并不打算避开。

"我以为你是那种对感情不敏感的人，可现在我发现你不是。"他显然也看到了学校论坛上的新闻，"你为什么不直接告诉我你心里有人了，你什么都不说，心安理得地享受着我对你的好，却对我的努力视而不见。"

他站在道德的高地上，用一种绝对正确的方式去质问左西达。很多人都在看他们，窃窃私语的声音像蜜蜂，嗡嗡声一片，听不出内容，左西达觉得自己像动物园里的猴子一样被人参观，可她不想当猴子。

左西达清清楚楚地记得自己说过什么，也记得穆翔飞当初对于追求的解释，但她现在不想说，和愚昧的人多说话，是浪费时间。

她这样的态度很容易让人误解，穆翔飞离开之后就在学校论坛上发了帖子，主要目的就是控诉左西达伪单纯真自私，利用别人的感情给自己谋得好处。他在学校里也算是人缘很好的，支持的声音很多，反之对左西达的不满也就更多了。

这个帖子左西达没看到，还有更多有关她的帖子，她都不知道，可她能看到人们回避的目光。左西达有些烦躁，也没什么心情继续下去，掏出手机翻看了一下微信。

群里方高诗和戎颖欣在聊天，她们相约晚上要去看电影，以前她们总会问左西达，尤其是戎颖欣，可现在不会了。

左西达又打开了朋友圈，没想到第一条竟然是时涧发的。刚加微信那会儿左西达就翻过时涧的朋友圈，内容非常少，没想到今天居然发了一条。

左西达看得仔细，照片上是向光霁在冲着镜头傻乐，文字内容只有一句：傻瓜生日快乐，祝你明年能聪明点。

没能在照片中找到时涧痕迹的左西达并不满意，也许照片是他拍的？

依照目前的情况来看，她觉得她做了赔本的事情，失去得太多，得到的却太少，她没后悔过，让她不开心的，是这件事到目前为止还没做成。

今天是向光霁生日，自然是不能吃个饭就结束，从饭店出来后他们去了朋友开的会馆，特意将一整层包下来，在场的都是自己人。

向光霁拎着两根台球杆斗志昂扬来找时涧PK。看在他是寿星的面子上，时涧有意放水，没想到向光霁还不满意了，最后时涧不再客气，直接晾了他"七星"。向光霁消停了，把球杆交给别人，自己灰溜溜地去旁边当观众。

不过他这个观众并不尽职尽责，没一会儿就开始玩手机。好像是发现了有意思的事，刚好时涧打完一杆也下来了，他就直接把人拽到了吧台。

"这真是你的新欢？"他指着手机里的左西达问。

时涧反问："你是怎么知道的？"

"不光我知道，现在大家都知道了。"向光霁笑得那叫一个贱，一副看热闹不嫌事大的样子把手机递给时涧。

时涧看了没一会儿就皱起了眉。

"你看看这怨气。这个发帖子的前一阵还告白来着呢，你就不怕晚上被人从背后给你一闷棍？"时涧一直没说话，但向光霁在旁边按捺不住，主动去撩闲（搭讪、挑逗）。

"用什么身份打我？"抬起头的时涧一边说，一边看了向光霁一眼。

其实那一眼很普通，也没有太多情绪，可向光霁直喊冤枉："你别冲我啊。那小子摆明了怀恨在心，不报复你就报复人家姑娘呗，够没品的。自己追不到人就乖乖认栽，现在发这些恶心谁呢。"

向光霁是时涧的朋友，当然是站在时涧这边的，可他这话也不完全是帮亲不帮理，至少换作是他肯定做不出来这样的事。

时涧不置可否，后来向光霁被别的朋友叫走，而他还继续留在座位上。这边能相对安静些，而时涧在思索了一会儿之后，给左西达发了条微信过去：在干吗？

很稀松平常地问候，之后他喝了几口啤酒，手机就一直拿在手里，直到传来提示。

左西达给他的回复是一张模型的照片，还没完成，却非常精细。

时涧：你做的？真是厉害，看得我这个外行人一愣一愣的。

夸奖的话左西达听过很多，可时涧的似乎格外不同，她将这句话看了好几遍。

左西达：谢谢。

看着左西达回复的这干巴巴的两个字，时涧的笑容又加深了许多，弯下来的眼睛让他看上去很温柔：还要多久才能完成，有时间陪我出来吃饭了吗？

左西达：就快了。

她想起上次的事，便又说得更具体了一些：一个星期左右。

时涧：那可就等着了，到时候做好了最好有机会让我看看成品。

他们就这样聊了一会儿，没什么特别的话题，多半都是时涧引导着左西达，一直到向光霁过来找人才结束。今天是向光霁生日，时涧不想扫兴，但也不得不承认，他有些担心那个不爱说话的女生。

11

时涧的新项目通过了，但也是一步一个坎儿走得挺艰难，时原让他自己去拉投资，不是他们没实力，但至少也要找到一个合伙人，第一可以缓解初期的资金压力，第二也是进一步证明这个项目的价值。

"时总，送您一句，'无商不奸'，您别生气。"在时原的办公室里，时涧简直要被自己老爸那副阴险狡诈样气笑了。

"我这叫公事公办，铁面无私。"时原没生气，反而扬扬得意。

没多久伊宛白的电话打了过来，知道他们父子今天都在公司，问他们什么时候回家，原本是挺正常的关心，可时原老大不高兴，非常介意伊宛白打的是时涧的电话而不是他的。

"为什么打给你？"时原吃自己儿子的醋吃得飞起，小心眼儿的样子让时涧看得直乐。

他父母的感情好，好得就连他这个儿子都像个第三者，但时涧这个"第三者"当得挺享受，没事刺激刺激他老爸也是娱乐之一："这个时总您就要看看自己是不是最近魅力值降低了，也正常，毕竟人人都喜欢年轻的。"

"有你这么和自己老子说话的吗？"会让时原生气的点时涧是一找一个准儿，时原立刻就怒了，"毛小子懂什么，老怎么了，越老越有味道。"

伊宛白做了红烧肉，为了不让她等太久，时原也不再废话，催促着快点走。关于新项目的事算是板上钉钉了，时涧要去拉投资，在此之前谈其他都还为时尚早。

跳开父母的关系网，时涧有自己的人脉，也知道谁兜里有钱，他第一个想到的是彭天韵，家里是做海运生意的，算是南松市老牌豪门之一了。

彭天韵是第一人选，刚好周末圈里有人办派对，彭天韵也会参加，让时涧省了力气。

周末的派对没有任何主题目的，就是单纯凑在一起喝酒聚会，地点是在孔鹏程家里。自从他父母都去了国外之后，孔鹏程时不时就会办一场这样的派对，用他的话说是给家里增加人气，不过每次离开时时涧看着那满地的酒瓶子总觉得酒气大概要更多些。

白天时涧有别的事，来得稍晚了点，刚和孔鹏程打了个招呼就被人拉走了，那边有几个女生来找他。时涧被按着手腕喝了两杯酒又聊了一会儿，他看得出和他比较熟的那个女生有意撮合，但时涧擅长看见也当没看见，之后找个理由就离开了。

他找了一圈，最后在外面的游泳池旁找到了彭天韵。

时涧拿出烟盒敲了根烟递过去："聊聊？"

"行啊。"彭天韵接下烟，看着时涧笑得挺有深意，"怎么，和妹子聊天觉得没意思，时少爷打算换个口味？"

时涧略一挑眉，没接茬，对旁边的沙滩椅示意一下："去那边。"

时涧觉得这事适合开门见山，他自信手里的项目本身，朋友关系只是让他们更快地分享资源，讲究互惠互利，而不是谁求着谁。

可彭天韵似乎并不这样想，略有些为难般，时涧看着，感叹他演技拙劣。

"这个……兄弟你也知道我，我家老子管不住裤腰带，我头上有四个哥哥，下面还有几个弟弟，我难呀，生怕走错一步，不是我不帮你，可万一中间出点差错，我真没地方哭去。正好前两天陈家小公子那有个项目，陈家你知道，要是能和他们合作，我这赚了面子不说，老爷子也得高看我一眼。"

陈家百年世家，名门望族，能和陈家合作算是一种荣耀。

时涧理解，但他不认可彭天韵的选择。

"兄弟你也别怪我，就这一次，等我在家里站稳脚跟了我们再一起赚钱。"彭天韵未必就是敷衍，人们在许下美好心愿时，有一步便是先骗过了自己。时涧应付着点头，嘴角也依旧挂着笑，可他听懂了彭天韵自己都没意识到的言下之意。

时家是有钱，可时原白手起家没背景也没靠山，在那些豪门世家眼里，到底还是差着一级，这一级是无论你有多少钱都改变不了的。时涧很小就懂得了其中的差别，也听别人议论过他父亲如何配不上他出身书香世家的母亲。

时涧并不怪彭天韵，只觉得是他之前想少了，同时也理解了时原要他自己拉投资这件事的更深含义——为了考验他。

头天晚上喝了酒，宿醉让时涧第二天起床就开始头疼，可他还是坚持去了学校。其实他早就想来了，只是前几天没时间，今天算是得了空。

刚到学校，时涧就给左西达发微信，可连着几条都石沉大海。

一直等到临近午休，时涧终于忍不住打了电话过去，没想到依旧是无人接听的状态。

时涧准备去建筑系看看，可偶遇有时候比刻意的寻找来得更别出心裁一些。

就在食堂旁边的那条小路上，左西达穿着一件黑色大衣，裙摆周围露出一小片花的图案来，和这十一月的天气一起，像是要守住最后的鲜艳。

左西达是显眼的，只是匆匆一瞥就足够时涧注意到她，过分白皙的肤色很容易让她看上去带点憔悴，半垂着的眼睛流连于地面。和其他三三两两的人不同，左西达只有她自己，形单影只。

时涧没有第一时间过去，任凭左西达在他的视线中经过，进了食堂，瘦弱的身影在瞳孔中留下影子，最终彻底消失。

时涧在原地站了一会儿，似乎在想什么，之后也跟着去了食堂，但没直接进去，而是停留在门口。有女生注意到他，可时涧的目光不在她们身上，他找到了左西达。左西达依旧是她自己。

时涧一边掏烟一边再次拨打左西达的电话，依旧没有回应，眼前的左西达好像根本就没注意到电话似的，抬起的脚步伴随着一声叹息，那点无奈一直持续到他看见左西达脸上惊讶的表情。时涧抬手，在左西达头上轻轻拍了一下："怎么不接电话？"

形式大于内容的力道几乎可以忽略不计。

身边传来一小声惊呼，来自对桌的女生，这也是时涧没有第一时间走上前的原因，可这会儿倒是想开了，既来之则安之。他本就不是喜欢遮掩的性格，这唯一一次顾虑还很不成功。

"你给我打电话了？"似乎还在消化时涧突然出现这一事实，左西达后知后觉找手机，结果一无所获，"忘记带了，应该在宿舍里。"

"你呀。"时涧的无奈又加深了，但笑容中更多的是包容，"知道我找了你多久吗，这一上午你都没注意你没带手机？"

"在上课。"

理所当然又十分正当，堵得时涧无从反驳，只能摇头苦笑："好，上课很重要，那现在是午休时间，能让我请你吃个饭吗？"

这次左西达没犹豫直接点了点头，乖顺的样子让时涧彻底没了脾气。

12

这大概是时涧和左西达第三次在一起吃饭，依旧匆忙，午休只有这一个多小时的时间，去不了太远，就只能在学校旁边找一家饭店，可时涧却感受到了投喂的乐趣。

左西达对吃什么没想法，一切全凭时涧安排，等菜上了桌她也不客气，一一试过去，脸上少有地出现了情绪变化，好恶一目了然。

而通常她都是喜欢的，只是也分喜欢和特别喜欢。一旦遇到特别喜欢的，她会下意识地眯一下眼睛，和她平日里丧气满满的样子简直天差地别。

时涧喜欢看左西达露出这样生动的表情，便在心里默默记下对方喜欢吃的菜，除此之外还在看似随意闲聊中，把他想知道的都问得差不多了。

左西达毫无防备，在时涧问起她为什么没和戎颖欣她们在一起的时候，想也没想地直接回她们不愿意和她一起了。时涧听着，当时并没有过多地发表意见，看时间差不多了就把人送回了建筑系。

门口来往的学生很多，可这一次时涧不仅没避嫌，走之前还帮她顺了一下散落的头发，看她因此而微微睁大眼睛，跟着嘴角也弯了。

"回去吧，记得好好吃饭好好睡觉。还有，要带手机。"时涧的声音低低的，像沾着糖霜一样。

左西达点了点头："我记得了。"

那天下午毫不意外地，左西达又一次和时涧上了学校论坛。时涧看完那些不知道什么时候被偷拍下的照片，给尤泽恩打了个电话。

"尤老板在哪儿发财呢？"电话接通，时涧玩笑着调侃。

"在酒吧呢，我还能在哪儿。怎么，找我有事儿？"尤泽恩略显警惕。

"有点事儿，说话方便吗？"时涧点了根烟，声音变得含糊。

尤泽恩变得爽快："没什么不方便的，你说。"

"其实是想请你帮个忙，替我攒个局。"这会儿时涧正在去取车的路上，手机传来其他电话进来的提示，可他没去理会，"我想请你们宿舍一块儿出来吃个饭。"

他的话让电话那边传来一阵沉默，再然后，尤泽恩的声音就多了些别有深意的味道："你这是想替人出头？"

"说请罪更恰当点，这事儿我做得不对。"时涧笑了笑，尤泽恩在那边微微叹了口气。

那点周到熨帖在温柔中，很容易让人沦陷。

"我尽量吧。什么时间？"尤泽恩答应了。

时涧则拿出了十二万分的诚意："当然是看你们什么时候方便，按照你们的时间来。"

"那行吧，我试试然后给你回电话。"对于这件事尤泽恩并没有十足的把握。

时涧也非常懂得适可而止，只在末了加了一句："尤老板您大人大量，看在我老去酒吧也算得上半个老主顾的分上，帮我关照着点。"

尤泽恩多少有些意外，她不知道时涧听说了什么，可他现在会出口让尤泽恩帮忙照顾左西达，还用上了他们之间的情分，不得不承认，这让尤泽恩有些困惑。

他对待身边的每一个女生都是如此吗？那应该说他是太好，还是太可怕？毕竟如果这些都不长久的话，在分开的时候，当初的好就都成了杀人诛心的刀子。

"女生之间的事还是很复杂的。"最后尤泽恩只这样说了一句。她不知道时涧理解了没有，因为时涧既没有追问，也没有再要求她如何如何，只表达了感谢之后就挂了电话，进退有度分寸拿捏得极好。

一般超过晚上十点，戎颖欣她们就默认尤泽恩不会回来了，但今天似乎是例外，她们都准备睡了，尤泽恩推门进来了。

"怎么就你俩，西达呢？"从酒吧赶回来的尤泽恩有些累，本以为会看到三个人，没想到左西达竟然不在。

"谁知道她去哪儿了。"回答的是人方高诗，语气阴阳怪气。

尤泽恩只从这一句话就能看出，宿舍里的关系并没有得到缓解。

"应该还在系里。"旁边的戎颖欣跟着补充了一句。

尤泽恩点点头，对方高诗哼出的不满仿佛没听见一样，脱了外套收进柜里，然后把两张椅子都拉了过来，面对着方高诗的床，阵势摆开后又将戎颖欣拉了过来。

戎颖欣很疑惑："怎么了？出什么事了吗？"

"今天时涧给我打电话了，说想请你们吃饭。"回来的路上尤泽恩一直在想这事应该怎么说比较好，可想来想去，最终还是选择了最简单的方式——直说。

"时涧要请我们吃饭？"效果还是很强烈的，时涧的名字在这个宿舍地位卓然，原本已经躺下的方高诗直接坐了起来，可那股劲儿又很快卸了下去，变成了防备，"他为什么突然要请我们吃饭？"说完又自己想到一种可能，"是因为左西达？"

"他只说让我帮忙问问你们，约定个时间。"尤泽恩实话实说，可她也并没有否认，"不过我觉得是。"

这是不争的事实，时涧和她们毫无联系，唯一有的，便是左西达。

"我认为不需要想那么多，就看咱们想不想。怎么样，姑娘们，想去吗？"尤泽恩拍了拍手故意把气氛提起来。

戎颖欣看向方高诗，她的态度不重要，在这件事情中，方高诗才是那个最激进的人。

方高诗似乎一时也没有主意，左看看戎颖欣右看看尤泽恩。

尤泽恩等了一会儿，适时地开口："要我说咱们就去，吃饭嘛，又不用我们掏钱，总归是不会赔，再说了男神请吃饭，不去不是傻子吗？"

尤泽恩是第一次用"男神"来称呼时涧，算是投其所好，用词用句也把自己划分过去，这是一种心理暗示。

方高诗显然被她说动了："那行吧，咱们就去看看，反正我明天下午也没课。你呢颖欣？我记得你周二下午也没课吧？"

明天下午戎颖欣确实没课，但学生会有其他安排，可她在快速的思索了一下之后，决定不提："嗯，我也没课。"

"那就明天，下午四点行吗？中午回来收拾然后再一起过去。"尤泽恩提议，其他两个人都没意见，"那等明天早晨我再问问西达，要是她那边 OK，咱们就这么定，要是她不 OK 我就让她旷课，也不能总是可着她来。"

她故意这样说，对方高诗来说很适用。

尤泽恩见事儿办完了，拿上卸妆油准备进洗手间卸妆，就听见刚刚还犹豫不决的方高诗问了一句："你们说，咱们明天吃点什么啊？"

尤泽恩"扑哧"一笑，觉得方高诗还是很单纯好哄的，凑过去使劲儿揉了揉方高诗的脑袋。

第三章：左西达是特殊的

时涧很早就意识到这一点

01

太阳晒得左西达不安稳，几番挣扎之后不情不愿地醒了，但整个人昏昏沉沉，迷糊着坐起来，正对上尤泽恩带着笑容的脸。

"这么晚才起来，不饿呀？"尤泽恩问。

左西达缓慢地点头："饿。"

呆呆愣愣，压根儿没有一点高智商学霸的样子。

左西达可能是最近休息时间多了，睡眠也够了的原因，常年出现的黑眼圈浅了，巴掌大的一张小脸白白净净的，漂亮得像个洋娃娃。

尤泽恩被美色冲击，有点恨铁不成钢的可惜，但凡情商高那么一点，加上这张脸，绝对是一搅弄风云的主儿。

"我点外卖吧，一会儿她俩回来了正好一起吃。"尤泽恩一边看一边问道，"你下午有课吗？"

"想回系里。"左西达的船屋模型已经做好了，惦记着想再去看看有没有什么要修补的地方。

不过尤泽恩却说："今天别去了，或者晚上回来再去吧。"

是个通知的语气。左西达不明所以，点着外卖的尤泽恩一心二用给她解释："时涧说要请吃饭。我昨天已经和颖欣、方糕她们说好了，你要是没问题我就给时涧打电话，让他订餐厅。"

"时涧要请我们吃饭？"左西达持续不解。她事先完全不知情，明明昨天还和时涧见过，对方却半点都没提起。

尤泽恩看着左西达满脸疑惑的样子，叹气："是啊，你想不到他为什么要请我们吃饭吗？"

左西达诚实地摇头，尤泽恩一笑："那就继续想，大学霸，等你想明白了你就进步了。"

尤泽恩没有解释的意思，左西达也不追问，让她想她还真的想了，却没能找到头绪，不过要去系里的话她也没再提了。

尤泽恩给时涧打电话表示顺利完成任务，当时她对面正坐着左西达，就问时涧要不要让左西达接电话。

时涧笑了笑："不用了，下午就见面了。"

没有让尤泽恩生出一点被屏蔽在外的意思，分寸感掌握得堪称教科书级别，尤泽恩不得不再一次感叹时涧的情商之高，如果能分给左西达哪怕一星半点也好啊。

时涧选了家粤菜馆子，以海鲜为主，算是正中下怀，这几个女生都喜欢吃海鲜，他事先没问过任何人，也不知道是巧合还是什么。

她们来得稍早一些，还不到四点，却刚好在门口碰上时涧。他停完车，夹着根烟往这边走，身高腿长，仅仅只是走过来已经分外惹眼。

时涧今天穿了件黑风衣，里面是白色的卫衣。他似乎很喜欢把卫衣的帽子扣在头上，这会儿也不例外，帽子下面露出的眉眼俊美到尖锐。尤泽恩听到方高诗倒抽了口气，那没出息的样子让她特无奈。

随着时涧走近，尤泽恩觉得方高诗快上不来气儿了，毕竟她的运气比较背，至今为止这还是第一次和时涧这样近距离接触。

"还以为我们会比较早呢。"尤泽恩觉得她应该在这个时候说话，便主动承担起责任。

时涧的笑意又加深了些："总不能让你们等，还好我早出来了。"

时涧不光只看尤泽恩，一边说一边也看向其他人，在彼此的对视中微微点头，算是简单打过招呼，同时又不会让女生觉得尴尬。

"我们进去吧，怪冷的。"时涧说着先走到门口，拉开门让几个女生先进去，绅士风度自然而然地流露，而他始终微笑的样子带着点独有的少年稚气，特别迷人。

在与他擦肩而过时方高诗觉得自己的心脏就快跳出来了，为了防止这种情况真的发生，她走得很快，还扯上了戎颖欣，厌得厉害。

她的举动让左西达落在了最后头，进门时她下意识看时涧，原本就在看她的时涧对她飞快地眨了下眼，不动声色地将特别藏在隐秘中。

时涧没有任何解释，也不提这顿饭的由来，却不妨碍方高诗独自陷入忐忑中。

她依然觉得自己有权表达不满，可另一方面她不想在时涧的心里被打上刻薄的标签。

"刻薄"，想到这个词方高诗便觉得手心发凉。而对面的时涧似乎察觉到方高诗一直在走神，换了公筷给她夹了一只虾到碗里："开背虾是这家的招牌菜，尝尝看。"

声音低低的，完全没有一点攻击性，相反会让人觉得舒服，方高诗下意识被安抚，可当她对上时涧的目光时，她又灰心地意识到——想让别人不认为她是个刻薄的人，光靠期待是没用的，而是不做刻薄的事。

想清楚这一点，方高诗反倒坦然了。之前的事无法改变，她就算纠结到死也没用，她是欺负左西达的坏人，哪怕主观意识上她从没想过要欺负谁，但这是事实。而与之相反的是，方高诗发现她的男神比她想象中还要好十倍。

很多人都说偶像只适合远观，一旦走近总会有一定程度上的幻灭，可方高诗今天可以义正词严地站出来否认这句话。

无论是在席间的照顾还是恰到好处的话题，或者刚刚方高诗不在状态时的包容，都让你感觉，好像是可以的——就算做错了一些事，也是可以被原谅的。

她沉溺于这种氛围，甚至有些与有荣焉的骄傲，这是自己的男神，瞧瞧，多好。可很快又意识到这不是她专属的。

方高诗从上桌后，便一直偷偷观察左西达。左西达和时涧并没有表现出特殊的亲昵，似乎时涧对她和对她们都是一视同仁的，也不见任何多过对她们的照顾的举动。这让方高诗感觉好了一些，可有些事是心知肚明的。

她们之所以会和时涧一起吃饭，是因为左西达。

这顿饭吃的时间有些长，可哪怕是这样，方高诗依旧意犹未尽，抛开其他不谈，她只单纯地希望能跟时涧多相处一会儿。

恰好时涧在这时接了个电话，似乎是有人约他。时涧一边听一边看了看她们，然后对那边说了一句："我和朋友在一起，我问问她们愿不愿意一起过去。"

方高诗觉得希望来了。果然，时涧挂断电话后便对她们提出邀请："朋友找我去唱歌，一起去玩玩吗，光霁也在。"

问题是对四个女生一起问的。方高诗左右看看，最后不知道为什么竟然和戎颖欣一起把目光落了尤泽恩的身上。尤泽恩一愣，摊手表示："我无所谓啊，看你们，想去的话就一起去呗。"

"那就一起去吧，反正时间也还早。"尤泽恩的话给了方高诗一个口子，让她顺利地接了下去。

戎颖欣没有异议，而是问了问身边的左西达："西达呢？"

"我都可以。"被问到的左西达又恢复了别人带着她，她就跟着去的状态，或者是她一直都没变，变的是以前想带着她的人。

02

他们离开餐厅的时候是晚上七点多，KTV距离饭店有些距离。

上车时，尤泽恩一马当先拉开了副驾驶的门，方高诗收回她一直在关注的目光，心中默默松下一口气，可同时又觉得，她这是何必，简直自己骗自己。

而时涧和左西达对此都没有表现出任何异样，很自然地上车开车，一路顺遂地到达目的地。

时涧身边多是些家中有钱的富二代，基本都在上大学，平日里闲来无事，自然就光剩下玩了，时涧曾经也是他们中的一员，只是随着他慢慢上手公司业务，又有了自己负责的项目，出来的时间越来越少，尤其是最近，几乎没来。

他们到的时候便有人以这个为理由不放过时涧，要他罚酒，缺席几次罚几杯。平常时涧可能会喝几杯，可今天他拒绝得很彻底："今天真不行，我有任务在身，得好好把几位女士送回去。"

"不就是尤子吗，我还当哪朵花呢，她就是个汉子好吗，适合自己用腿走回去。"向光霁一看尤泽恩就忍不住臭贫。

尤泽恩也不惯着他："那你看看，某种程度来说，我比你还像男人呢。"

"你这话什么意思？你这不是骂人吗？"向光霁立刻就跟被踩了尾巴

一样，一边骂骂咧咧，一边把尤泽恩拉了过去。

这样一来就剩下了戎颖欣她们三个，左西达倒还好，可戎颖欣和方高诗却觉得有些尴尬，又害怕露怯。

她们都不是很适应这样的场合，原以为就几个人，来了之后才知道满满一屋子的人，两人一时间有些无所适从，但时涧太会照顾人了："我们去那边坐。"

他给她们安排了位置，又找来服务生，点了一些类似林德曼这类女生会喜欢的酒，同时也点了果汁让她们自己选，又拿了零食过来："你们吃你们的，不用管他们，就喜欢嘴贱。有想唱的歌吗？我去给你们点。"

音乐的声音有点大，有人在号《青藏高原》。

时涧也不得不提高音量，旁边一个男生听到了，便调侃他："时哥哥好贴心，我也想被时哥哥照顾。"

"少来，嘴贱说的就是你。"时涧不买他的账。

那个男生立刻中气十足地骂了一声，逗得戎颖欣和方高诗都忍不住笑。

男生对她们问道："你们是尤子的朋友？"

"嗯，我们是一个宿舍的。"戎颖欣点头。

男生很友好地自我介绍："我叫浩子，挺好记的吧，传媒大学的。"

这似乎是个开端，之后戎颖欣她们在时涧有意的引导下和身边的人都认识了，尤其是浩子，简直是自来熟。插科打诨间，气氛热络了起来，尴尬和不适应也就跟着消失了。

其实往日这样的场合时涧才是中心人物，可今天他却一直坐在最边上，为的是照顾戎颖欣她们，帮她们和其他人找话题带气氛，潜移默化将她们融入环境中。不得不承认，他做得很好，几乎可以说得上完美。

方高诗已经学会划拳了，虽然是最简单的"十五二十"，还是超慢版本，但她兴致勃勃的。浩子人很好，没嫌弃她，一直陪着玩。戎颖欣看了一会儿，突然被一阵旋律吸引了注意力。

唱歌的人换了，上台的人叫莫文曜，长得不错，一件休闲西装穿身上特别打眼，但口碑比时涧差很多，曾经因为脚踏两只船而且还是两艘"千金船"被老爸扔去国外好几年。这会儿他正靠坐在吧台椅上，不紧不慢地唱着《Chasing pavements》。

他唱得未必多好，但懒懒散散的，很有自己的味道，戎颖欣一直钟爱这首歌，不知不觉也就看进去听进去了。

只是没想到莫文曜也注意到了戎颖欣，目光对视时，戎颖欣吓一跳，想也没想就避开了。

之后她才发现自己这行为反得让人无法理解，幸好随着歌曲结束，莫文曜下了台，坐的位置也离戎颖欣很远，渐渐地，戎颖欣也就把这事给忘了。

"怎么，时少，你今天就打算一直这么坐着？不上台来一曲？"有人开始起哄让时涧上台去唱歌，说完看时涧有要拒绝的意思，又加了一句，"你身边的那几个美女是第一次来吧，肯定没听过你唱歌，别让她们失望而归啊。"

他这么一说，时涧看向旁边，在捕捉到尤其是方高诗目光中的期待后，轻叹了口气，然后走了上去。

包房里爆发出尖叫，方高诗激动地往前坐了一些。

时涧先去点歌台点了首歌，按了置顶之后响起了一首很多人都耳熟能详的前奏，他点的是《裙下之臣》。

充满磁性的嗓音本身就很有先天优势，音准也完全没问题，沾着洒脱和恣意，一开口，现场几乎是自发地安静下来，台上有一束灯光，它原本就在，只是在这一刻，才好像真正亮起。

歌曲结束的时候全场爆发了掌声，方高诗激动得站起来为她的男神欢呼，甚至忘记了害羞。唯独左西达却没动，她在人群之外看着那个站在台上的人，有如神祇，闪闪发光，可她却只想把他拽下来。

临近晚上十二点时，其他人还完全没有要结束的意思，但戎颖欣明天一早还有课，不能太晚。她一时间没找到合适的时机，看了几次手机，时涧便察觉到了。

他提出要先走时引起了强烈不满，可时涧置若罔闻，他说要把几个女生平安送回学校，并说到做到。

回去的路上车不多了，二十分钟后，几人就到校了。

方高诗觉得奇妙，上个学期时涧对她来说还遥远得只能看一看，可现在她竟然和时涧一起吃了饭、唱了歌，然后又被开车送回去。

如果是过去的自己知道有这一天，她应该兴奋得睡不着。

可现在她做的却是拉帮结伙地去孤立带给她这一切的人。

其实她没什么立场去要求左西达，她并不是时涧的谁，至于说没有提前知会，那也只能说左西达做得没那么好，可朋友之间要做的难道不是包容这样的"没那么好"吗？

方高诗想了一路，要离开的时候就显得沉默，时洇看她站在一边，主动对她说再见。方高诗赶忙也回应了一句，带着点不知道为什么的狼狈，其他人和时洇说话时，她也没搭话。然后在临走之前，她看到时洇抬手在左西达的头上揉了一下："回去早点睡。"

仅此而已，却展露了特别，像是一个已经摆在那里的事实被掀开盖子。方高诗收回目光，错过了左西达回看时洇时的专注目光，那是在其他时间完全见不到的。

时洇走了，四个女生一起上楼，戎颖欣在和尤泽恩聊天，左西达一如既往的安静，可平常话最多的方高诗也跟着沉默就显得有些突兀了。戎颖欣问方高诗怎么了，方高诗摇头，却在回到宿舍之后，突然拉住了左西达。

"前一阵是我不对，我不应该逼着颖欣和泽恩一起孤立你，是我小心眼儿了，对不起，请你原谅我。"

她说得认真，内容也简单又直接。左西达被她说得一愣，迟钝地反应了一下才弄明白对方的意思。

身后的尤泽恩也听到了，她本来是要去卸妆的，这会儿却停住了脚步，在后面默默地笑着偷看，然后就见左西达点了点头："当然。"又加了一句，"我也要道歉，我应该提前和你说的，朋友之间应该这样，我做得不好，对不起。"

方高诗先嘿嘿嘿地傻乐了出来，左西达看她笑，也弯了弯嘴角，压抑了许久的宿舍终于在今天拨云见日了。

03

今天一大早，刘教授就把穆祥飞叫去了办公室，他是穆祥飞的研究生导师，穆祥飞还想继续考刘教授的博士，便一直很努力地给刘教授留下好印象。

可今天早晨刘教授说的那番话让穆祥飞心惊，虽然刘教授没有明说，可意思已经很明显，刘教授觉得他把太多精力都放在了完全不应该也没必要的事情上。

穆祥飞从小到大都是优秀惯了的人，可人外有人天外有天，刘教授手下人才辈出，穆祥飞感觉压力越来越大，他本就是努力大于天赋的人，今天这件事在他心里敲响了警钟。

穆祥飞不想破坏自己在刘教授心中的印象，从办公室出来就把有关左西达的帖子删掉了，并且决定以后的一段时间，都好好待在系里加倍努力，做出一番成绩。

有些事就这么巧，他正想着，就和迎面走过来的左西达碰了个正着。

穆祥飞对左西达是有恨的，当初多喜欢现在就有多恨，可刘教授的话还在耳边，他只能愤愤地加快步伐。

如果说穆祥飞的无视带着刻意，那左西达便是彻底的无意，她早晨去看了模型，觉得还算满意，就想请刘教授也帮她看看，完全没注意穆祥飞这号人。

刘教授自然是同意的，可他眼下有个会，时间上来不及，就答应了等开完会再去建模室找左西达。

刘教授无奈，他也听闻了最近这两人的传闻。

而且这两人还都是他寄予厚望的学生。这让刘教授很是头痛无奈。

穆祥飞是刘教授招的研究生，自然对他寄予厚望，最开始那会儿他也确实很上进，心无旁骛地做出了几个让刘教授很欣赏的作品；他虽不如左西达那样天赋奇高，但也是很有前景的。

可他现在的心思太多，做出来的东西开始趋于平凡，甚至有些敷衍了事的意思。

刘教授理解年轻人，却不想穆祥飞因此而耽误了自己。还有一个便是心存善念的问题，刘教授觉得他的想法可能还是老旧些，在他看来必须是心思纯良的人才能做出真正的艺术品，便更不愿看着穆祥飞走歪。

至于左西达，却恰恰相反。刘教授乐于看她多和人接触，而从这个学期开始左西达明显有了改变，不仅交到了朋友，却也出了这样那样的事情，也算有利有弊吧。

之后临近期末的这段时间课都不是很多。

建筑系的同学都在忙着期末作业，左西达之前的概念没通过，想修改却不知道从何下手，她一向讨厌这种不受控、没有目标的感觉。

她正愁眉不展，放在旁边的手机响了。自从时涧提醒她带手机后，每次出门之前她总要确认一下，几乎成了一种习惯，而这种习惯的附加是时涧时不时发来的微信。

问问她在做什么，一两张搞笑图片，或者抱怨工作忙连吃饭或者是来找她的时间都没有。

左西达的回复往往都很简单，"吃饭了""在系里""不太明白这张图的意思""没关系，等你有时间"，诸如此类。

一般这种时候时涧最常发的是一张兔子龇牙的表情包，努力凶狠但适得其反，左西达第一次看到的时候还愣了下，下意识地把兔子的脸和时涧的脸替换，然后觉得，兔子有张时涧的脸也很可爱。

于是这张表情包就被左西达收藏了起来。

那天尤泽恩问左西达知不知道时涧为什么要请她们宿舍的人吃饭，左西达当时回答的是她不知道。可回到宿舍，在方高诗示好时，左西达明白了，时涧是为了她。

左西达不知道时涧是怎么知道的，也不曾想过他会特别去做些什么，但这些关心和照顾在无言的背后，成了一堵看不到但切实存在的墙，默默地支撑着左西达。

原来是这样的，左西达开始明白。她想永远留下、永远拥有的是被喜欢的人也关爱着的感觉。曾经的穆祥飞也给过左西达很多帮助和照顾，却不一样，有了对比，而且分外强烈。

左西达其实挺想见时涧的，可他最近都没来学校，尤泽恩也说他似乎很忙的样子，她也是从向光霁那儿听说的，偶尔他独自来酒吧就会和尤泽恩抱怨。

于是左西达就只剩下等待了，幸好，她还算擅长等待。

也是默契，原本时涧在吃完饭的第二天就打算去学校找左西达的，却被公司的事绊住，而且一绊就是一个星期。等他终于忙完能松口气，又被夺命连环电话叫到孔鹏程家。

不是派对，只有几个朋友的小聚，孔鹏程要出国了，再见面估计要到明年。

孔鹏程仗着半真半假的醉意猛灌时涧酒，不喝就开始卖惨提交情。

之后，话题就岔开到了其他地方。孔鹏程和父母不睦已久，起因是他撞破父亲出轨,独自挣扎之后和父亲摊牌希望父亲能浪子回头,没想到父亲根本不放在心上,还直言让他不要多管闲事,这时孔鹏程才知道,其实他妈妈早就知晓。

她能接受,不代表孔鹏程也接受。

大家都在开解他,未必有多大用处,可说一说最起码也是个发泄。

酒喝了不少,后来有人说饿了,点了比萨。时涧从公司过来还没吃饭,正打算去吃点,莫文曜先凑了过来:"哎,那天你带来的那几个女孩有点意思啊。"

时涧不解地看着莫文曜,莫文曜眉飞色舞,兴致勃勃:"我唱歌的时候有个女孩看我看得都直眼儿了,你是没看见她对我痴迷的表情。就那个有点胖乎乎的女孩。"

这会儿时涧才意识到,莫文曜说的应该是戎颖欣。

"阿曜,你坐在这儿趾高气扬点评别人的时候,麻烦先找块镜子照照自己。我没看出她有任何不好,也没看出你有哪里好。"

莫文曜是没说什么过分的话,但语气中的不屑和鄙夷让人无法忽视。

时涧语气平常,甚至依旧带着笑意,可莫文曜却实实在在被惹毛了:"时涧你有毛病啊?为了个外人这么说自己兄弟?"

他说到这儿,时涧已经收敛了全部笑意不再言语。

可莫文曜根本听不进去,愤愤骂了一句便起身走了,而原本很饿的时涧这会儿已经完全没有了胃口。

好好的聚会,如今却只剩下扫兴,甚至之后莫文曜还放出话来说和时涧不再是朋友。很多人来做和事佬,但时涧都只摇头说没什么事,道不同而已。

04

周末左西达从系里带了工具和材料,准备回老房子把阳台上的花架修整出来。完工时,左西达站远了一点去看,花架是没问题,只是上面少了东西,到底是和以前不一样。

外婆养花养得极好,多娇嫩的花到外婆手里都能健康生长。左西达不知道自己是否有这个天赋,但也没打算尝试。她平时住校不常回来,别说开花,大概连活着都是问题,还是别残害生灵了。

房间里的书桌也吱嘎响,左西达一并修理了。干活的时候在旁边墙上发现了一些铅笔画，几朵小花歪歪扭扭，童趣未脱，可在左西达看来就是毫无美感，不应该出现。

她下楼去买了砂纸细细打磨，在尽量少破坏墙面的前提下尝试复原，效果还不错，只是离得近还是能发现一些端倪痕迹。

左西达再次后悔同意戈方仪出租房子。

其实在墙上乱写乱画的事左西达也干过，在她还没上小学之前。

后来等外公外婆发现，看着他们惊讶的表情，愧疚是她最先出现的情绪。她以为她要挨骂了。

可她并没有受罚，外婆只是让她跟着一起清理善后。尽管她还小根本做不了什么，可外婆让她参与进去，用这种方式告诉她，什么是应该和不应该，以及做事情之后要懂得承担。

而外公则问她是不是喜欢画画。在得到肯定回答之后，身为美术老师的外公从那时起教她画画。左西达到现在都还记得，外公第一个教她画的就是房子，在一笔一画间告诉她，这是家。左西达也是从那时开始喜欢上房子，并且热衷于创造许多形状各异的房子。

后来外公去世了，被叫作家的房子里，只剩下左西达和外婆两个人，直到外婆也去世，这里就只剩下左西达自己了。

思念并不是难以忍受，人死不能复生，往往理智总能高过一头，可孤独是如影随形的，好像大千世界突然就只有她一个人了。无依无靠，没有人再像外公外婆那样爱她，照顾她，对她好了。左西达不想这样，她不想孤独下去。

所以，她需要再去找寻，再去找寻另一份她想要的，被人在意的情感链接。

都收拾好后左西达站在客厅里默默环视，房子和印象中又接近了些，而当她的目光移到阳台的花架时，突然有了灵感。

左西达拿出速写本开始涂画起来，一直到日落西山，再不能提供光明，左西达才终于抬起头。

她揉揉酸胀的脖颈，又低头看着手里的画稿。她没有犹豫，直接下楼打车冲回系里，开始用电脑构图。

两天的不眠不休，也是灵感最后的黄金时间段，左西达沉浸其中，并不觉得有任何辛苦，只觉得很满意。

等周一拿给刘教授看的时候，刘教授特别满意，不仅仅是满意，应该说是很激动，他说这才是左西达的水平。

左西达将图书馆建筑设计得传统又不失灵巧。不需要任何外在因素，只单单看建筑本身，似乎就可以想到一个恬淡的下午，一本书，一杯咖啡，或者一场不期而遇。

对比刘教授的惊喜，左西达不见有多喜悦，她只是觉得这是应该的，应该这么完美契合。

左西达想立刻投入进去，尽快把这个作品完成，可时涧打来电话，约她出去吃晚餐。

左西达看了看面前的电脑。

"好吧。"她答应了。

中午时涧和一个有投资意向的人吃饭，闲聊时一切顺利，对方高谈阔论，似乎对一切都很有见地，可一旦说到正事提出的都是一些很想当然的问题，对于时涧的解释也不大能接受，排斥而抗拒的态度很明显。

那是对方并不了解的领域，只用自己浅显的方式去解读，也不愿意倾听，聊到一半时涧就已经很清楚，对方不是他的合作伙伴，只为了把场面圆下来才拖延了这么久，到结束的时候已经下午三点左右了。

对方的烟瘾很大，时涧自己抽烟，但也受不了太过密集的憋闷感，好像尼古丁突然一下就成了空气的主角，到处都充斥着它们的身影。

从餐厅出来时涧并没有马上上车，而是在路边站了一会儿，有些凉意，刚好能让人清醒。

只一味站着放松，身边有个戴着眼镜的女生走过，眼镜圆圆的，脸也圆圆的，时涧下意识地想到左西达，然后才意识到，对方已经不戴眼镜了。

也不知道她在干什么。这个念头一旦产生，便收不回去了，于是便有了刚刚那通电话。

时涧听得出左西达在答应之前是犹豫的，那孩子是个小学霸，并不勉强而是擅长并且享受做学霸的那种。那些认真和专注让人尊重，也给她带来了一份不同于其他人的可爱。

现在他把小学霸从知识的海洋里拽了出来，让她来现实世界多待一会儿。说到现实世界，时涧想起这附近有一家奢侈品专卖店，或许可以带个礼物什么的。

时涧并不是用包堆砌感情的人，他从不把感情和金钱混为一谈。不是小气，时涧对女生从不小气，可他不愿意去用钱弥补，或者换取什么，那对他来说不免有些本末倒置了。

时涧从不否认他的感情观存在偏差，爱情对他来说是很虚无的，和很多歌颂的样子不太一致，他更多的是喜欢这个人的长相或者身材，相处时舒服与否，无比肤浅，一般维持的时间也都很短暂，他承认，但暂时还没打算改变。

店员给时涧推荐了很多当季新款，可时涧觉得这些都不是很适合左西达，最后他自己选了个双肩背包。

包包放在副驾驶，下午五点钟时涧来学校接左西达，她一打开车门就看到了，有些疑惑。

时涧答道："给你个小礼物。"

可左西达的疑惑并没有因此而被解除，她把袋子提起来放在腿上，很认真地说："我不知道今天要送礼物，没给你准备。"

她把这当作某种仪式，懵懂而真挚。

时涧笑得眼睛都眯了起来，心里流淌着无限的柔软："下次送，来日方长嘛。"

05

刚十一月中，距离这学期结束还有一个多月，可左西达并不是喜欢拖延的人，恰恰相反，她总是竭尽所能，希望在最短时间内完成目标。如此这般，连去食堂的次数都大大减少了，有时一整天下来到了晚上才能想起吃饭这回事。

这天也是这样，结束的时候外面天已黑了，还下起了雨。而左西达上一次看窗外还是中午时段，一片艳阳高照，和如今的黑暗对比强烈，让她一时有些恍惚。

工作室的其他人早就走了，唯独左西达所在的教室还亮着灯，这种感觉并不好，好像在不知不觉间就被全世界遗忘了，没有人在意。

那点焦躁萦绕不去，甚至有慢慢扩大的趋势。左西达觉得她需要跟人说说话，最起码听听人的声音，所以她想快点回宿舍去，可这会儿雨势正盛，冬天的雨冰冷刺骨，这么淋回去得感冒，这让她又有些犹豫。

左西达收拾好东西，在离开的时候将最后一间教室的灯也关上。左西达皱眉，心里的不舒服达到鼎盛。

这时走廊里响起了脚步声。

或许是门卫大爷，这是左西达的第一个判断，可随着脚步声一点点接近，熟悉的气息一点点靠过来。

——时涧来了。

时涧会来，这不在她的理解范围之内，可偏偏眼前的人让左西达无从反驳，从而有些回不过神，大约表情中也泄露了几分。

时涧笑了起来，随着走近的动作直接抬手捏了一下她的脸颊："傻兮兮的。"

满含宠溺的声音将周围的安静彻底打破，顺便满足了左西达刚刚的期待。

她想听到一点人的声音，现在她听到了，而且还是她最喜欢，也最想听的那一种。

意外地得到后，左西达才体会到了其中的差别。

"你怎么来了？"左西达问出她的疑惑。

时涧则表现得理所当然："我在外面和朋友吃饭，看下雨了，我就猜想，你是乖乖在宿舍呢，还是在刻苦用功呢？我猜是后面那一种，就过来了。"

左西达忙，时涧是知道的。他说着十分自然地将手上搭着的衣服披在了左西达身上，一件很厚实的羊毛大衣。分量通过肩膀很清楚地传递给左西达，让她觉得无比安心，而时涧也没有收回手，直接搂住了左西达："送你回宿舍。"

他手上还拿着一把伞和一个袋子，走到门口的时候把伞撑开，左西达跟着时涧走。

刚刚的困境随着这个人的到来迎刃而解，没有雨水，也没有寒冷，左西达穿着时涧的衣服，又被他搂在怀里，她好像被保护在了另一个世界中，温暖干燥，呼吸间都是熟悉的尼古丁混杂着烟草的香味儿。

每天都要走的路在今天变得格外不同，左西达贪恋这种感觉，好像她真的格外重要，也正在被疼惜着、被在意着，她不会被遗忘，不会被厌弃。

可这条路并不长，很快左西达的宿舍就到了，时涧没有马上离开，而是将手里提了一路的袋子递过去："在餐厅给你点的，应该还有点温度，回去吃点再睡觉。"

"嗯。"左西达点了点头，她想脱下衣服还给时涧。

可时涧拦住了她："穿着吧，一冷一热的再感冒了，下次再来找你，走了。"他说着又一次揉了揉左西达的头发，接着转身离去。

左西达盯着时涧的背影，看得专注，于是也没忽略他左边肩膀上的雨点。

她愣了一下，赶忙抬手摸了摸自己的右肩，干燥得没有任何一点水渍。

在左西达没有注意的时候，时涧把伞全都偏向了她这一边。

焦躁的感觉再一次出现，但和之前完全不同，就像行走在沙漠中的人突然发现别人在偷偷地喂你水喝，从此有了支撑，有了熨帖的暖意。

06

时涧的衣服引来了关注，左西达回去的时候正好和洗完澡的方高诗走了个脸碰脸。方高诗十分敏锐，一下子就发现了左西达身上尺寸明显不对的外衣。

"男人的衣服。"她眯起眼睛，可随即似乎意识到了什么，顿时瞪大了眼睛，一副很震惊、不敢相信的样子，"这是……我男神的衣服？"

左西达不知该如何回应，只能站在那里，点了点头。

看左西达承认了，方高诗戏剧化地坐到了椅子上，单手扶着胸口，很像电视剧里那些大受打击的人，声音还带着点颤抖："你们……你们在一起来着？"

"没有，我要回来的时候他过来了，送了这个。"左西达说着将手里的袋子提了起来，上面有某饭店的 logo。

方高诗微微停顿，又问道："他专门来给你送吃的？"

"我不知道，他去系里找我把我送回来又给了我这个就走了。"左西达都是实话实说。

一旁的戎颖欣表情复杂，而方高诗直接抽了口气，哭腔都出来了："不愧是我男神，他肯定是看下雨了怕你淋雨特意来接你，还给你带吃的，给你披衣服，他怎么能这么好呢。"

方高诗自己都纠结，一方面高兴男神的优秀，另一方面又吃醋这份好不是对她的。

"好了你，咱们是正经大学，不是戏精学院，你的演技也太夸张了。再说咱不是都聊过了吗，要平常心看待，有人对西达好，作为她的朋友我们应该为她高兴才对，警告一次啊我告诉你。"

戎颖欣毫不留情直接上手拍了方高诗额头一下，方高诗的戏码里立刻又多了委屈的部分。

戎颖欣无奈一笑，也不再管她，拉过左西达："你别理她。"

左西达弄不明白方高诗现在这些情绪到底有几分真几分假，看了看手里的东西，说得很犹豫："那，你们要不要一起吃？"

"吃男神买的东西？"方高诗又激动了，坐直了身体看着左西达。

左西达原本的不确定也是因为她，怕这个提议让她不高兴，这会儿只点了点头。

好在方高诗并没有表现出太过负面的情绪，只是在吃东西的时候一直都在嘀嘀咕咕，一会儿高兴，一会儿难过，实力上演"精分"（"精神分裂"的简称）。刚开始左西达还有些不知所措，可后来戎颖欣和她说让她别管，这是方高诗的舞台，又说："你看她也没耽误吃啊。"

这倒是实话，看着方高诗夹起第三个虾饺，左西达大概能明白一些了，或许方高诗只是嘴上唠叨，但其实并没有怎么往心里去，才放下心来。

时涧说的下次左西达以为会很快到来，以至于每次从系里离开的时候都忍不住带了些期待，期待着时涧会像之前那样出现，可往往都是落空的。

建筑系好像突然一下子就恢复到了往日的状态，每天人来人往，却唯独没有左西达想要来的人。

左西达的失落与流逝的时间呈正比，眼看着作品趋近完成，左西达却没有往日的愉悦。

她应该高兴，不光刘教授非常满意，系里的其他老师也都毫不吝啬夸奖，还说会推荐她上展览，可心里的那一点空缺四面漏风，存在感强烈。

或许她不该一味等待，时涧可以找她，她也可以找时涧。可左西达对时涧的了解可以说是空白的，她不知道他在哪里，又在做什么。

时涧的朋友圈已经好久没更新了，过去简单的只言片语也根本代表不了一个人，那种被横隔在外面的感觉像是一道看不见的围栏，把左西达的窥探欲牢牢地挡在了外面，她第无数次翻看之后，又点开了聊天界面。

上次谈话已经是一个月以前的事了，这让左西达突然焦躁起来，便干脆打了一行字发过去：我忙完了。

没有前后因果，只有这短短四个字。

左西达左等右等，一整个下午都没有收到回复。

这让她显得更为沉默，半垂着的眼皮下面，只在藏得很深的地方才透出一点冰冷来。

时涧真不是故意的，他人在美国，左西达给他发来微信的时候这边已经凌晨，第二天睡醒才发现左西达有联系过他。

看着那简简单单的四个字，时涧不由自主就笑了起来，这几天的疲累和辛苦似乎也跟着消散了许多。

他来美国是来谈投资的。

之前时涧一直把目光放在国内，可结果并不尽如人意，这次和他接洽的是一个在美华侨，之前沟通时还算顺利，可见过面再谈到更多细节之后，两边不同的理念也暴露了出来。

这年头让人出钱原本就是一件不容易的事，时涧心态调整得不错，见这边不顺利就直接启动了 Plan B［（第一方案不可行的情况下使用的）第二行动方案；备用计划］。另一家公司的投资意向并不强烈，但也表现出了兴趣，时涧今天就是打算去和对方代表见面的。

虽然左西达说得不清不楚，可时涧却能理解她背后的含义，他发了个定位过去，接着又跟了一条：我在辛苦地工作，你要安慰我吗？

之后时涧想去找杯水喝，手机就那么拿在手上，等他喝完了水正好看到聊天界面上显示着"对方正在输入"，可一会儿之后又消失变成了左西达的名字，并没有新的消息出现，隔了几秒钟之后再次变回"对方正在输入"了。

时涧忍不住笑，他能想象出左西达冷着一张脸，但心里其实十分纠结的样子。

他干脆什么也不干了，想看看最后左西达到底会给他回什么，就这么等了会儿，终于出现了一条：安慰安慰你。

时涧"扑哧"一下直接笑开，带着一点无奈和心里泛出来的柔软，飞快地回复：收到了，而且很有用。

后面还加了一个捂着脸流眼泪的表情。

这回没有了"正在输入"，时涧又等了一会儿确定左西达不打算再回才放下手机。

其实这几天时涧并没有想起过左西达，应该说，他并没有想起过任何女生。工作的时候他习惯心无旁骛，但大约是早晨这几条微信的关系，下午当他在一家古董店偶然看到本和建筑有关的书时，很直接地就想到了左西达。

这本书是一本欧洲建筑学家的手稿集，厚厚一本纸张都已经泛黄了，被放在柜子最边上的角落，现在却被时涧抽了出来，并且在询问了价格之后直接将它买了回去。

他不知道这一次能不能投其所好，只是在想到的同时，就希望左西达能喜欢。

那天就像一条分水岭，之后的一切都顺利了起来，起先并没有表示出太多热情的公司反而能和时涧的项目理念达成一致。

不过一个星期就已经初步达成了投资意向，时涧临回国前他们在一起聚餐。短短几天下来，时涧和对方公司的副总已经像朋友一样，副总还带了妻子过来，并且表示下次去中国的时候希望也能看到时涧的另一半。

"这个就有些困难了，希望到时候我能找到属于我的真命天女。"时涧说得半真半假。

对方的惋惜倒是很真诚，而坐在旁边的女助理，却将目光有意无意地落在时涧的身上。

时涧自然是看到了的。在第一次见面的时候，身为助理的伊迪丝便利用职务之便拿到了时涧的联络方式。

名模一般的长相、身材让伊迪丝十分亮眼，并不完全是欧美人的大五官，还有德国血统的伊迪丝长相中带着一些日耳曼人特有的爽利干净，也刚好是时涧最喜欢的长相，

可无论对方怎么暗示，时涧都表现得冷热不进，眼看着他明天就要走了，伊迪丝终于忍不住吃饭中途就把人拦在了走廊里。时涧很放松地靠在

墙上，完全不在意衬衫的领子被对方攥在手里。

"就这么走了，你不会后悔吗？"伊迪丝把话挑明。

时涧的笑意丝毫不减："我要是说不后悔会显得很伤人，所以我还是沉默吧。"

"你害怕？"伊迪丝的眼睛是浅灰色的，眯起来的时候很有威慑力，她把时涧困在墙壁和自己之间，四目相对时，看到的是一抹满载的深情，从那双深邃的目光中而来，让人分不清到底是真心还是无意。

这次时涧没有再说话，也不去否认这个带着一点折辱的疑问，可他坦然从容的视线反倒让伊迪丝先叹了口气。

时涧的理智和游刃有余是她不想看到的，所以才用言语步步紧逼甚至激将，但现在她已经看透，这根本无济于事。

"我们走着瞧。"她最后只扔下这一句，然后便踩着高跟鞋离开了。

07

知道时涧现在人在美国后，左西达突然就彻底释然了，所有的期待和焦躁在看到那个定位的时候瞬间消失。她说不好其中的关联，却乐见于这种轻松的感觉。

临近期末，左西达零零散散的事情也不少。系里的领导找她谈话，无外乎是想她下学期能多去参加展览，明年春天的比赛也希望她能利用假期多做准备，争取再拿名次回来。

左西达本身对参展并不热衷，觉得跟展很浪费时间，可刘教授总是劝她。看在刘教授的面子上，左西达才答应。

除了这些就是期末考试了，学校里"哀鸿遍野"，"挂科"两个字悬在头顶，人人自危，偏偏尤泽恩这时候和朋友约好了要去泰国玩，誓要做那不一样的烟火。

为此戎颖欣和方高诗一起控诉她，最后尤泽恩左哄哄右哄哄，才终于把人逗笑了。

"谢谢两位大王，不知道等期末考试结束之后两位大王可否有时间？准许小的和两位大王，还有左宝贝一起吃个饭？"尤泽恩早有这个打算，趁着大家都在便提了出来。

大家期末考试结束都没事了，自然都答应了下来。

"那就这么决定了，小的告退。"尤泽恩像模像样地行了个礼，却是不伦不类的。

戎颖欣被逗得直笑，但一旁的方高诗却突然愁眉苦脸，都是因为"期末考试"四个字。

她的成绩算不上好，总是在及格线上徘徊，关键是她这人记吃不记打，每次都是临到期末才开始着急，吃不下，睡不着，还掉头发，而平时她就跟没有这回事一样，继续逍遥自在。

方高诗对自己也是很服气了，诅咒发誓的事做过，对身边的人哭诉发疯的事也做过，可都没用，统统抵不过一颗爱玩的心，宁肯刷微博刷到半夜也绝不碰书本半下。

"就这么一个星期，我都瘦七斤了。"平日里想减肥死活减不下去，现在没想减肥但体重却直线下降，方高诗欲哭无泪。

同时也想哭的还有戎颖欣："不是，你气谁呢？要不我替你学习，我身上的肉分给你点？"

"行啊，我愿意啊。你说吧怎么个换法，我立刻换给你。"方高诗毫无反抗之力，了无生气地瘫在椅子上，面前放着的书跟新的一样。

类似这样的抱怨方高诗最近说了不下五十次，左西达听得多了，这会儿在旁边看着，不免有些好奇地把方高诗面前的书和笔记拿了起来，字迹很工整，但看着不像方高诗的字。

"这不是你的笔记吧。"左西达认识方高诗的字，而事实也确实如此。

"我管同学借的。"

"那就看吧，有说的时间你都看一半了。这上面的重点写得很清楚，你只需要把这些学明白，考试应该不成问题。"

左西达说得很认真，方高诗默默看着左西达的双眼，里面的清澈让她突然无言以对——她没办法和一个学霸解释，甚至现在被左西达这么真挚地说出来，她都有点没办法和自己解释了。

看着一脸认真的左西达和满脸写着茫然的方高诗，戎颖欣认同左西达的意思："西达说得对，正好我也要复习，我们宿舍就相互监督吧。谁挂科谁请吃饭，挂几科请几次，还都得是大餐，食堂的不算，用这个来激励自己。"

"你们是想在侮辱了我的智商之后，又迫害我的钱包？"方高诗觉得自己输定了，立刻跳起来抗争，却被全然地无视。

"反正就这么定了，你要是不想请吃饭，就抓紧学习，我们是不会心慈手软的。"戎颖欣一点不客气。

方高诗骂骂咧咧地表示不满，可到底是拿起了笔记，一边嘟囔，一边不情不愿地看了起来。

有考试卡着，圣诞和元旦两个节日都被匆匆掠过。

左西达本无所谓，但跨年夜那天时涧发来的微信，给她带来了点特殊的喜悦。

那段时间宿舍里的学习气氛可以说是空前高涨，可让人气馁的是，方高诗的进度并不算快。

她不是擅长学习的类型，高三那年，她体重从一百二十斤直线下降到九十斤，如果不是家里没有梁还怕破伤风，头悬梁锥刺股也就用上了。

不是方高诗自己有觉悟，而是她家里三代同堂一起看着她，她的学习任务不完成，一家人都不能睡觉。

到最后考上德里大学，方高诗一直不敢相信是精诚所至金石为开，就认为是祖坟冒青烟了。上了大学后，再没了高考的劲头，低空飞过是侥幸，挂个一两科都是正常。

平常方高诗不愿意学，可以用一个"懒"字来搪塞自己，可现在不懒了，认真学了，依旧收效甚微。

连带着方高诗心情不好，话比以前少了，还一整天都没个笑模样。这种情况戎颖欣有心理准备，但左西达没有心理准备，在惊讶不解之余，很实际地直接上手了。

她让方高诗重新分配时间，划分出自己擅长的和不擅长的，哪科有把握哪科欠缺得多，还让她去找了关系不错学习又好的同学，请对方帮忙再次精简笔记，尽量挑出重点，然后对方高诗说："这两科你就死记硬背重点。"

方高诗一脸怀疑，戎颖欣的担心很直接："西达你确定吗？还是别冒险吧，多看总没坏处。"

"时间不多了，只剩下一个星期肯定来不及。"按照方高诗之前的学习进度，有两科势必要挂，行与不行另说，但总比之前那种方法要好些。

方高诗听劝，真按左西达说的做了。

说来也巧，考试那天头两科考的就是方高诗最不擅长的那两科，她战战兢兢进考场，午休时却生龙活虎从远处奔来，直接给了左西达一个熊抱。看来应该是不会挂科了。

等到全部考完那天，四个人约好了晚上去聚餐。这是之前就说好的，她们打算先去吃顿好的，然后再去尤泽恩的酒吧喝酒，喝个不醉不归，只是后来出了点小插曲。

中午的时候，时涧联系了左西达，他们经管系也是今天考完，他想约左西达晚上一起吃饭。他刚从美国回来，而下周伊宛白也放假了，夫妻两个要去法国旅行，公司的事自然落到了时涧身上，之后恐怕也没什么时间。

可宿舍的聚会是很早之前就说好的，左西达不能临时说不去。听闻此事的时涧也没有这个意思，只说让她快吃完的时候给他发微信。

左西达照做了，于是等她们到尤泽恩酒吧的时候，就发现时涧和向光霁竟然也在。

他们已经点了酒，瓶瓶价值不菲。尤泽恩的笑容似乎灿烂了许多。

时涧开的是二楼的包间，除了他和向光霁之外，还有另外两个朋友，有一个她们也认识，就是上次在KTV坐她们旁边的浩子，人很好很自来熟，还陪方高诗划拳来着。

"看来我们之间出了小内奸啊。"这阵仗一看就是专门等她们的，尤泽恩一边说一边拿眼睛瞥左西达。

左西达还没反应过来，时涧就先苦笑了一下："尤老板手下留情，我先干为敬。"

说着就把手边的酒杯端起来喝空了，干脆利落得让人说不出什么。维护之意明显到有眼睛的人都能看出来，唯独左西达还茫然着。

尤泽恩轻哼了一声这事就算过了。

时涧揉了下左西达的头，头顶浅黄色的灯光将他俊美帅气的面容映照得分外迷人。他说："距离你上次说有空已经过去一段时间了，我们却才见上面，对不起。"

08

从酒吧离开的时候，尤泽恩拉着戎颖欣和方高诗走在前面，喝了酒的三个人勾肩搭背说说笑笑，"嗨"得莫名其妙。左西达落后了一些，故意等着走在最后面的时涧。

他嘴上叼了烟，虽然也喝了酒，但依旧清醒着，身形挺拔，脚步从容。

左西达干脆停下，目光直勾勾地将时涧锁死。

那双黑白分明的眼睛实在太难忽视，时涧被盯笑了，也跟着停下脚步，在左西达面前站定后看着她，后者也不躲，理直气壮。

啥意思很明显了。

时涧更近一步了，抵着对方的脚尖，半抱着把人揽进怀里。熟悉的尼古丁和烟草味久违地出现，然后左西达就感觉自己头顶被亲了一下，放在她后脑的手温暖而有力。

两名代驾分别把时涧和向光霁的车开了过来。

向光霁在和尤泽恩斗嘴，尤泽恩手上又拉着戎颖欣和方高诗，四个喝醉的人热热闹闹凑在一起，都上了前面的车。

时涧带着左西达一起坐上后面的车，他拿出放在车内的手稿集，递给左西达。

泛黄斑驳的封皮禁不住太多折腾，左西达在看到的那一刻动作就变得小心翼翼，语气鲜见地带上惊讶的疑问："你在哪儿买的？"

"一个古董店。"时涧觉得自己应该是送对了，"看到的时候就想到你了，喜欢吗？"

"很喜欢！"左西达没有丝毫犹豫，说着翻开了这本欧洲建筑学家的手稿集，珍视的态度和上次时涧送包给她时完全不一样，颇有点爱不释手的意思，显然这次才是真的投其所好了。

期末考试结束，假期来了。从系里出来的左西达走走停停，平时也就十几分钟的路程今天硬生生被她走了半个小时，幸好最后顺利抵达，开门的时候，屋里的戎颖欣愣住了。

"这不是你那个船屋模型吗？怎么拿回来了？"她说完似乎又意识到

了什么，"你是放假要拿回家吧，那怎么不叫我去帮你抬啊？"

戎颖欣一边说一边起身过去帮忙，比想象中沉很多，也不知道这一路左西达是怎么搬过来的。

为了这个模型，她们紧急把桌子腾出一大块空间，小心翼翼地安顿好之后，左西达很平淡地说了一句："你之前不是说喜欢吗，送给你了。"

"送给我？"戎颖欣很惊讶。她知道左西达做这个船屋花费了多少时间和精力，也知道这个模型在老师中广受好评的程度。她下意识地推拒，"别啊，我就是随口说，你做了那么久，总要留个纪念。"

"你打算扔掉？"左西达突然反问，把戎颖欣直接问愣了。

戎颖欣想也没想到就回答："当然不会，我怎么可能扔掉。"

"那就是了。"左西达说得理所当然。

戎颖欣反应了一下才弄明白这话的意思。她不会扔掉，所以放在她那里一样是留作纪念。这就不光是一个模型一个礼物的事了，而是代表着接纳，将她看作自己人，是真的好朋友的接纳。

戎颖欣心里流淌过一阵温暖。

平常左西达总是冷冷淡淡的，好像对一切都不放在心里，可现在戎颖欣知道了，其实她也是在乎她们这些朋友的。

这样想着，再拒绝便显得有些不近人情了，戎颖欣带着被友情填满的心，点了点头："那我可就收下了，回头你要是反悔了，我也不还给你。"

"不会反悔的。"左西达非常肯定。

当时宿舍里就她们两个，等尤泽恩和方高诗先后回来时，看着宿舍里多出的船屋模型，起初都和戎颖欣想得一样，无外乎是左西达打算假期拿回家。可戎颖欣伸出了一根手指，仿佛在她们的灵魂深处摇了摇："No！这个船屋现在是我的了。"

"什么意思？"方高诗不解，随后的第一反应是，"你要买下来？"

"才不是。别把我们西达想得那么现实好吗，她送给我了。"戎颖欣扬扬得意，搂着左西达，梗着小脖子。

方高诗反应激烈："凭什么啊！我也想要，我早就看好了就是不好意思说！戎颖欣你你厚脸皮！"

方高诗愤愤不平，尤泽恩也跟着像模像样地点头认同，只是眼睛里含着的笑意要更多。而戎颖欣则丝毫不在乎方高诗的怒火，甚至火上浇油：

"这就没办法了，谁让你不先说的，这叫先下手为强，兵法懂不懂。"

"不懂不懂，你就是厚脸皮！"

宿舍里就分船屋模型的事情吵吵闹闹了一晚上。

第二天戎颖欣找来一个大小合适的盒子把模型装了进去，多余的一点缝隙还包裹了海绵泡沫等。方高诗在旁边看着，酸水一个劲儿地往外冒，直到晚上左西达从系里给她带了另一个小模型，是左西达以前做的，才安抚了方高诗那颗柠檬精转世一般的心。

然后左西达就想，或许她也可以送时涧一个她做的东西，比买的好像更有意义一点。

就这么吵吵嚷嚷的，这学期最后的几天也过去了。

宿舍要关闭，四个人在同一天离开。家住本市的三个人还好说，假期想见很方便，但戎颖欣就远了，方高诗依依不舍，戎颖欣无奈地拍她的额头："少来这套，这么在乎我，平时干吗不对我好点。"

"我对你很好的嘛。"方高诗瘪着嘴，又叮嘱道，"东西都带齐了吗？身份证最重要，再检查一次。"

不怪她啰唆，戎颖欣有前车之鉴，确定好东西都拿好了，她们三个人先把戎颖欣送上出租车，然后再各自回去取行李。

前两天寇智明打来电话，要左西达假期回家，还说春节他们不去加拿大了，就在南松市过年，让左西达也别去看小姨了，还是他们一家人一起过年比较好。

左西达把寇智明要她回去住的要求拒绝了，只答应过年时会回去吃饭。至于住的问题，她直接回老房子住。这个假期左西达就打算住在这里，自己一个人。

第四章：左西达，那么你呢

喜欢我吗？愿意和我在一起吗

01

父母出去逍遥，留时涧自己在家还要守好公司，他在电话里和伊宛白抱怨，伊宛白笑着哄他，声音温柔如水。

时涧也就说说而已，只故意强调下次要和伊宛白也两个人去玩，引得那边的时原不满得直接把电话抢了过去。

"臭小子，给我把公司看好了，出问题唯你是问。"时原凶巴巴的，但心里还是亏欠的。

眼看年下了，正是忙的时候，他一走了之去国外玩，责任自然就落在了时涧身上，虽说对时涧也是历练，可他也知道个中辛苦。

"让张妈多做点好吃的，别说老子亏待你。"挂电话之前时原扔出这么一句，然后也不等时涧回答，就飞速挂断，好像那句话烫嘴，说完了要缓一缓似的。

时涧无声地笑着，放下手机后就继续将目光看向电脑屏幕。虽然现在是假期，可他却完全没感觉到轻松。

一周有三天要加班，周六也要去公司，只有周末这一天休息。

同时来找他的人还不少，可时涧不想去喝酒聚会，工作消耗了他大量精力，便疲于应酬社交，想来想去，给左西达发了条微信过去，问她在干吗。

左西达回复得也很快，一个定位伴随着一句话：**我在家**。

时涧又问：要不要出来吃个饭？

这次隔了一小会儿才有回复，时涧看着，就笑了。

左西达：要不你过来吧，我家就我自己。

天太冷了，左西达不想出门，但又想见时涧，这也算是个"两全其美"的方法了。

这倒巧了，他们家也只有他自己，时涧怀揣着一颗同是天涯沦落人的心，按照左西达发来的地址找了过去。

房子有些老旧，但面积不小，家中装修也颇有年代感，物品都有明显的使用痕迹，但看着很有生活气息，但这一切都和他预想的有不少出入。

时涧也说不好他所想象的左西达的家该是什么样，但总归不是现在这样的。

左西达招呼时涧在客厅坐一会儿，然后就钻进房间老半天没出来，时涧最后坐不住了，自己走过去站到左西达的房间门口。

门没关，可他也没直接进去，而是敲了敲门，引起左西达的注意，然后才在她疑惑的目光中说了句："宝贝儿，你的待客之道真的很有'个性'。"

左西达面带茫然，想了想，对时涧说道："要不你进来坐吧，我马上就好。"

时涧的目光扫视了一遍房间，觉得比起客厅里的家具陈列，房间里明显更接近左西达本人：散落的手稿，各种颜料画板，还有一些看不出是做什么的工具以及一整套大大小小的美工刀。时涧站在门口停了一下，然后抬腿进了屋。

走进屋内，看得更仔细了，左西达的行李箱还敞开着靠在床边，里面的东西看着基本没怎么动，时涧觉得挺有意思。他能看出左西达并不是对生活要求很高的人，吃的穿的也都很随意，这么想来上次送包包还真不是什么明智之举，也从没见左西达背过。

左西达说的"一会儿"和一般意义上的"一会儿"差距甚大，一直到太阳西下，傍晚时分，她才终于从电脑前起身。

左西达不是故意的，她本来是在家中等时涧的，但本着不浪费时间的想法，她又回房间开始画图，没想到困扰她几天的瓶颈居然有思路了。所以，才在时涧来了后还回房间画图。

不过，这会儿她觉得自己的胃有点不舒服。

上次什么时候吃饭的，左西达记不清了。

这是个让人烦躁的事，使左西达不能专心，当然她也惦记着时涧还在家中等着她。

左西达起身见时涧不在房间内，便走出去到客厅，没看到时涧，倒是先闻到一阵饭菜的香味儿。顺着香味儿走过去，在餐厅里见到了时涧，以及桌上的四菜一汤。

"你可真会挑时间，把我晾在那饿着，直到我受不了点了外卖，刚到你就出来了，故意的吧？"时涧笑着，深邃的眼眸中藏着一点并不认真的调侃。

太阳已经西下，屋里的灯明亮着，左西达看着时涧的笑容，她忽然觉得自己找到了她想要的东西，就在这个下午。

"对不起，下次我来点吧。"左西达知错就认。

可时涧失笑着摇了摇头："你的意思是下次还让我吃外卖？小宝贝儿你太无情了。"

知道时涧是在开玩笑，可左西达还是很认真地思考自己做饭成功的概率，最后还是选择老实相告："我不会做饭。"

这次时涧是真的感到了挫败，他也老老实实地回答左西达："那你这里有能做饭的东西吗？"

"有。"这一点左西达很肯定。

外婆是烧菜的好手，厨房里的东西自然是全的。之前租房子的那一家人似乎并不开火，厨房里的东西一样都没动过。

"行吧。"时涧点了下头，却没了下文。

左西达一知半解，可她现在更在意的是吃饭这件事，见时涧不打算再说了，就干脆拿起筷子吃了起来。

外卖的口味谈不上多好，哪怕是刚刚送到，主要是现在天气冷了，一路过来难免失了温度，但左西达并不介意，有饭有菜还有汤已经很好了，比啃面包强了不知道多少。

看着眼前可以用"狼吞虎咽"来形容的人，时涧无奈地笑着，转而起身去给左西达倒了一杯水，免得她吃太快噎着自己。

　　其实水是他刚刚等外卖的时候现烧的，原本左西达家里是连热水都没有。而他这个客人，更是从进门到现在没得到过半点招待，要什么全靠自己动手。

　　吃过饭，左西达又一次同时涧说"等我一会儿"。

　　这次时涧有经验了，把餐桌上的残渣都装进垃圾袋，然后走到卧室门口靠在门上看了一会儿，只见左西达时而皱眉，时而放松，但都难掩专注。

　　时涧不忍打扰，只看着屋里实在黑了，才过去帮她开了一盏台灯。

　　全程左西达都没抬头，时涧也不意外，提上垃圾袋帮她带上门就走了。

　　时涧明天一早还有会要开，回到家之后先去洗了个澡，又确定了明天会议的内容，等到关掉电脑准备去睡时，手机上收到了一条左西达的微信：人呢？

　　时涧看了下时间，都十二点多了。他不意外，只觉得左西达可爱，连着脸上的笑意止不住地扬了起来，他回过去：现在才想起我，我太伤心了。

　　时涧当然是在开玩笑，可左西达看着这条回复却好半天没动作。

　　她一心想先把手头上的事做完，真觉得只是"一会儿"，完全没留意原来已经过去这么久了，也压根不知道时涧是什么时候走的。

　　左西达觉得自己做得不好，下意识排斥这样的结果。她不想时涧走，也不想失去和时涧相处的机会，可事实是时涧已经离开了。

　　左西达：对不起。

　　到最后她只能这样回复。

　　这是她今天第二次道歉，时涧看了，感觉对方的认真和失落几乎能从这三个字的缝隙中倾泻出来。他叹了口气，改成语音："不用道歉，我知道你是在忙正经事，而且我明天一早也要开会，还有东西要准备，就先走了，你不怪我没陪你就好了干吗说对不起。"

　　他说完也没等左西达回复，又接着发了一条："我现在是个被工作绑架的打工仔，不过下周末应该也能休息，你要是没事的话，我再去找你。"

　　左西达听着时涧的语音，在时涧提起下周的约定时，哪怕知道对方看不见，还是下意识地点了点头。

"好，我没事。"左西达很肯定，直接就给对面回复了过去。

两人互通下次时间后，左西达数了下还有六天的时间。但她现在就忍不住地开始期待，并且暗自保证，下周末等时涧来的时候，她一定什么都不做，把所有时间都空下来，她不想再像今天一样。

或许还要去添点东西，左西达后知后觉地对今天的自己进行了全面的反思，也不知道时涧是喜欢茶还是咖啡，她不懂也不喜欢，最后决定两样都买，等时涧来了，让他自己选就是了。

02

到了两人约定的周末时间。

时涧还真的在左西达家厨房里做起了饭。他的厨艺谈不上多好，但胜在有耐心，按照网上的菜谱，也像模像样地炒了起来。

他把手机放在方便看的窗边，正专心的时候，听见背后有脚步声，回头看的时候被吓了一跳。左西达本来就白，又是一头黑长直，穿着一条白色连衣裙站在那里，视觉冲击力太强了。

"还好我心脏好，要不然你就直接送我去医院吧，咱也不用吃饭了。"时涧笑得挺无奈。

左西达也蒙了，她是来问时涧喝什么的，沉默了会儿还是开口："喝茶还是咖啡？"

"那就……咖啡？"他关掉灶台上的火，从厨房退了出来，把位置让给左西达。

时涧一开始完全不着急，他站在客厅悠悠然地抽着烟，直到一根烟都快燃尽，厨房里的左西达还是没有出来。时涧才开始有点着急，他走进厨房去看左西达，就只一眼，然后一口气提上去就再没下来。

只见左西达徒手捏着杯口，另一只手提着热水壶往里倒滚烫的热水，整套动作都透着一股不对劲，看得人心惊胆战。

时涧过去拿走热水壶，彻底没脾气了："好了，宝贝儿，我还是自己来吧。"

他算是闹明白了，最好的待客之道就是左西达坐着什么也别做。之后他也确实是这么干的，不过左西达似乎觉得这样不好，就也跟着来了厨房，只是一时没找到能帮忙的地方。

"我可以帮你。"左西达强调。

时涧看着她认真的小脸儿，笑着叹了口气，走过来用干净的那只手捏了对方的脸颊一下："不用，交给我就可以了，你要是无聊就拿个凳子过来，我们可以说说话，或者有什么事要忙就去忙，吃饭了我叫你。"

想了一下，左西达在两个选项中选择了前者。她搬了把椅子过来，另外还有她的速写本和铅笔。

偶尔时涧和她说话时她也回答，只是更多时间都花在了时不时抬头看看时涧然后又快速低下头中。

时涧知道她是在画自己，还开玩笑说自己要不要摆几个姿势，后来忙着跟上网上菜谱的步骤做菜，倒也顾不上了。

他并不熟练，多少有些磕磕绊绊，用了一个多小时做了三个菜还有一个简单的西红柿鸡蛋汤，两个人吃绝对是足够的，而左西达的画也刚好完成，时间上十分完美。

时涧凑过来看，一个熟悉的侧脸在铅笔的描绘下跃然纸上，手上拿着铲子，袖子半卷，和他现在一模一样。

"把我画得这么好看。"时涧觉得左西达画得很好。

可左西达摇了摇头："没有你本人好看，我画得不好。"

同样的认真，可也因为这份认真中完全没有作伪，才让这句话听起来无比动人。时涧的目光落在左西达的脸上，与她澄澈的眼神交汇在一起，有份突如其来，又十分不受控制的情绪将他席卷，那一瞬间他几乎有冲动，一份所谓的永恒。

可到底也只是那一瞬间。

时涧的菜做得很好吃，左西达真心评价，并且结合实际行动，她吃了两碗饭，菜也吃了不少，还喝了汤。

"真给我面子，看来我得经常给你做才行。"时涧的声音带着浓浓的笑意，深邃的目光承载着让人入迷的深情。

似乎这个下午该是格外不同的，但如果要说，左西达又希望从此以后都变成相同的。

那天之后，两个人的关系似乎又拉近了一些。

如果时涧没什么事，他就会过来给左西达做顿饭，左西达也在这个时间段里学会了怎么泡咖啡，两人不见面时，电话和微信也没断过。

　　时涧向左西达吐槽自己连着几天都是深夜十二点以后下班，又说向光霁那天去了尤泽恩的酒吧，好像是有什么乐队的演出，问左西达知不知道。这个左西达还真听说了，因为那天方高诗也去了，还给左西达打电话，但左西达觉得累就没出门。

　　为此方高诗还不太高兴。

　　当然，方高诗没有那么小气，她不高兴不是因为左西达拒绝了她一次，而是左西达拒绝了她的每一次。

　　自从放假以来，方高诗还没成功地把左西达约出过家门。要找人只能过来，可左西达家实在没什么可玩的，方高诗也不愿意老是闷在屋子里。这一点和左西达正好相反。

　　两个观念完全不同的人没能凑成对也正常，只是没人喜欢被拒绝，方高诗表达不高兴的方式是连着发了将近十条微信来吐槽，还在她们的宿舍群里控诉。

　　"所以你要更加努力啊，找到一个能把西达叫出去的方式就是你现在的目标。"戎颖欣在群里语音回她。

　　方高诗动用了所有表达愤怒的表情，那天的群聊是以斗图收尾的。

　　随着时涧来的次数多了，左西达也从惊喜变成了每次期盼落成后的满足，但这份满足没有持续到假期结束。左西达没想到戈方仪会过来，但戈方仪有钥匙，想来就会直接过来，左西达阻止不了。

　　她真正始料不及的是戈方仪和时涧碰上面。

　　戈方仪来的时候，左西达正在屋里回刘教授的微信，等她听到开门声出来，戈方仪和时涧碰上了面。

　　客厅里一时间十分安静，只有厨房里食物和油相互斗争的噼啪响声，好像谁也不服气谁，都想占据锅中主导。

　　"你是哪位？"从惊讶中回过神之后，戈方仪自动走上家长的位置，看向时涧的目光中的带着审视。

　　他是从厨房出来的，戈方仪没忽略这一点，而且从家里的气氛来看，简直就像是在过日子。戈方仪的神经绷得很紧，处在一种随时就要断掉的

101

边缘。

"他是我朋友。"没等时涧开口，左西达比他快了一步，已经准备说话的时涧只好改成点了点头。

没人向他介绍，尽管他猜测对方应该是左西达的妈妈，但也没办法完全肯定，选的是一个相对周全的打招呼方式："阿姨您好。"

这是面对长辈不太会出错的一个叫法，然后他又接着主动自我介绍："我叫时涧，和西达是一个学校的。"

尽管事出突然，可时涧从容不迫，脸上的笑容恰到好处，说完这些之后也不再开口，有礼有节，进退得当。

戈方仪没有回应时涧，连最起码的礼貌都没维持，只用一种审视的目光上下打量着。时涧十分坦然，始终保持微笑，任那道并不友善的目光流连在身上。

最后是戈方仪冲着一旁沉默的左西达说话："我要和你谈谈。"她声音发沉，眼神中带着某种凌厉。

左西达觉得自己并不是非要答应不可，也完全没有这个必要，她成年了，而且这里是她的家，是外婆留给她的。

可戈方仪似乎觉得这要求理所当然，还强调了一句："单独谈谈。"

左西达不懂其中的微妙，但时涧听懂了，笑容也随之加深。他看了左西达一眼，对方依旧耷拉着眼皮似乎和平常别无二致。时涧敛下视线，同时对戈方仪说道："好的阿姨，我明白。"

他说完却没直接离开，而是先去了厨房，将火全部关掉并检查好。

左西达平时不做这些，时涧怕她不懂再出什么意外。可他的这些举动却再次触动了戈方仪敏感的神经，她几乎是强忍着才没直接发难。

时涧做完这些就没再停留，取了外套换好了鞋，在门口向戈方仪道别，哪怕戈方仪依旧选择无视他。但这是礼貌问题，而就在他准备开门离开的时候，左西达走了过来，看着时涧，目光带着一点偏执的直视，不说话。

"我先走了，你听话。"时涧很喜欢摸左西达的头，像摸小动物一样带着温柔，可他现在没这么做，只语气比平常更轻更淡，透着一丝若有若无的安抚。

03

时涧走了，大门关上，那道身影便也跟着消失了，左西达知道他这会儿应该正在下楼，然后是停车场，可他之后会去哪里她就不知道了，就算知道也不行。

本来时涧的一整天都是属于她的，可现在被戈方仪搅乱，左西达并不高兴。

"你过来坐下。"不高兴的不止左西达，戈方仪也不高兴，而且是十分生气。

命令的语气让左西达微微蹙眉，但还是走了过去，坐到戈方仪对面的位置上。

戈方仪拿一种惋惜也痛心同时又很愤怒的眼神看左西达。左西达觉得莫名其妙，只觉得她凭什么，以前没管过，哪怕是外婆去世之后她也不曾管过，那现在为什么要管呢。

戈方仪继续斥责："你现在是在和男人同居？"戈方仪语气沉甸甸的，她并不知道左西达心里在想什么，也不准备考虑，"你知道你才多大，就算是谈恋爱，也不能直接把人领回家里，还过上日子了。"

戈方仪的猜测并非事实，但左西达私心里不想直接否认，她甚至期待着，有一天她和时涧能真的像戈方仪说的那样，同居过日子。不必等到特定的一天，而是每一天都像这天一样。

所以她只是沉默，而她的沉默似乎让戈方仪更生气了。戈方仪开口欲言，可手机恰好在这时响了起来，上面显示的宝贝女儿字样让她搁置下原本想说的话，快速接通了电话。那边传来寇冉冉兴奋的声音，同时声音很大，就连左西达也能听到七八分。

似乎是寇冉冉得了什么奖。

戈方仪的表情立刻就变了，笑容出现在脸上，目光中的宠溺接替了刚刚的惋惜、痛心和愤怒，左西达只看一眼就收回了目光。

电话的最后，寇冉冉要戈方仪去接她然后带她去商场买礼物，算是奖励。戈方仪一口答应，至于刚刚的话题，好像因为这一个电话而变得不那么重要了。

她不想让寇冉冉多等，挂断电话恨不得立刻就走，可在看到对面的左西达时又堪堪回神，似乎才想起刚才的事，停顿一下后只留下一句："西达你一向是最懂事的，别让妈妈操心，你现在还小，妈妈不反对你谈恋爱，但一定要有分寸，这样的事情我希望以后不要再发生了。"

103

她说完就走了。

和时涧离开的时间前后差了不到十分钟，左西达觉得为了这十分钟就让时涧走，简直太不值得。戈方仪因为一通电话而消了火气，可左西达却没有那么好的运气。

她在原地坐了一会儿，接着做的第一件事是找了锁匠上门，想将原本的锁芯换掉。锁匠推荐她指纹密码的门锁，不需要钥匙，很方便，左西达想了想，一个念头在心里成形，促使她点头同意了。

对方手脚麻利，不过十几分钟就换好了，还教左西达怎么设置密码、录入指纹。都弄好之后，左西达拿着原来的门锁回到房间，将锁头放进了柜子里。

那也是原来这个家的一部分。

做完了这些的左西达从房间出来，又走到厨房，看到台面上的种种半成品，又开始烦躁了。她想了想，给时涧发了一条微信：汤可以喝了吗？

今天时涧过来之后的第一件事就是煲汤。

时涧：用微波炉热热就可以喝，电饭煲里有饭，锅里的菜还没熟，你别吃，也别碰火，危险。

他的回复很快，说得也清楚，可这不是左西达真正想知道的。

她想知道他去了哪里，正在做什么，是不是也生气了，如果可以的话能不能再过来，或者说，下周末他还来吗？

这些才是左西达真正想知道的，可她没问。

时涧没有再回消息，左西达也没有再发任何消息过去。

左西达将刚刚换下来的家门钥匙用力扔进垃圾桶，就这样还不够，在原地站了会儿想了想，干脆弯腰把装着钥匙的垃圾袋提了起来，然后披了件羽绒服直接开门下楼，将那个垃圾袋扔进了小区的集中垃圾场。

回去的时候，天已经黑了，寒风凛冽，小区里的树木被褪去了全部绿色，只留下光秃秃的树干，虽然深浅不一，但都是一样的死气沉沉。

过分萧条，越发让人郁结难消，左西达的烦躁毫无缓解，可走到楼门口却惊讶地发现——时涧在楼下等她。

而那人似乎也听到了动静，转回身看向左西达的方向。

"怎么出来了？"时涧的声音偏低，可听到耳朵里，只有暖意，仿佛是人类追寻光源的本能，驱使着左西达加快了脚步。

"下来扔垃圾。"

"哟，你什么时候这么勤快了。"时涧笑了，嘴边的弧度哪怕昏暗左西达还是看得清清楚楚。

她已经走到了很近的位置，近到时涧一伸手，就牵住了她的手。两个人一起走上楼，左西达开门进屋，时涧顺手脱掉外套。

他什么都没说，也似乎什么都不打算问，对于刚刚的事闭口不提。可左西达跟他一起去了厨房，在时涧重新打开火的时候，在他身后说起了类似解释的话："那是我妈妈，但她不住在这里，一直都不住，我和外婆住。她有自己的家、自己的丈夫和孩子，我外婆在年初的时候去世了。"

标准的左西达式逻辑，但时涧听懂了，包括她的言下之意。他停了一下，不知道是在想什么，最后只用一种很轻松的语气，调侃着问："如果一会儿你妈妈再杀个回马枪的话，你会挡在我面前替我挨揍吧？"

其实时涧之前就有猜测，左西达的话算是将它更具体化了一些，也顺便让他明白了很多事。例如，左西达显得很与众不同的性格，或许是和她的成长经历有关吧。

"我换了门锁，她进不来。"左西达说着顺便把密码一起告诉了时涧，还嘱咐他记牢。

如此简单直接的方式让时涧无奈得失笑，不想让人进门就换掉门锁，如果全天下的事都这么简单就好了，但是同时又觉得眼前这人直接得十分可爱。

"你啊！"时涧接受了左西达家的密码。

可能左西达还没意识到，也根本不懂，这其实是一个很有深意的举动。

时涧并不是一个把谈恋爱看得很重的人，他并不排斥和左西达展开一段关系，要不然也不会主动接触她。可就在刚刚，在左西达几句话的工夫，他就获知了她的家庭关系之后，他突然不想那么做了。

现在这样也很好，被定义就多了很多限制，枷锁多了，断开的可能自然也就多了。时涧想了很多，但一点也没有表现出来，更不会提起，只伸出手，在左西达的头上揉了又揉，算是把刚刚的也给补齐了。

其实时涧离开左西达家没多久后，向光雾就打来电话约他吃饭。这是很久没见的朋友，时涧有过犹豫，可坐在车里后他就忍不住想起刚刚自己

105

临走前，左西达看他的眼神，分明是不想他走，可怜巴巴的，像害怕被人丢掉的小狗，没法言语，就只能用眼神表达自己的渴望和坚持。

所以时涧根本没走远，在车里抽了几根烟，看到左西达的微信，知道他们是聊完了，他就来了。这样或许不太好，可他更想左西达再露出平时那样的眼神。

炒到一半的菜重新热起来会变得不那么好吃，但左西达不介意，只要时涧在，就是让她今天晚上挨饿她也是愿意的。时涧的去而复返，就像这个冬季中最鲜艳最温暖的存在，能破除黑暗，驱散左西达心中的全部阴霾。

自昨晚之后，左西达以为再见面是下周末，她也有了心理建设要等上一周，没想到第二天时涧就打来了电话。

"今天是周一。"左西达下意识接了一句。

电话那边传来时涧的轻笑："怎么周一就不能见了？我们是周末限定款吗？"

当然不是了，所以左西达换了一个问题："你今天不忙？"

"不忙，一会儿我们出去吃饭吧，有点想吃火锅。"时涧提议。

左西达转头看了看窗外，可预见的寒冷，但比起时涧的邀请，冷似乎也就不那么重要了。她的语气中都透着开心："好啊。"

左西达没什么可收拾的，时涧到了之后，她穿个外套就出门了。

这会儿正是吃晚饭的时间，火锅店人挺多的，但也不到等位的地步，两个人刚点好菜，方高诗打来电话，想约左西达去玩桌游。

"我不去了，吃饭呢。"左西达说着。

火锅店嘈杂的环境吸引了方高诗的注意："你在外面？你竟然出门了？你自己？"

"和时涧在一起。"左西达实话实说。

那边的方高诗立刻变了语气："我男神？"然后又顿了下，稍微有点小心翼翼，"那……我男神感不感兴趣啊，要不你们一起来？"

这提议让左西达犹豫，她看了看时涧，然后回道："我问问他，给你发微信。"

听着这对话内容，时涧就知道和自己有关系。

左西达挂断电话之后确实第一句便问他："方糕说想找我们去玩桌游。"

"一会儿吗？"时涧问。

左西达点点头，时涧看了一眼手机："那吃完饭过去吧。"

见时涧答应了，左西达有点开心，喜欢和时涧相处是其一，能和时涧做一些之前从来没做过的事是其二。

给方高诗发微信要了地址，方高诗发来了无数个发射爱心的表情包，左西达眨眨眼，并不是很明白方高诗的意思，但总归是高兴的也就行了。

04

方高诗发来的地址距离火锅店不远，大约也就十分钟的路程，时涧和左西达吃完饭就开车过去了。

那家桌游吧在一栋大厦里面，他们把车停好，坐电梯一路上楼，方高诗在电梯门口接他们。

看到时涧，方高诗表现得有点不自然，想做到若无其事但又忍不住害羞，还想偷偷多看几眼，几种情绪加在一起，分外纠结。可时涧十分从容："好久不见了。"

他很正常地和对方打招呼，像朋友。这种自然的态度多少能影响到方高诗："是啊。好久不见了，进去吧，还有我一个高中同学，剩下的都是约局一起来玩的人。"

方高诗组的是狼人杀局，一共需要九个人，除了她的高中同学，其他的都是经常来这家店玩的玩家，彼此的介绍都很简单，谁都不想浪费时间在这上面，甚至都不需要记住名字，之后的交流只需要看面前的号码牌就可以了。

而这里面除了左西达之外，方高诗的那个高中同学也没玩过。桌游吧的工作人员给他们介绍了规则，左西达大概听懂了，但毕竟不熟练，没想到第一局就抽了一个有职能还很重要的女巫牌。

左西达记得这张牌都有什么技能，第一轮天黑的时候，上帝提醒她被杀掉的人是时涧，问要不要救的时候，左西达想也不想就点头，等到天亮之后左西达便一直忍不住往时涧那边看。她没经验，不太懂这个游戏的内里规则，没想到时涧直接自曝，指刀左西达是女巫，让其他狼同伴刀掉她，

107

因为狼刀在先的关系，那局游戏毫无疑问是狼人胜利了。

左西达一知半解，就这么匆匆输了游戏。

时涧看她茫然的样子，笑着捏了捏她的鼻尖："老看我，满脸都写着'我救了你我救了你'，让我这个自刀狼好愧疚啊。小可爱。"

狼自刀算是很阴险的打法。后果就是时涧之后抽到好人牌甚至是预言家，都不怎么有人相信他，除了左西达，可她自己起不到什么关键作用，而且大家也都看出来了，她对时涧的信任根本不是基于游戏的判断，最后大家干脆连她也一起不相信了，连方高诗都吐槽她。

左西达无所谓，对游戏她没什么胜负欲，但换到她抽到狼牌后，根据提示睁开眼睛的时候，身边的时涧对她无声地笑着。

左西达就知道，她要胜利了。

时涧也确实做到了，全程都润物细无声地带着左西达屠城，明明已经猜出了神职，偏偏留着一个猎人不动，最后直接将村民抗推出局，以绝对的优势赢得了胜利。

在那一刻，左西达觉得时涧和以往都不一样，不再是温暖的、阳光的，而是尖锐的、锋芒毕露的，更是万分迷人的。

结束的时候，桌游吧老板对时涧说他相当有潜力，还邀请他参加比赛。刚刚老板在旁边看得清楚，只要是时涧当狼的局最后都是狼胜，以他抿神的能力，想赢个奖金应该不是难事。

时涧摇了摇头："我也不常玩，图个乐。"说完一回头，正对上左西达的目光，于是又加了一句，"主要还是陪她来的。"

听懂的老板也不再劝，只露出可惜的表情点了点头。

有时涧的日子实在开心，似乎生活都有了盼头，只是由俭入奢易，由奢入俭就难了。

临近春节的最后一个星期时涧都没出现，左西达一下子就觉得时间的概念变得空泛而无趣起来，她开始讨厌春节。

而今年，也是外婆去世之后的第一个春节。

以往外婆在的时候，总要准备很多东西，大约从现在就已经开始了，屋子里能看到她忙碌的身影，左西达也总要去帮忙，买东西、搬东西、洗洗涮涮。那时的她并不觉得这些小事有多么烦琐，不过就是分担外婆的辛苦罢了。

可现在外婆不在了，左西达再不需要做同样的事，跟着春节也成了毫无意义的。

戈方仪要左西达回去过年，这是左西达一早就答应了的。年三十早上寇智明开车来接她，从早晨开始就下了雪，但南松市没那么冷，并不属于雪的温度让地面成了它们的终点，最后只能变成泥土的一部分。

路上，寇智明问左西达最近都做了什么，显然对她放假不回去还在耿耿于怀。可左西达不愿多谈，只在寇智明让她过完春节一直到开学这段时间都住在家里时，才多说了几个字。

"我比较喜欢自己一个人住，老房子也习惯了。"

寇智明很好，对她也好，所以左西达相对委婉，但到底是表达出了一些疏远的意思。

寇智明转头看她，似乎有很多话想说，可最后只是轻轻叹了口气。

"每逢佳节倍思亲"这句话并不是空讲，今天早晨起来戈方仪也分外想念去世的母亲，从而对左西达也有了迁移的情感。她反省于自己是不是平时对左西达关注太少，大概是觉得要负起责任，就先从管教左西达的交友开始。

"那个男孩我不喜欢，交男朋友也应该选忠厚老实的，光看样子有什么用。"戈方仪对时涧印象并不好，但主要的还是那个场合和氛围给她的冲击力有点大，"更何况你还把人领到家里，这像话吗？让邻居看到了，你不害臊？"

说着说着，她的火就又拱了起来，觉得左西达不光丢自己的脸，也丢了她的脸。老房子那边都是几十年的老邻居，和她也都认识，左西达现在这样，别人一定觉得是她这个当妈的教子无方，语气也就越发不好了。

"你以后不要和那个男孩来往了，知道吗？"最后，她干脆下通牒。

他们当时正在吃饭，左西达端着碗没说话，但筷子也没再动了。

她当然不会听戈方仪的，可她也实实在在失了胃口。

寇智明注意到这点，先看了看左西达，然后给上火的戈方仪夹了个鸡腿："好了好了，大过年的，让孩子好好吃饭。再说，她也大了，你就不

109

要管那么多了。"

"我不管，我不管行吗？她什么人都往家里领，我进门的时候，两个人正做菜准备吃饭呢，都过上日子了。"大概是左西达冷淡的态度起了火上浇油的作用，戈方仪声音提高了不是一点半点的。

左西达沉默地放下了碗，没说话，可任谁看都不是一副打算乖乖听话的样子。

戈方仪还打算再说，被寇智明给拦住了。

年夜饭吃得没什么团圆气氛。饭后，戈方仪和寇智明在厨房说话，左西达上楼的时候路过门口隐约听到一点，大抵是寇智明在劝。可左西达的脚步并没有丝毫放慢，进了耳朵的内容很快就直接消失了，半点痕迹也没留下。

这次左西达的房间里东西少了很多，据说是寇智明把自己的书房腾了一半的地方出来给寇冉冉。不再有那么多杂物的房间更像是一间正常的卧室了，或者说是一间客房。

这会儿晚上七点不到，左西达却有了点睡意，躺在床上没多一会儿就睡着了，但没能睡太久，是被一阵电话铃吵醒的。

打来的人是左西达的父亲，左景明。

左西达很小的时候父母就离婚了，左西达和左景明见面的机会虽然不多，却一直有联系。

当初左景明是净身出户的，房子、存款都留下了，只有一个要求，就是希望戈方仪能照顾好左西达，到现在左西达也还记得左景明在临走之前对她说的话。

"我不是一个可以依靠的人，对不起，这些是爸爸唯一能为你做的。"

他清楚自己并不适合照顾孩子，没那个心也没那个力，愧疚转化成当下的力所能及，以及每个月不少的生活费和时不时的电话视频。

比起父女关系，左景明没那么多束缚规矩的性格，反而让他们更像是朋友一些。

"闺女别亏待自己啊，更不能便宜了别人，男朋友就挑帅的找，大学的恋爱不用想着什么未来啊以后啊，找帅哥看着也养眼。"其实左景明并不知道左西达这边的具体情况，只是刚好随口闲聊说到了这里，却是和戈方仪正好相反的理论。

所以观念不合是他们那段婚姻最终没能维持下去的原因？左西达默默地想着，挂电话之后发现微信上多了一个转账信息，上面备注着"老爸给的大红包"，数额和"大"十分匹配。

左景明现在在名安市，前一阵还提过让左西达寒假去玩两天，左西达也考虑了，但后来还是没去，原因和时涧有一定关系。

之后左西达去洗了个澡，对春节晚会不感兴趣的她带了笔记本电脑来，本是打算一会儿接着画图，出了浴室却发现自己的房间门开着。

左西达皱眉，她确定自己离开时门是关好的，而等她走进屋后，就发现寇冉冉正坐在她的床上，手里拿着她的手机。

05

左西达不喜欢别人在不经过她同意的情况下，碰她的东西。

寇冉冉的很多小伎俩，左西达都看得一清二楚。

她喜欢玩在父母前面装乖乖女，却又在私下里暴露恶意的游戏，也在意着戈方仪到底是喜欢她多一点还是左西达多一点，便总是想方设法地去印证，并且为胜利而沾沾自喜。很无聊，也浪费时间，所以左西达基本都采取无视的态度。

"你真的有男朋友了？"不在父母前面，寇冉冉也不叫姐姐了，明明不及左西达高，却要扬着下巴讲话。

左西达看了她一眼，从她手里拿回自己的手机，确认了一下之后放到一边，并不理睬寇冉冉。

但寇冉冉不死心："听说还挺帅的？真的假的？你有照片吗？"

这句"听说"其实是来自戈方仪的那句"不能光看外表"，她说了很多话，但寇冉冉最在意的是这一句。

怀揣着少女的懵懂，以及从小就喜欢和左西达暗自比较的攀比之心。

"不关你的事。"左西达不打算满足寇冉冉的好奇心，眼皮都没抬一下，站在门口的位置微侧了一下头，"你可以出去了。"

屋里只开了一盏台灯，暖黄色的光却好像没能沾染到左西达身上，她的脸色冷到可怕，平铺直叙的语气和半垂着的视线一起，将疏远和厌烦表现了个十成十。

寇冉冉很不高兴，可她好面子，也做不出赖着不走的事，只在经过左西达身边的时候愤愤地说了一句："怪咖！"

像是一种宣泄，可对象刀枪不入，左西达仿佛没听见一样。

左西达在寇冉冉出去之后飞快关上门，"砰"的一声，带着某种嫌弃。

这让门外的寇冉冉更加生气，她使劲儿跺了一下脚，决定要去和戈方仪告状。

左西达不知道寇冉冉的心思，也不感兴趣。手机上确实有一些未读信息，都是刚刚她洗澡的时候发来的，大多是宿舍的群消息。尤泽恩发了红包，之后戎颖欣和方高诗也快速跟上，红包设置的都是随机金额。方高诗手气最差，正在群里哭号。左西达又给了她一次希望，也发了红包，结果是方高诗号得更加声嘶力竭了。

方高诗发的是语音，左西达听着忍不住就笑了，沉寂了一天的脸上终于有了些神采。

之后左西达又刷了一会儿朋友圈，内容大都和过年有关，满眼的红色看得人眼晕，左西达快速刷过，只在向光霁发的那一条上停留住了。

是一个视频，天空中绚烂的烟花配上向光霁的鬼吼鬼叫，本没什么看头，但向光霁是时涧的朋友，左西达爱屋及乌，觉得他身上也多少带了些时涧的影子和痕迹。她将视频从头看到尾，也是想找寻一些可能和时涧有关的线索。

视频本身让左西达失望，可那个链接的网站上还有几个向光霁之前上传的视频，终于让左西达发现了时涧的身影。

是一个街舞视频，时涧在一个舞蹈教室一样的地方，一个人对着镜子跳了一小段，流畅的身形，舒展又不失力量，谈不上多专业多厉害，但绝对是赏心悦目，视觉观感极佳。

难怪那天在 KTV 他只是随便动动都透着写意和洒脱。

左西达的心神被记忆拉走了一小会儿，回过神来，干脆点开和时涧的聊天页面。

她把这个视频地址给时涧发了过去，没头没尾，却是她向来的说话方式。时涧的回复也很快：你可真厉害，这么老的视频都能被你发现，福尔摩斯吗？

左西达实话实说：在向光霁那个视频下面看到的。

她顺便又问了一句：以前学过？

时涧：学过，有一年时间吧。

时涧的回答和左西达想的差不多，但又不免好奇。

左西达：那后来怎么不学了？

时涧：没那么喜欢了，也没时间。

这会儿时涧似乎没事，每一条都是秒回，左西达能想象到他拿着手机的样子，却想象不到他此刻是只和她一人说着话，还是同时还有很多人。

左西达趋向于后者，但她这次真的冤枉了时涧。

他确实不是因为左西达的微信而看的手机，之前去美国谈好的投资约定在年后正式签约，春节前那段时间两边的联系比较密集，而一直对时涧表现得很有兴趣的伊迪丝自然没放过这个机会。

联络一直都有，但时涧把一切都控制在了界限之内，可以正大光明给任何人看，可这似乎并不是伊迪丝所希望的，哪怕隔着十几个小时的时差也有办法软硬兼施。

她大概听说了今天是中国很重要的节日，就给时涧发了信息过来，刚开始是很正常的祝福，时涧也回复了，可后来越扯越暧昧，时涧就没再回过，而左西达就是在这时发来了那条链接。

两边同时发的消息，但时涧只回复了左西达。时不时地，也有别人借春节这个当口发一句"过年好"。时涧身边来来往往的人很多，而他真的很少做出拉黑别人的事，至多也就是不回，或者回一句完全不用走心的"你也过年好"。

这话他也和左西达说了，不过是在十二点整的时候，掐着时间，一分没多一分没少的整数，左西达也和他说了一样的话。

她在打下这几个字的时候脸上的表情一定很认真，时涧这样想着，笑容不易察觉，但确实柔和了眉眼。

时涧：明天晚上能出来吗？

时涧突然有了个想法。说到底，还是向光霁给他的灵感。

左西达的回应很迅速：能。

113

于是他的笑容就更明显了：那明天晚上我去接你。

他说完想了想，又接了一句：多穿点。

06

有了和时洞的约定，第二天左西达要走的时候就越发坚决，但寇智明并不同意，甚至少见地有要发火的意思。

"今天刚大年初一，在家里过年不好吗，为什么要自己跑回去？"他难得语气强硬。

在左西达的印象中寇智明一直都很温和，对她说话也都是轻声细语的。

左西达不知道该如何解释，为什么回去，没有为什么就是想回去，但这并不能算是一个很好的回答。

所以，左西达干脆没说话。

这次倒是戈方仪帮了她："她要回去你拦着她做什么，我们不是也要出门了吗。"

过年期间家里人来人往，戈方仪不想左西达露面，那样会让亲戚朋友想起她有过一段婚姻的事实。

他们要去逛庙会，寇智明原本是想一家人一起去，可左西达却说要回去。其实寇智明不是不明白，左西达是不喜欢这里，所以才一刻也不想多待。但寇智明还是想再努力一下，这也是个难得能拉近距离的机会，可他能说的能做的不多，尤其是在戈方仪说完这番话之后，就更显得没有立场了。

"那好吧，一会儿我们先送你。"寇智明妥协。

旁边的寇冉冉不高兴了："为什么啊？送来送去的，到那边都几点了，又不顺路。"

她这会儿还在生气，不是为了昨天晚上的事，而是因为今天一早的红包。寇智明给两个孩子都准备了红包，但厚此薄彼，薄的那个就不高兴了。

"爸爸你偏心。"寇冉冉噘起嘴巴，指着左西达手里的红包，"凭什么姐姐的比我厚那么多？"

"你才多大，又在家里住，要那么多钱干什么。你姐姐住在学校，生活开销自然比较大。"寇智明觉得自己的安排很合理。

可寇冉冉并不这样觉得，吵闹了一早上，最后是在戈方仪那儿终了的。

大约是戈方仪答应了要补给她。寇冉冉在数字上达到了平衡，但心理

114

上还是不大满意。可无论她怎么撒娇耍闹，寇智明都不太买她的账，这会儿听完她说的话之后，更是很严厉地批评她："冉冉，你要是这么觉得，以后你上学，放学也让我接送你，不顺路，而且马路上到处都是出租车。"

瞪大了眼睛的寇冉冉太吃惊了，寇智明几乎没和她说过这样的话，她都忘了要生气，只愣愣地盯着寇智明看，盯到眼睛被泪水填满。那样子把戈方仪心疼坏了，戈方仪赶忙把她搂进怀里，一边安慰她，一边埋怨寇智明。

从头到尾，左西达都没参与。她像个局外人，似乎这一切都和她没关系，但她又偏偏在这里。

最后是寇智明开车先把左西达送回了老房子，还带着很多吃的用的。全程车里的气氛都很压抑，没人说话，最后到地方的时候戈方仪和寇冉冉也没动，就等在车里，寇智明自己提了东西把左西达一路送到了门口。

"有什么想吃的就回家来，提前打电话，然后到点儿回来吃就行，钱不够了就说，别苦着自己。"寇智明没进去，但也没马上离开。

他把能想到的都说了，但又觉得还不够似的，补充道："微信上说一下也行，在学校有什么事都可以随时联系我们。"

"知道了。"左西达点点头。她看得清寇智明眼中的真诚和急切，虽然她并不是很懂，为什么寇智明这个和她没有任何血缘关系的人会这样，在戈方仪的对比下，尤为明显。

毕竟，那个才是她亲生的母亲。

时涧来的时候是傍晚，天将将擦黑。车上准备了吃的，还有用保温杯装着的热咖啡，开上高速公路的时候，左西达拆开一盒三明治，咬了一口后直接瞪大了眼睛："好好吃。"

"是我妈做的。她做菜挺不错，下次有机会去尝尝。"提到伊宛白，时涧的笑容变得分外柔和。

而左西达只觉得手里的三明治顿时更珍贵了一些，又咬了一口之后也递到了时涧嘴边，但时涧没吃："乖，你自己吃吧，我不饿。"

他这么说左西达也没勉强，自己把那个三明治吃完了，又倒了一小杯咖啡出来。这次时涧喝了一点，咖啡的香味儿也跟着四散在车里，后来又和尼古丁混杂在一起，难舍难分。

左西达不知道他们这是要去哪里，她也没什么想问的欲望，仿佛这条路没有尽头，她也愿意一直和时涧不断前行，这辆车和这辆车里的人，就是全部意义。

两个半小时后，他们在一个高速路出口离开，转而开上辅路。又过了半个小时，四周只剩下猎猎风声，好像是他们无端闯入了这片领地。

时涧带着左西达一路上山，最终在一处缓坡上停下。

这会儿左西达已经理解了时涧为什么要带吃的东西。这么远的路，再算上回程，自然是要饿的。

已经晚上九点多了，远离了都市之后光源显得稀薄，时涧打开车前灯补充光源。

他从后车厢里搬了东西出来，左西达凑近了才发现原来是烟花，她下意识就抬起头，发现今天晚上不仅没有灯光，就连大自然似乎都在配合，星星月亮也隐在后面，天空像一块纯净的幕布，纯黑色的。

"披上点。"

肩膀上多了重量，左西达低下头，时涧站在她面前，用一块毯子将她整个人包裹在其中。左西达伸手接了，那点温暖也就跟着被留下了。

"你不冷吗？"山上风很大，平常厚度的衣服就有些不顶用了，左西达穿的是羽绒服，刚刚都有些被打透的感觉，而时涧只在卫衣外面套了一件大衣。

不过时涧并没回答她，一边走一边转过身来对她笑了一下。

时涧的笑容一直让左西达沉溺，哪怕是这样冷的天气，都能瞬间如沐春风，简直有魔力般。而他此刻的脚步也没停，先点了一根烟，抽了几口之后，用这根烟一一点了过去。

烟花的排列毫无规律，大大小小，错落不齐。火星烧过引线，天空便多姿起来，同时，时涧转身向左西达的方向走来，而在他的身后，是漫天烟火。

没有画家能将这一幕真切描绘，至少在左西达心中是这样的，她必须压下心头的鼓噪，才能尽力用眼睛记录让她倾慕的身姿。

左西达是眼看着他含着笑意的脸越来越近，她等到人走得足够近，才直接扑了过去。

她不管不顾地搂住时涧的脖子，将头埋进他的肩膀，首先是冰凉凉的衣料，紧接着就是让左西达想拥有的温度。她用了力气，要把自己挂在这人身上一样，毯子掉在了地上，那点由它而带来的温暖，被其他更为催促着心跳的悸动所替代。

时涧依旧在笑，深邃的眉眼中满含着纵容。在左西达朝他扑过来的那一刻他便伸出手，将人稳稳当当地接到怀里，两个由烟花而映照的身影突然重叠，无论明与灭，都没有再分开。

"喜欢吗？"凑近了，连声音都失真，多了气音，少了实感。

"喜欢。"左西达说了还不算，还要点头，下巴抵在时涧的肩膀上。

动作间，时涧的笑容就又加深了许多："那看来我要谢谢向光霁了。"

是他那个视频给了时涧灵感。

07

回程的路上左西达裹着毯子睡着了。她之前就知道时涧车开得稳，如今又知道了，这份稳很适合睡觉。

她睡得沉，什么时候到家的都不知道，只感觉有人在挪动她，彻底醒过来是因为身体悬空了。

左西达下意识地勾住时涧的脖子。晚上的风很急，可她身上依旧盖着毯子，保留了原本的温暖的同时，还有时涧的温度。

左西达仿佛被隔绝了起来，寒冷无法伤害到她，这已经不是时涧第一次带给她这种感觉了。

公主抱一直持续到家门口，左西达一早要求下来，她可以自己走。可时涧只笑笑，有力的双臂稳稳当当地将左西达一路抱了回去，完美的下颌线就在距离左西达很近的地方，只要她微微扬起脸，就可以触碰到。

左西达记得小时候自己和外婆去参加外地亲戚的婚礼。当时新娘下车之后就是被新郎一路抱进新房的，据说是习俗。左西达将此情此景和回忆结合在一起，似乎有点理解了这个习俗的意义。

至少会感到幸福。

进门后，左西达被时涧推进洗手间让她洗个热水澡，等她洗完出来，发现时涧已经煮好了两碗面。

大年初一吃面条，可以和寒酸挂钩，但左西达一点没觉得有哪里不合适，西红柿配上鸡蛋，酸酸的，很开胃，她吃了整整一碗，吃饱了，心里也踏实。

"之后呢？过年期间你就一个人在家？"时涧问。

他之前还以为过年期间，左西达怎么也是要和妈妈在一起，当他听说左西达过年还是在这里时，有些东西便更形象具体了许多。

时涧家过年总是很热闹的，几乎每天都有安排，他不是一个"圣母"的人，却也想在这本该热闹的环境里，给这个瘦瘦小小的女生，带来一些喜悦气氛。

"嗯。"

见左西达点头，时涧的眼神敛了一下，那点停顿之后是一句："无聊就给我发视频，我有空就过来。"

然后左西达就笑了："好。"

他是个守承诺的人，之后那几天确实是一有空就来。上次见左西达喜欢吃伊宛白做的三明治，之后还特意给她带过其他好吃的，直到假期结束，公司重新开工。

今年春节过得晚，年味儿也没全散尽，新年的氛围一路顺到学校那边也开学。

新项目完成签约之后就会正式启动，前期的准备工作多且繁杂，都由时涧负责，他身上的担子重，精神压力也很大，和左西达见面的次数就少了。

年三十前一天时原和他谈过，父子两个开诚布公，也让时涧感觉到了时间的紧迫。

再加上之前到处找投资的经历，也让时涧有了成长，他对人际关系的解读和之前不再相同，借着年节来往的走动中就照往年多了许多利益纠葛，变得不再那么单纯。其实也不是非得如此不可，枷锁是他自己给自己的。

就算不能见面，可他还是会抽时间和左西达发发视频打打电话，有一次和别人吃到好吃的日料，过后便让助理打包了一份，自己给左西达送去。

他记得左西达总是一个人，如果他不去，那个家又空又安静，主人似乎连烧个热水都不愿去做。

不过在左西达要搬回宿舍的那天，时涧倒是来了，事先也没打招呼。左西达先听到门口有声音，出来的时候就看见时涧站在门口，迎着满屋子的阳光，对着她露出微笑。

事实证明，当初把密码留给时涧的想法多么正确，左西达喜欢时涧自己开门进来的感觉，就好像这里也是他的家，他们的家。

"都收拾好了？"时涧看向客厅里堆放着的行李箱。

左西达的反应慢了几拍，才终于点了点头。

"那走吧，我送你。"时涧说着就走过来提起了左西达的箱子。

时涧今天特意开了比较宽敞的车来，先上了车的左西达发现后座上还放着一些东西。她正看着，放好行李的时涧也上来了，顺着她的目光往后看了一眼，就笑了："给你带了点零食，和你的朋友们分一分，最好平时身上也能带一些，别老饿着自己，你都够瘦了。"

他说着车子缓缓开了出去，而左西达的记忆也跟着不受控制地飞远。

之前外婆还在时，也会给她带吃的上学，有时候是来不及吃的早饭，有时候是一点水果，也说过，让她和朋友分着吃。音容笑貌依旧清晰，回过神后就显得格外寂寥，思念成了脑海中挥之不去的成分，让左西达不安，她使劲儿眨了眨眼，手就被握住了。

"怎么了，想什么呢？"时涧问她。

这让左西达几乎有些惊讶，他为什么会知道，可同时也刚好是她希望的。在她需要的时候，有人在她身边，能够发现。

被握着的手成了反握，左西达几乎是跟着本能开口，追问一个承诺："你会……你会一直对我好吗？"

"宝贝儿，所以你刚刚就是在想这个想到脸色发白吗？"时涧笑了一下，那一句反问不代表回答。

可左西达只专注在时涧的提问上了："不是。"

她摇头，并不打算说原因。两个人似乎都有所隐瞒，时涧惊讶左西达的执着，他以为她不懂，他以为她接受，可现在看来，又似乎不是如此。

可他不能说，不是不可以，是恋爱不持久，他本身就不是一个长情的人。

很刚好，时涧的手机在这会儿响了起来。他接了，所有谈话用的都是英文，尽管他其实从头到尾也没说几句话，可车里太安静，空间又小，哪怕不去故意听，也隐隐约约能听到电话那边是一个女生，时不时尾音上扬，像个小钩子，顺着电话传了过来。

左西达就懂了，连刚刚那个避而不答也懂了。

哪怕已经相处了一个寒假，可他们到底没有确立关系，不是恋人，什么都不是。

左西达的情绪忽然低落，但也没持续太久。

她在想或许凡事都需要一个过程，但又并不是很确定，毕竟没什么经验可以参考。到了学校，时涧提着行李箱和后座的东西，一路将左西达送到宿舍。

平时女生宿舍是不让外人进的，但现在还没正式开学，来送学生的家长又多，学校才放宽了政策。

宿舍里，戎颖欣和方高诗都已经回来了。

在看到时涧和左西达一起进门时，两人都下意识从位置上站了起来，惊讶与怔愣一起，连打招呼都显得不自然。而时涧似乎并没在意，很顺手地摸了摸左西达的头："那我先走了。"

看在其他两人眼里俨然一副家长样，可左西达似乎情绪不高，只应了一声："好。"

之后时涧就走了，前后不过几分钟的事，却留下了不小的杀伤力。

"以后我是不是在宿舍也要化妆，免得下次蓬头垢面的，男神突然来了，那我还不得自闭。"方高诗想到很远，自我要求的包袱也很重，不过说完才意识到，其实主动权在左西达手里，于是又扑过去拉住了左西达的胳膊，"西达，以后再有这种事，能不能提前和我们打个招呼，也让我们有个准备。"

"没有下次了，开学之后宿舍不会让外人进来的，你当楼下的阿姨不存在吗？"戎颖欣理智提醒道。

道理是这么个道理，但就怕凡事有意外，方高诗抓着这个意外不死心："反正西达下次你得提前发个微信，记得啊。"

方高诗再次叮嘱，左西达点了点头，可方高诗的下一句话让她在意了起来："这么看男神成了自己朋友的男朋友还是不错的，时不时就能见一见，还能一起玩一起吃饭，放一年前我肯定不敢想。"

"怎么，现在不酸了？"戎颖欣笑。

"酸还是酸的，但是酸里透着甜，甜里透着酸，酸酸甜甜就是我。"方高诗越扯越远，戎颖欣骂了她一句，又得了方高诗的一句回骂。

她们似乎早都默认了时涧和左西达的恋人关系，只有左西达自己知道，其实并不是这样的。

她可以纠正她们，甚至可以询问她们的意见，可在考虑了一会儿之后，她还是选择什么都没说。

急切的情绪被冷却下来，左西达觉得总有时间去给她思考，说不定之后就有答案了，暂时就先维持现状也不是不可以，再加上接下来一段时间她会很忙，就算要做什么，也恐怕会没有时间。

08

开学之后左西达确实很忙，她答应了刘教授要去参展，开学的第一个月就有一场。

以获奖身份去参加的左西达受到了不少关注，关于她毕业之后的邀请也有很多，提的次数多了，在回来的飞机上刘教授就也和左西达聊起了这件事。

现在已经大三下学期，对于毕业之后的打算，也到了好好考虑的时候。

"应该是接着进修吧。"左西达还没有想好，只是一个再笼统不过的概念，根本谈不上计划。

刘教授却很赞同："我也推荐你继续学习，如果可以，我是很希望你能跟着我直博，只是这个想法终究自私，更客观一点的话，去国外或者普宁大学的建筑系可能是相对好的选择。"

刘教授很坦诚，对自己的想法没有丝毫藏着掖着："不过如果你想留校，现在我就给你一句准话，我可以直接给你一个名额，之后也会尽我所能地给你争取更多机会。"

这话的分量不轻，左西达知道，但说完之后刘教授自己又笑了："但话说回来，爱才之心人皆有之，也不光是我，相信你去到哪里都差不了，如果你真决定了要考普大或者是国外的大学，你也可以提前和我商量一下，我有认识人的话就帮你捎个话过去。"

对左西达，刘教授是真的很照顾了，这份照顾中当然有个人情感因素在，但同时也有为整个行业留住人才的心，这些新鲜的血液才是整个行业的未来。

刘教授的话左西达听进了心里，但也不是当务之急，让她更在意的是之后的比赛，差不多要开始着手准备作品了。

上次的比赛左西达输了，事实证明第二名的感觉并不好，她不想再尝一次。

那段时间左西达再度回归到了废寝忘食的状态，除了上课之外，其余时间都花在了这上面，系里对这件事也很重视，给她一路开绿灯，一切都以左西达的要求为优先。

至于其他事，左西达暂时考虑不到，就连时涧给她打电话，都时常因无人接听而自动挂断，微信也是隔很久才回，甚至有些就直接石沉大海。后来时涧都快习惯了，所有发过去的信息能不能得到回复全靠运气，为此他还特意发了一条朋友圈吐槽：今天得到了回复，感动天感动地。

左西达自己没看到，但尤泽恩注意到了，专门截了图拿到左西达面前，问是不是说她的。因为尤泽恩也是受害者之一，对这条朋友圈很有共鸣。

刚开始左西达没看懂，琢磨了一会儿之后给时涧发了一条：对不起。

太过认真，反而把时涧弄了个哭笑不得，想她现在是有时间，就直接发了视频过来，果然顺利接通。

刚刚睡醒的左西达耷拉着眼皮带着困倦看向屏幕，眼睛下面的黑眼圈比印象中深了些许，在白净的皮肤上突兀得十分明显。

最近这段时间，时涧还挺想见左西达的，大约和假期两个人经常见面有关，习惯了这个人，冷不防见不到，确实有点不舒服。

不过他本身就公司学校两边跑，时间也很不充裕，加上左西达也忙，就更凑不上了，让时涧挺无奈，更无奈的是伊迪丝对他的执着。

签约在即，伊迪丝跟着她老板一起飞了过来。时涧自然要尽地主之谊，他是冲着两边的合作，但伊迪丝绝对是醉翁之意不在酒，充分利用每一次机会，企图和时涧拉近距离。

伊迪丝长得漂亮，相处之后会发现性格也很有趣，是一个难得兼具外表而灵魂也不空洞的人。可时涧实实在在做了好几次柳下惠，主要是不想因为那么点事把两边合作的事情弄复杂。

"如果我说，我不是开玩笑的，是真的想做你女朋友，你相信吗？"伊迪丝的问题直逼灵魂。

"认真交往的那种。"好像怕时涧没听懂，伊迪丝又一次补充，"我承认这并不符合我之前的习惯，我可是很少主动追人的，但我确实挺喜欢你，就觉得如果是你的话，好像可以认真交往看看，我很有诚意，为了你，我把身边追求我的人都赶走了，你有必要对我负责。"

伊迪丝软硬兼施，忽而甜美，忽而逞凶斗狠，咄咄逼人，"恃美行凶"得光明正大，说实话十分有魅力，只可惜时涧让她失望了："很谢谢你的诚意，但对强加在我身上的事，我一贯的原则都是谢谢你但对不起。"

伊迪丝是真的做足了心理准备，哪怕时涧明着暗着拒绝过她很多次，都不妨碍她下一次再接再厉，连笑容都不见丝毫牵强，直接留下一个飞吻转身走人，可她身上的香水味儿却一直到几个小时之后才彻底消失，存在感十分强烈。

眼看着财务总监进门之后，突然微顿的脚步和疑惑的表情，时涧的眼神中透出一丝不易察觉的无奈。

然后也就是这天晚上，他被时原叫进了书房。

"你和那个助理，是怎么回事？"时原开门见山，对自己的儿子根本没客气。

时涧多少还是有点意外的，但到底只是一点点，世界上本就没有不透风的墙。他说："没怎么回事。"

他说的是实话，但时原并不相信："你别以为我没看到，那个助理明显对你有意思，而你的意志力在我这里，趋近于零。"

时原毫不掩饰对时涧的不信任，让时涧忍不住失笑，挺无奈："时总，您要相信您的员工啊。"

"那你就别做让我不相信的事。"时原一边说一边板起脸，只是眼神中并没有多少真的凌厉，"你要是认真谈恋爱，我不管你，但兔子还不吃窝边草呢。别回头闹出事来，你应该明白我的意思。"

同一天，先后有两个人和时涧说了"认真谈恋爱"这几个字，时涧觉得这天可以被定义为恋爱日，正准备开口用这个调侃两句，书房的门被推开，伊宛白走了进来："你们父子两个说悄悄话不准我听？我被孤立了吗？"

"没有，说点公司的事。"在看到伊宛白的瞬间，时原的表情就柔和了下来。

"你没欺负我儿子吧？仗着你是老板，剥削员工？那我这个当妈的可不答应，要和你这个黑心老板说道说道。"伊宛白的美在近些年沉淀成了优雅与温柔，只在故意玩笑的眼波流转间，还能看出几分年轻时的清丽。

"我欺负他？他不欺负我就不错了，我刚说一句他就有一百句等着我。"这会儿时原的抱怨就很真情实感了。

伊宛白笑了一下，可这笑容很快就僵住了，同时她整个人也晃了一下，险些摔倒，幸好旁边的时涧立刻察觉到不对，赶忙上前扶住了她。

时原着急地从椅子上起身，从时涧手里搂过伊宛白，看她闭着眼睛微微皱眉的样子，急切又慌乱。

"这是怎么了？哪里不舒服了？"时原的语速很快，如果仔细听，还能听出一丝颤抖。

"头有点晕，应该是昨天没睡好的关系，没事别担心。"缓了一会儿，伊宛白已经恢复了过来。

年轻时她就有头晕头疼的毛病，如果没睡好就更是厉害。她自己倒不是很担心，只是这么厉害的情况比较少见，吓得面前的父子俩手忙脚乱。

"好好的，怎么又突然头晕了。"昨天伊宛白从画室回来得晚，确实没怎么睡好，但这不代表就能打消时原的疑虑，"不行，还是去医院检查一下，明天请假吧。我陪你去。"

近乎通知的语气，让伊宛白有点无奈："哪有那么严重，就晕了一下，再说我明天还有课呢。"

她不同意去医院，但这次时涧和时原的想法一致："还是去看看，就当是体检了，也没坏处，本来就该半年到一年去一次的，您和我爸一起去，都检查一下。"他说着看了时原一眼。

时原没想到这里面还有自己的事，但和时涧的目光对视之后，立刻应道："是，我们都该体检一下，我们一起去，一会儿我就去预约。"

能让伊宛白去医院才是最重要的，果然这次伊宛白没有再拒绝："那就周末吧，也没两天了，我明天真不好请假。"

最后的结果是大家各退一步。

时原和时涧没有坚持一定要第二天去，把检查预约到了周六。

伊宛白觉得他们父子两个小题大做，只是拗不过才答应的，完全没想到竟然真的查出点问题，倒和头晕无关，而是她的肝上面长了一个瘤。

一说到瘤，就会让人担心，哪怕医生说瘤很小而且大概率是良性的，但这一点不妨碍时原担心到寝食难安、夜不能寐，仿佛那颗瘤不是长在伊宛白身上，而是长在了他眼珠子里。

医生的意见是尽快切除。微创手术的风险很低，恢复期也短，手术后的伤口很小。

时原听着使劲儿点头肯定，表示他们马上预约手术。可伊宛白其实心里有顾虑，现在不是假期，恢复期再短也要半个月，她是教授那门专业的主课老师，她要是请假了怕是有些麻烦。

可伊宛白看了看身边的时原，到底是没把话说出口。

就这样手术安排在了下周三，伊宛白需要提前做些检查，周一就住进了医院。时原和时涧一起陪着来的，只是时涧没有跟着一起守在医院，公司那边还有事情要处理，他和时原不能一个都不去。

等到了手术那天，伊宛白依旧有谈笑风生，可时原笑不出来。这几天他都睡不好，眼睛里布满了红血丝。等到手术室的灯亮起，他的焦躁也跟着到达了顶点，好像一张拉满了的弓。

时涧在旁边看着，没有说什么，也没有要去安慰父亲的意思。他知道，只有等伊宛白平安无事从手术室里出来，时原的这种状态才能结束，要不然旁人说什么都是没用的。

父母的感情好时涧从小就知道，伊宛白和时原给他的也一直是"一生一双人"的示范。

时涧对父母的这种观念十分认同。而且平日里看他们秀恩爱也看习惯了，但今天这样的情景，还是让时涧有些触动。

伊宛白的手术非常成功，病理切片的结果也为良性，之后只需要好好休息就不会有事了。这让时原暂时放下了压在心里的大石头。

时原惦记着照顾术后的伊宛白，所以时涧主动把公司大部分的事都揽在了自己身上，让时原可以放心地在医院陪伊宛白，有些必须时原本人签字的就吩咐助理送过去。

"算你小兔崽子有点良心。"时原是嘴硬心软的典型代表，时涧也习惯了，刚想贫两句，却发现时原的两鬓已经有了斑白的迹象。

时原要强了一辈子，争着抢着硬是闯出一片天地，如今他想休息，自然无可厚非。

　　原本调侃的话就这么消失在沉默中，时涧在离开之后，一边点着烟，一边在心里有了更多的盘算。

　　要去公司，还要回学校，时涧忙起来有些事就真的顾不上。

　　他到底不是时原，不如时原有经验，清楚很多事根本不需要考虑那么多；他是摸着石头过河，难免有些瞻前顾后、束手束脚。连带着大多邀约都被他推掉了，其中就包括伊迪丝的，只是伊迪丝却觉得时涧是在针对她。

　　打电话没办法把人找出来，伊迪丝一气之下到公司来堵人。

　　时涧当时正在忙，助理拦不住，硬闯进来的伊迪丝打破了办公室原有的平静。

　　时涧的眉头快速皱起，但还是对助理摆了摆手让对方先走，再看向伊迪丝时眼神很平淡。伊迪丝却嗅出几分不悦，再加上她亲眼见时涧并非搪塞她，就又多了几分心虚。

　　"我后天就走了，你都不送送我吗？"伊迪丝决定以退为进，卖卖可怜。

　　时涧看透了她的把戏，可他还是决定接受这个提议："你等我一会儿吧。"

　　将伊迪丝安顿在沙发上，又让助理送来咖啡给伊迪丝。

　　时涧便尽着手头要紧的事情处理完，大约一个小时后，和伊迪丝一起离开了公司。

　　在伊迪丝的提议下他们找了家法国餐厅，伊迪丝表现出的执着超过了时涧原本的预期，这反而让时涧无法理解。

　　伊迪丝和他是一样的人，追求新鲜感，不太喜欢被束缚。可她却说因为他而想做出改变，时涧不太懂这份改变的契机，他并不觉得自己对伊迪丝来说有那么特别，但也不打算真的开口去询问。

　　在甜品上来之前，时涧接到了左西达的语音电话。

　　他们好一阵子没见了，就连视频和电话都在减少，如果可以他是很愿意和左西达相处的，简单直接的左西达让他觉得轻松。

　　所以这通语音他接了，正好他也想抽烟，就去了包房外面。

　　其实左西达打来没什么事，就是今天从系里回来得早了，路上没什么事就想到了时涧。

"我妈动了个小手术，我爸在照顾她，公司的事就先交给我了，但我太弱了，搞得一个头两个大。"时涧的吐槽带着点真实的无奈。

"那你妈妈不要紧吗？"左西达是在停顿了一下之后才再次开口的，她不擅长安慰人，碰到这种事总是不知道该说些什么。

"不要紧，休息一段时间就没事了。"而时涧似乎能知晓，回答时的语气夹杂笑意，带着某种安抚，之后又自然地把话题引到了左西达那边，问她参赛作品准备得怎么样了，哪怕很微小，但在话题换成她熟悉的领域之后，左西达的语气果然变得轻松了许多。

时涧能想到刚刚左西达磕磕绊绊想词要安慰他的样子。

细白如雪的面容在冷静与疏离之中，藏着困扰，他见过，如今轻而易举就出现在了脑海中。

这通话持续了大概十分钟，在左西达回到宿舍之后才挂断。

时涧没直接回包房，而是先去了趟洗手间，回来的时候服务生刚好来上甜品，推着车不太方便，时涧就在门口等了一下让对方先进去，没想到有些声音跟着从打开的门里传了出来。

时涧完全没有要偷听别人讲电话的意思，可巧合的事不受控。伊迪丝语带娇嗔，千回百转间像挂着小钩子一样："带我回家也不怕你老婆发现，这次怎么胆子这么大，是我离开太久太想我了吗？"

并不是完结，很明显这电话还准备持续下去，所以时涧故意弄出点声响，给了伊迪丝缓冲的时间，然后才走进去。在他坐下的时候，听到伊迪丝说："那就这么说定了。"语气正常了许多。

时涧面上滴水不漏，但心里带着笑意。

果然如此，这才是合乎情理的，那个说着喜欢他要认真相处的人，有的只是嘴上的真诚。

时涧并没有任何失望的感觉，因为他从来都没期待过或者是相信过。但他也必须承认，拆穿真面目之后，让他瞬间觉得这场约饭无趣起来。

而但凡把戏，往往都伴随着拆穿，只是时间问题而已。

甜品本来就是最后了，可时涧也佩服伊迪丝，不知道也就罢了，知道之后再看伊迪丝的表演，便觉得她演技实在出色，完全让人找不到半点破绽，只做个助理着实屈才，她应该去娱乐圈发展。

隔天伊迪丝跟着老板准备回国的时候时涧没去送，派了司机和助理相送。礼数算是周全了，结果却不是伊迪丝想要的，临上飞机之前还在偷偷给时涧打电话。

既然两方已经是合作关系了，日后的往来总不会少，伊迪丝说让时涧记着，她还没放弃。

时涧低低地笑了一下，那笑声通过电话传进伊迪丝的耳朵，带起心尖上麻麻的战栗。

时涧多少有些妄自菲薄，伊迪丝很少会对一个人这样，哪怕她说的未必都是真话，但至少有一点伊迪丝没撒谎，她是真的想和时涧认真交往。如果时涧答应，伊迪丝就愿意为时涧做到专一，只是在这之前，她不会为了一个还不确定结果的人而放弃其他选择。

10

伊迪丝走了，但她和时涧的联系却没有断，有空的时候时涧会回复她的信息，理由无他，只是在忙碌中找一点乐子。

他热衷看聪明人表演，在明知结局的情况下，会有一种上帝视角的即视感。时涧承认这是他的恶趣味，但既然每个人都有秘密，那么他不应该做那个特殊的人。

只是当他和左西达在一起，还频频拿起手机回信息时，在左西达的眼中就有另一种解读了——他们的关系在倒退。

眼看着时涧再次拿起手机，左西达这样想着。

其实他们现在的关系也不能说不好，方高诗不知道内情，还无意中说过左西达是和时涧在一起最久的女生。戎颖欣当时就踹了方高诗一脚，方高诗后知后觉意识到说错了话，也不知道该怎么找补回去，最后只调皮地对左西达吐了吐舌头，满含歉意地说她不是那意思。

左西达没有生气，却在意。她和时涧不存在在一起，所以才长久，她不知道自己的这个理解是否正确，更无从得知时涧和其他女生在一起时是什么状态。

但她记得她在礼堂碰见女生找时涧复合的场景，至少时涧和那个女生是真实在一起过，可以互称男女朋友关系的。

现在这样也有现在这样的好处，但这不是左西达想要的。从一开始她的目标就很明确，她要拥有时涧，成为唯一的那一个，特殊而无可替代，将他所有的好都据为己有。同时她也需要这段关系是稳定且持续的，直到她不想要的那一天。

左西达知道，想要打破现有的平衡是必须主动做点什么。

奈何时涧这几个周末都要到邻市出差，虽然伊宛白彻底康复了，时原也回到了公司，可新项目正处在启动之前的准备阶段，事情繁多，他又要学校、公司两边跑。左西达只能选择再等等，一边盘算着该用个什么方法，一边利用这段时间把自己的作业做完。

左西达想尽快，便越发争分夺秒，等到全部收尾刚好是周五。

左西达从系里直接回宿舍，屋里没人，她放下包直接就去床上躺下了。她有点不舒服，早上出门时还只是头疼，这会儿头疼倒是不明显了，不是好转，而是全身都开始不舒服，把焦点给分散了。

左西达的本意是躺一会儿，结果躺着躺着就睡了过去，后来是被电话铃声吵醒的。

戎颖欣和方高诗想去看电影，问她要不要一起去。左西达唯一的想法就是继续睡，便拒绝了。这会儿她的声音已经有些不正常的沙哑了，但戎颖欣那边太吵，也确实没想那么多，只以为左西达是这两天太累了，就让她好好休息。

左西达确实想休息，她的困意还在，刚准备接着睡，手机却又一次响了起来。左西达皱眉，也没看是谁，直接划开接通，从电话里传来的低低嗓音夹带着清爽的颗粒感，几乎在瞬间就抚平了那点尖锐棱角，左西达想要赶快挂断电话的心也跟着一起消失了。

"还在系里？"时涧问。

"没有，已经回宿舍了。"左西达一边说一边不由自主地闭上了眼睛，她觉得眼皮特别沉。

"那出来一下吧，我在楼下。"

然而下一秒左西达就因为时涧的这句话而睁大了眼睛。

左西达盯着眼前的天花板两秒钟，然后翻身下床，眼前却发黑了下，整个人也跟着一晃险些摔回去，还好她扶了旁边的栏杆一把。

时涧知道左西达想把作业在这两天赶出来，又担心她忙起来不好好吃饭，所以下午下了课就去给她买了晚餐，原本打算送完东西就走的。可等真见到了人，时涧直接拧起眉，原本的笑意全都收敛掉了。

"你怎么过来了？"左西达看着很没精神，和她平时的冷淡疏离样不一样，这会儿是明显的虚弱，总是过分白皙的脸上也多了不自然的红晕。

时涧没说话，直接伸手过去摸了一把左西达的额头，烫得厉害。

"你发烧了。"

左西达一愣，下意识地学着时涧的样子去摸自己的额头，可她的手心也很热，摸不出个所以然，但她确实难受，光是站着都成了负担。

"我送你去医院。"时涧很认真，一边说一边将左西达揽进自己怀里。

这让左西达松了一口气，有了支撑，她站得没那么吃力了，开口却是拒绝："我不去医院，吃点药就行了，应该只是着凉了。"

耳边似乎有有叹息声，左西达没听清，因为这时候刚好有几个女生成群结队一起回宿舍，嬉闹变成窃窃私语声。时涧看了一眼，干脆将左西达打横抱了起来。

左西达没想到丢不丢脸会不会有什么不好影响这一说，她不在意。这会儿她只觉得时涧的手臂很稳，萦绕着的熟悉味道让她舒心。

左西达安心地靠在这个怀抱里，脸贴着时涧的肩膀，埋首在那一片体温中，声音模模糊糊："我不去医院。"

再次强调，可见是真的对医院很抗拒。

时涧无奈，一路将人抱到停车场，然后开车去了左西达家。他有密码，出入都很方便。

左西达刚上车就睡着了，到了地方也没醒，时涧又将人抱上了楼，还拿了车里的毯子盖在左西达身上，怕她再受凉。时涧的确有很多贴心表现在这些小细节上。

到了自己熟悉的地方，又是她自己的床，左西达睡得越发沉，中间被叫起来一次，吃了药，又喝了小半杯水，额头上还多了一块凉凉的东西，很舒服。

后来一直睡到晚上十一点多，左西达醒了。

四周一片黑暗，黑暗得让人茫然，可很快房门被打开，光和人影一起出现。

"睡醒啦。"时涧走了过来，伸手打开了床头灯，"感觉好点了吗？"

左西达已经完全清醒了，睡着之前的事也回想了起来。

"好多了。"她如实回答，比起刚见时涧那会儿，现在确实好多了。

额头上又搭了一只手，放了大约有五秒钟才拿开，时涧点了点头："确实不烧了，饿了没？我去给你拿点吃的，你先喝点水。"他说着将床头柜上的水杯递了过来。

左西达接过，才发现水竟然是温的，喝到嘴里温度刚刚好，而她也跟着注意到了床头柜上的其他几样东西。

两盒药、一盒退烧贴，旁边还放着几个已经用过的退烧贴，左西达可以肯定她家并没有这些东西，是谁买回来的不言而喻。

除了这些，时涧还准备了粥，鸡丝加上青菜一起熬的，很香，哪怕左西达没有胃口也喝了一小碗，还是在床上喝的。

从前左西达生病的时候，外婆也会这样照顾她，给她倒水，给她送吃的过来，不让她多动，她只需要好起来就行，似乎这很重要，对两个人都是。

现在外婆不在了，左西达本以后不会再碰见像外婆一样的人了，可事实是，左西达喝着时涧准备的粥，大米的香甜从味蕾一路来到心口的位置，安营扎寨地留了下来。

那天晚上时涧没走，左西达吃完东西就又睡了过去，而他就守在旁边。哪怕已经是深夜，哪怕第二天他还要去公司，却还是注意着时间，按时将左西达叫起来吃药，每隔几个小时就给她量一次体温，一直到天亮才稍稍眯了一小会儿。

名副其实的一小会儿，可能连一个小时都不到。时涧就又给左西达准备早餐去了，依旧是粥，但加了左西达喜欢的油菜和虾米，还有水煮蛋。

他本想给左西达放进微波炉，等她起来自己加热一下就可以吃了，没想到才刚做好左西达就从卧室出来了。

"醒这么早。"才七点多，时涧希望左西达能多睡一会儿，生病的人很需要睡眠。

"睡不着了。"

左西达的声音还是哑的，但状态看上去好了不少，脸上不自然的红晕已经消失了，留下干干净净的一张小脸儿，只是还有些虚弱。

走过去的时涧又一次摸了摸她的额头，冰凉凉的触感让他放下心来，也不勉强她一定要回床上去，转而将早餐端到了桌上："那就趁热吃一点吧，一会儿我得回公司，你就在家休息吧，中午我让人给你送吃的过来，有什么事就给我打电话。"

"嗯。"左西达点头。在昨天之后，那份被照顾的感觉实在太好了，左西达是真的不想分给别人。

11

整个周末，左西达都在时洄的安全圈里，中午有助理送吃的过来，时洄自己也会尽量早点下班，买好食材给左西达煮粥或者是煮面条，清淡的同时也兼顾营养。

晚上走之前会要求她再量一次体温，确认病情没有再反复。

或许这些都是小事，可看着时洄在厨房忙碌的背影，左西达心中产生的温暖第一次强烈到让她近乎无法冷静。

在时洄如此悉心的照料下，左西达除了没什么力气外，其他已经全好了。星期一早晨时洄过来老屋送她去学校，下车前还不忘叮嘱她多喝水，以及尽量不要被空调直吹到，病刚好还是要小心谨慎一些。

"知道了。"左西达认认真真地点头。两天过去，她休息得很好，黑眼圈也没有了，一张脸越发清秀美丽。时洄笑了，伸手在对方的颊上摸了一下，得到左西达的高度配合，那乖顺的小模样让时洄心里软软的。

回到系里，左西达先去了趟刘教授的办公室。上个月她参加的比赛成绩公布了，她拿了第一名，之后还会代表国家去参加世界范围内的比赛。

左西达不意外，只觉得属于她的东西终于重新回到了她手上，之前的辛苦没有白费。

"暑假也辛苦一些，有什么需要的可以随时找我。"刘教授对左西达一直都很支持，这次自然也没例外。

随着左西达取得的成绩增多，她的名气也一路水涨船高，很多人都在盯着她毕业之后的选择，暗自拉拢的也不在少数，可左西达已经确定了，她要继续上学。

临近期末，没什么课了，可学校里却充斥着一种"人心惶惶"的氛围。

除了期末考试之外，还因为大四的学生即将毕业，最近在学校里三三两两拍照留念的随处可见。而大三的学生马上就要去填补大四的空缺，成为下一批即将离开校园的人，对未来的规划就变得势在必行起来。

建筑系算是特立独行的一批，德里大学的建筑系是五年制，这让建筑系的学生变得与众不同起来，但紧迫感并没有对他们特别优待，尤其是大三的学生，在别人都已经对未来做选择的时候，他们的未来比别人还要晚一年。

左西达倒是不太想这些，只是宿舍里除了她之外的其他人都站在了同一阵营中，让她成了一个彻头彻尾的旁观者。

戎颖欣暑假打算去实习，连公司都找好了。

德里大学在国内是排名靠前的大学，口碑很好，要找一份心仪的工作还是挺容易的，而戎颖欣也没有拖延的习惯，要做就立刻付诸行动，从她决定要去实习到找好公司，一共才一个星期的时间。

所以戎颖欣这个暑假就不回老家去了，准备租个房子。

"那我们合租吧。"尤泽恩快速提议，"我之前的房子刚好下个月到期，我们一起找间稍微大点的，两个人分摊房租水电，继续我们的同居生活，怎么样？"

她说着就伸手，大刀阔斧地搂住了戎颖欣的脖子，像个强抢民女的土匪。戎颖欣觉得有点痒，努力缩起脖子的同时对尤泽恩的提议倒是没拒绝。

本来她就是个怕孤单的人，有熟悉的人一起住当然最好，而且就像尤泽恩说的，两个人一起分担房租会减轻不少压力。

方高诗在一旁默默看了一会儿，然后把头转向了左西达，寻求队友："她们不带我们玩。"

她家是本地的，就算她想父母也不会同意她放假还不回家。

而左西达虽然没人管她，但她并不想去凑热闹，她喜欢老房子，更喜欢在那套房子里的回忆，暂时还不打算离开。

于是期末就这样过去了。

迎来暑假，这次戎颖欣不用去机场了，把行李从宿舍直接搬进了她和尤泽恩提前租好的房子里，一趟地铁就到了。

她们租的房子是套两居室，两个卧室中间夹着一个小客厅，三面朝南，太阳强势得仿佛它才是这个家的主人，并且努力将屋里装点得分外明亮，会让人觉得很温馨，缺点是：很热。

不过胜在性价比高，每个月省下来的房租填补空调费用还绰绰有余；而且一到冬天，这个缺点就会立刻变成优点。

"冬天？那你们是不打算回宿舍住了？"方高诗很会抓重点。

从宿舍搬走的那天，方高诗和左西达回去放好行李后，相约到戎颖欣和尤泽恩的新家，打算晚上在这边涮火锅。

"看你那舍不得我们的小样。"尤泽恩被方高诗紧张兮兮的样子逗笑了，拿指头尖轻佻地刮了一下她的下巴，"有你在我们当然回去，但这房子我还租着，时间不方便的时候就回这边住，等到了寒假，颖欣要过来还能直接搬过来。"

她之前也在外面留了一套公寓住，尤泽恩其实有在考虑毕业要不要买套房子算了，可后来听说戎颖欣要租，就先暂时打消了这个念头。

有人一起总比一个人要好很多，至少没那么孤单。

方高诗放心了，同时也酸了："万恶的资本主义奢靡态度，和我们就是不一样。"

她嘀嘀咕咕，被尤泽恩听到了，立刻处以挠痒痒之刑。

之后她们一起出门去买火锅材料。

小区对面就有一家超市，食材还算齐全，四个女生喜欢吃的都有，再加上刚搬家还需要采购一些日用品，在超市里花的时间就有点长了。

在此期间，尤泽恩的手机响了好几次，但都被她给挂断了，一次都没有接听过。

旁边的戎颖欣明显注意到了，就问了一句："干吗不接电话？"

"没事。"尤泽恩的回答很简单，眉头却微微皱着。

戎颖欣还想问，可超市里人来人往实在不是个说话的地方，就先暂时作罢了。

她们回去都快下午六点了，再洗洗切切，真正吃上的时候已经有点晚了。

方高诗吵着自己饿疯了，一筷子夹了半盒肉，尤泽恩不爽地"啧"了一声，她是肉食爱好者，这会儿也饿了，拿起筷子就去抢，结果电话铃声再一次突兀响起，让原本的那一声"啧"延续成了更深层次的烦躁，瞬间就没了吃东西的心情。

电话被再一次挂断，可很快就有了下一通，尤泽恩干脆调成飞行模式，是安静了，但戎颖欣担心了："今天下午你的手机铃声就没停过，出什么事了吗？"

她这么一说，原本就觉得奇怪的方高诗和左西达也跟着看了过去。

在三道视线的紧逼下，尤泽恩叹了口气："你们还记得蒋乐圣吗？"

左西达的记忆是一片空白的，但方高诗和戎颖欣的答案似乎和她不太一样。方高诗先一步想了起来："不是你前男友吗？我记得是他劈腿来着，人渣一个，不是老早就分了？"

戎颖欣也点头，无论是对方高诗记忆的认同还是对她后面的那句评价，尤泽恩轻蔑地笑了一下："就是他。"

"西达你可能不认识，是在你搬来之前的事了。我有个前男友，趁我不在带人回家，正巧被我碰个正着，那孙子连裤子都来不及穿。"尤泽恩为左西达简单地介绍了一下。

左西达点点头，尤泽恩又接了一句："结果他现在找我说想复合。"

"什么？他还好意思回来找你？当时分手的时候他说都是因为你做得不好，各种细数你的缺点，所以他才会劈腿，他可真不要脸。"方高诗立刻就被点燃了，愤愤地说着。

如果说劈腿是情感上的背叛，那蒋乐圣说的那番话就是在羞辱尤泽恩的人格。

当然，蒋乐圣也是有优点的，长得帅、家境好，自己又是一个小有名气的DJ，喜欢他的女孩很多，前赴后继。

尤泽恩还曾经执迷不悟过一段时间，觉得只要对方肯认错，并且向她承诺绝不再犯，她就原谅他，但换回的只有羞辱。

自视甚高的蒋乐圣从头到尾都没拿尤泽恩当一回事，尤泽恩也是后来清醒了才想明白这一点。

可生活就是这么让人意想不到，在事情过去了这么久之后，蒋乐圣竟然还会回头。

"你们不是早就拉黑了吗？"戎颖欣皱眉。她对蒋乐圣的印象非常不好，不希望尤泽恩再和对方扯上关系。

"最近在生意上有些往来，有钱不赚王八蛋嘛。"尤泽恩对那段感情早就放下了。

她接着往后说原因："其实这段时间有个人追我追得紧，人不错，我也有点动心，正考虑着，蒋乐圣不知道从哪儿知道了这事，就黏上我了，还去威胁人家。"说到这里，尤泽恩的语气也不淡定了，只是没方高诗强烈，"这不就是人渣吗，贱人，真是贱到家了。"

火锅局变成了泄愤局，又变成开导局，最后变成出谋划策局。

左西达跟不上节奏，努力寻找一个空当，终于有机会问出了自己的疑问："我不是很懂，你们生气的点，是泽恩的前男友是人渣，还是他破坏了泽恩可能有的新恋情？可你们不是都分手了，你会有新的对象很正常，他干吗要来破坏呢？这两者之间，有必然的联系吗？"

12

对左西达来说，想和一个人在一起，最关键的是自己而不是别人，所以她无法理解蒋乐圣的做法，可其他人都笑她。

"小可爱，你是真可爱，多看点偶像剧吧，对你有好处。"方高诗拿出高深莫测的样子，说话说一半。

左西达依旧不明白，连眉头都微微皱了起来。

"少来，别拿那些剧耽误我们西达学习。"戎颖欣再一次拿出家长的样子，阻止一个熊孩子教坏好孩子，"可能就是人的劣根性，自己拥有的时候不在乎，但看到别人拥有的时候又会觉得难受。"

"就是那句话嘛，你什么时候知道自己喜欢一个人呢？就是当他和另一个人走在一起的时候。"嘴快的方高诗再次忍不住补充。

这次左西达沉默了。

她好像是懂了，因为她在试着设身处地去想，如果她看到时涧和另一个女生在一起，她确实会难受，还会想要阻止。

所以说她是喜欢时涧的？

左西达又觉得好像不是这样，她更喜欢时涧对她好，照顾她，给她做好吃的，如果有一天时涧不为她做这些了，她就不想和他在一起了。

喜欢是这样的？她再一次发出疑问。

左西达不知道，但似乎也不是很重要，只要她不说，就没人知道她到底是喜欢还是不喜欢。

而更为关键的，是左西达知道原来还有这样一种方式，把人的嫉妒心和占有欲放在喜欢前面，成为动力，成为刺激，让对方迫不得已必须前行。

有一扇门打开了，里面是左西达一直在想，但始终都没有找到的方法。

左西达思考着如何实施以及实施之后的成功率，还有一旦失败的代价，像在做一道算术题，纯理性地思考，便也就越发沉默了。

只是她一贯话少，而其他三个人还沉浸在对蒋乐圣的吐槽与批判中，所以并没有察觉到什么。

之后那一个星期，左西达看了很多讨论爱情的小说和电影，这是她很少涉猎的题材，如今被拿来当作教科书一般研究学习。她甚至还用PPT列出一个详细的计划。

也是通过这件事，让左西达发现了自己的吝啬。她只想用最少的付出换取最大的回报，不是不可能，只是对成功率的评估还不是很详尽，但都在可控的范围内。

现在唯一缺的是机会，不过这个机会很快就被送到了左西达面前。

她还是很幸运的。

说来也是巧，关于这个周末的邀约，左西达同时接到了两个，内容还都一样，一个来自时涧，另一个来自尤泽恩。

都是邀请她参加周末的派对，地址在近郊的度假别墅，风景挺不错的，晚上还能住在那边。

左西达先答应了时涧，后打来的尤泽恩听说后，十分干脆："那你就和他走吧，省得我还绕过去接你，自己的男人不用白不用。"

前几天尤泽恩提了辆车，经济适用型，好开还省油。

她对车没什么概念，不过是个代步工具而已，唯一的问题是，对开车这件事还不太熟练。

尤泽恩有证已经几年了，但一直没怎么开，现在冷不丁地上手还真需要练习。

"不了，我和你一起吧，想找你帮我化个妆。"左西达想了一下后这样说道，目光已经移到了旁边的镜子上。

她在看她自己，她不知道这样一张脸能不能帮她完成计划，对自己到底好看与否，左西达并没有太多概念。

"化妆？"尤泽恩那边有点意外，随后又笑了起来，"怎么，连你也走上不归路了？"

"想换换样子。"左西达没细说。

尤泽恩也没有再接着追问："那要不然你头天晚上就过来吧，来我这边住，早晨我们直接一起出发。"

"也好。"左西达应了。

不过等她给时洄打电话的时候，就成了："泽恩找我头一天去她家住，然后第二天早晨一起走。"

女生间约会，时洄自然不好阻止："那好吧，你们路上小心，尤子开车没多久，提醒她慢点开，有问题随时给我打电话。当然了，最好没有任何问题。"

"好。"左西达认真答应了。

时洄的声音里有他习惯性带上的笑意，左西达听着，下意识就觉得心情愉悦，只想一听再听，不过也只有一句了："那我们到时候见。"

左西达在周五晚上去到尤泽恩那儿。下班回来的戎颖欣对左西达的到来有些惊讶，可她的这点惊讶比起上班的疲惫来就有些小巫见大巫了。

实习之后，戎颖欣才知道上学真是一件幸福的事，之前听人说的时候无法理解，现在才算真切体会了。

哪怕她还只是实习期，却已经累到每天晚上回家只想洗澡睡觉，其他什么都不想的地步了。

一直到第二天早晨吃早饭的时候，她们三个才算好好说了会儿话。

之后左西达和尤泽恩去收拾化妆，戎颖欣怀抱着一颗柠檬般酸楚的心又去上班了。

事实证明，尤泽恩对自己开车还不熟练这一点所言非虚，原本两个小时的路程硬生生被她开了四个多小时。

也不是不能理解，第一次自己开高速路，尤泽恩有点害怕，又不敢开得太快，又不小心错过了下高速口，就这么绕来绕去，中途还加了一次油。

时洄第一次发来视频的时候，左西达就说她们快到了，结果左等右等见人还不来。

时涧再发视频电话过去，左西达就说她们开过了，绕回去之后好像又开过了，高速公路的岔路口比人生的岔路口简直有过之而无不及。

"要不我去接你们吧。"时涧哭笑不得地说。

被听到的尤泽恩怒吼回之："用不着！老娘能自己开过去！"

于是视频那边，时涧的笑容变得更为无奈，只能什么也不再说。

最后好不容易到了，大约是觉得这次有点丢脸，尤泽恩难得露出低气压。左西达和时涧相互对视了一下，时涧冲她眨了眨眼，然后示意了一下尤泽恩的方向。左西达点点头，原本想跟过去的脚步就变成了跟着尤泽恩一起回房间。

别墅里已经来了不少人，尤泽恩和左西达在二楼转了一圈，找了个没人的房间。

门一锁，尤泽恩扑到床上把头埋进了枕头里："老娘的一世英名啊，就这么毁了。"

刚刚向光霁的嘲笑声声入耳，尤泽恩咬牙切齿，偏偏无力反驳。

"不行，等回去我就找地方练车去，我就不信了，这么点事能难倒我！"誓言铿锵有力，转眼看到站在门口的左西达，尤泽恩的情绪稍微平复了一些，"你也不用一直跟着我，重色轻友是人的本质，你去找时涧吧。"

她觉得自己挺善解人意，都主动开口了。左西达却摇了摇头，并且在这之后也一直都和尤泽恩待在一起，还跟着她认识了几个朋友。

其实尤泽恩最熟悉的圈子和时涧的不大一样，重叠的多是认识但没那么熟的，她和左西达这会儿在二楼，而时涧他们在一楼。

时机挺好，左西达在心里默默算盘着，她原本还对自己有所怀疑，特意在计划里加了备选方案，可很快她就打消了这种疑虑。大约是用了心的关系，她发现有两个人似乎都对她很有兴趣。

一个隐藏得好一些，另一个则完全明目张胆。

左西达没想到竟然如此顺利，她还是不太了解，在这样的派对上发生点什么都是太正常不过的事了，有时候甚至还要提防发生点什么。

不过无论如何，左西达计划的第一步算是成功了。

她敛下目光默默思索了一会儿，然后再抬头的时候，看向坐在她对面的那个毫无收敛的人。

在彼此的对视中，对方的笑容越发明显，并且也多了深意。

那是个很张扬的人，不可否认他确实有张扬的资本，一双桃花眼，鼻子高挺，嘴唇偏薄，是个很优越的长相。

他的自信让他毫不怀疑左西达的目的，所以在又一次对上视线的时候，他对左西达偏了下头，左西达顿了一下，然后就站了起来。

一前一后地离开，又在楼梯的地方相遇。

左西达被人碰了一下肩膀，她感到很不舒服，却也没阻拦。这对她来说，是要达到目的而付出的代价。

"你是第一次来吗？我之前好像没怎么见过你，聊聊吗？挺想认识你的。"和长相相比太过普通的声线在耳边响起，有点尖锐。

"去一楼吧。"左西达是为了一楼的时涧。

对方本就没什么意见，便同意了左西达的提议。

13

据左西达所知，时涧应该和向光霁他们在一楼的客厅，可她估计错误了，时涧确实在一楼，但没和向光霁他们在一起。

他接了个电话，是工作上的事，就独自离开去找了个安静的地方。

别墅主人明显对这里很喜爱，从设计到后期的维护都能看出用心，偏日式和风的风格，去繁从简，没有太多复杂装点，原木的本色给人一种沉淀的美感，哪怕并不常住，依旧打理得精细。

时涧的房间在三楼，他懒得上去，就想在旁边找个空房间，他一边接电话一边抽烟，走到了最近的一间房门口。

印象中一楼的房间大家都嫌吵，基本没人住，可他还是先敲了敲门，等了两秒钟没人回应才推门进去，没想到里面不仅有人，还不止一个。

对面因惊扰而显出的兵荒马乱，让时涧在意外之余赶忙说声抱歉关门出去。

在走廊的尽头，时涧又点了一根烟，为的是缓解不适感。

刚刚那两人中的女生算是他的前女友，时涧当然不是介意对方和谁在一起做什么，他管不着，也不想管。

可想到曾经总是害羞脸红的女生，和如今慌乱的模样交叠在一起，时涧看到了一种倒退。好似他所看到的和别人所看到的，或者说期待的都是相反的。

时涧对感情一直都看得简单，长相是他的审美，感觉不错也可以相处那就在一起，等到不喜欢了就分手，这对他来说是一件再正常不过的事。

这个时代附加给人们的约束已经太多了，人生匆匆数十年，大家都别对自己太过苛刻了。

可现在时涧却开始感觉厌倦，又恶心又厌倦。

只是屋漏偏逢连夜雨，时涧手里的那根烟还没抽完，刚转到客厅，就看到左西达和一个男生一起从楼上下来。

时涧第二次停顿，然后笑了："左西达宝贝，你这是打算去哪儿呢？"

左西达喜欢时涧的笑容，因为喜欢，所以总是看得格外认真仔细，便也能轻易分辨出，现在时涧脸上的笑容和平常的有多不同。

他的眼睛毫无波澜，没有一点笑意和柔软。时涧并不高兴，左西达对此很满意。

"你叫谁宝贝呢？兄弟，做人说话还是要周全些。"左西达身边的男生在这时跳出来，莽撞又不甘示弱。

在左西达的印象中，时涧是个脾气很好的人，那双眼睛里总是弥漫着深情和温柔，可现在那些东西都消失了，顷刻之间，变成凛冽和尖锐，在一层若有似无的遮掩之下，让他整个人都显得危险而神秘。

时涧没理会，只站在原地又抽了一口烟。

烟雾模糊了他好看的眉眼，而左西达则在抑制她心里的冲动，那份想要走到时涧身边的冲动。

"西达，你确定要这样吗？"隔了好一会儿，时涧开了口，说出的疑问句并没有多少质疑的成分，反而有些失落，有些消沉。

他的话，让左西达有些不明白，却感觉到一股很深的无奈。

场面并不安静，身边的那个人在说着什么，可左西达一句也没听进去。她在想她的目的到底达到了没，事情的发展似乎和她预想的不太一样，但好像又没什么差别。

之后的那几秒里，左西达一直在想这些，可最后她也没能从时涧的神态中找到任何证据来证明，这道题还没解完，而她必须在现有的条件下做出选择。

左西达选择走向时涧。

回到时涧身边的那一刻她几乎想叹气，来不及再多想，就已经遵从本能地搂住了时涧的胳膊，整个人靠着他，下意识地寻求依靠。

可下一秒时涧抽回了手臂，左西达怀里一空，慌张跟着出现，她抬头去看，陡然间肩膀被人搂住，直接将她揽进了一个熟悉的怀抱。

身后有骂骂咧咧的声音，而左西达听到的只有时涧的一句："你再多说一句，试试看。"

声音是朝着身后那个方向的，冷冰而充满警告，对左西达来说是陌生，而对于身后的人，则是对危险本能地规避。

时涧把左西达带到了他的房间。左西达坐在沙发上，时涧坐在他对面，沉默而安静地抽完了第三根烟，视线始终没有从左西达身上移开。

"你刚刚准备去做什么？"

伴随着时涧的问题，是左西达那两片像蝶翼一样的睫毛展开翅膀，露出了那双黑白分明且清透到了极点的眼睛。

左西达看时涧，却不说话，专注而坦荡的样子没有半点回避。时涧与之对视，最后是他先叹了口气："西达，不要这样，无论你是为了什么，我不想你这样。"

他此刻承认他有私心，而那私心就如左西达希望的那样，他不喜欢左西达和其他男人在一起，可也不单是这样，时涧还想多留住左西达身上的很多东西，不想让它们轻易消失。

"我是因为你。"这次左西达说话了，五个字，直戳进时涧心里。

时涧不傻，相反，他很聪明。是他自私，自以为用了一种更长久，却也更模糊的方式，现在看来，这是左西达不想的方式。

"左西达，我不好，至少没你以为的那么好，我很自私，也不能保证永远，我只能保证，我会努力。"时涧盯着左西达的眼睛，也让左西达清楚地看见，他没有保留的内心，"你呢，喜欢我吗？愿意和我在一起吗？"

这场考试到了颁发成绩的时候，可左西达却看不懂，她不知道自己是否拿了高分，也对这个结局不甚满意。

有关喜欢的问题，左西达之前就想过，很认真，也花费了很久的时间。

可她当初就没想到答案，这会儿被时涧直接地提问，她知道她必须回答，也知道如果想达成她要的结果，就必须回答。

"喜欢，我愿意。"这是唯一正确的，标准答案。

那之后是短暂的沉默，很短很短。紧接着，时涧似乎是笑了一下，眼睛微微眯起："那么下一个问题，今晚，你要留下吗？"

左西达好像没懂，但有一点，能和时涧待在一起，怎么都是好的。于是她几乎没有任何犹豫："我要留下。"

这是左西达最想要的结果，虽然过程有些微出入，可终究这个计划还是成功了，满足感让她心情愉悦。这个人终于是她的了，她一个人的。

第五章：左西达的喜欢

时涧才明白是喜欢被在意的感觉

01

左西达一直睡到第二天中午，她睁开眼睛，让她觉得这一天大概会很美好。

已经醒了的时涧对她露出笑容："早上好。"低哑的嗓音带着一些刚醒来的含糊，也是亲昵的代表。

左西达心下满足。

又想起昨天她没回房间，也不知道尤泽恩找她了没有，就去拿手机，翻身时露出肩膀上没消退的一点点红，在白皙的皮肤上特别显眼。

时涧微微眯了一下眼睛，才荒唐了一夜，这会儿的悸动来得并不合适，所以他压抑了自己。而左西达已经看到了尤泽恩的几通未接来电，都是今天早上的。

"你手机是静音，最后打到我这里来了，我已经和她说过了。"时涧在一旁解释。左西达完全不知道时涧什么时候接的电话，她睡得太熟，没听到半点声音。

"回去你们俩都坐我的车吧，尤子喝到早晨，估计今天不能开车了。"早晨时涧接电话的时候，尤泽恩说话磕磕绊绊的，却还在意着左西达，听到是和他在一起才放心。

"好。"左西达点点头，对时涧的安排没有任何异议。

同样没有异议的还有尤泽恩。

144

这次不是面子问题，而是要命的问题。尤泽恩满身酒气外加头昏脑涨，根本没法开车，甚至没办法多讲话，上了车自己窝在后排很快睡了过去。

时涧将空调的温度调低了些。左西达看他自然的动作，又转而去看他的人，正好和他的视线对上。两个人默默无声地相视一笑，随着关系的转变，似乎还多了些安稳和妥帖在不经意间流淌。

时涧先将尤泽恩送了回去。都到她家楼下了，尤泽恩还尚在睡梦中，最后是左西达把人叫醒。尤泽恩茫然看看四周，抹了把脸开门下车，嗓子疼不愿意开口，就只摆手算道别。

"酒吧老板的陨落。"时涧点了根烟，车窗打开一半，热空气迅速入侵，可一根烟的时间终究短暂，它们没能成功，反而被空调捕获变成了同类。

"她还挺常喝醉的。"光左西达印象中就有好几次，并不觉得稀奇。

听闻的时涧笑了一下，似乎想说些什么，可手机比他快了一步，是助理打来的，时涧接起来只应了两句左西达就懂了。

左西达原本想让时涧去她那儿，时涧也是这么打算的，可计划赶不上变化，公司临时有事需要他赶回去。

有点失落的左西达沉默了下来，但时涧太忙了，之后二十分钟的车程里电话就没断过。一直到进小区，车子停到左西达家楼下，他的一通电话才结束。

"那我上去了。"左西达觉得时涧应该挺着急。

时涧却说："我送你。"

他说着就先下车去后备箱取了左西达的包。左西达看着，心里有暖暖的东西流过，算是多少填补了一些空洞。

老式小区的楼梯十分狭窄，加上住户堆放的东西，就更显紧凑了，左西达跟在时涧后面上楼，两个人的脚步，自然比一个人要热闹很多。

开了门，时涧没进去，只站在门口。左西达莫名其妙感到一份疏远，有些没道理，这让她不舒服，下意识就想做些什么。

今天时涧穿了一件黑色T恤，略微宽大了些，但他四肢修长，一点不显邋遢，只多了随性。左西达先看了他一眼，然后伸出手去拉了一下时涧衣服的下摆，她自己也不知道自己在干吗，行动比思维快。

后面她觉得时涧应该没注意到，因为刚好在这时他又有电话打来。

是真的很着急，时涧接着电话就走了。看着他的身影消失在楼梯的拐角，又等了一会儿连脚步声都远去，左西达才回身关上门。

之后她稍微收拾了一下，原本是打算开电脑继续做暑期作业的。可没一会儿就觉得困了，左西达也没逼自己，转身回床上直接就睡了。

她本以为睡个午觉也就一个多小时，没想到再睁开眼睛迎来的是一片漆黑。这感觉很不好，仿佛只有自己被遗弃，有一种被错过的孤寂。

可很快左西达就听到了外面传来的声响，不远，似乎就在客厅。

左西达倒是没害怕，反而带着一点期待，原本那些阴郁和烦躁都随之消失，像最恶劣的顽童，来去都不需要理由。

推开卧室的门，客厅似乎是另一个世界，灯开着，隐隐约约还传来饭菜的香味儿，最为关键的是那个坐在沙发上的人，膝盖上放着笔记本，应该是在处理工作，可现在正微笑看着她，深邃的目光里，好像藏着无尽的爱意。

"什么时候来的？"左西达以为时涧了今天不会再来，但她想错了，这是左西达少有的很喜欢自己错的时候。

"我太惨了。"时涧一开口就是抱怨，"急急忙忙处理完要紧的事赶回来，就想尽早见我女朋友，看她拉我衣服的样子还以为多舍不得我，结果呢，某人睡得那叫一个香，根本就没想我。"语气有点幽怨，但眼睛中都是笑意，很明显并没有认真。

可左西达的道歉却正好相反："对不起，我不知道你会过来，下次你可以叫醒我。"

让左西达真的自责并不符合时涧的预期，却符合左西达认真的性格。

时涧的笑容因此而多了些无奈，但又增添了宠溺。他对左西达招手："宝贝儿我教你啊，一般这个时候呢，你只需要过来亲我一下，比道歉管用很多。"

左西达很缓慢地眨眼，像是没听明白。

她今天的黑眼圈有点重，挂在眼睛下面，和周围的莹白皮肤形成强烈对比，头发乌黑柔亮地披散下来，有种阴郁的美感，可紧接着，时涧便觉得眼前一黑。

左西达凑了过去，就像时涧说的那样，亲了他一下。可紧接着就从一下变成了两下，那点因为时涧刚刚抽完烟而残留的烟草味是左西达熟悉，甚至是热切迷恋的。

　　她睁着眼看到时涧在笑，随着她的举动而慢慢加深，如此近的距离下，更是好看到不真实，需要用画笔描绘很多张才能将其记录。

　　可她现在不能拿笔，就算拿笔她也未必画得像，就在前两天她还尝试过，依旧以失败告终。所以她能做也想做的，就是再一次拉近距离，不断靠近这样的美，触摸他，接近他，专属他。

　　蜻蜓点水没有被重复，而是得以延续。

　　干干净净的吻，和左西达本人很像，可她也在成长，在时涧的亲身指导之下，慢慢地就过渡到了另一个领域。

　　彼此的动作都急切了起来，血液加速运转，促使心跳加快、呼吸急促，这些都是身体机制，也都是本能。

　　其实时涧已经点好了外卖了，就在餐桌上放着，左西达起来的时间也刚好，可他们却没能赶在饭菜彻底凉掉之前坐上餐桌。

　　晚饭被彻底耽误甚至是遗忘，结束时时涧睡了过去。

　　可左西达才刚睡醒，这会儿并没有睡意。

　　同样是漆黑，这时的黑并不会让左西达不舒服，反而是可以去享受的。左西达很清楚原因，是那道清浅的呼吸声，是萦绕的尼古丁和烟草的味道，是会让左西达觉得温暖的怀抱。

　　在很多时候，左西达都像个旁观者，性格使然也好，命运使然也罢。她父母离异后各自投入新生活，左西达不属于其中的任何一方，后来外婆去世，她曾短暂地和戈方仪生活在一起，可她在那栋房子里住了多久，就做了多久的旁观者。

　　也不光是在那个房子里，在很多时候左西达都会有这种感觉。

　　她并不完全地讨厌，但她也清楚，自己并不想永远做旁观者，父母家庭她没得选，但恋人不同，恋人有的选，所以她给自己选了一个，并且成功地得到了。

　　左西达知道骗人不好，可她不傻，她知道如果按照时涧的节奏，他们很可能会一直将之前的关系维持下去，那是她所不愿看到的，至少到目前为止是这样的。

147

她想拥有这个人，想让这个人专属于她自己。

晚上左西达睡得晚了，早晨起来的时候时涧已经走了。

今天是周一，他需要回公司。接受了这一现实的左西达在床上又躺了会儿，掀开被子下床时腰酸了一下，腿也有点不稳，她为此而轻轻皱眉，放慢了步伐去厨房给自己倒水。

左西达还处在刚起床的迷茫中，一边喝水，一边走进客厅，坐到沙发上时发现茶几上多了张便笺。

左西达拿过来看了眼，就笑了。

上面画着一只在睡觉的小猪，最简单的线条画。

左西达盯着那张画看了很久，猜想是昨天下午她在睡觉时，时涧画的。

光是想象着当时的场景，左西达便觉得有些特殊的满足和幸福在心里盘旋不去，这感觉和她在比赛时得了第一类似，但又不完全一样。

02

之后的假期中，时涧再去找左西达就自己开门进去，也不再提前打电话。

左西达在自然最好，不在他就在家里等她回来。不过左西达是个宅女，基本都是会在的。而这也是左西达喜欢的相处方式，好像这里不光只她一个，也是时涧的家一样。

不过时涧来得不算特别频繁，他忙，还去了日本和美国出差，但都提前告诉左西达，甚至包括工作内容。哪怕左西达并不能完全听懂，也未必真感兴趣，可他说，左西达就听。

这或许就是关系改变后的不同，以前时涧是不会和左西达说这些的，而左西达就也跟着学，把她暑期的作业，以及开学之后要代表学校去法国参加比赛的事，都和时涧说。

陌生感就是在这一件又一件的小事上慢慢消融的。

说一句开头，都不需要过多解释，对方就能立刻明白，哪怕不能真的给出多么专业的建议，但有时候倾听本身就是一件难得的事。

不过在坦白之外，哪怕是最亲密的恋人，也需要保留自己的隐私。在这一点上，左西达和时涧很默契地观点一致，没谈过没说过，却默默地做了。

他们都有所隐瞒。

时涧去美国几乎是必不可少地和伊迪丝打交道，对方等的就是这天。

伊迪丝一刻也不耽搁，直接带着司机来机场接人，送时涧到事先预订好的酒店。

这些都是接待合作伙伴的正常流程，让人说不出什么，伊迪丝的老板还夸她细心、周到。

从机场出来，伊迪丝直接将时涧送回酒店，离开时是和司机一起离开的，但过一会儿又自己开车转了回来，时涧开门了，但没让人进去。

套房不小，客厅中还有一排长长的酒柜，可以谈事，也可以以此划界限，但时涧没有，他把界限直接划到了最远处。

在门外。

这就是时涧的态度，其他的时涧觉得没必要说。

这样的直接拒绝也不光是对伊迪丝，而是对除了左西达之外的所有女生，他说了要认真，就要拿出认真的样子；刚说认真就自己打自己的脸，他丢不起那个人。

伊迪丝不爽，被拒绝总是让人开心不起来，而伊迪丝很少被男人拒绝。

她要进屋去，好像走进那扇门就能改变什么，可时涧站在原地，一动不动，嘴里叼着根烟，吐出的烟雾下，是他更为冷淡的眼睛。

伊迪丝的眼圈红了，在更为失控和丢脸之前，她选择离开。

浅白色皮肤和那抹红相互对比，可以称之为我见犹怜，可时涧的脑海中却出现了另一个人。

时涧在这样的一刻懂了，他是想左西达了，而这种想念，多少让他有些惊讶。

时涧从美国回来的时候，学校也要开学了。

尤泽恩组局，把大家都叫去家里吃火锅。方高诗刚好和父母旅行回来，中午下的飞机，到家都三点多了，就有点犯懒不想动，在视频里和尤泽恩撒娇想"鸽"一下。

尤泽恩自然是不放过她的，威胁恐吓的话说到一半，视频被一通电话打断。

左西达问能不能带时涧一起来，她原本都准备出门了，时涧突然进来，两个人在客厅里脸对脸，时涧上下打量："要出门？"

"和泽恩她们约好吃火锅。"左西达答着，心里多少有点纠结。

时涧则玩笑着把嘴一撇，逗她："你自己去吃火锅，打算把我扔在家里独守空房吗？"

那双总是含着笑意的眼睛垂下去，露出两条宽宽的双眼皮褶痕，看着怪可怜的。

"那要不你和我一起去？"左西达提议。

时涧问他："我去合适吗？"

"没什么吧，我问问泽恩。"

然后便有了那通电话。

尤泽恩很痛快就答应了，这也是她对一边是友情一边是爱情的一贯解决方式，把两边拽到一边，带着男朋友和朋友聚会，只是暂时她还没有男朋友。

说起这个，尤泽恩还是有些不痛快，明明有不错的对象，却硬生生被前男友搅黄了，任谁谁都不痛快。

尤泽恩挂断电话，给方高诗回过去："刚刚西达给我打电话，说时涧要一起来。"

方高诗脸上的表情迅速从耍赖变成惊讶，再到茫然，再到喜悦，堪比川剧变脸。尤泽恩在视频这边冷笑，方高诗终于回过神，清了清嗓子："他们什么时候去啊？"

"已经从家里出来了，这会儿不堵，也就二十多分钟吧。"尤泽恩的声音带着点冰碴儿。

方高诗努力不露出破绽："那好吧，我……我一会儿就过去。"

时涧的名字就是动力，大铲车一样铲走了方高诗的惰性。

她甚至还重新化了个妆，只是出门的时候就有些晚了，最后是直接打车来的。

虽然方高诗很兴奋也很激动，但激动归激动，她心态却摆得很正。

四人聚餐的时候，时涧作为在场唯一的男生，他一直尽量减少存在感，话题始终围着四个女生，不多言不多语，但也绝没有半分怯场，适当还会转移话题，所以气氛一直都很好。

聚餐结束，时涧和左西达回去的时候都凌晨一点多了，再洗个澡真正睡下的时候就快两点了。

左西达窝在床上，看时涧叼着烟将空调关小，回身过来的时候和她直勾勾的眼神对在一起，他忍不住"扑哧"一笑："宝贝儿，咱能不老这么盯着我吗？"

就算是正式在一起了，彼此相处的时间也多了，但左西达还是没改喜欢看时涧的毛病。

这让时涧想起他们第一次见面时的场景，原本他并没注意到左西达，可背后那道视线实在太招摇，想不注意都难。

一想到那时左西达无比坦然的样子，时涧目光中的笑意便又增加了几分。

"你好看。"一如既往的答案，对左西达来说这并不是夸奖，只是在陈述。

时涧却露出无可奈何的表情："行行行，我谢谢您，那要不我别关灯了，您一边看一边睡？"

这回左西达倒是很聪明，直接枕到人家肩膀上，理所当然："不，我抱着也一样。"

时涧的笑意压都压不住，一边顺着左西达的动作把人搂进怀里，一边让屋子重回黑暗的领地："是，遵命。"

第二天时涧起得稍微早些，去洗手间洗漱完回来，发现左西达也醒了，但坐在床上没动，呆呆的。

"想什么？"

她头发睡乱了，眼睛前面还散落着一小缕，时涧帮她稍微整理一下，收回手之前又在她脸颊上掐了掐，同时听到左西达喃喃地说了一句："我想吃汤包。"

还没完全清醒，但已经开始想着吃了。时涧哭笑不得，知道左西达说的是前几天他带她去的一家粤菜馆的汤包，皮薄馅大、味道鲜美，确实不错。

"小吃货。"他吐槽归吐槽，却还是答应了，"要吃还不赶快起床，去洗脸刷牙。"

有了吃就有了动力，左西达快速去洗手间收拾好自己，又换了衣服。

时涧在客厅里打电话，好像是工作的事。

左西达在旁边等了一会儿，看他挂断，就转过头眼巴巴地盯着人。

时涧懂了："知道了我的大宝贝儿，我们现在就出发。"

从左西达家开过去要一个小时，半路上时涧还从衣服口袋里拿出一小包饼干，让她先垫垫肚子。

左西达也是这会儿才意识到，自己这个提议多少有点任性。

一大早，两个人都没吃饭，却还要开这么远来吃汤包。

"一起吃。"左西达撕开袋子，把第一片递到了时涧嘴边。

时涧本想拒绝，可他看出了左西达眼神中的坚定，便低头接了过去。

饼干让左西达空荡荡的胃得到安抚，同时被安抚的还有心，像在最柔软的云朵上，没有风吹也没有雨水，被包容，被保护。

一个小时之后，左西达如愿吃上了灌汤包。

时涧说还可以打包再带走一份，左西达用力点头，哪怕打包的没有现场这么好吃，她也很愿意。

不过到下午时涧就不能陪左西达了，他公司有事。

左西达也理解，说她自己可以打车，但时涧执意送她。而就在他们从餐厅离开去取车的时候，左西达接到了戈方仪的电话，说他们在老房子门口，左西达换了锁，她进不去。

03

整个暑假左西达都没回家，给她打电话也没用，戈方仪挺生气的。觉得孩子大了不好管，又确实担心她在外面学坏，于是来老房子突击检查，却被反锁在门外，是戈方仪没有料想到的。

戈方仪的想法是左西达没什么事那最好，按照寇智明提议的那样，晚上一家人一起吃个饭，但如果左西达真的学坏了，和什么不三不四的人在一起，她就让寇智明带寇冉冉先走，她留下和左西达好好谈谈。

但现在的问题是他们连门都进不去。

"密码是多少？"戈方仪在电话里问左西达。

左西达那边沉默了一会儿，然后回道："我这就回去。"

她没正面回答，就是没打算把密码告诉戈方仪。其实她可以先说，过后再换掉，可左西达不愿那么麻烦，也不怕戈方仪知晓她心中的抗拒。

戈方仪意识到了，音量立刻提高了不少："你是不打算让我进去？怎么，你里面有什么不能给我看的？左西达，你到底在搞什么，你赶快把密码给我！"

戈方仪越说越生气，越说越觉得左西达肯定在屋里藏了人。

最后是寇智明把电话抢了过去，也不管戈方仪有多不同意，对左西达说他们会在楼下等她，让她慢慢来不用着急。

"出什么事了？"戈方仪声音大，坐一旁开车的时涧多少听到一点。

"我妈过去了，在门口呢，问我密码，我不愿意告诉她。"左西达挺坦白。

时涧在开车的空当里转头看了左西达一眼，没说话，只抬手摸了摸她的头，却成功地让左西达平静不少。

时涧已经尽量快开了，可路程在那里，戈方仪这一等就是四十多分钟。中途戈方仪要打电话，但都被寇智明拦住了。

两人争执间，碰到了楼上的邻居方奶奶。

左西达外婆还在世时，方奶奶和他们家走得近，两个老人经常一起去买菜，家里做了什么好吃的也都想着给对方送些。只是自从左西达外婆去世，两家走动得少了，但早些年的交情还在。

方奶奶邀请他们到屋里坐坐，戈方仪不好拒绝。上楼坐下后，主要是戈方仪陪着聊。

她们先是聊到左西达的外婆，气氛略显凝重，戈方仪陷入回忆，方奶奶也有些悲伤。后来方奶奶又主动提到左西达，说那孩子听话，只是性子太安静，加上也不出门，平时碰上得少，但最近碰见的次数多了起来，会有个男生过来找她，也见她比过往活泼了些。

戈方仪无意中从方奶奶这里听到左西达的消息，她的第一反应是左西达果然交了不好的人，被对方带着学坏了，只是在方奶奶面前不好表现出来。

方奶奶却说："小伙子我看不错，又高又帅，跟电影明星似的，和西达挺般配，你们也挺喜欢的吧？"

这话说来就很心酸了，只是邻居的方奶奶都见过几次，而戈方仪除了

153

那次碰巧遇上，至今都没听左西达正式提过。她有些尴尬，而这交谈中的尴尬又演化成了内心的愤怒。

"妈，那不是西达姐吗！"坐在窗边的寇冉冉突然来了一句。

戈方仪一愣，也凑过去，果然看到了左西达。

看见左西达从一辆车上下来，对车里的人摆了摆手，然后转身往楼道走。戈方仪不懂车，但看得出这辆车是属于价格不菲的那档。

既然左西达已经回来了，他们就从方奶奶家告辞，从楼上下来正好看到左西达从楼下上来。

双方碰面，戈方仪率先板着脸，进了屋关好了门，怒气冲冲地问："刚刚谁送你回来的？"

戈方仪的态度让左西达很不舒服。她的妈妈像审犯人一样审问她，可她不是犯人，也没有犯错。

几人都或站或坐地集中在客厅范围内，这样的场景又让左西达想起，戈方仪对时涧不友善的那天，于是就越发抵触回应，而她沉默的态度让戈方仪大为恼火。

"左西达你是觉得自己翅膀硬了，就什么都不和我说了？过两天是不是连我这个妈都不打算认了？"戈方仪气急，连声音都是抖的，"不对，我看你现在就已经不打算认我了，你眼里还有我吗？"

发现左西达把门锁换掉后，戈方仪就很不舒服，左西达在电话里对门密码回避的态度更让戈方仪气结。她知道左西达换门锁就是在防她。

可戈方仪不想把这事说出来，当妈的当到这个份儿上，她觉得丢人，也恐惧。

有些时候人就是这样，越是在意的事反而越不愿意拿到台面上来说，但情绪是存在的，于是就只能拐弯抹角地来表达。

但左西达不是可以任意发泄情绪的对象，她看着戈方仪越发激动，甚至有些失控的样子，觉得有些话她有必要说明白，她不想再被急匆匆地叫回来，可能这样的事还会继续发生，于是她开口了。

"你是我妈，我不会不认你，你需要我，你生病了或者等你老了，我不会不管你，等我以后赚钱了我也会给你钱，带你看病，找人照顾你，但只是这样了。"

左西达的语气冰冷而制式化，不带任何情感。她不是故意的，只是张开嘴，就是如此。

"你说什么？"戈方仪愣住了。发现左西达防她的怒火转变为左西达不认她的寒心。两件事冲撞在一起，让戈方仪头晕目眩。

左西达说的每个字她都听懂了，可连在一起，让她无法理解，也不愿理解。

左西达继续说下去："这很难理解吗？你没有发现你对我也是这样的吗？你是我妈，你有抚养我的义务，你也完成了你的义务，给我钱，供我吃饭读书；我长大了，从法律意义上来说，我也需要赡养你，给你养老送终，我会做到的，就和你一样。"

说到这里，左西达停了停。对面的戈方仪沉默而震惊地看着她，旁边的寇智明则皱着眉。

"至于其他的，例如我交了什么朋友、和谁在一起，你不要管。以前你都没管过，那以后就都别管，这些是我自己的事，我可以处理好。"

这么多年了，左西达很清楚，戈方仪不想管她，觉得她是累赘，也顾忌寇智明父母那边提起她这么个拖油瓶，所以这么多年来都尽量将她和那个家分开。

戈方仪首先要保护好自己的小家，然后才是左西达。

这种模式产生后，如何面对左西达就成了一道难题，所以戈方仪每次来老屋都是匆匆忙忙的，像模像样地问两句，再留下一笔钱就离开了。她没有产生要和左西达亲密起来的心理。

左西达不傻，这些事她看在眼里。以前不说是还有期待，现在她不打算期待了。

她可以没有妈妈，但她不可以一会儿没有妈妈，一会儿又突然有了一个妈妈。

戈方仪做得很少，却在心理上把自己放在了做得很多的位置，她自认为是一个好母亲，在外人面前更是用这样的立场去装点自己，碰到老邻居也要尽力粉饰太平。

人在骗自己这方面还是很厉害的，戈方仪是真的相信了，她误以为她们母女没有隔阂，误以为她们可以瞬间亲近，误以为她有资格对左西达进

155

行教育和管束。

没有这样的事，从来都没有。

"我们其实不熟，你不了解我，我也不了解你，我们就连单独相处都会很别扭，不是吗？"左西达情绪不激烈，说出的话却字字扎心，扎得戈方仪脸色苍白，看着左西达的眼里满是受伤。

04

母女俩迟来已久的交谈，在今天以戈方仪面色苍白而告终。

她被刺激得一句话也说不出来，连站都站不稳，只能坐在沙发上，又是痛心又觉得委屈。最后，寇智明把左西达单独叫进了房间。

卧室里干干净净，被子铺得很整齐，床头柜上放着一杯水，和他印象中的相比变化并不大，多少安心了些。再去看左西达，她半垂着眼睛站在门口，一派疏离的模样。

寇智明对于今天左西达所说的话，是理解的。

其实他从第一眼看到左西达时就知道，这是个十分有性格的孩子，很与众不同，想要走进她的心，要很小心且温柔地对待。但戈方仪不这么认为，她摆好了母亲的姿态，可她没有做到对待左西达和冉冉一样。

他跟戈方仪提过很多次，但戈方仪不以为意，他只能从旁弥补，但收效甚微。可以说，左西达会讲出刚刚这番话来，寇智明一点都不意外。

他必须承认，左西达的话是对的，只是他并不想左西达和戈方仪真的走到那个极端上去。

"可能我是自私了一些，但我想请你宽容一些，对你妈妈。"寇智明没有帮戈方仪找理由，更没有去反驳左西达说的，"宽容"两个字已经是默认，却依旧期待。

左西达抬头，面对总是轻声细语的寇智明，她无法咄咄逼人。

"人和人相处都是需要时间的，就好像你说的，你们不了解不熟悉，但这只是暂时的。你妈妈其实很容易相处，我相信如果给她时间，她也非常愿意来了解你，包括我也是。"寇智明知道不能勉强，所以说完这段话后，自然地转了个话题，一个他和戈方仪同样在担心的话题，"刚刚送你回来的，是你男朋友吗？我们在楼上看到了。"

"是。"对第二个问题，左西达干脆答了。

寇智明笑了一下，眼角有很明显的皱纹，却依旧风度翩翩："西达，我希望你明白，你的年纪会让你对事情的看法相对单一片面。我不是说一定是这样的，只是大多数，而物质有时候会使人迷茫。"

时涧的车太惹眼，寇智明也看到了，并且由此而延伸到一些别的。可左西达摇了摇头："我不是因为他有钱才和他在一起，和这些都没关系。"

"是个很好的人？"寇智明问。

"是个很好的人。"左西达一点没犹豫，直接点了点头。

"那就好。"寇智明笑了一下，似乎已经相信。

看着他温和的神色，左西达心中一直挥散不去的厌烦终于浅淡了一些。

其实他还想说有机会带回家给我们认识一下，这样戈方仪或许就能放心了。但现在不是时候，于是他就只是说："西达，我希望你记得，你的背后不是没人，我和你妈妈一直都在。如果他欺负你或者对你不好，哪怕只是让你不开心了，你都可以回来找我们。"

他不勉强左西达一定接受，可他还是要说："请你相信，如果有人敢欺负你，我和你妈妈都不会放过那个人，我向你保证。"

哪怕左西达只信了一分也好，寇智明都不希望她觉得自己是无依无靠、孤立无援，事实上并不是那样的。

寇智明带着戈方仪还有寇冉冉离开后，在车上，戈方仪问他和左西达在屋里都聊了什么。寇智明说他希望左西达能给他们机会，让他们彼此都多点了解。戈方仪不满起来，觉得寇智明是代她在左西达面前低了头，他们做长辈的，怎么能先低头呢。

寇智明深深叹了口气："都是一家人，低不低头又如何？"

他的语气带着深重的无奈，又接着说道："更何况你我也必须承认，在西达的成长中，我们真的有缺失，这是不争的事实。"

"怎么叫缺失？我是短她吃了还是少她喝了？她说学画画我就去给她找最好的老师，我托人找关系的，我怎么着她了我？好像我欠了她天大的罪过。"戈方仪说着说着便带上了哭腔。

坐在后排的寇冉冉半起身子过来安慰她，但寇智明却没有顺着她，近乎残忍地点破："我指的是情感上的。你说的那些，不是和西达说的一样吗？那如果西达真的像她说的那样，等你老了也用同样的方式对待你，你愿意吗？"

这一次，戈方仪沉默了下来，哭声没停，可她却没有回答寇智明的问题。

新学期开学之后，升上大四的时涧课虽然少了很多，但也不清闲。由他主导的新项目正式落成，恰好国内的风正吹过来，百岩集团占了个天时地利人和，一切都顺风顺水，势头非常强劲，也可见时涧当时敢为人先的魄力。

越是这样的关键时刻就越不能出错，时涧这半个月的时间都在加班，有时候太晚就住办公室，除此之外还要应付各种社交场合，忍住宿醉第二天接着工作的感觉简直就是地狱副本，但他都挺过来了。

他从来都不是温室花朵，时原对他的教育也不是如此。他小时候走路摔倒了就爬起来，要做的事情就自己去争取，他早就明白，他要抗住未来的风雨。

这半个月的时间，时涧和左西达都没见过面，就连视频通话都少。

刚开学的左西达也忙，整天窝在系里，同样是早出晚归。

谈恋爱都不是他们生活的全部，而是忙碌的间隙中，可以喘气休息的港湾。

周四这天，时涧好不容易有了空闲，正巧系里有些事，他便开车去了学校。

一上午转眼过去，等时涧从教授办公室出来时，已经是午饭时间了，他想打个电话给左西达，可向光霁先一步出现，拉了人就走。

据说是一个哥们趁着毕业之前向暗恋了三年的女生告白，结果失败了，现在正在寻死觅活。不过等时涧到了食堂，他不禁怀疑向光霁对"寻死觅活"的理解。

那哥们正坐在餐桌面前疯狂地啃一只鸡腿，啃得嘴角流油，同时语气幽怨："老子这回伤心伤大了，不说的话还能给自己留点美好幻想，现在一说，完了，以后夹着尾巴灰溜溜做人吧。"

如果说他现在的这种行为是在寻死，那唯一的可能是把自己撑死。时涧拿眼睛瞥向光霁，向光霁也心虚："我这不是怕出什么事吗，万一呢。"

说得好像在期待什么，不盼着自己兄弟好似的。时涧很嫌弃："你就是狗嘴里吐不出象牙。"

说完走过去，在告白失败那哥们的肩膀上拍了一下，没敢动其他地方，

158

怕拍一手油。

等那哥们啃完鸡腿，几人从食堂走出来，但也没走远，就在食堂外设的长凳坐下。

时涧在学校向来受瞩目，只是从上学期开始就成了很难见到的人物，课余活动完全不参加，来也只是上完课然后匆匆走掉，像今天这样和向光霁他们一起出现，算是很少见，很快就吸引了一些女生的注意，她们站在远处窃窃私语着。

时涧习惯了这样的场景，但他今天状态并不好。昨天晚上有应酬，喝得多了，就有些不舒服，加上没休息够，到了下午，困乏感袭来，让他头涨无力，整个人状态也下滑很多。

宽慰那哥们的中途，时涧接了个电话，依旧是公司的事。

他原本有一个助理，但随着事情多起来，就有些应付不来了，前两天又招了一个，但还没上手熟悉事务，很多事情还要反过来询问他，这会儿时涧接的就是这名新助理的电话。

是很小的一件小事，时涧忍不住去比对两位助理的能力，他不禁怀疑新助理是否适合这份工作。

正想着，身边的向光霁拿手肘捅了捅他，时涧从打电话的状态中抽离出来，就看到了对面的左西达。

05

左西达站在对面，偶尔有人会从她面前经过，有些阻碍时涧看过去的视线。被阻隔的视线断断续续，像年久失修的放映机，在每一个停顿中带来不甘与不快，可对面那个人的目光却坚定不移，一直落在时涧身上，也只落在时涧身上。

助理还在电话里絮絮叨叨，太过无关痛痒的问题让时涧的头越发疼起来，坚持着应付完，再看过去的时候，忍不住就乐了。

左西达还站在原地没动，看过来的目光也几乎没有变化，直勾勾的，把时涧圈在里面。

"先走了。"他和身边的人说了声，然后来到左西达面前。

"就那么懒吗？不能往我这边走两步？"时涧说是这样说，但语气中压根儿没有责怪。

只是左西达的回答让他意外："我不知道你希不希望我过去，你和朋友们在一起。"

时涧愣了，弄明白左西达话中的意思之后，笑容里就多了点无奈。

他从来都不是敢做不敢当的人，对待感情并没有多少敬畏心，换女朋友的频率高这些他都承认，但从没想瞒着谁，也不怕让任何人知晓，他甚至讨厌偷偷摸摸的感觉。

时涧慢慢叹了口气，眼神是软的，用胳膊勾住左西达的脖子往自己面前带了一下，接着便是一个轻轻的吻落在额头，也落在路过的人眼里。就着这个姿势，时涧搂住了左西达的肩膀。

刚刚说要走的人，现在带了个人回来。他向朋友们介绍左西达，用上的词是"我女朋友"，还说让他们以后在学校照顾点。

有人嘴快，直接调侃："那是必须的，必须照顾我们弟妹。"

"谁是你弟妹，这是嫂子。"

都是朋友间的玩笑，左西达站在时涧身边被他牵着手，虽然只是默默听着，但也不难看出，她眼睛里带着一些些笑意。

他们是真的在一起了，可以被人知道，可以融入彼此的生活。

本来向光霁说晚上一起吃饭，可时涧今天真不行，他这会儿头疼得有点厉害，只想回去睡一觉，就说改天。

这样一来其他人就先走了，时涧送左西达回系里。

现在刚九月出头，可今年的天气也不知道怎么了，前几天下完雨之后就直接冷了下来，又连着几天都是阴雨天，今天也是，从早上开始就没见到太阳。左西达本来觉得没什么，可这会儿见到时涧，有了对比之后才发觉先前的心情真算不上好。

她想把好心情延续下去，就跟时涧说："要不你去我那边睡吧，我晚点去找你。"

下午左西达系里有事，可她又不想就这么分开，才会有这个提议。时涧有点意外，但意外之后也愿意宠着对方："行啊，我在家等你。"

这回左西达高兴了，看向时涧的目光中闪烁着细碎的光彩。也不需要恋恋不舍了，有了时涧的承诺，左西达只想着尽早回去。

时涧看着她小小一只从大门里消失，脑海中是左西达刚刚嘴角含笑的样子，看多了她面无表情的冷淡，就会对那笑容多了很多珍惜。

左西达最近在准备比赛，算不上顺利。之前的初稿被刘教授否了，左西达是有些不服气的，可后来刘教授说服了她。只是重新来过，时间上就变得紧张起来，最关键的是，她没什么灵感。

尝试从没停止，光手稿左西达就画了好多，可基本没什么能用的。首先她自己就不满意，过不去她心里那关，其他的就都没意义。好不容易把事情忙完，刘教授又来问她进展，这让左西达平添了几分焦躁，一直到她回到家看到时涧，焦躁才被安抚。

时涧还在睡，躺在她的床上盖着她的被子。

没去打扰时涧，左西达悄声离开卧室，在收拾背包的时候却突然想到，如果卧室里能再有一片落地窗，来容纳更多夕阳就更好了，可惜老房子的窗户很小，还拉着窗帘。

也正是这个念头催生了新的灵感，左西达几乎是被心里的声音催促着拿起笔，她本不想再画，现在却是不得不画。

左西达一投入就会忘记时间的毛病时涧已经领教过了，他睡醒睁开眼时四下皆黑，拿手机一看竟然晚上八点多了，他都没想到自己竟然会睡这么久。

他翻身下了床，后知后觉发现客厅里有点光，一开门，眼前的场景让他怔住了。

左西达回来的时候天还亮着，她自然也没开灯。这会儿天黑了左西达不想打断思路，就只开了随手能够到的地灯，不够亮就整个人凑过去，微皱着眉的样子特别认真。

那种艰苦奋斗的感觉扑面而来，但因为实在没必要而显得有点好笑。

时涧过去帮左西达把灯都开了，客厅终于明亮起来。光线的变化被左西达感知，她抬头，眼神中带着茫然，还因不适而眯了下眼睛，过一会儿才反应过来，又往时涧这边看。

"你醒了啊。"

时涧听笑了，走过去："这么暗还要画画，你眼睛不要了啊。吃饭了吗？"

他其实已经有答案了，左西达并没有让他意外："没有。"

她摇头，时涧自觉拿手机去点外卖。

其实如果是左西达自己，她一定会先把手头上的事情完成，可现在有时涧在，她便在外卖来的时候稍微暂停了一会儿，虽然真的只是一会儿，但到底是囫囵个把晚饭吃了。

左西达在忙，时涧也有自己的事。时涧和HR沟通，让他们出面去和新助理谈，最好是自己辞职，这样对他以后去别的公司有好处。一个被辞退的员工总会让人多想，时涧不想做得那么难看。

助理还是要新招，但时涧这次没有像之前那么盲目，找一个不合适的不仅不能帮到他，反而还会成为累赘，他让HR那边继续留意，但也没必要操之过急。

忙完这些，他又查看了邮箱。

大约是被左西达认真的气氛所感，时涧在不知不觉中也沉浸到工作中，等他察觉时已经凌晨一点多了。

左西达那边似乎还没结束，时涧没去打扰她，也没有强制要求她一定要休息。他懂得那种有任务没完成的感觉，就算不懂，他也会尊重其他人的生活方式。

所以他先去洗了澡，没想到洗到一半的时候，那个原本安静到仿佛并不存在的人却突然开门进来了，不是为了洗脸刷牙，单纯就是来找人的，而且找得很直接、很彻底。

左西达就是故意的，她的大脑昏昏沉沉，初稿暂时完成，但那些线条却在她的思维中挥散不去，让她觉得累觉得烦，再这样下去她会慢慢失去热情，所以她想做点其他事分散注意力。

无疑是很成功的，那些盘桓不去的，在另一种强大面前，不堪一击，只能仓皇逃窜。

依旧没有落地窗，也没有满室的阳光，可左西达在时涧怀里，安安稳稳地闭上眼睛，完全没有任何担心地进入了梦乡。

06

早晨起来，左西达有点不舒服，也不知道是不是要感冒。时涧让她休息，但她要回系里。时涧没办法，只能把人送到地方，没想到在门口遇上了穆翔飞。

原本时涧和左西达都没注意穆翔飞，穆翔飞却发出一声嗤笑，有戏谑

162

和嘲讽的味道，站在大门口的位置不动地方，虽然没说话，但也是个不让人进去的举动，挺明显的挑衅。

时涧蹙眉，他是个混迹商圈的人精，绝对有更温和的处理方式，可左西达今天不舒服，他也没耐心，撞过穆翔飞直接带着人走进去，稳稳当当，被他搂着的左西达都没感觉到冲击力。

穆翔飞被撞到一边，同时还有时涧的一句："别挡路。"

穆翔飞愣了，时涧和左西达已经上楼了，穆翔飞错过了反击的机会。

刚刚时涧那句"别挡路"让穆翔飞愤愤不平，觉得自己被羞辱了。他咽不下这口气，他自己都不知道自己想怎么样，总之等时涧下来时，他还在那儿。

时涧简直要被他气笑了："我说哥们，你有话就说，老堵着门有意思？"

穆翔飞自然是想说的，但他没有任何理由说。他更多的是不甘心和不情愿，他之前有多喜欢左西达，现在看时涧就有多不顺眼，可他有顾虑。

时涧的外公是德里大学的老校长，这一点大家都知道，老校长德高望重，哪怕退休了在学校里也威望仍在。

所以他不敢，怕说了会影响自己的前途，怕时涧不高兴了给他使绊子，他还想留校继续读博，现在正是关键时刻，半点差错都不能有。

像绳子的两端，穆翔飞自以为被拉扯着。

他不知道时涧从没那么想过，也没有把自己的事和家里人联系在一起的习惯。

其实退一步说，就算时涧真想做，他那个两袖清风、别人送两斤橘子都想着下次还回去的外公，又怎么可能答应。

那天的沉默像一场火灾之后的灰烬，没有雨水也没有风沙，不过就是把穆翔飞心里能烧的都烧完了，自己就熄灭了。

"有时间就去忙自己的事吧，老站在门口干吗，学校又没给你看大门的钱。"时涧留下这句话走远了，穆翔飞却还留在原地。

时涧并不担心穆翔飞会做什么对左西达不利的事，他知道穆翔飞在想什么，和穆翔飞有着同样想法的人不在少数，他见得多了，并不觉得奇怪，却不认同对方所谓的忍辱——不过是用无可奈何来装点懦弱和冲动罢了，这样的人最看重的永远都是前途和利益。

不过时涧这一天的麻烦还没结束，等他到公司，应该已经离职的新助理竟然在他的办公室里等他。

接收到时涧的目光，原来的助理很无奈地表示，是时总，也就是时涧他老爸的意思。

早晨这名新助理和 HR 的人聊完，就明白自己这是变相被辞退了。但他觉得自己没做错任何事，不应该遭此待遇，就来找时涧。

原来的助理自然不让他进，但对方已是光脚不怕穿鞋的，最后闹到保安过来。在造成一片混乱时，时原刚好过来，大概了解了一下事情始末之后，大手一挥把人放进去，等着吧。

时涧几乎能想象他老子的恶趣味，就是给他找不痛快呢。

新助理说自己需要一个答案，这是今天时涧第二次看到这种怨恨的眼神，他简直要怀疑自己是有多十恶不赦。

"我找助理是为了帮我减轻工作负担，可你所有的事都要来问我，我招你过来后，不光我之前的工作一点没轻松，反而还要多做一份你的工作，我的负担反而更重了。"

"我是怕做错事，所以才先问过您的意见，再说我才来几天，您总不能指望我一来就立刻上手吧？"新助理不能接受。

时涧说："我是这么指望的。你没符合我的期待，所以不适合做我的助理，有问题？"

这场质问注定无疾而终。到了这一步，时涧无论如何都不会再用对方。而对方的举动无非是在发泄情绪，但时涧也没有理由成为冤大头，不是吗？

最后时涧又一次找来 HR 的人，补偿条件没变，只是从劝退变成了辞退。

等到办公室重新安静下来，时涧刚松下一口气，电话响了。

"怎么样，处理好了？"是时原打来的。

时涧别提多无奈："时总您这样有意思吗？"

"当然有意思，让你看看你老子平时有多辛苦有多不容易，以后好好孝顺老子。"时原说得铿锵有力。

左西达这边，全新的初稿得到了刘教授极高的评价，无论是从创意还是从整体理念上来说，他觉得左西达终于找回了状态。

因为之前耽误得有点多，时间上就略显紧张了，这之后左西达几乎没有主动联系过时涧，大多是时涧来联系她，或者直接来系里找人。

左西达和时涧的关系在学校已经不是秘密了，他们在一起的照片时不时就会出现在论坛上，下面冷嘲热讽的声音不在少数，除了抓着最开始和穆翔飞的事不放之外，还有说左西达也差不多到时间从女友变前女友了。

这些话时涧每交一个女朋友，论坛就会出现一次。方高诗看过很多次，以前还默默赞同过，可现在到了左西达身上，她的心态就不一样了。

这是她姐妹儿的男友，他们感情好着呢，这些人怎么吃不到葡萄倒吐酸的。

她拿起手机就和这群人大战。

时涧理解左西达的忙碌，尽量不打扰她，可同时他也知道左西达是期待见他的，便在不忙的时候来找她，哪怕只是在旁边陪一会儿。

"你要是再这样看都不看我一眼，拿我当空气的话，我就要走了，我这腿长着可不是摆设。"时涧的抱怨并不认真。他其实是看左西达维持一个姿势太久，又忘记吃午饭这事情才开口，想让她换换姿势，也放松下。

他的话成功吸引了左西达的注意力，就像他说的，看了他一眼，然后就把眼睛闭上了，名副其实的一眼。

时涧笑了，还以为左西达是故意的。

可很快就意识到不对，因为左西达人明显地晃了一下，然后整个人突然向后倒去。时涧想也没想赶快冲过去，将人接在怀里的时候，后背冷汗都下来了，而怀里的人明显已经失去了意识。

07

时涧被吓着了，但没慌张，抱起左西达就打算送医院，刚出走廊就巧遇刘教授。看到这场景，刘教授也着急，但明显比时涧更了解情况。同样了解情况的，还有校医务室的校医。

"哟，今天换人啦，是个帅哥给送来的。"校医还有心情调侃。

但时涧完全笑不出来，脸色难得地带着点冷，连眉头都微微皱着。

刘教授在心中大致有了判断，便反过来安慰时涧："放心吧没事的，西达之前也有过这样的情况，多半是累的，宋校医很有经验。"

他的本意是为了让时涧宽心，可时涧听到的重点是，左西达这样晕倒已经让身边的人习以为常了。

时涧听到这个消息后，更加确定要带左西达去医院好好检查检查。

那边左西达眼皮动了动，露出底下一双黑白分明的眼睛。

左西达的目光还有些涣散，在看清面前站着的都是谁后，最终把目光锁定在了时涧身上。

光看，也不说话，就这么持续了能有一分多钟。

时涧将左西达扶起来："怎么了一直看我，不认识了？"

"没有，认识。"也不管时涧是不是在调侃，左西达回答得一如既往地认真。

时涧却不再有调笑的心情："多久没吃饭，没好好睡觉？"

这次左西达没回答，连她自己都说不好，就觉得这个问题不能如实回答。

"咳！"旁边的刘教授清了清嗓子，时涧占据的主导地位让他插不上嘴，"那个……西达今天还是休息一下吧，明天正好是周末，就别过来了，剩下的细节慢慢来，用这两天好好调整一下。"

刘教授这样说，也让时涧更加确定将左西达带在身边，盯着休息、吃饭。

放左西达回宿舍休息，他还是不放心。

时涧家没人，负责收拾的张阿姨已经走了。这样的安静让左西达悬着的心有了暂时落脚的地方，她并不擅长和长辈相处。这么说也不准确，她是压根不擅长和人相处。

时涧家很大，四层的欧式别墅装修得简单而温馨，灰色和黄色的搭配给人的感觉很舒服，随处可见的玫瑰又让这个家里多了鲜艳的点缀，看得出主人是很用心在生活。

和她的家很不一样。

时涧把人带进自己房间。

他的房间放了些运动器材，墙上挂了一件被裱起来的篮球衣，上面签着名字，左西达认不得，但时涧房间里浅淡却熟悉的味道，让左西达有了点安全感。

"去床上休息会儿吧，我下去给你倒杯牛奶，你喝完好好睡一觉。"

刚刚回来的路上时涧已经带左西达去吃了东西。

回想校医的话，他说左西达一直不爱惜自己，总是榨干自己的最后精力才被迫休息，还顺便揭了左西达的老底，把她之前晕倒的经历都一五一十地和时涧说了。

最后，他叮嘱时涧："多少看着点她，老这样对待自己，老了身体会有很多毛病的。"

牛奶的作用其实微乎其微，最主要的还是之前几天的不眠不休，左西达很快睡了过去，而且睡得很沉，伊宛白回来的时候，她根本不知道。

时涧的房间很安静，没有人来打扰，好像时间到了这里都必须暂停。

伊宛白挺惊讶，时涧从没像这样把人带回家并且认认真真和她介绍。

"晕倒了？"伊宛白也跟着紧张，还有来自长辈的担忧，"这孩子太不拿身体当回事了，这是没事，万一有点什么父母还不担心死了。"

说到这里，时涧沉默了一下，犹豫要不要和伊宛白说，哪怕对方是他母亲，可这到底是左西达的私事。但他也担心伊宛白无意在左西达面前提起，到时候反而不好解释，所以还是先给母亲打了预防针。

"她父母在她很小的时候就离婚了，她一直和外婆住，去年外婆去世之后就一直自己一个人，据我所知，她和她妈妈的关系并不是很好。"上次在左西达家偶然遇上戈方仪的场景历历在目，那种僵硬而疏离的气氛让人记忆深刻。

"这样啊。"这次伊宛白沉默了一会儿。

在她看来，父母选择自己的婚姻无可厚非，但直接把孩子抛给老人是一种很不负责任的做法，但她不会在背后讨论别人的家事，哪怕是和自己的儿子。

她最后问："她喜欢吃什么，晚上我做点好吃的。"

"什么都吃，特别好养活。"时涧太了解母亲，看着她慈爱又温暖的眼神，忍不住过去搂住了伊宛白的肩膀，"不过她最喜欢吃点带辣味的，和伊老师一样。"

"看来我们能吃到一起去。"伊宛白也笑，完全没觉得时涧给她添了麻烦，"但今天还是清淡些。明天吧，明天我再给她做川菜。"

晚上，左西达睡醒之后便被时涧引到楼下餐厅。左西达看着一桌子的菜，眼神中透露着渴望，但还是克制住自己，她觉得这是别人家，要有点礼仪。

伊宛白刚好把汤端出来，看到她就笑了："睡醒啦，来吃饭吧，也不知道你吃不吃得惯。"

语气温柔而亲切。

左西达将目光移到伊宛白身上，惊讶于时涧和他母亲长得这样相像，眉眼间的熟悉感让左西达觉得不可思议，一时间有些怔愣。

时涧都习惯了左西达这样，只一味失笑，而伊宛白的态度从始至终都很自然。

她是老师，见过的学生多了，各种性格的都有，完全没有介意左西达的沉默。

把汤摆好之后，她看着站在自家儿子身旁的左西达，白皙的皮肤衬得眼睛下面那两个大大的黑眼圈越发明显，是个漂亮的孩子，却也是个挺憔悴的孩子。

"我叫伊宛白，是时涧的妈妈，你是左西达，对吗？"

一般长辈很少和晚辈介绍自己的名字，但伊宛白说得自然。左西达的第一反应是点头，之后才反应过来，赶忙跟上一句："我是左西达，阿姨您好。"

"好好，快来吃饭吧别站着了，尝尝我的手艺。"伊宛白一边说一边摆手。

时涧拉着左西达坐到了餐桌旁。

面对时涧的妈妈，左西达很紧张，而且紧张得很明显。

但伊宛白和时涧都仿佛没看到，时涧吐槽伊宛白今天做的菜都太清淡，伊宛白说你别吃，去客厅等我们，我和西达吃。

母子俩斗着嘴，却没有把左西达排除在外的意思，也不会集中在她身上，让她尴尬。

后来左西达慢慢放松下来。等到吃完饭，左西达觉得她应该做点什么，就想去刷碗，但时涧抢了下来。

伊宛白也在这时自然地挽住了她。

伊宛白的手温暖又柔软，疏远感被冲淡，左西达下意识地跟着她走。

两个人一起到了客厅，面前放着些水果，伊宛白又给左西达泡了一杯红茶。

"你和时涧是一个学校的?"伊宛白主动找话题,规避开所有敏感区域,尽量轻松。

"是一个学校的,但不同专业。"左西达如实回答。

伊宛白点点头:"我可听说了,你是个学霸。"

左西达想谦虚,所以她摇头。不善交谈的她在这时几乎成了哑巴,伊宛白似乎看穿她的窘迫,没让场面冷下去:"你有你作品的照片吗?能给我看看吗?"

左西达当然点头,赶忙拿出手机。

伊宛白本就是故意投其所好,而左西达在聊起这些的时候果然话就多了起来。等时涧刷完碗出来,看到的就是伊宛白和左西达头碰头一起看手机的场面,他站在原地没动,伊宛白则趁着左西达没注意,悄悄抬头对他眨了眨眼睛。

08

左西达喜欢伊宛白,这种喜欢包含爱屋及乌,同时也是真的喜欢这个人。

伊宛白是个会让你觉得轻松舒服的人,时涧身上也有这种特质,所以当时涧提议想让左西达留下过周末的时候,左西达很快就同意了。

时涧的床很好睡,第二天她起晚了,一睁眼发现都快中午了。

当天公司有事,时涧和时原一早就走了。左西达昨晚就知道她需要和伊宛白单独相处一整天,有些害怕,但同时也有些期待。

她原本的打算是和时涧一起起床,现在计划被打乱,下楼时就显得有些匆忙和急切。

伊宛白在客厅,听到脚步声转回头,笑得很温柔:"起床啦。"

"对不起,我起来晚了。"左西达第一句话是道歉。

伊宛白微微睁大眼睛,随即无奈一笑:"你要道歉的话,那我也要道歉了。是我和时涧说让他不要叫你的,周末就是要睡懒觉啊。"

她这么说,立刻减轻了左西达给自己背上的心理负担,同时也注意到伊宛白手上的东西。

一大束玫瑰。

伊宛白主动向她解释："我挺喜欢花的，尤其是红玫瑰，所以时涧和他爸爸定期就会订一些送到家里。"

难怪家里这么多红玫瑰，左西达点点头。伊宛白又问了一句："你呢？喜欢花吗？"

"没什么特别的，看起来都一样。"左西达很诚实地摇头。

伊宛白也理解："正常，本来就是各花入各眼的。"

她说完把花放到柜子上，哪怕只弄到一半，但墨绿色的花瓶盛装着鲜红的玫瑰，已经美得赏心悦目。左西达的视线还来不及收回，就听伊宛白道："我先给你盛点粥吧，起床垫垫肚子，但也别吃太多，马上就吃午饭了，这样可以吗？"

她总是用疑问句，哪怕她的安排已经很妥当熨帖，但还是尊重对方的选择。

左西达没有异议。

伊宛白没让她一个人，哪怕已经吃过早饭了，还是陪着她一起坐着，等她吃完，两个人一起回到客厅。

左西达吃饭的时候提议帮伊宛白整理花，她不会，伊宛白便一点点教她，最主要的是提醒她不要刺到手。两个人整理，效率就提高了不少，赶在午饭之前把屋里的花都换过一遍。

午饭是伊宛白做，她让左西达去楼上歇着，但左西达还是默默跟去了厨房，也不说话，就在旁边站着，白白净净的脸上一双黑白分明的眼睛追随着伊宛白。

她想帮忙，但不知如何开口，又担心自己做不好，只能干站着。伊宛白察觉到左西达的困窘，还有她处处跟着自己的小心翼翼，心里有一点属于母亲的酸楚。

这是没有安全感的表现，再结合左西达的生长经历，也不难理解。

"帮我把这个洗一洗，可以吗？"伊宛白递给左西达一个用过的碗。

左西达立刻接了过去。

这个工作简单，她可以胜任。

只有两个人，伊宛白午饭没做得多复杂，两碗牛肉面，再辅以一些烫青菜。

左西达尝了一口眼睛都亮了。伊宛白笑得很欣慰，最后左西达把一大碗面条都吃光了，觉得特别满足。

吃过午饭，伊宛白带左西达到外面院子里喝茶，聊着聊着，就聊到伊宛白觉得花园里缺个花架的事；之前的花匠曾帮忙做过一个，但后来做到一半那个花匠就辞职了，东西便一直堆放在库房里。

伊宛白本是随口一说，但左西达不是随便听听，她说她会做。

"如果东西齐全的话，两个小时就能弄完，我去拿纸笔。"左西达说着就打算去取自己的速写本。

伊宛白拦她，说回头找人来弄就好，但左西达摇头："很简单，不麻烦的。"她说完就上楼了。

伊宛白拦不住，也不愿意打击孩子的热情，只能跟着一起帮忙。

她们先去库房里把之前做到一半的架子取出来，左西达看了一会儿，在纸上画了花架的初始草图，在原有设计上做了一些改变，增加美观性的同时提升了实用性。

刚开始伊宛白是全然没概念的，可后来看着看着也大致明白了。

对家里的东西伊宛白喜欢亲力亲为，这会儿也被调动起来，两个人一边讨论一边动笔量尺，渐渐都找到了乐趣，做得十分投入。

这本就是左西达擅长的，做起事来自然像模像样，伊宛白就在旁边打下手，于是等时涧和时原从公司回来，都愣了。

左西达抢一把小锤子抢得"风生水起"，还透着点果断娴熟的劲儿，一旁的伊宛白帮她看角度递东西，两个人倒是配合得十分默契。

父子俩一时不知该作何表情，就觉得眼前这画面多少有点诡异。

过了三分钟，才一前一后走上前，时原接过伊宛白手里的钉子，时涧按住了左西达拿着锤子的手。

在时涧说要代劳的时候，左西达还不同意，最后是伊宛白把她拉住，一起退居幕后指挥两个男人干活。她们俩也累了半天，自家人接手上阵，算是对人力资源的合理运用。

时涧、时原两父子虽然不及左西达和伊宛白配合默契，动作也没有左西达娴熟，但最后的成果倒是不错，正是伊宛白想要的效果。还有一方面，是她觉得一家人都同心协力的感觉很美好，伊宛白觉得以后她看到这个花架，都能想起这个下午。

四个人身上都有些狼狈，各自回房间去洗澡的时候，时原和伊宛白说他觉得左西达这孩子挺特别。

他昨天还挺生气，气时涧随便把人带回家来，可这会儿倒是彻底改变了想法。

"就是有点太内向了。"时原评价。

伊宛白沉默了一下才开口："我觉得比起内向，用不擅长处理人际关系更贴切。"

她想到中午那会儿，左西达非得留在厨房里帮忙的情形，笑了。她向时原介绍："还是个名人，能在国际比赛上拿奖的那种。"

"是吗？"时原有些惊讶，又觉得合理了起来，"难怪，天才总是特别的。"

他说完又想起时涧来，立刻换了个语气："那臭小子不是祸害人吗，可着他身边那些狐朋狗友就算了，连好孩子他也不放过！"

"别这么说，感情的事我们都不了解情况，这话可不能拿到孩子面前说，容易伤心。"伊宛白稍微严肃了一些。不是她偏向时涧，而是在她看来感情是他们的，其他人不应该随意评价。

"知道，我不就和你念叨念叨吗。"见伊宛白认真，时原立刻败下阵来。

晚饭依旧是伊宛白下厨，刚开始准备时左西达就来了。

她似乎刚洗完澡，过分白皙的脸上被水蒸气激出了一点红晕，看着气色好了，漂亮可爱的劲儿就显了出来，像个精致的洋娃娃。

"哎呀，我们西达，真是个小美人。"伊宛白不吝啬自己的夸赞。

左西达却好像没能消化，只愣愣地眨眼，倒是符合她一贯的作风。

伊宛白也见怪不怪了，只提醒她："你这样会感冒的，快去把头发吹干。"

"我来帮忙。"左西达强调自己的目的，她一向是这样目标明显。

伊宛白露出无奈的笑："那这样吧，我先把食材都拿出来，你去一楼的洗手间把头发吹干，然后再过来帮我一起洗菜，好吗？"

这回左西达没拒绝，点点头就转身去了。伊宛白看着她的背影，眼神中都是包容和宠溺。

左西达很喜欢时涧的家，尤其喜欢时涧的妈妈，她让左西达觉得温暖。

所以当左西达准备离开时，伊宛白和她说让她没事就过来的时候，左西达回答得很认真，同时也很期待。

她希望她和时涧能有很多很多在一起的时间，她想能再来时涧家做客。

09

左西达最近还挺幸福的，她做事认真容易忘记时间，戎颖欣之前总会抽空给她送吃的，但戎颖欣现在去公司实习了，不经常在学校，便提醒左西达记得带点糖，觉得不舒服了就赶快吃一颗。

至于送饭的工作，有其他人来接班了。

时涧卡着午餐时间到，左西达正忙着。他站到她身后，她还一点没察觉，时涧左等右等发现等待无望，一出声，把她吓一跳，不过随即她就开心起来了，时涧给她带了她很喜欢吃的小笼汤包。

时涧最近是真不轻松，新项目走上正轨，时原对他也越发放心了，公司的事渐渐放手。权力大了责任也跟着增加，时涧必须打起十二万分的精神。但他总会想起左西达和他说着说着话就突然倒下的样子，她太瘦了，像一片落叶一样，如果当时不是他接住了她，他都怀疑她就算摔下去也是无声无息的。

这让时涧心里不舒服。他希望她是鲜艳的，像花一样，所以总是尽力而为，能来的时候都是自己过来，如果来不了便让助理代劳，如果去邻市出差连助理也来不了了，他就在吃饭时间给左西达发微信提醒。

就是内容有些大同小异，让左西达误会了："你那些微信，是设置了什么能自动发出去吗？"

她是抱着学习的态度探讨，她想知道怎么设置，她觉得很实用。结果时涧面露苦笑："你太伤人了。"

他们当时在回左西达家的路上。

他们定好，如果两人都有空的话，就回老屋住两天。今天就是这样。

回家的路上，他们说好下午先在家看个电影，然后再去超市买东西回来煮，结果电影算是看了，但时涧的电话就没停过。

新项目的发展前景十分被看好，想来分一杯羹的人自然也就多了。

生意场上总是这样，雪中送炭难如登天，但锦上添花却是人人都想做的，如果没有实力和底牌，甚至还要被迫接受。

时涧带着对方兜兜转转却怎么也说不到点子上，再加上百岩集团也不是能被随意拿捏的对象，应付起来并不难，而其中也有几件有意思的事。

在最早立项目前时涧曾经找过彭天韵，当时彭天韵拒绝他的理由是，陈家同时也有新项目在筹备，彭天韵想和更具名望的陈家合作。彭天韵当然有选择的权利，时涧没打算用朋友的身份绑架对方，之后对待彭天韵的态度也没有任何改变，遇到了碰到了该什么样还什么样。

时涧觉得这事儿就算揭了过去，可现在一切都步入正轨，不仅彭天韵找了上来，就连陈家都未能例外。

这两个人都不好不见，时涧先后和两方约定好时间，挂断电话见左西达在看他，顿时心生愧疚。

这左一个电话右一个电话的，一部电影看得七零八落，也影响了身边的人。

"对不起，打扰你了，之后再有电话我去卧室接吧。"时涧不好直接关机，至少在现阶段来讲还不行。

新项目越是被重视，他就越不能在这个时候摆出高姿态。

左西达摇摇头，一弯腰，直接把脑袋搁在了时涧腿上，然后按下遥控器让被暂停的电影继续播放起来。

看到重要情节却被中断确实让人不开心，可时涧在处理公事时和他在左西达身边时不太一样，那份游刃有余的从容，带着别样的魅力，左西达喜欢看。

之后的一个星期，时涧都没能到学校去，他的所有时间都被排满了，拒绝的话说了很多次，想加入的说辞也各不相同。

彭天韵打感情牌，用朋友的身份给时涧戴了一顶又一顶大帽子，一步步把时涧架上了为了义气能不顾一切的高台。但时涧没有被冲昏头脑，甚至以其人之道还治其人之身地也用友情当筹码，说他也难做，是朋友，就更要在这个时候理解他支持他。

彭天韵的脸色明显僵了一下，但又不得不把这个戏码演下去，毕竟是他先开的头，总不好半途收场。

离开的时候，两个人还是一副相谈甚欢的样子，可他们谁都清楚，有些东西其实早就变了。

当初是时涧天真，可他现在不会了。

至于陈家人，则比彭天韵简单直接很多，不仅开门见山，还在明里暗里地用身份压人。

作为老牌豪门，他们手里掌握的资源自然更多，和他们合作意味着在很多方面都会方便许多，反之则会遇到更多阻碍。

陈家到这一辈一共有三个儿子，比起其他豪门来说并不算多，但彼此之间的钩心斗角却一点也不少，甚至还闹上过新闻。

这次来和时涧见面的是陈家二老，算是这一辈中比较突出的，从小在老爷子身边长大，也最受老爷子重视，便也就格外自命不凡。

他把合作当作赏赐，可时涧拒绝了他，礼貌谦逊但绝不卑微奉承。时涧把自己和对方放在一个很公平的位置上，但对方却觉得他不识抬举。

其本质，还是看不起而已。

他们看不起时原没有显赫家世，没有雄厚背景。

尽管时原很厉害，从白手起家做到现在国内占有一席之地的百岩集团，可像陈家这样的家族，依旧不把他们放在眼里。时涧自问是否可以，他不敢轻易点头。时代处境不同，个人奋斗的目标不同，但时原无疑还是走在时代的前端，自己缔造了他的王国。

他们觉得时家不过是暴发户而已，上不来台面的，随着时涧对公司的事了解得越多，他对这些事的理解也就越深刻。

像陈家这样躺在过去梦里而高高在上的家族，时涧不会和对方做口舌之争，只是在和陈家老二见过面之后，有些他之前只是想过的事，现在变得更加清晰了。

10

随着大四上半学期结束，左西达她们宿舍有三个人都面临毕业，倒也没多少慌乱，她们三个都已经有安排了。

戎颖欣因为在实习期间表现出色，公司已经决定在她毕业之后正式录用她。

方高诗作为本地人，家里给她在银行找了个工作，赚多赚少的都看她自己，但至少风吹不着雨淋不着，节假日正常休息，一切待遇都享受。方高诗也不是喜欢拔尖儿的性格，所以还是很满意的。

至于尤泽恩，她一直就没闲着，毕业对她来说相当于减负。

唯一不同的是左西达，建筑系五年制，她们三人毕业了，但左西达还在学校，不过她已经决定好要搬回家住。

"这是和我们同进退的意思吗？"方高诗搂过左西达的脖子，把人拽怀里，"我就知道你是爱我们的。"

她说完还故意要去亲左西达。

左西达眯着眼睛没躲掉，被一口啃在脸颊上，她皱着眉的样子把旁边的戎颖欣和尤泽恩都逗笑了。方高诗则特别不满："不是吧，你就那么嫌弃我啊，不行我要再来一口。"

方高诗说着又要搂人，左西达灵敏地跑了，但方高诗还在后面追，她的不依不饶让左西达难得显出点活泼劲儿来。

暑假时，戎颖欣就和尤泽恩住到了一起，也因为这样，她们的公寓成了四个女生的聚集地。偶尔左西达会带时涧来，现在方高诗那点特别的小心思早放下了，虽然时不时还会蹦出一句男神，但立场已经摆得很明确了。

比较特别也比较突然的是。尤泽恩交了个男朋友。一个经常去她酒吧的摄影师，认识不到一个星期就确立了关系。

这件事对方高诗和戎颖欣造成了不小的冲击，两人开始着急想摆脱单身的命运，只是一个寒假过去，两个人该什么样还什么样，春节之后外面的桃花都开了，她们俩的桃花却好像还很远。

这一年春节，左西达在年三十那天回到了戈方仪那边，餐桌上气氛前所未有的凝重，戈方仪似乎还在生左西达的气，不愿和她有太多交流，脸色也一直很不好看，哪怕寇智明已经很努力从中调解，可效果并不理想。

到了大年初一，左西达一大早就走了，临出门寇智明给了她两个红包，说是他和戈方仪的，左西达接了，转身出门的她并没有看到戈方仪紧随而来的目光。

这个年，左西达还收到了时涧父母的红包。

因为初二那天时涧带着左西达回了家，时原和伊宛白也给她准备好了红包，不过红包是时原给的，他似乎有点尴尬，被伊宛白捅了一下，才把话说出口。

"那个……过年了，这是我和你阿姨给你的，祝你在新的一年里幸福快乐。"

很简单的一句话，左西达回答得认真："谢谢叔叔阿姨，也祝福你们。"

同样没有什么花样，却是左西达十分真心的想法。

左西达还给伊宛白准备了一支造型非常特别的花瓶，是她自己设计之后用 3D 打印出来的。

伊宛白很喜欢。

等到再开学，左西达先出了趟国，顺利拿回金奖，不仅为学校赢得了荣誉，也不枉费她之前的辛苦。

对此刘教授显得十分激动，在开心之余，也再一次向西达提起了毕业之后的打算，也差不多到了该着手准备的时候了。

"我知道。"左西达点点头，她答应了会好好想一想，而她的犹豫，不可否认一部分是来自时涧。

如果要出国或者去名安市，势必就要和时涧分隔两地，这不是左西达愿意的，所以她想继续跟着刘教授读研，也挺好的，而且一切都不用改变。

这次左西达没把奖杯留在系里，她很早之前就想好了，出了建筑系便给时涧打了电话。时涧当时正在工作，左西达问他几点能结束，时涧也不是很确定："估计要挺晚。"

时涧："对不起，昨天也没能去机场接你，我明天应该能早一点，要不我明天晚上订好餐厅，为你庆祝怎么样？"

时涧已经知道左西达得奖的事，却公事缠身，身不由己。其实明天也是勉强抽时间，没想到左西达却拒绝了："你今天要到几点？我可以等你。"

她难得如此坚持，时涧还有些惊喜，他也不扭捏地回道："十点左右吧，不过宝贝儿那时候餐厅都关门了，咱吃什么？"

时涧想着要为左西达庆祝，但左西达其实并不是很在意这些形式，她想了一下，然后说道："我在家里等你，你结束了直接回来就行。"

177

时涧答应好，之后也没再分心，尽量早地把工作完成才是现在最重要的事。

最终时涧在九点半左右结束工作，中途他连杯水都没喝，起来的时候一阵腰酸背疼，是维持一个姿势太久了的缘故。

他回到左西达的老屋，用密码开了门，左西达就迎了过来，同时还有一些麻麻辣辣的味道。

"在弄什么？"时涧在门口换了鞋，这个过程中左西达就站在原地等他，白白净净的一张脸上一点表情都没有，可那双眼睛却围着他，跟随着他的动作。

那小模样让时涧失笑出来，换好鞋的第一时间就忍不住上前把人搂进了怀里，顺势将亲吻落在对方的额头上，紧接着才是嘴唇。

左西达走了一个多星期，算上走之前那段时间，他们已经有将近半个月没见到了，说不想，是假的。

两人黏糊了会儿，坐到餐桌旁。

时涧进门闻到的麻麻辣辣的味道来自左西达准备的火锅。这还是她从尤泽恩那儿学来的，从锅子、炉具到食材，全部外卖一起点回家，简单方便又快捷。

原本时涧没什么胃口，可现在滚滚辣油裹着香味一起刺激着人的五感，终于把那饥饿给唤醒了。火锅这东西的神奇之处就在于此，哪怕只有两个人，也能营造出一种热热闹闹的感觉。

不过用火锅来庆祝似乎显得不够正式和隆重，按照时涧的意思，得奖是件高兴的事，值得特殊一次。可左西达摇头："这样很好。"

她还有下面一句："能赶快见到你才是最好的。"

她说的不过是心里的一句实话。但这种是说情话而不自知才是最致命的，偏偏再配上她那双清澈干净的眼睛，时涧几乎被扎了个对穿，从心口一路到背脊，而让他说不出来话的还在后面。

左西达把她的奖杯拿了出来，说要送给他。

时涧觉得自己不能收，但左西达说他必须收："你对我很好，我也想对你好，很早之前就想送礼物给你，但我不知道该怎么做，也不知道你都需要什么，你那么忙还记得要照顾我，给我送好吃的。这个奖杯本身也有你的功劳，现在送给你，希望你能喜欢，也代表我的心意。"

心口起伏的，是无法言说的情绪。

时洄很少有这样的时候，他习惯在感情中游刃有余，照顾人是他的习惯，类似天性，做他的女朋友，都会得到类似的待遇；他会对她们很好很好，他觉得这是应该的也是必须的，而每次到分手的时候，这又成了他的罪孽，被抨击、被诟病，可现在左西达说，谢谢你。

到这时时洄也必须承认，左西达才是对的，形式不重要，如何庆祝，甚至该不该庆祝、需不需要庆祝都不重要，重要的是他们两个人，重要的是在这个奖项到来之前，他们对彼此的心意，对彼此的付出。

那个奖杯最终被时洄拿了回去，摆在房间里。有一次伊宛白邀请左西达去家里吃饭，左西达在时洄房间看到那个奖杯的时候，只觉得那是它本该有的归宿，这让左西达觉得很满足。

而时洄每次看到它的时候，都会想到那天的场景。

左西达教会他生活可以如此沉淀，与此同时，时洄也逐渐依赖左西达，他认定他们是彼此的港湾，这让时洄有一种安定的感觉。

他觉得他们是可以互相理解的，那种各自努力但又相互支持的感觉第一次出现，也让时洄倍感珍惜。

只是时洄也有理解错误的时候，他记得左西达那天在门口等他，等他走过去给她一个拥抱，却忽略了那天左西达所说的那番话里的重点，她说你对我很好，谢谢你照顾我。

之后的那段时间时洄依旧忙碌，可他会尽量抽时间陪左西达，左西达想一直这样也不错。

但时洄给了她一个意外，一个她完全没想过的意外。

他要去美国，大概一年，毕了业就过去。

他对她说："等等我。"

左西达却觉得这三个字冰冷地切断了一切，这不是她想要的。

11

一年后，美国。

向光霁没回酒店，跟着时洄回了他的公寓。时洄也没邀请向光霁，而是他自己巴巴地跟着，说你要收留我。

时涧把客房简单收拾了一下，原本还吵着回公寓继续喝的人，在躺到床上后就直接睡着了，连鞋都没脱。

关灯，再关上门，公寓回归安静。

时涧回到一楼吧台，他其实是有些波动的。

时涧给自己倒了杯威士忌，没有冰块的缓冲，酒精刺激而强烈，却没带来眩晕的醉意，反而有种清醒感，他拿出手机。

他和左西达的微信聊天记录停留在一个月之前，不能算很久，但对恋人来说，也绝对是不应该的。

签约落地的那段时间，时涧的神经时刻紧绷，不允许出一点差错，他没心思想别的，左西达不是例外。

可有些人，必须是例外。

时涧没给自己找借口，就是他疏忽了。也不光是这一个月，而是这一年里，时涧把重心都偏向了工作，再加上距离和时差，让他们之间确实疏远了。

时涧想着等他回去就好了，对这一年他很抱歉，在这段事业的过渡期里，恋爱成了牺牲品，对左西达而言是很不公平，他都知道。

时涧理清了自己的思绪后，直接拨出左西达的号码，铃声开始响起。

国内现在应该是下午，时涧没办法预料这个时间的左西达会做什么，这是缺少沟通带来的后果，像一根线突然断掉一部分。

电话接通了。

左西达那边有些吵闹，这和时涧想象的不一样，他以为会是安静的；在他的印象中，左西达更喜欢安静，所以下意识才有了这样的判断。

"你在干吗？"时涧先开了口。

这个问题很简单，可左西达记得的是，他们有多久没联络了。

"泽恩今天订婚。"左西达如实回答。

时涧愣了一下。

没想到尤泽恩是他们这些人中，最早和婚姻扯上关系的，时涧意外，也同时意识到他是真的错过了很多事。

"下周我回国，你来接我吗？"时涧选择不过多地往后看，而是把目光放到未来，他不想让这通电话显得沉重，便尽量用轻松语气，那一点若有似无的笑意，像恶魔的爪牙，左西达被勾住了，因为她发现自己依然喜欢时涧的声音。

她再次沉默，然后才开口："我去接你。"

左西达相信，时涧在这一年里并没有背叛他们的关系，但这不是重点，她要的也从来都不是一个仅仅忠贞于关系的人；她要的，是一个能在她身边，照顾她、对她好，能理解她、包容她，给她存在感、安全感的恋人，而不是一个在远方，守着底线但却形同虚设的男朋友。

这是左西达心底里的话，她不会和任何人说。

但尤泽恩她们替左西达觉得这样远距离恋很辛苦，也替左西达担心时涧抵抗不了外面的诱惑之类的，她们不了解，也根本不明白左西达心里在想什么。

而左西达原本就不需要别人理解，她在意的甚至不是时涧到底是怎么想的，也无所谓他的态度，她考虑的只有她自己。

从头到尾都是这样。

其实左西达已经有了一个决定，只是一直没告诉时涧。就好像当初时涧要去美国时，也没有提前和她商量一样，左西达是故意的。

她根本没打算坚守什么，她的想法是遇到比时涧更好的人再抉择，可这一年她没遇到，这让她多少有点失望，但她觉得换一个新地方或许就不一样了。

她要离开了，之所以答应来接时涧，是抱着和他见最后一面的心情。

左西达几乎没变，一年的时间似乎在她身上是不存在的。这是时涧回国见左西达第一面就确认的。

六月末尾的晚上有些凉，左西达穿了件外套，里面搭配白色连衣裙，颜色寡淡，却和她这个人很相符。

左西达是好看的，五官精致得不像真人般，挺俏的鼻子，微微嘟起的嘴唇，原本应该是个可爱长相，可冷淡疏离的气质中和了大半甜美。

时涧一眼看到她，不是爱人间的心意互通，而是左西达本身就很特殊，就连路过的人都会下意识回头看过来。

时涧绕了下方向走，左西达如果不特意寻找，是不会一眼看见的，他走到离左西达很近的位置，左西达才抬头，那双和印象中一样清澈的眼眸中带着一丝不耐烦，被时涧轻而易举地捕捉，然后那一丝不耐烦就变成了类似惊讶的情绪，带着闪光。

时涧带着左西达去往停车场，那里早停好了他的车。

左西达没急着上车，跟着站在一旁，时涧在给伊宛白回微信的工夫，感觉身边有道目光，那种熟悉的感觉让他忍不住提起嘴角，收回手机的同时抬起头，直接将那双漂亮的眼睛捕获。

带着某种专注，熟悉但又让人战栗，想念在见到人之后，反而来到了最高点。

"又看我。"时涧的声音也和他的表情一样，都是笑意。

而这些，都是左西达喜欢的。

从第一次见面开始，左西达就喜欢时涧的笑容，喜欢那双深邃的眼总是带着暖意的目光，她喜欢，所以她想给自己最后一次衡量的机会。

时涧回来了，主动权也就落在了左西达的身上，扳机在她手里，要不要扣下，是她的选择。

之后一整顿饭的时间左西达都在考虑，一年的时间没有让时涧变得糟糕，他依旧很好，甚至更好了；那份在经过历练后的成熟透着沉稳，却没有减轻他笑容中独有的稚气，和身上仿佛被阳光浸透过的明媚。

他仿佛依旧是大学校园中那个最帅气的男生，同时也变得独当一面起来。

左西达为此产生了想违背自己的冲动，可冲动是可以被遏制。她想到之前的一年，想到时涧理性又果决地离开，她想拥有这个人，却不想拥有这样的关系。

和时涧一样，左西达并不是优柔寡断的人，她很快就想好了，所以在他们吃完饭，准备离开之前，左西达对时涧说："我觉得我们可以分开了。"

依旧没什么语调变化，平铺直叙得好像不存在任何情感，便也就没有不舍，没有犹豫，更没有残忍。

时涧一愣，难得透着迷茫："什么？"

"我说，我觉得我们可以分开了。今天来接你，就是想见最后一面。"左西达又说了一次，说完之后想了想，加了一句，"我要去普宁大学读研究生了。"

这当然不是草率的决定，时间上就不允许，她一早准备好，却没有和时涧透露半句，没有别的可能，只有一种，那就是左西达故意的，类似报复。

　　时涧几乎是在瞬间就想通了这些，情绪有失控的趋势，但很快又回落了下去。

　　"我们去你家聊。"原本时涧是打算早点回家的。他一年没回来，他和伊宛白说好，吃过饭就回去，他甚至还犹豫要不要带左西达一起。

　　可现在时涧改变了原本的计划，他需要和左西达谈谈，立刻，马上。

　　12

　　时涧一共抽了三根烟，在第一根抽完的时候他问左西达："我好像有资格要一个理由。"

　　"我不喜欢分隔两地的感觉。"左西达很坦诚，"一直都不喜欢。"

　　"所以说，和我去美国一年有关系是吗？"没有愤怒，也没有指责，只是时涧的眼神中不再有温暖的笑意，"其实你早就想好了，只是现在才告诉我。"

　　"我以为你不在意。"左西达也抬起眼睛。

　　窗边的人长身而立，因有他的存在而让所有画面都类似风景，这是时涧的独特能力，左西达心里也漫出一丝类似舍不得的情绪，可她依旧把话说完："这一年我们感情淡了很多，这是事实，现在我要离开，这种感觉会被接着延长、加深，与其这样还不如直接分开。"

　　"这么说没意思宝贝儿，你要去读研不可能是最近才决定的，更何况，你怎么知道我不能等你？

　　"而是因为在你那里，根本就没有这个可能性，在我要去美国的时候，你就已经给我们宣判了死刑。"

　　时涧的嘴角微微上扬，本应该是个微笑的角度，在此刻却显得冰凉。

　　他没想到，是真的没想到，这一刻的左西达让他觉得陌生，连带着之前那一年，好像所有的心境都发生了变化。

　　左西达并没有否认："我确实不需要你等我，我需要的是你完完全全属于我，在我身边，对我好，照顾我。"

　　这次时涧稍有诧异，左西达的话让他产生了一个念头："照顾你对你好？你对恋人的理解是这样？你到底是真的喜欢我，还是只喜欢这种被在意被照顾的感觉？"

183

时涧其实并没有完全确定，他站在摇摆的边界，只需要一点点力量就能拉回来，但左西达没有，她推了他一下："我不知道自己是不是喜欢你，但我喜欢你对我好，所以，或许你说的是对的。"

时涧是震惊的，左西达的话颠覆了他对眼前这个人的全部认知，他几乎是在用一种陌生的目光去看左西达。

可她依旧是她，窝坐在沙发上，瘦瘦小小，脸色苍白，眼神清透，看上去无辜而无害，可她说"我不知道自己是不是喜欢你"，而当初说喜欢的那个人，也是她。

"所以之前，你是在骗我？"时涧问，问完又笑了。

左西达不知道他为什么笑，所以她并没有马上回答，默默看了时涧一会儿，却一无所获："如果我不那么说，你是不会和我在一起的，对吗？"

她也反问，并且补充："你也没说过你到底爱不爱我。"

时涧的笑停留在嘴角，他在这时点了第二根烟，修长的手指在熟练的动作间，有一点点仓促："如果你问了，我会实话告诉你，'爱'在我这里更类似想和一个人在一起的感觉，那种刻骨铭心的感情在我身上并没有出现过，这是我的实话，你什么时候问，都会得到一样的回答，我之前以为你知道，我从没想过要骗你。"

淡淡的烟雾缭绕。

时涧回国第一个找左西达，是因为他真的思念左西达，哪怕知道父母在等他，他也没有选择第一时间回家。

他知道这一年对左西达不公平，他选择了工作而让爱情让了步，他做得不好，但他自问也不算"双标"得很厉害。

他可以原谅左西达隐瞒他要去普宁读研的事，只要前提不是如此的残忍而负面；她如果是为了自己的未来努力，他可以等她，他从没想过要让左西达为了他放弃追逐梦想，毕竟在恋人这个身份的前提之下，他们也都是独立的个体。

可左西达太让他意外了。

"你既然并不喜欢我，那为什么偏偏是我呢？"时涧问，"当时还有别人追你，那个学长，或者还有别人，为什么是我呢？"

"因为你好。"这次左西达没犹豫。

类似的话她说过很多，"因为你好""因为你好看"之类的，之前时涧觉得那是左西达单纯而直接的情话，可现在她又说了一次，才让时涧后知后觉。

原来是这样，那根本不是情话，而是左西达心里那杆秤上的，对他价值的衡量。

"我第一次看到你几乎是惊讶的，原来还有那么好看的人，我喜欢你的眼睛、你的笑容，我试图在画本上复刻，但我做不到；然后我就想，如果能靠近，是不是也能跟着沾上一点你身上的光，只是后来越来越贪心了，我想把那片光芒据为己有。"

左西达非常坦白地和时涧分享她的心路历程，她觉得这是对时涧的夸奖。"你很好"这句话，背后是有这样的背景和动机的。

时涧却"扑哧"一下笑了，那笑容是左西达之前从未见过的，让她既惊讶，又疑惑。

原来时涧笑起来也可以是冰冷的，原来那么明亮耀眼的人，也可以因冷漠而尖锐。

"可现在我没有达到你的要求，这片光在你心里就熄灭了，是吗？"时涧一边笑一边问，语气也有了变化，不是强硬，而是温和到了无以复加的程度，循循善诱，像是猎人引诱着他的猎物走进陷阱。

嘲讽和阴郁，都藏在后面。

他想最后确认一次，但左西达偏巧没回答，她沉默了。

不是她不想说，也不是她想逃避，而是她真的不知道。

无论是在过去的一年，还是终于见到时涧之后，一切的感官都让她无法做出准确的判断。

她依旧觉得时涧很好，一如第一次见到时那般，甚至比之更深邃了，可她也是真的想离开了。

"但你太远了。"最后左西达只这样说了一句。没有过深的含义，是她下意识对这个问题的回答。

屋子里出现了短暂的沉默。

那临门一脚，最后的确认，被左西达在无意识中转了个弯，时涧原本想听到答案就离开的脚没动，却比直接离开更让他难受。

"那你现在，预备去找下一个你觉得好，也可以对你好的人了吗？"时涧的第二根烟已经抽完了，嘴里残留的那点尼古丁没办法让他冷静。

只是他表现得依旧滴水不漏，他的语气也温和得不存在一点点咄咄逼人。

"或许吧，换一个新地方，总会认识新的人。"这话更像是在安慰自己。左西达垂下眼睛，屋内暖黄色的灯光给她染上一点颜色，也让她看上去多了几分憔悴和柔软。

可这根本不是个柔软的人，时涧有自知之明，他在感情中算不得什么好男人，如今来看，老天爷是公平的。

在沉默中抽完最后一根烟，时涧将烟头熄灭在小熊造型的烟灰缸，那是他和左西达去逛街时，左西达选的。

离开时，时涧的脑海中还有那只孤零零的烟灰缸，和同样孤零零的左西达。

时涧自以为掩藏得很好，进屋之前还特意在车库里多逗留了一下，确保自己的状态正常才进的门。伊宛白给他煲了汤，时原也难得地没有对他横眉冷对。

吃饭的过程中，时涧看上去一切如常，该喝汤喝汤该说话说话，该笑该调侃也都没少，直到回去自己房间，他的眼睛才重新失去温度。

他打了窗，大概是这个晚上烟抽得有点多的关系，他觉得胸部很闷，呼吸也不顺畅，就想开窗透气，可效果不甚理想。

时涧想去洗个澡缓解下自己的情绪，但房门被敲响。

伊宛白端了两杯酒进来了，时涧一看就乐了。

"怎么了伊老师，睡觉之前想喝两杯吗？"

时涧想接伊宛白手里的东西，但伊宛白的话让他的动作一顿："我来看看我儿子发生什么事了，一整晚闷闷不乐。"

伪装瞬间被拆穿，时涧把东西放到了茶几上，老实承认了："西达要和我分手。"

"为什么？"伊宛白惊讶，可惊讶之后，似乎也能理解一些，"因为你离开的这一年吗？"

远距离恋爱不容易维持，这是很多人的共识，时涧并没有轻易回答，又看了看面前的母亲。

这是他全世界最信任的人之一，他并不羞涩于和母亲分享自己的感情经历，只是不想徒增伊宛白的烦恼，可他也想到了伊宛白和左西达的关系，犹豫再三，到底还是说了。

他尽量客观，努力还原他和左西达的对话，伊宛白默默听了。

她是时涧的妈妈，没有妈妈愿意看到自己儿子受伤，可她在沉默了一会之后，说的并不是单纯安慰时涧的话："我觉得事到如今，太多地去思考对错没有意义，如果我是你，我会想得很简单，要不要和这个人在一起，才是最根本的。"

伊宛白的语气恬淡而温柔，一边说一边看着自己越见成熟的儿子，他在事业上已经可以独当一面，而如今在感情上，似乎也站在了某种分界线上。

她不担心时涧会摔倒，因为只有摔倒过才知道怎么站起来，才知道怎样能不疼；又或者，也终于能明白，这世界上还有一种感情，是哪怕摔倒哪怕会疼，也依旧义无反顾地选择。

13

时涧没有喘息的时间。他离开国内一年，这次回国自然少不了应酬，还不是他说去就去，说不去就可以不去的。

社交这件事就是这样，你只有做了，它才存在。

不过有一点好处，应酬的场合总是离不开喝酒，而时涧觉得他现在确实需要一点酒精，连理由都很充分。

时涧连喝了大半个月，最后那天是被人抬回来的，他是真难受了，吐得天昏地暗，意识模糊。后来哪怕睡着了，也不安稳。隐约在梦里，也梦到左西达，梦到那双干干净净的眼睛。

他吐前的那场聚会，向光霁也在，还寻了个机会来单独找他。

看向光霁平时大大咧咧，没想到也看在眼里："你怎么了？这段时间都好像有心事的样子。"

时涧原本是没打算说的，可大约是气氛使然，也可能是酒精，让人放松让人麻醉，他简明扼要地说了，向光霁出人意料地没有说风凉话。

"抛开咱们朋友身份不谈，站在纯理性中立的角度来看，这事儿你也没资格说别人，你不是也没打算和人家天长地久吗？都是今朝有酒今朝醉。要这么论的话，你们还挺配。"

向光霁一向是乐天派，这次回来后时涧才发现，其实每个人都在成长。

"看你最近的状态，很明显是没放下。我要是你，我就再争取一下，也不丢人。"

第二天酒醒，时涧觉得自己脑袋快裂开了，还伴随着耳鸣，好像有人在里面疯狂地用电钻。

他下楼见到了昨晚留宿他家的向光霁，坐在餐桌前脸色简直不能再难看，一开口嗓子都是哑的："我觉得我快死了。"

明显和他同病相怜。

时涧也跟着坐过去，这会儿已经是中午了，时原和伊宛白都没在家，阿姨给他们做了醒酒汤，两个人喝了点才感觉好些。

向光霁要离开时，见时涧也要出门，就问他："你今天不是没事吗？干吗不在家睡一天，我都想在你家睡一天。"

"不是你和我说，让我认清自己，还说要争取吗？"时涧的脸色很不好，他最近本就休息不足，再加上宿醉，脸上的疲惫显而易见。

可他笑起来时还是让人觉得明亮又耀眼，带着些清爽的稚气："所以我现在打算去争取一下。"

他说得坦然，向光霁却睁大了眼睛："哎哟，没想到你这么拿我的话当回事啊，完了完了，我要飘了。"

"那你最好能直接飘回家，省得辛苦我家司机还要送你回去。"

时涧来之前没联系左西达，到了之后也没敲门，直接用密码开的门。

在听到门锁传来解锁成功的提示时，时涧说不好他到底是个什么心情。

时涧知道在他们上次的谈话之后，自己这样的行为冒失而唐突。

他就是故意这样冒失和唐突的，可左西达接受起来似乎并没有太大阻碍。

左西达没在家，等她回来就发现家里多个人，坐在沙发上的时涧十分

188

坦然，脸上没带笑容，但也完全没有负面情绪，就是很平淡地看她。

"去哪儿了？"问的问题也自然，好像他们之间根本什么都没发生，依旧毫无隔阂。

"去了趟超市。"左西达一边说一边把手里的东西放到柜子上，跟着坐到了时涧对面的位置上，不问时涧怎么会突然过来，也不说他这样做是否合适。

左西达以为他们都已经默认了分开的现实，可时涧却又在这时突然出现。比起其他，左西达对时涧来的目的更为好奇。

"什么时候走？"依旧是时涧先提问。

左西达回答："下周六。"

"这么早？"

"我爸在名安市，想让我早点过去适应一下环境。"左西达如实回答。

这次时涧只点了点头，屋子里也跟着重新回归到安静的地界。

真的没多少时间了，时涧心里一直有个时间，他在算左西达还有多久才离开。

紧迫感之所以存在，是因为心里还有另一个念头在拉扯——重新开始。就像左西达说的那样，他们都拥有再次爱人的机会。

可事实是，时涧来争取了。

"我今天来，是想和你说一件事，我希望你能同意。"时涧没直接说是什么事，反而说出了他的期望。

左西达听着，不知道为什么会想皱眉，或许是因为时涧脸上的憔悴神色；又或许，过去那一个月中所不知不觉产生的东西，在看到时涧这一刻，终于冒出了头来。

原来不一样，真的失去一个人，和人不在自己身边但知道对方心里还有你，是不一样的，而且差别很大。

这个月里，左西达想的是，又只剩下她一个人了，没有人属于她。

所以当时涧说出来的时候，左西达想听，她想知道。

第六章：时涧，对不起

现在，左西达是真的喜欢上了你

01

时涧不知道左西达在想什么，所以便也不会知道，当她在客厅里看到时涧的时候，是让她自己都没想到的反应，惊喜，像梅雨季节里，突然放晴的天空。

"我实话实说，我和你在一起的时候，确实没考虑过爱或者不爱的问题。就觉得想和你在一起，而你也愿意，那我们就在一起，这很自私，我承认；而你明明谈不上爱我，却说你爱我，就为了和我在一起，这样的话，你说我们谁更渣一点？"

时涧再一次抛出疑问。

左西达认真思考，然后给出答案："你只是隐瞒，但我是欺骗，程度上应该是欺骗更严重一些，所以应该是我。"

纯理性的回答，完全是左西达一贯的风格，熟悉的感觉让时涧失笑："或许吧。但我觉得无所谓，谁更多谁更少、赢或者输都无所谓，我现在想问的是，我们能不能再给彼此一个机会？"

时涧很直接，这就是他来的目的。他不想分开，所以把这个选择放在左西达面前，扣动扳机的依然是她，只是这一次不再是分开，而是为了给彼此一个新的开始。

左西达对自己感到疑惑。她之前一直觉得自己做了一个很正确的决定。

之前时涧主动将他们分隔两地，这感觉并不好，之后还要继续分隔两地，这种感觉依旧会延续，她不喜欢。

她完全可以再去找到一个不用分开的人，可当她亲手切断了和时涧的全部联系之后，她很焦虑，没有半分快乐。

所以左西达疑惑，而且这疑惑到现在也没有解答，反而更加丰富而沉重，压得她不舒服。

左西达沉默的时间有点多，但时涧不曾催促她，直到她再开口："你在美国的时候，有没有和其他人在一起？"

"没有，也完全没有过类似的想法。我没想和你分开，我之前还觉得你也不会和我分开，你会理解我，我们就先暂时地分隔两地，就像是分开到不同的世界，去先为自己努力一下，然后回来的时候，我们依然还是我们。"

时涧没有说谎，左西达也不觉得他在说谎。

这个问题就像是最后给自己一个理由，而这个理由，现在让她有些难受，类似疼痛的感觉，悄无声息地出现，在她的心上划下一道浅浅的口子。

左西达甚至不知道自己为什么这样问，问了之后，又如何。

"我们可以不把话说死，先不做决定，但也不要接受其他人，就维持现状，等到我们都准备好了的那一天，当然也可能是彻底地分开，这样好吗？"时涧又退了一步。

而这一次，左西达几乎没有犹豫，她点了点头，说："好。"

一个星期之后。

左西达离开时是时涧去送的她。

看着她通过安检，那抹小小的身影消失不见，时涧转身离开。

左西达会去到一个新地方，在那里继续她的生活，而他们之间，好像也跟着被翻到了下一个篇章。

一个月前时涧和左西达说，他觉得爱情不重要，想和一个人在一起的心也可以随时消失，可一个月后，有些东西似乎开始变得清明了。

时涧依旧有很多选择，可潜意识将那些人都屏蔽在外，似乎除了那个人，就不再有其他选择。

答案已经被放在眼前，时涧总不至于蠢到到这时还看不清。

他知道这意味着什么，那些情深不寿，那些轰轰烈烈，去歌颂去赞扬的东西，就在那里。

差别只在于，他要不要走过去，将那两个字直接掀开。

可无论他是否这样做了，存在的，就是已经存在了。

名安市作为首都，地理位置上比南松市更北方一些，可左西达到达的那天，却觉得好热。这是她对名安市的第一观感，第二观感是左景明是个言而无信的人。

上飞机前还说要来接的人，两个小时之后就变了。他留下一条微信，说有要紧的事情需要去趟外地，三天之后回来，给了她一个地址和一串门密码。

左西达攥着手机，思索了一会儿之后，意识到自己应该先去打个车。

过程还算顺利，左西达排队坐上出租车，操着一口北方腔调的司机很热情。

左景明的住处不难找，而且他经济情况良好。从小区的地理位置，到保安看到左西达是生面孔之后尽职尽责地询问能看出，他这些年过得不错。

左景明是个古董商，家里的家具摆件多是中式家具。

左西达给自己找了张椅子，坐下的时候后背一疼，一回头才发现椅背上盘桓着一条龙，雕刻得惟妙惟肖。

这就像个信号，她来到一个陌生的城市，要在这里学习生活三年，现在不过是一个开始而已。她自认为还能适应初来乍到的不适应。

左西达在雕龙的椅子上坐了好一会儿，似乎不知道接下来该做些什么。

这间公寓一共有三个卧室，左景明说她可以随便选，哪怕是要他现在住的那间他也可以让出来，但左西达没有，她选了和另外两间分开的，对面的一间。

空气中弥漫着类似檀香的味道，淡淡的，并不重，可它依然存在，左西达尽量忽略，又去按了按床，很松软，和它古色古香看上去很厚重的外表相反，于是左西达终于松下一口气。

现在是下午四点多，她觉得有点饿，也没有着急收拾行李，转而来到厨房，看了一圈。

微信视频打破了屋里的安静，手机里传来时涧的声音，他问左西达一切是否顺利，左西达想了想："顺利。"

"你在你爸家？怎么这么安静，这是厨房？"

"是，我有点饿，想找点吃的。"左西达思索了一下，把左景明临时有事没能去接她的事说了。

时涧微微停顿，透过视频传来的微笑阳光而稚气，虽然隔着屏幕，却好像可以割裂之前的陌生感。

"那你找到吃的了吗？"时涧没有再多问，那样只会增加左西达的被忽视感。

他早就察觉到，左西达其实很渴望得到关注和在乎，她不会说，也不会要求，只会在你做不到的时候，选择离你越来越远。

"没找。"

左西达的回家十分简练，但时涧习惯了："不如去超市吧，逛一圈给自己买点好吃的，我妈今早换了一个牌子的麦片，还挺好吃的，我找个图片给你，你可以试试。"

他故意多说点话，让一切轻松起来。

一个麦片唤醒了左西达的期待，她点头："好，我去趟超市，正好也想吃水果。"

"用手机查一查，最好是附近就有超市，那就很方便了。"时涧说完，刚好他那边传来敲门声，是助理，但时涧要求对方等一下再来，接着也没有急着要挂断的意思，陪着左西达又聊了好一会儿。

原本左西达心中的冰冷茫然，变成了在和时涧闲聊中的麦片水果，家长里短。

这间公寓依旧没变，可左西达的心却慢慢安稳了下来。

02

和左景明的相处很简单。

他之前在视频和电话里总是喜欢唠叨，没有长辈样子开一些玩笑，左西达一直觉得他是个话多的人，可真住在一起之后才发现其实不是这样的。

左景明这次没有食言，三天之后准时回来。

他到家后就先带左西达去吃了顿大餐，他询问左西达想吃什么的时候，左西达没什么特别意见，只说好吃就行。

左景明笑了："废话，咱吃饭还吃不好吃的，你爸我看上去是有什么问题吗？"

可之后一直到左西达学校开学，他们都没有再出门吃过几顿饭。

左景明很忙，每天早出晚归，抽屉里有留给左西达的零用钱，足够她用。

偶尔晚上回来还会给她带蛋糕甜点的小零食，有些左西达喜欢的就会吃，不喜欢的她放着没动。

大约一个星期之后，左西达发现左景明买的都是她喜欢的口味了。

虽然是父女，可他们之间缺失了很多。

这么多年见面的次数屈指可数，相处的时间非常有限，这一点左景明不会回避，也不会以"血缘"就硬生生将两个完全不了解的人划分到亲密关系中。

不多问也不过多干涉，哪怕住在同一屋檐下也保有距离和隐私，相比起戈方仪，和左景明住在一起明显要轻松许多。

中途还发生了一件挺奇妙的事。

有天下午左景明不在家，一个三十多岁的女人来找他，气质也非常好。

可任凭她说得天花乱坠，左西达就硬是没给人开门。

那女人最后都气笑了，说你好歹给你爸爸打个电话，我手机没电了，你问问不就知道我是不是坏人了。

左西达选择不回答，也不打电话。

到后来还是邻居帮了忙。

最后是左景明给左西达打了电话，事情才解决。

人进门了，但左西达理都没理，又一次关上了自己房间的门。

晚上左景明回来的时候，问左西达要不要一起去吃饭，他用的那个词叫"我们"，左西达摇头拒绝。左景明也不强求，只在晚上回来的时候给她打包了一份，说都是给她新点的。

至于说她白天把人关在外面，完全没有待客之道的做法左景明提都没提，也不曾和左西达解释他和那个女人的关系，左西达也没问过，她并不是很关心。

等到学校开学，左西达就从左景明那儿搬去了学校宿舍，东西并没有全都带走，还有一部分东西留在左景明那儿。

左景明让她自己拿着房间钥匙："要是我没看住，少了什么，到时候我说不清，你还是自己锁着吧。"

正式报到的这天。

左西达被陶乐咏叫到办公室聊了好一会儿。作为她的研究生导师，陶乐咏是个看上去很严肃的人，这一点和刘教授不一样。

就在他们谈话快结束的时候，陶乐咏的门被敲响，从外面走进来一个二十多岁的男生，穿着黑色的 T 恤和蓝色的牛仔裤，高大又帅气。

"爸，你让我送过来的眼镜。"

陶乐咏接了过来："知道了。"

父子俩的对话非常简单。

之后是陶乐咏的儿子先把话题引到了左西达身上："这就是前两天您念叨的那个，很有天赋的学生吧？"

他明显是在陶乐咏那听说过左西达，陶乐咏点了点头："就是她。给你们介绍一下，这是我儿子，陶英卓，自己办了个小公司在做软件开发；这就是我提过的那个学生，左西达。"

陶英卓笑了，对左西达说了一句："你好，很高兴认识你。"

左西达跟着说了一句"你好"。

陶英卓接道："你是外地的吧，来这边如果有什么需要帮忙的可以联系我，不用怕麻烦。"

陶英卓是个很斯文的长相，笑起来眼睛后面会有一个小小的纹路，让他看上去很可靠。

他说完就主动和左西达交换了联络方式。

普宁大学的研究生宿舍是两人一间，比左西达住过的四人间要宽敞很多。

左西达只用了一下午就收拾好了，只是少了一些小东西，她出门去了趟超市。等她拿着东西回来时，隔壁宿舍传来了说说笑笑的声音，显得她这一间尤其安静。

左西达的室友迟迟没有出现，对比她上一次搬到宿舍的场景，差别还是很大的。

左西达承认，在这两者之间，她还是更喜欢和戎颖欣她们同住时的氛围。

除了她之外的三个人，毕业之后都留在了南松市。

戎颖欣和尤泽恩已经不住在一起了。尤泽恩订婚，搬去和未婚夫同住，戎颖欣自己在公司边上租了一个小公寓。

那里成了她们三个的新据点，偶尔周末的时候，方高诗会过去强行霸占半张床。

现在她们的微信群里就在说这件事，戎颖欣说这样她更找不到男朋友了，完全不存在个人空间，方高诗用哭的表情刷屏，然后不知道怎么话题就转到了尤泽恩的身上，大概的意思是控诉她这么快背离组织，自己跑去订婚。

尤泽恩的回应是一个志得意满的表情。

其实尤泽恩那个订婚典礼挺简陋，就是大伙儿凑在一起吃个饭，她连件衣服都没换，来的人也不多，都是无比亲近的朋友，而这恰恰就是尤泽恩最需要的那一种。

去年，尤泽恩家里发生了不少变故，兄弟姐妹间的关系越发疏远，甚至相互算计，那段时间是她现在的未婚夫一直陪在她的身边。

这也是尤恩泽坚定选择她未婚夫的原因。

左西达没有参与她们的话题，她平时也不是经常在群里说话的人，只默默看着。直到群里的话题结束，她在切回界面的时候，心里有点犹豫，想给时涧发视频。

她想看看时涧，想听听时涧的声音，这种感觉突然十分强烈。

可让她犹豫，最终也没那么做的原因是看到了昨天晚上时涧疲惫的样子。

昨天下午，左西达给时涧发了微信过去，可时涧一直没回复，一直到晚上十点多时涧才回了视频过来。里面的人下巴上带着些微胡茬，眼睛里布满红血丝，左西达这才知道，前晚上时涧只睡了两个小时，大前天也是，而这样的情况大概还要持续两天。

他很辛苦，真实地忙碌。

可他在改变在努力，不是像之前在美国时一样，把左西达排在后面，搁置在一旁。

而当左西达看到这些，当她听到时涧就连嗓音都是沙哑的时候，犹豫的人反而成了她，她想让时涧在有时间的时候能多休息一会儿，哪怕只是闭闭眼睛。

左西达在这时还没意识到这代表了什么，左西达不会，她不懂，也不明白，一切都只依靠本能。而现在本能告诉她，她心疼这样的时涧，甚至为此而放弃了索取，主动走到包容的位置。

03

左西达在学校的生活还是很顺利的，似乎只要和学习挂钩，对她来说就不是什么难事。

也是差不多一个月之后左西达才知道，她的室友开学之前摔断了腿，休学了。

一个人的宿舍有些孤单，不过左西达也挺忙，回宿舍的时间本就不多，慢慢也习惯了。

陶乐咏在开学后的第一个星期，邀请左西达到家里吃饭，一起去的还有其他几个学生，大家似乎很习惯。

陶乐咏的太太烧得一手好菜，对待陶乐咏的学生非常之好，所以大家都很喜欢她，一口一个师母叫得亲热，和陶英卓看上去也很熟悉的样子。

结束时，陶英卓要送左西达回去。其实除了左西达，还有另一个女生，但人家是和男朋友一起来的，陶乐咏的太太便担心左西达晚上自己打车回去不安全。

在车上，陶英卓和左西达吐槽他妈妈总这样，爱操心，不光操心自己家的事，也爱操心别人家的事，他是无奈的语气，可左西达听来却有着满满的母子情。

左西达因缺少而向往。

之后陶教授再邀请左西达，左西达只要没事就会答应，回去的时候也总是陶英卓开车送她，左西达从未放在心里，没想到会被别人记恨上。

她在自己位置上看到一个信封，怀揣着疑惑打开，看到了满眼的红色。

那是一封典型的威胁信，大意是让她离陶英卓远一点。

左西达打开都没看完，也不想研究是谁写的，她随手撕掉，然后扔进了旁边的垃圾桶。

左西达的遗忘无比真实，她连对陶英卓这个人都完全不上心，又怎么会上心和他有关的威胁。

事情的转折发生在临近"十一"的最后一个周五。

左西达受邀去陶乐咏家吃晚餐，那天不光是他们几个学生，还有陶乐咏的两个朋友，都是很有名望的前辈。能和他们结识，对还是学生的他们来说大有益处，陶乐咏也算是有意为之地帮他们牵线。

大约只有左西达还没意识到这一点。

结束时差不多晚上九点钟，正下着雨，依旧是陶英卓开车送左西达，可这次他没让左西达自己在校门口下车，而是拿了伞出来，准备将左西达送回宿舍。

左西达只觉得不用淋雨是好事，可等她和陶英卓站在同一把伞下，才发现也不是好事——对方身上的味道，手臂间不小心碰到时的温度，都让左西达下意识地皱起眉。

脑海中另一个画面跟着浮现，来自另一个温度，另一个味道，另一个人。

带着厚重的情感，与尼古丁和烟草的味道一起。

宿舍已经到了，可还在自己思绪中的左西达有些走神，只匆匆和陶英卓说了句谢谢就转身上楼了。

那天晚上左西达给时涧发视频，并且在视频中问他："你什么时候来找我？"

她说完停顿了一下，又加了一句："要不我国庆节回去吧。"

时涧面露无奈，眼眸中藏着一些很缱绻的情绪："对不起宝贝儿，国庆节期间我要去日本出差。"

于是失望无可避免地出现在左西达的脸上。

时涧对此感到抱歉，可左西达想要的并不是他的抱歉，而是他本人。她想再开口说些什么，却看到视频那边的时涧对旁边摆了一下手，是个等一等的动作。左西达这会儿才发现，时涧那边的背景，是他的办公室。

已经晚上十一点了，可时涧还没下班。

她嘴边的话没能再说出口，而是改成了轻轻点头。

失落也因此有了另一种体谅，虽然依旧难以接受，却变成了和时涧类似的，不得不这么做的无奈。

挂断视频。

左西达去洗澡了，可时涧没有马上投入工作，他让助理去帮自己倒咖啡，今天很可能还是一个无眠的夜晚。但幸好，这份忙碌是有缓和期的，在把这段最初也是最艰难的阶段度过去之后，他可以适当轻松一些。

宝贝儿，再等等我，我也很想你。时涧在心里默默说着。

国庆节的第一天。

左景明开车来学校接左西达回家，这是他们之前就说好的。

左景明还想介绍个人给左西达认识，说不用有压力，就当作朋友，或者是一个认识的人就可以，完全不需要任何心理负担。

左西达在电话里问他："是你女朋友？"

"是的。"左景明没否认。

左西达背了个双肩背包，往校门口走的时候遇到了陶英卓，他是过来帮陶乐咏取东西的。

他们昨天晚上才见过面，而左西达的第一反应是皱眉。

"这么巧啊，放假要回家吗？"陶英卓倒是很自然。

"嗯。"

左西达点头，说完就打算走了，可陶英卓说："我今天没开车，也要去校门口打车，一起吧。"

很正当的理由，左西达无从拒绝。等到了学校门口，左景明在看到左西达的同时也看到了陶英卓，左西达还没说话，陶英卓先一步上前，介绍自己："叔叔您好，我叫陶英卓。"

"你好。"左景明笑得很温和，点头的同时，视线不动声色地在左西达和陶英卓身上分别看了看，"你和西达是同学？"

"没有，我已经毕业了，我们应该算……朋友？"他说得自然，转头看向左西达时笑得自然。

可左西达原本低垂的视线却直视左景明："他是我导师的儿子。"

陶英卓离开之后，左西达坐在车里一如既往地安静，可只有她自己知道，这并不一样。

陶英卓让她不舒服，她很清楚。

左西达跟着左景明回家的同时，时涧他们一家也在车里，准备去机场。

他要去日本出差，这工作是一早定下的，正赶上国庆，于是他父母就决定要跟他一起去，不过是去旅行的。

"你们非要这样吗？你们去吃吃喝喝，就我自己被工作无情压榨，知道也就算了，还得在眼前看着？"

"那没办法，你老子辛苦了大半辈子，现在就是要享受美好人生的时候，你羡慕嫉妒，那你就盼着自己也早点到我这一天。"

在时涧伤口上狂妄撒盐，是时原的乐趣之一。

时涧闭嘴了，去日本这一路上也努力继续闭嘴，直到晚上吃饭的时候，面对着带有烛光的晚餐，时涧脸上的表情特无奈。

04

左景明的女朋友叫鲍瑾瑶，今年还不到四十，是电台的主播，看到左西达的时候一边笑一边主动对她伸出手："我叫鲍瑾瑶，你可以叫我阿姨，也可以直接叫我的名字，很高兴今天有机会能和你一起吃饭，我会努力证明自己不是坏人，希望下次不会被你关在门外了。"

态度落落大方，没有装作上次的事不存在，反而直接提起，省去了很多不必要的情绪和尴尬。

之后的整个晚上她也都是这样，并不会和左西达过分热络，但她也确实在照顾着左西达，体现在很多小细节上。

看到热的不好拿的东西，她在给自己拿之前总会先给左西达拿一份，吃到很辣的菜时就会皱眉对左西达说："你小心，这个菜很有'内容'。"

她是个有趣而富有魅力的人，会让你不由自主地愿意花时间和她相处，时涧也是这样的人。左西达这样想着的同时，对鲍瑾瑶也不再抗拒，只在另一个问题上感到好奇。

在他们吃过饭先把鲍瑾瑶送回去之后，左西达在车里对左景明问："你有过很多女朋友吗？"

"你是说这辈子，还是指和你妈妈离婚之后？"左景明反问。

左西达想了想："有什么差别吗？"

"有。因为在和你妈妈结婚之前，我也只有她一个女朋友，我们很相爱，相爱到愿意把一辈子交给彼此；那段时间真让人觉得不可思议，似乎只要一想到自己即将和这个人结婚，就觉得无比期待和幸福。"

这些事左西达是第一次听，她很认真，可左景明紧接着话锋一转："但好景不长，很快我们就发现，我们之间存在着许多不可调和的差异；也让我发现，其实我并不是一个适合走入婚姻，负起这么庞大责任的人。

"所以你问的如果是现在，那么是的，我有过很多女朋友，并且也不打算再结婚了。"

左景明并不觉得和自己的女儿讨论这些有什么问题，而左西达在听闻之后也只是点了点头。

之后的假期中，左西达又和鲍瑾瑶见了一次。

鲍瑾瑶说最近有一部听说很好看的电影，邀请左景明和左西达一起去看。左景明来问左西达，在左西达同意之后，鲍瑾瑶订好了票，也掐算好看完电影的时间，还可以一起吃顿饭。

然后也就是在他们临出门准备去看电影之前，左西达接到了戈方仪的电话。

自从在老房子的谈话之后，左西达和戈方仪之间就变得疏远而尴尬，上一次通电话还是左西达刚来名安市那会儿。

一直到现在，已经过去快两个月了。

戈方仪还是老样子，询问左西达的学习，要求她不许和乱七八糟的人交朋友。

她似乎认定了这点，无论左西达怎么说，就连寇智明也帮忙一起解释，依旧没起到什么作用，并不妨碍她对此深信不疑。

　　她语气生硬，话题也都盘踞在这些事上，可这些事能说的毕竟有限。

　　更何况左西达的回答一般都是"嗯""我知道""再说吧"，很快她们之间就迎来沉默，左西达觉得该挂断电话了，可戈方仪却迟迟没有开口。

　　就在左西达打算主动挂断时，左景明走到门口催促了一句："闺女咱差不多该走了，再不出发就看不到开场了。"

　　无论是以前在视频中，还是现在面对面，左景明都对左西达有过这样的称呼，左西达很自然地应："好，我马上来。"

　　她说完又对戈方仪道："那我先挂了。"

　　之后便直接挂断。

　　电话另一边的戈方仪没动，哪怕手机中传来冰冷的提示音，她也没动，耳畔还有左景明既熟悉又陌生的声音，还有那一句"闺女"。

　　那么亲近，那么自然，而他们正在规划着，要去看一场电影。

　　也是直到这时，戈方仪才意识到，她竟然从没有带左西达去看过电影。

　　过去的她，总是很排斥和左西达一起出现，尤其是在公共场合，她怕被熟人认出来；哪怕不考虑这些，在戈方仪的潜意识里，也是不愿意承认上一段婚姻的失败。

　　她想遗忘，便顺带着将有关那段婚姻的一切排斥在外，而他们的女儿，左西达，是最关键的一部分。

　　除了开头的两天和左景明他们出去玩，十一假期的其他时间左西达很少出门，左景明好像也变得不忙起来，只偶尔出去一下，基本都在家。他早晨会做好早饭，都是最简单的麦片面包等等，中午和晚上就靠点外卖。

　　他们之间的交流并不算多，左景明最常待的地方是书房，左西达在自己的房间，父女两个互不打扰。

　　有时左景明会忘记吃饭的时间，左西达想起来就过去敲敲门，有时则是左西达在忙什么，这时敲门的人就成了左景明。

　　谁都没有事先说好什么，好像就是自然而然形成的默契，又或者是血脉中的那一点相似。

　　最近的课业并不是很重，假期中的左西达其实是空闲的。

她闲来无事收拾东西时，看到了时涧送她的那本作品集。她一直都很喜欢，时不时就会看一看，这次她把它带了过来。接着就是她的速写本，里面的时涧吸引了她的注意。

　　现在看不相像的地方似乎更多了，随着她对那个人的了解，再去看那些画便显得不伦不类。

　　再画一次试试，左西达动了心。

　　这次不是在速写本上，她在左景明的储物间里找到了专业的画板和颜料。

　　其实左景明的画，画得非常不错，曾经在圈子里也小有名气，只是最近这一两年很少画了，所以画具也就收起来了。

　　她之前看见的时候也询问过，是否可以使用。

　　左景明表示可以随便使用，左西达便把东西都安置到自己房间，着手画了起来。

　　左西达用了几天，一直到假期快结束的时候才将这幅画完工。

　　左西达去洗了把脸，换掉满是颜料的衣服，再回去看那幅画，从主观意识中脱离出来之后，惊讶的情绪便找上了她。

　　画板上的时涧和脑海中的重叠在一起，鲜活而真实，左西达为此惊讶不已，她没想到，她竟然画出来了。

　　其实她很久没有正儿八经地画过人像了。疏于练习，技术只会退步顶多原地踏步，绝没有进步的可能，可她现在竟然做到了以前无论怎么努力都没能做到的事。

　　左西达盯着那幅画看了很久，画中的时涧让她下意识地攥紧手指，心中的疑惑让她眼神都透着迷茫，随后便找了个角落，将那幅画暂时存放了起来。

　　左西达不是很想看，因为一看，她就会觉得心烦意乱。

　　时涧这边，因为伊宛白还要回去上课的关系，所以她和时原会先回国。

　　她临走之前的那天晚上特意多等了一会儿，一直到晚上十二点多，时涧才终于回到了酒店。

　　这次伊宛白和时原过来，是有心想在日本买套房子，最好是有温泉，

203

风景也比较好，相对安静的地方，他们逛了几天都没看到合适的，便也就没有强求。而时涧就一直如同今天这样，每天早出晚归。

伊宛白不懂，她以为只是公司最近比较忙的关系，在和时原聊过才知道，有些事明明可以缓一缓，但时涧偏要紧赶慢赶地做完，都堆在一起了，自然也就忙得不可开交了。

伊宛白恍然之余，心中也大致有了判断，今天就是故意等时涧回来，想和他聊聊。

不想耽误时涧太多休息时间，伊宛白在他进门之后直接招手把人喊来身边。等时涧坐下了，她很自然地挽住儿子手臂，头也靠在了对方的肩膀上。

时涧的肩膀并不厚，还因为最近的疲惫而消瘦了不少，却是坚定而安稳的，很能给人带来安全感。

在这一点上，他们父子两个人很像。

"过一段时间你有别的安排？"伊宛白的音量很轻。

时涧点了点头："想挪出一个星期。"

伊宛白懂了。

她的声音带着满满的笑意："我儿子要去勇敢追求爱情了。"

温婉细腻的声线像大提琴一样，舒缓着情绪。时涧听着，下意识重复了一次："爱情。"

类似感叹，并没有其他因素。

其实他这会儿大脑有点混沌，是连续工作带来的疲乏感导致的，但伊宛白说："别不承认，我儿子不至于迟钝到现在还没发现，而且我很为你高兴。"

伊宛白完全没有那种自己儿子就是最好的，怎么能上赶着去追别的女生的想法，她很公平，并且很欣赏时涧的勇敢。

"有些爱是第一次见面就发生的怦然心动，也有些爱会发生在生活中的点点滴滴；第一种是让人羡慕的，因为当事人可以直接感受到，而后一种则没那么幸运，很容易就错过了。

"当爱融入每一件小事时是不易察觉的，你不知道，而它已经发生了。只有一个答案最直观，就是你在放手的时候，会不会难受，会不会就算有一百个理由，你也不想放手。"

伊宛白轻轻地说，好像只是谈论，并没有强加给任何人。而时涧默默地听完，安静地点了点头。

05

本来左西达已经决定要疏远陶英卓，哪怕他们关系也没多近。

只是这个决定并没有发挥的空间，陶英卓没有出现，就算有微信，他们之前也基本没闲聊过，有过的对话都是为了什么事，这段时间也成了全然的空白。

后来又过了十几天，陶乐咏的太太来学校正好和左西达碰上，通过她左西达才知道，陶英卓去南方出差了。

"他也辛苦，小时候他爸总希望他也能学建筑，可他并不喜欢，两个人为了这件事没少起争执；后来他还是坚持了自己的想法，现在有这些成绩都是靠自己的努力，从没有在家里得到过任何帮助。"

下楼离开的这段时间里，陶乐咏太太的言语中带着对儿子的不舍和心疼，左西达一直沉默，她不擅长也不喜欢去评价别人的家事。

她知道导师的父亲也是很厉害的建筑大师，算是世家，希望儿子能传承可以理解，但她也不觉得陶英卓有做错任何事，换成她恐怕也会做出同样的选择。

不过，这并不会改变她的任何想法就是了，她依然打算和陶英卓保持距离。

地处北方的名安市冷得要比南松市早很多，才刚过十月，天气就骤然转凉。

左西达前一天出门穿得少了，一上午在工作室都被冻得不行，中午不得不急匆匆回宿舍去添了衣服。

到了今天她终于学乖了，早晨就给自己穿得厚厚的，厚实的外套罩下来半点风都不透。

可似乎凡事都很难万无一失，左西达知道多穿衣服了，但没想到今天会下雨，明明上午出门的时候还晴空万里，可到了下午四点左右就开始乌云密布，天空阴沉沉地压下来，让人感觉窒息。

左西达手头上还有陶教授给她的工作没完成，其他人陆陆续续走了她也没注意，等收回心神时才发现，工作室就剩下她一个了，外面的天也早就黑透，雨势不小。

周围很安静，就连白炽灯的微弱电流声都足以打破一小片区域，这种突然之间就被世界摒除在外的感觉不舒服，却莫名让左西达感觉熟悉，同时也跟着联想起，上次那个突然出现的人。

她的心跳突然失去节奏。

仅仅只是回忆竟然能带来如此强烈的效果，是左西达始料未及，也从未发生过的，她深陷于此，没有脱离，也是不想脱离。

但现实是她和时涧都不在一个城市，两个小时的飞机，就是他们现在的距离，比美国近一些，可于事无补。

左西达的眼神终于冷了下来，刚刚才出现的一点温度就此冰凉，她着手开始收拾东西，也在想自己要怎么回去，她思考得专心，但被敲门声打断了。

"谁？"左西达问了一句，同时去开门的脚步也迈了出去，一共三四米的距离，等待着左西达的，是她完全想不到的意外，和像烟花一样炸开的惊喜。

时涧站在门外，脸上的笑容和左西达在十一假期画的那幅画很像，但又不完全一样，多了些故意的狡猾，也多了些深邃的温柔喜悦。

他为了这一刻真的很辛苦，但在看到左西达之后，又觉得一切都值得。

左西达彻底愣住了，才出现的回忆在脑海中盘旋不去，和眼前的画面交叠在一起，让她有一种半梦半醒的感觉，一时之间难以分清。

直到时涧抬手，在她的脸颊上轻轻捏了一下，不疼，但对方凉凉的指尖终于让她体会到了真实。

"你怎么来了？"

左西达没思考，下意识开口，就见时涧的笑意立马被加深了："不是你让我来的吗？"

并不是标准答案，他没解释有关这次的不告而来，但无所谓了，左西达也只想点头："是啊，我想让你来。"

她承认得坦诚。她想，而且想得不是一点半点，也不止这一次，她希望自己每一次打开门都能看到这个人，这是她内心深处的期待。

"我想给你一个惊喜，刚刚下雨了又想起之前在德里的时候我去你系里，连老天爷都帮我。"

默契在不知不觉中产生，哪怕只是一种天气，却因为彼此和记忆而有了特殊的意义。

时涧的眼睛随着笑容一起弯下来，那是左西达熟悉，也很喜欢的弧度。

"其实我也是做了准备的，昨天晚上发微信的时候，我不是问了你今天的安排吗。不过你们系太大了，我差点就放弃了，准备直接给你打电话呢。不过这里为什么都要叫工作室啊。"

他指的是门口的标示。

左西达眨眨眼，很认真地解释："我们系给每个导师都分配工作室，从楼梯那边到这里都是我们导师的，设备也只提供给我们工作室的学生用，可以理解成我们专属的区域。"

"听上去很厉害的样子。"时涧点点头。

而左西达从他出现的那一刻开始，眼神就没从他身上移开过，这会儿也是，看得很专注。

对此时涧是习惯了，可无可否认，他心里多少还是有些满足的。

尤其是左西达打开门看到他的那一瞬间，前一秒还意兴阑珊，好像对一切都提不起兴趣的人；下一秒钟，眼神中盛放的喜悦是那么耀眼而强烈。

"本来还想看看你在做什么厉害的作品，但现在都快八点了，你还没吃饭吧？"时涧问。

果不其然就看到左西达点了点头，他的眼神立刻就变得十分柔软："你呀，还想让普宁大学的校医也对你熟悉起来吗？再忙也要记得吃饭啊，白白浪费我给你发了那么多短信。"

之后时涧也不再耽误时间，牵着左西达就往楼外走。

他举着伞，搂着左西达走在雨幕中。

而当左西达被他搂在怀里，头上的伞将雨水全部遮挡在外的时候，她突然觉得心里有个地方很难受，像要被撑破一样，让她焦躁不安的同时，也想让这一刻一直持续下去。

他们没走太远，就在学校旁边找了一家相对干净的饭店。进门时，左西达特别留意了一下，果然在时涧另一侧的肩膀上看到了雨水的痕迹，而她身上却半点都没有，雨没能伤害到她，可她的眼睛却莫名产生了一种酸楚的感觉。

那顿饭左西达吃得心不在焉，好像万千情绪都突然集中在了一处，有关左西达离开南松市之前他们的对话，还有之前那段分隔两地的时间。

吃过饭，时涧把左西达送回了宿舍。这会儿雨下得要比刚才大许多，又起了风。左西达留心，便发现时涧几乎是把伞都偏到了她这一侧。

这是很小的一件事，可左西达却因此而焦躁不安，好像有什么在催促着她，她还没想明白，但动作先行了一步，她几次伸手主动调整伞的位置，让伞偏向时涧的那一边。

她违背了自己，她是希望被时涧照顾的，可明明现在时涧是在这样做的，她却又不愿意了。

她有了也想照顾时涧的心。

左西达想到视频中时涧疲惫的样子，也想到在老房子，时涧对她说，我没想过和你分开，我以为我们自己在各自的地方努力。

在这个全新的地方，左西达曾以为她可以遇到很好的人，可事实是，她的心和她的眼睛，都只为时涧一个人停留；她的脚步可以向前，可她需要她的身后有人可以依靠，哪怕那个人并非时时刻刻在她身边。

而那个人，必须是时涧。

最后，时涧被左西达闹得没脾气，两个人推来推去肯定都要淋雨，所以他干脆一伸手，把左西达整个人都搂进怀里，用手臂给她支撑，用身体给她遮风挡雨，也杜绝了她再乱动的可能。

"宝贝儿，突然这一下的，你这是怎么了？"时涧不解，可他眼里都是笑意。

她不知道应该怎么说，也暂时不想说，便只摇了摇头，转而问时涧："你现在住哪儿？"

"酒店，不过打算在你们学校附近买个小公寓，来找你的时候比较方便，你不想住学校的时候也可以搬过去。"时涧是这样打算的。

左西达想了一下，开心当然是有的，可在开心之余，也说不上为什么，突然后悔了起来。

有关时洄离开的那一年，曾经尤泽恩几次问她，为什么不去美国看看，时洄没时间她有时间，顺便旅个行多好，还提议过想和她一起去，但她都拒绝了。

他们明明有更多方式的……

时洄是离开了，可他在离开的时候给过她承诺，也提出过和尤泽恩类似的邀请，但那些都不在左西达的考虑范围。

论自私，其实左西达也是绝对更胜一筹的，她认准了自己的想法，根本没想过要改变。

06

那天晚上，雨下了一整夜。

回宿舍后，左西达也没有按照时洄嘱咐她的那样，第一时间洗个热水澡。她只脱掉外套，端详因在雨中推拒而留下的水痕。

左西达喜欢并且习惯和时洄躲在同一把伞下，当对象换成陶英卓，她就想要拒绝，而且也不在意陶英卓的伞到底偏向了哪一边。

是因为陶英卓不是特例，时洄才是她的特例。

左西达必须承认，哪怕她答应了时洄，不接受其他人，可她也没有真的完全关掉雷达，更多的是类似好奇的心理。想看看，她还能不能遇到另一个"时洄"，并且让她产生像第一次见时洄时，那么强烈的感受。

可是从没有过。

就算换到一个全新的地方，他们对于左西达来说，也不过是认识的人，甚至只是过客；更别说那一眼当中的惊艳，再到久久不能忘怀，最后是想据为己有的冲动和迫切。

这些都是更深层次中的潜意识，不受左西达自己控制。

她在潜意识中排斥除了时洄之外的任何人，还会在那些人可能只是无意地接近时，难受到想躲在时洄身后。

左西达必须承认，这感觉让她无法理解，也根本解释不了。

她惊讶、迷茫。

之前她以为自己只是需要时洄在她身边，需要时洄对她好，所以才会在时涧选择离开的时候，也做出了要来名安市的决定。

可现在她无法确定了，或者更早一点，在她和时涧提出分手之后，她就已经无法确定了。

分手后的那一个月，她不舒服，很难受，好像丢掉了珍贵的东西，心里空荡荡的，这和外婆去世时还不一样。

外婆去世时，左西达知道那是没办法改变的事实，她只能接受，而现在是她自己的选择。

左西达从不做错误的选择，可面对时涧给她的选择，她犹豫了，也不确定了。

这背后是正确还是重蹈覆辙，左西达也同样不喜欢受伤的自己。

第二天左西达去系里，今天她要尽量早结束。因为时涧昨天和她约好，让她快结束时给他发微信，两个人一起去吃饭。

左西达不想时涧等太久，也知道自己投入之后很容易忘掉其他事，就用手机预先设了提醒，到时间就走。

手机响起来的时候，左西达看着还有一半的工程，决定明天再做。

时涧今天开的是辆G500，昨天也是，车是找朋友借来代步用的。

高高大大的G500停在校门口很显眼，左西达一眼就看见了。她上车的时候有其他人看见了，但她并没有留意。

虽然左西达来名安也有些日子了，但她对餐馆并不懂，知道的就只有左景明带她去过的那两家。她和时涧说了，时涧笑着答道："你都吃过了，那咱就别再去了。"又接着说，"朋友给我推荐了一家据说还不错，我们去试试？"

"好。"左西达只管点头。

事实证明，时涧的朋友是靠谱的，给他们推荐的西班牙餐厅非常不错，至少很合左西达口味。

而左西达也和以前一样，吃到好吃的东西时会微微睁大眼睛，里面闪烁着光彩，一口接着一口的样子像只小松鼠，时涧很享受投喂的感觉。

等吃完了饭，时涧就像昨天一样，把左西达送回学校。

回程的路上，左西达特意看了下时间，才过去三个小时。左西达想和时涧多待一会儿，或者她可以和时涧回去，她想念时涧抱着她睡觉的感觉。

可她又想到他们现在的关系，没有恋人的身份便没有理由拥抱，可同时他们也不算彻底分手，左西达不确定，这样的悬而未决让她十分苦恼。

第三天，时涧来学校找她。

他告诉左西达公寓已经找好，就在普宁大学附近，房子的采光特别好，户型是两室一厅。

"明天周六，你要是没事的话我带你过去看看。"时涧提议。

左西达点头："我上午要回系里一趟，下午都没事。"

"好，那我中午来接你。"时涧说完抬手揉了一下左西达的头发。

他依旧把她送到宿舍楼下。按理来说，左西达应该越来越习惯这种模式，可她却只觉得，她越来越舍不得让对方走了。

有了期待，时间就过得很快。

第二天，左西达起得挺早，赶去系里把事情都忙完，算着时间提前给时涧打了电话，时涧过来先接她一起去吃饭，然后再去看那套公寓。

小区规划不错，该有的设施都有，电梯是一梯两户型的，相对私密。

公寓的装修简单，一切都以实用为之，但就和时涧说的一样，采光非常好，尤其这会儿正是中午，阳光毫不吝啬地铺满了整间客厅。在即将迈入冬天的季节里，独独将这里笼罩成了一片温暖。

"觉得怎么样？"时涧问。

"我很喜欢。"左西达特别直接。

时涧笑了笑，似乎也并不意外的样子。

于是当天下午他们一起去了商场，给新公寓添置东西。

这些事左西达并不擅长。她的活着更类似生存，而非生活。

最后还是时涧拿主意，买的东西塞了整整一后备箱。不过左西达有一个优点就是逻辑思维很强，拼装东西绝对是一把好手。

买的东西太多，一晚上整理不完，时涧就先带左西达去吃晚饭。吃完再把人送回去。

第二天两人收拾到下午，才终于彻底弄好。

"这里以后就是我们在名安的家了。"时涧站在客厅里看着他们这两天的劳动成果，脸上带着笑。

而左西达心里却在默默地消化着，"我们"和"家"这两个词。

这天晚上他们没再出去吃，点了火锅外卖回来。火锅沸腾的声音瞬间让这间公寓有了温馨的氛围，窗户上的水蒸气将屋里的温暖和外面的冷空气彻底对立起来。

他们好像一下子就回到了在南松市的那段时光，时涧偶尔来做饭，也会这样一起煮火锅，左西达后知后觉地发现，自己竟然是如此怀念。

她想着，多少有点出了神，便也没有注意到对面时涧在看向她时，专注的神情。

屋子里暖色的灯光大幅度地削减了左西达身上的阴郁，热辣的火锅跟着成为帮凶，左西达的脸颊有点红，嘴唇也是，一双眼睛被蒸得湿漉漉的，每眨一下，都好像眨在时涧的心尖上。

他远没有他看上去的那么淡定从容。

只是因为时涧清楚，他现在需要忍耐，为了以后，他必须让左西达想清楚，自己做出决定。所以最终他克制地在左西达的额头上亲了一下，没有马上离开，微微停留了几秒钟，显得缱绻、绵长。

07

那天晚上左西达没回宿舍，留宿在了他们的新公寓。但他们什么都没做，同睡一张床单纯让左西达迷茫，她以为在时涧问她要不要留下的时候，她的意思已经很明显，她点头答应，也包含其中的全部。

可最后什么都没有。

他们分别洗完澡，躺在新买的柔软被子里，时涧抱着她。

他的怀抱是温暖舒适的，这让左西达有很强烈的安全感。

时涧又一次亲了亲她，在额头上，那个晚上的第二次。

但都没了下文。

左西达等了一会儿，见时涧还是没动作后她抬起头，盯着时涧那双饱含温柔和笑意的眼睛。左西达清楚地听到了自己鼓噪的心跳声，然后她的眼睛就被盖住了。

"乖，睡觉了。"

左西达觉得不解，又有一丝她自己也说不清楚的不甘和失落，可在隐隐约约中，还有另一个声音，正在一点点变得清晰起来。

时涧在左西达这里待了几天，说明天要回南松市了，左西达因此闷闷不乐。

第二天早晨时涧先开车送她到学校，然后再去的机场。

左西达坐在副驾驶上直勾勾看了时涧好一会儿，然后突然凑过去在对方的嘴唇上亲了一下，接着转身下车。

从校门口到系里这一路上，左西达都在想和时涧相处的点点滴滴，当然也想以后。

结果在半路上遇到个人，陶英卓。

左西达想直接无视走掉，可对方拉住她的胳膊，这让左西达狠狠皱起眉，很不客气地甩掉对方："你干吗？"

"做什么反应这么大，只是想和你谈谈而已。"陶英卓惊讶左西达的反应，他抬起两只手做了一个投降的动作，以此来告诉左西达他的态度。

左西达也没有再动，问："谈什么？"

"我听说最近有个男生每天都过来接你，那是你男朋友吗？"陶英卓提起时涧。

左西达有些意外，她不上学校论坛，自然不知道她在普宁也算个名人。

前几天她上时涧车的时候被人拍下来了，而更关键的是，陶英卓问的这个问题，也正是左西达刚才正在思考的问题。

这次时涧过来，算是让左西达终于认真地思考他们的关系，甚至不由自主地开始改变，她好像也愿意为时涧做那个撑伞的人了。

但这些左西达当然不会对陶英卓说。

而她的沉默似乎让陶英卓不太高兴："为什么不回答，有什么不能说的？就算是也无所谓，远距离恋爱就和没有一样，是不会长久的。"

左西达心里流淌过类似厌恶的情绪，因为陶英卓这番话。

可对方还在继续着："我挺喜欢你的，又都在名安市，肯定要方便很多，我会好好照顾你的，要不你就干脆和我在一起吧。"

各种字眼，都正好踩在左西达最近一直在思考的雷区上，什么远距离，什么照顾，左西达心中的不快越来越多，却也坚定了她的想法。

真的不是这样的，想和一个人在一起的心，与距离远近和能得到多少照顾，其实并不一致。

"我不喜欢你。"左西达直截了当地回答。

喜欢，终于成了她会不会和一个人恋爱的最终前提。

"喜欢是可以培养的嘛，多点时间相处，慢慢地，也许你就喜欢上我了呢？"然而陶英卓锲而不舍。他原本是个帅气长相，可如今左西达怎么看他都只觉得不舒服。

"但我为什么要那么做？完全没必要。"左西达依旧拒绝。

这次陶英卓脸上的笑容消失了，换成一个左西达看不太懂的表情："西达，这样不好，你忘记我是谁了吗？"

左西达有点不太明白，但陶英卓说完就走了，好像这句话能起到什么关键作用一样。

左西达盯着他的背影看了一会儿，觉得这人简直莫名其妙。

左西达照常去系里，继续她手头上的项目。

下午和已经回到南松市的时涧视频，也没提起有关陶英卓的事，到了晚上陶英卓给左西达发来微信，问她考虑得怎么样，左西达没回，毫无反应地把手机扔到一边。

然后等到了第二天，也就是周二的上午，陶乐咏教授回来了。

看见左西达来找他，陶乐咏便兴致勃勃地和左西达讲起周末去参加的学术研讨中发生的趣事，还说自己遇到了刘教授，刘教授很关心她的近况。

"说让我照顾你，弄得好像你还是他的学生一样，我就和他说你现在是我的学生了，我当然会照顾。"两个年过半百的教授，却还和孩子一样要计较这些事。

左西达也有些想刘教授，现在听陶乐咏提起，心里划过一些思念，可她随即又说道："教授，我有些事想和您说。"

左西达毫无隐瞒，但绝没有添油加醋，只把昨天陶英卓对她说的全都对陶乐咏讲了一遍。她知道陶乐咏不一定会相信她，可她还是说了。

整个过程，陶乐咏都没有打断她。

一直到左西达说完，他沉默了一会儿，然后才点了点头，语气变了："我知道了，你放心，我会处理好。"

沉甸甸的，完全没有了之前玩笑时的轻松和随意。

从陶乐咏办公室离开的左西达先去了趟洗手间，进入隔间之后她将身上一个类似胸针的东西摘了下来。

上面有一部微型摄影机，一直在拍摄中。

左西达将它关掉收了起来，之后的一段时间里，凡是涉及和陶家有关的事，左西达都会带着它。

科技进步真是一件了不起的事，晚上左西达回到宿舍后，将摄影机里的视频上传到了电脑中做备份，顺便检查了一下，拍摄得十分清晰，声音也都收录了进去，左西达对此挺满意。

凑巧时涧给她发来了视频邀请，左西达犹豫了一下但还是接听了，接听之后时涧问她在做什么，左西法翻转了手机，拍了一下电脑桌面。

"那是什么？"时涧果然注意到了。

"看一下邮箱，我给你发过去。"刚刚左西达就在想到底要不要告诉时涧，而现在就是她的决定。

其实之前左西达没打算让时涧知道，是觉得自己能处理，不想他担心，而现在事实已定，接下来就看陶乐咏那边到底怎么处理了，同时也是时涧这个视频来得实在太是时候。

之后时涧那边安静了好一会儿，他用电脑点开了左西达传来的视频，边快进边看。

再转回来时，时涧脸上挂了笑意，眼神中的明亮与柔情通过视频，让左西达也能清楚地看见。

"宝贝儿你好聪明。"

时涧的夸奖让左西达十分受用，对着时涧也不掩饰自己对他人的不信任："如果导师不相信我，或者就算相信我也不站在我这边，那我手里至少有个证据。"

"是，你做得没错。"防人之心不可无，这一点时涧自然是赞同的，也乐见左西达懂得保护自己，不过他觉得这件事倒是不至于那么恶劣，"从陶教授的反应来看，他事先应该是不知情的，这一点不太像是演的，他也未必会站在他儿子那一边。"

"希望如此。"左西达点了点头，那样的话一切都很简单了。

而时涧在这时却突然话锋一转："不过左西达小姐，你还真的很受欢迎啊，到哪里都有人告白，这醋吃得我都快失去味觉了。"

时涧很直接地承认自己对有人向左西达告白这件事很吃醋，也一点不觉得这有什么丢人的，大大方方表示自己对左西达的在意，以及对所有权的竞争。左西达为此而心里一暖，连眼神都弥漫上一层笑意。

对着时涧，有些东西就会变得不一样，他的一切在左西达眼里都成了绝无仅有，她没办法在别人身上得到，那是无可替代的。

"不要吃醋。"隔了几秒钟之后，左西达对时涧这样说着，依旧是用她惯常的那种没什么情绪的语气，却说着对时涧来说，最打动他的情话，而这一次，来自左西达的内心，没有任何虚假——"你是不一样的。"

有些答案，也终于摆在了左西达面前，即将破土而出。

08

陶乐咏这边。

陶家餐桌上的气氛凝重到了极点，这算挺少有的。陶乐咏爱妻子出了名，夫妻关系一直很和睦，面对陶乐咏突如其来的冷脸，陶太太在完全不知前因后果的前提下，还是给在外面应酬的陶英卓发了短信过去提醒他。

她想不到具体的原因，可能让陶乐咏这么生气。陶太太只能想到是和陶英卓有关，如果是工作上的事陶乐咏的情绪不会这么明显。

可她拿手机的动作，引起了陶乐咏的注意，声音带着不快："你在给那个臭小子通风报信？"

陶乐咏一眼看穿，自己太太对儿子总是过分宠爱，这也是他们夫妻之间唯一存在分歧的地方。

"哪算什么通风报信，我就是提醒他早点回家而已，天气预报说晚上变天。"

她要拥有时间，成为唯一的那一个。

还没进十一月，可名安市的地理位置在北方，几场雨下来就已经有了深秋的味道，冬天的脚步也越来越近。

"今天西达去找我了，和我说了件事，有关陶英卓的，你知道吗？"

"西达？"陶太太面露不解，"还和英卓有关？什么事啊？"

陶太太这样问，陶乐咏心里就已经有了答案，这会儿也没回答，只是摇了摇头，说等陶英卓回来让他来书房找他。

陶太太点了点头，虽然依旧一头雾水，可心里已经开始担忧。

这对父子，一个严厉，一个叛逆，想想都让她操心。

陶英卓到家的时候已经快十一点了，平时这个时间陶乐咏应该准备要睡了，可今天他依旧在书房里。

陶太太知道肯定是出了什么事，等陶英卓一回来就催着他赶快过去，还嘱咐他千万不要和他爸爸顶撞。

今天陶英卓在外面的应酬挺不顺，给人点头哈腰了一晚上，到最后对方也没给个准话，有点耍人的意思。

母亲给他发的微信他没看见，原本气儿就不顺，又喝了酒，这会儿已经累了，只想赶快洗个澡睡觉，结果一进家门二话没说先被推进书房，什么他爸爸要和他谈话，陶英卓当时就烦躁起来。

他们家就是这样，陶英卓总是扮演那个说一不二的角色，但凡有和他意见相违背的事他总要不高兴，完全没办法以一个平等的角度去好好商量。

陶英卓带着气，所以当他得知是左西达把事情直接捅到了陶乐咏这里时，怒气变得有些心虚，最后又发酵成不快。

"我觉得可能是她理解有问题。"陶英卓言外之意就是否认。

可陶乐咏根本不吃他那套："但你还是去找人家了不是吗？那是我的学生，你做事之前难道都不先考虑考虑吗？反正你以后不准再去学校找我，我的学生你也少见。"

其实到这里，陶英卓还有心息事宁人，可陶乐咏的下一句直接踩在了他的底线上："免得你再去丢我的脸。"

陶英卓原本就有些酒意上头，现在陶乐咏的这句话直接将他的理智抹杀。

他辛苦了这么久，有些事如果陶乐咏愿意稍微帮帮他，他都不至于这么艰难，可陶乐咏不仅没有，现在还来说他丢人。

陶英卓怒意攻心，说话根本没过大脑："我看你根本就看不起我吧，这就是你真实的想法，其他那些都是借口。"

"你在说什么？"陶乐咏皱了眉。

而陶英卓还在继续："只是你的一个学生，你认识多久又能了解多少？而我是你儿子，谁远谁近你根本就没考虑过不是吗？你直接就相信了你的学生，你永远都只会选择你的学生，而不是我。"

有些话陶英卓憋在心口太久，今天不过是一个契机："一直以来你都是这样，把学生看得比我这个儿子重要。我就是你的一个工具，活该替你跑腿，现在还要被你说丢了你的人，你摸着良心说你有没有关心过我的工作，你会给你的学生牵线搭桥，让他们多认识些人脉，那你有没有为我这么做过？"

陶英卓的爆发让陶乐咏的眉头皱得死紧，老半天都没说话。

他们父子曾经有过很长一段时间的争吵。

陶家是建筑世家，按照陶乐咏的意思，自然是希望陶英卓能继续将其传承下去，从小也是往这个方向培养他的。在陶乐咏看来，陶英卓还是有天赋的，可在高考之前陶英卓却突然决定要去学信息工程，以后想自己开公司创业。

陶乐咏当然不赞成，可他最后也没有强迫陶英卓，到底还是让陶英卓学了自己想学的专业，毕业之后也确实开了一家公司。

可就像陶英卓说的，陶乐咏没有帮过他，哪怕有些事凭借陶乐咏的人脉要做到完全是轻而易举的事，可陶乐咏就是没开那个口。

有些事也是堆积已久了，曾经的雄心壮志在现实面前磕磕绊绊、步履艰难。

陶英卓明明有父亲这个强有力的后盾，可这个后盾从不是他的支撑，陶英卓心里是怨的，今天这件事不过是最后的引线，换来的是陶乐咏越发严肃的目光，透着深深失望。

"你要走自己的路，那就凭你的本事走下去，我不阻止你，不帮助你，我觉得这很公平。你没理由要求我一定要如何，就好像我没理由要求你一定要学建筑是一样的。"陶乐咏已经没有了最开始的怒意，语气很淡，却也更加深沉，"还有你说在我的学生和你之间，我总是站在我学生那一边，那我告诉你，你如果不是我的儿子，就凭你做的这些事情，我早就把你赶出家门了。"

言毕，书房的门被拉开，紧接着是一声巨响。

在这个临近午夜的时间点里，也像是一颗子弹，击中一直等在客厅里的陶太太的心上。

从那天开始，陶英卓很久都没回过家，陶乐咏对此似乎完全不打算过问，他在第二天便把左西达叫到了办公室。

左西达在去之间先回了趟宿舍，将那个胸针形状的微型摄影机拿上，确认好一切都没问题了，才进了陶乐咏的办公室。

不过一晚上不见，左西达发现陶乐咏的状态和昨天简直天差地别，看上去是满满的疲惫感，她不知道这是不是自己的错觉。

陶乐咏先开口说道："关于英卓的事，我想和你说一下。"

他缓了缓，似乎有些艰难。

"我代他向你道歉，对不起，造成了你的困扰，我也已经警告过他了，让他以后不要再来学校。当然如果他再以任何形式造成你的不快，你也完全不需要因为我而有任何顾忌。"

一个老师因为儿子的过错来向自己的学生道歉，这样的事，是陶乐咏人生中的头一遭，却也是他必须做的。

不过左西达倒是没想那么多，她的想法理智而简单："您不需要道歉，他不再来学校，在其他地方我们也不太可能遇到。"

左西达觉得事情到这里就算基本解决了，只是拍下来的视频她也没删掉，总归有备无患，还顺便给时涧也发了一份过去。

她的本意是让对方不用再担心了，可晚上时涧在发来视频的时候，却面露苦笑。

"宝贝你有点太单纯了。"时涧的话引来左西达的不解，可时涧又没办法具体地和她解释，人性有时候是很丑恶的。

现在是左西达的导师出面向她道歉，看似很恰当，可当事人完全没有露面，其本身就是隐患。

当然，这些都是时涧的个人想法，或许是他小人之心，不过他还是忍不住提醒左西达："总之这段时间最好能小心一些，重要的东西都留点心。"

左西达不太理解，可既然是时涧说的，她便还是点了点头。而视频那边的时涧看着左西达眼神中的茫然，笑容里全都是无奈。

其实他现在心情并不好，以他和左西达分隔两地的状态，很多事都不太能顾得上。

就连担心左西达又像之前那样忘记吃饭而晕倒的事，也只能用微信或者电话来提醒。

而除了担心左西达，时涧也必须承认，知道有人喜欢并且在追求左西达的时候，他非常不快。

但他知道这种感觉不应该成为左西达的负担，这只能说明左西达足够优秀，而优秀的人有人喜欢，是很正常的一件事。这些时涧都知道，只是知道和做到之间，还是有差别的。

09

知道时涧周末要来，左西达这两天都很开心。

她觉得陶英卓的事就算过去了，虽然那些视频她还留着，可这件事在她心里基本已经翻篇。

陶乐咏处理得很公平，左西达没有迁怒，以前如何现在依旧如何。至于时涧叮嘱她小心的事，在左西达的认知里大概就是离陶英卓远一点，如果真的不小心碰到，那就绕开走的范畴。

这就是左西达的处事方式。

所以当她去了个洗手间，回来发现自己的笔记本电脑正在重启的时候，她也只当是系统出了错误。

类似的事之前也发生过，毕竟这台电脑也不算新了，硬件只是将将够用，时不时还会超负载一下，所以左西达总是隔一会儿就手动储存一次。现在突然重启损失也不会很多。

她是这样想的，所以当电脑重启完成后，出现的却不是她熟悉的背景而是一片蓝屏时，她挺茫然。

对电脑左西达不能说精通，但自己做个系统解决点小问题还是可以的，而现在的这种情况，分明就是将硬盘里的东西都格式化掉了，而且只有系统都彻底删除了才会出现的状态。

这也就意味着，她电脑里的东西，都不见了。

不说她正在准备的要去参加比赛的设计图，就是电脑里以往的那些存稿，很多也都只有一份，没了就是彻底没了。

这件事对左西达真不是一件小事，她一时间有些没办法消化。

她很少有这么尖锐又明显的情绪，懊恼自己为什么没有多保留一份备份的同时，也疑惑于为什么会发生这种事。

好端端地，就算系统崩溃了，硬盘里的东西也不会跟着不见。

也许是自己判断失误，左西达抱着这样的期待，先用手机查询了一下最近的维修站点，然后拿上电脑直接赶了过去。

可结果证明，现在这台电脑里是空空如也的状态，什么都没了。

"是不是中毒了，你想想有没有外接什么设备。"工作人员问。

左西达很肯定地摇了摇头。

对方挺不解："那不应该啊，你这种情况，一般都是人为操作的，或者你下载什么东西了？"

这个倒是有，虽然左西达都是在正规的官方网站下载的，但有没有额外携带插件病毒，她也没办法完全确定，维修站的工作人员差不多也是这个意思。

事情没能得到任何有效的解决，离开时左西达的心情可以用一落千丈来形容。

这会儿又正好是晚高峰期，道路拥挤得水泄不通，前后紧逼的车辆给人以窒息感，左西达本就鲜有表情，这会儿就更是凝固了般。

她穿的是前两天左景明给她新买的外套，黑色类似工装的款式，厚实保暖，宽宽大大，再把帽子戴上，她整个人都被罩住了。

左西达以前很少戴帽子，可这会儿却有点不想脱下来了。

电脑里不光有存稿，还有很多她扫描上去的外公画的画，有些被她重新设计过，她第一个得奖的作品就是这么来的，从无到有的过程，反复修改之后留下的痕迹都没有了。她当时还特意把自己和外公的署名放在一起，可现在这些记录都没了。

一想到这些，左西达就觉得自己的心脏好像被什么东西挤压在了一起，想发泄却无从下手，脑海中唯一能想到的，只有时涧。

于是左西达就在因拥堵而寸步难行的车子里给时涧发微信，时涧之前和她说过，这两天会加个班，好把周末的时间完全腾出来，他已经订好了明天早晨的飞机，还说让左西达去公寓等他。

左西达知道这会儿时涧大概率是在工作，她不应该去打扰他，可她忍不住了。

那条微信内容很少，只有一个微信自带的撇嘴表情，没有前言后语，可也正因为这样，反而让时涧分外在意。

左西达很少会有类似的举动，总是喜欢单刀直入的她现在却突然不想说了，只发来一个表情，时涧便猜想，应该是发生了什么不好的事。

可他当时正在开会，实在不好中途暂停，只能给左西达简略地回了一条：等我一下。

时涧结束之后，回到办公室的第一件事就给左西达发了视频过去，接通后，时涧看到的是一个满脸都写着低落的她。

从某一方面来说，左西达是一个很理性的人，不会太多地被情感牵绊，很多事在其他人看来已经足够郁闷了，可左西达却好像全然无所谓。

例如，因为拒绝了穆翔飞却又和时涧走得近，而被学校里的人传闲话那会儿，她也没放在心上；直到后来她又拿奖，风评也跟着扭转，左西达重新成了学霸人设时，她也不在意。

其实现在想来当初他要去美国时，左西达好像都没什么特别的反应，而这本身就有些奇怪，只是当时时涧手边的事情实在太多，所以才没意识到。

现在想来，估计那会儿，左西达心里就已经有了一个完整的计划，而她做的，不过是将那个计划进行下去。

想到这里，时涧便对左西达这次表现出来的异样越发担心起来。

其实说起来很简单，不过是几句话的事，可时涧却在听完之后沉默了

222

下来，并且反问了一句："那个陶英卓是做软件开发的，我没记错吧？"

之前左西达只随口提过那么一句，时涧不确定自己的记忆是否存在偏差。

"是啊。"左西达先是点了点头，然后才意识到什么，"你问这个，难道是觉得这件事和陶英卓有关？"

这次时涧没回答，但左西达觉得不太可能："不会吧，他最近都没来学校啊，我下载了什么东西他也没办法控制。"

"是。"时涧没否认，看态度就是不想现在多谈的意思，"你别太着急，我找个人帮你看看，电脑你就放着别动，我改签到今天晚上的飞机，你去公寓等我。"

"今天？可现在都六点多了。"左西达怕时涧太奔波。

但时涧只说："等着我就行了。"

吩咐助理改签机票后，时涧拿上外套就直接赶赴机场，在车上他打了两个电话，第一通非常简练，只和对方约定好时间地点之后就挂断了，第二通稍微麻烦了一些，对方正在忙，是助理接的，又隔了将近二十分钟正主才回拨过来。

"亲爱的，你可有一阵子没联系我了。"

软软糯糯的声音满腹委屈，只是配上对方为男的性别，让时涧生不出什么怜香惜玉的心思："大哥咱好好说话，要不我先挂了你把药吃上？"

"你才有病呢！"柴文林收起了可耻的卖萌，改成中气十足的一嗓子，"你小子突然找我肯定没好事，你要说就单纯想请我吃个饭，我现在立马出门打车。"

"吃饭可以有，但也确实有事。"时涧没客气，他和对方从小就认识，也根本不需要客气。

柴文林也是普宁大学毕业的，凭借着他交际花一样的性格，时涧相信这么点小忙对柴文林来说完全不值一提。

而事实也确实如此，在时涧简单说完自己到底是什么事之后，柴文林直接就答应了，只是有点小要求："吃饭的事，我可是当真的。"

"我一会儿的飞机，之后两天都在名安，你定时间。"

"这还差不多，我打几个电话，东西晚点发你邮箱。"柴文林满意了。

而时涧也顺利到达机场，一路都没堵车，竟然还提前了一会儿。

又经过三个多小时，时涧推开了公寓的门。

原本坐在客厅里的人大概是听到了声音，跟着抬头看来。客厅里只开了一盏落地灯，光线没办法笼罩整片区域，就连左西达身边那一块儿都是昏黄的。

在时涧出现之前，客厅里仿佛没有任何一点生气。左西达没看电视也没玩手机，就那样安安静静地坐在沙发里，面前的茶几上放着她的笔记本电脑，时涧不知道她一直就那样看着还是也做了些别的，他只知道，他的心脏在那一刻像是被抽了一般，不可忍耐地疼痛着。

10

拥抱从某个方面来讲，是要比接吻甚至是做爱更为深层的一种需要。

他过去，将深陷在沙发里，看上去脆弱又无助的人给搂进怀里。

他当然知道左西达并非毫无反击能力，相反地，之前的很多事她都做得很好，甚至远远超过时涧的预料，包括他自己，在某种程度上都是左西达的囊中物。

可他现在想不到那么多，他只想把左西达圈在自己的羽翼之下，保护她，让她不再经受任何一点点风吹雨打。

或许在这一刻，时涧终于彻彻底底地释怀了，那种放下不是像之前一样刻意为之，而是真正地，从心里放下了。

不再是左西达的要求，而是时涧自己给自己定下了一条规矩：必须照顾她。

这份特殊专属于眼前的这个人，在她需要的时候他会给她全部的依靠，如果他没能做到，不需要左西达说什么，他自己就不会放过自己。

这样的改变到底是从什么时候开始萌生，然后变成了哪怕是时涧本人也没办法抗衡的参天大树，时涧不知道。

"对不起宝贝。"为了很多事，哪怕只是为了他晚来的那几个小时。

可左西达似乎不太懂："为什么突然道歉？"

"没什么。"时涧没打算解释，他选择转移话题，"吃晚饭了吗？"他问完，就感觉怀里的人顿了一下，无奈的笑容跟着出现在时涧的脸上，"没有是吗？"

"忘了。"左西达倒是很实在。

时涧也顾不上别的，先点外卖让左西达把晚饭吃了，也就是他们等外卖的工夫，时涧找来为左西达修电脑的人到了。

比起维修站的工作人员，时涧找来的人要更加专业，自己带了工具和笔记本电脑。

话也不多，一来就开始工作。

左西达在旁边愣愣看着，一会儿门铃又响了，这次是外卖。

时涧给左西达点的几个菜都是她喜欢的，并且勒令她赶快吃。

左西达只好坐到餐桌面前。

她不是很有食欲，也惦记着电脑那边的情况如何，但时涧在让她产生了安全感，所以也吃了一小碗米饭，菜也吃了不少，等她吃完再回到客厅时，发现自己的电脑已经被拆得七零八落了。

那天晚上一直到凌晨，时涧找来的人才离开。那人虽然话不多，但效果惊人，左西达电脑里的东西绝大部分都被找了回来，只那天上午左西达修改过的几份设计稿没办法还原了，都是她准备拿去参加比赛的设计图。

不过，左西达已经非常满足了。

这就好像被宣布了死亡的人，突然被告知只是少了根手指头，损失也是损失，但足够说上一句万幸。

至于造成东西全部消失的原因，时涧找来的人给出了非常明确的答复，是外接设备将病毒直接导入进去的，只需要三分钟的时间就可以将电脑中的东西全部清除，一般人根本复原不了，就算是专业人士也需要有一定的经验才行。

左西达听后，做的第一件事就用移动硬盘把电脑中重要的东西做了备份，之后还嫌不够，又上网拍了一个容量更大的移动硬盘。

打算以后无论是台式机还是笔记本，但凡重要的东西都额外再保留一份，避免发生类似的事。

在这个过程中，时涧一直坐在沙发上看手机。

直到左西达那边弄完了，看他还没动而且看得很专注，也凑了过来："你在看什么？"

"你们工作室门外的监控录像。"

时涧语气平淡，左西达却愣了一下。

她不知道时涧是怎么弄到视频的，却能明白时涧的意思，他在找是谁动了手脚。

既然是外接设备，那肯定是有人趁左西达离开的工夫而故意做的，那天同工作室的其他人都刚好不在，只剩下她一个，是很完美的时机，当然，另一方面也方便他们寻找目标。

"那你找到了吗？"

"刚找到。"时涧将屏幕暂停下来。

熟悉的走廊里一个女生刚好抬头，监控视频成功地将她的样子捕捉了下来。

"这个人你认识吗？"时涧一边问一边转头看向左西达。

左西达露出了苦恼表情："好像有点眼熟。"

她的记性很好，如果有过交集她一定记得，现在记忆这么模糊，应该是停留在见过但没说过话的程度。

第二天时涧很早就出去了，在左西达都还没起床之前。

大约是前一天的神经太紧绷，现在事情终于解决，再加上还有时涧在身边，左西达睡得沉，一觉睡到快中午。

等她醒来，时涧也刚好回来，不仅带了午餐，还同时带回一个消息。

"找到了，梅如馨，这个名字有印象吗？"

时涧的提醒勾起了左西达脑海中的记忆，她想起来了："好像是李教授的学生。"

也是他们建筑系的，不过和左西达不是一个导师。

"直博生，应该算你学姐。"时涧的信息明显比左西达更全一些，顺便还问了另一个问题，"你之前是不是收到过一份威胁信？"

"威胁信？"左西达险些没想起来，那件事她根本没放在心上，这会儿也是思索了一下后才回想起，"是有这么回事，你怎么知道的？"

"因为这件事也是梅如馨做的，我上午和她聊过了。"这会儿左西达刚起床没多久，坐在床上顶着一头小乱毛，漂亮的眼睛中都是疑惑和惊讶。

时涧看着心里彻底软了下来，伸手过去先把左西达的头发揉得更乱了，然后又帮她重新梳理。

"可是，为什么啊？"左西达没有阻止时涧的动作，只是问出自己的不解。

"为什么？因为她喜欢陶英卓。"时涧这样说着的时候嘴角有一点泛冷，"上次的威胁信是因为她看不惯你和陶英卓走得太近，想吓吓你，不过这次却是陶英卓主动找上她的，希望她能帮忙给你点教训。很明显，陶英卓知道梅如馨喜欢他，在拿梅如馨当枪使呢。"

"所以，我就应该原谅她吗？"左西达问。

这让时涧微顿了一下，眉毛轻轻上挑。看在左西达眼里，她的眉头就也跟着皱了起来："你觉得我很坏？我的参赛作品我做了快一个月，我没做错什么，我的辛苦也是辛苦。"

左西达不想时涧那么想自己，而时涧只想喊冤枉："我什么也没说啊宝贝儿，我没觉得你很坏，你当然可以选择不原谅她，你要做什么我都会支持你。"

"那我要她自己去和她的导师承认错误。"左西达毫无情绪地说着，语气十分平淡，配上她那乱了的头发和脸上还没消下去的睡痕，十足的反差。

这是只小豹子，睚眦必报。

时涧一边笑一边了捏了左西达的脸，但当左西达把目光落到他脸上的时候，眼睛里突然出现的光彩，让时涧很清楚。

那比任何言语都更让人心动。

依旧是时涧去和梅如馨谈的，他说他会办好，左西达就相信他。

至于说李教授要怎么处理，左西达并不是特别在意，她要的仅仅是梅如馨去说出事实。

时涧是在星期一的早晨离开的，他先把左西达送到了学校，然后再赶去机场，之后的一段时间他都要忙了，可能没办法过来，就连视频之类的可能都没办法及时接，左西达心里虽然失落，但也理解地点了点头。

227

她是真的理解了，经过这次时涧临时改变航班，只为了尽早赶过来帮她解决问题，然后又不惜辛苦地飞回去，她心里的触动比她表现出来的要大很多。

原来被一个人真心在意是那样的，而看着时涧如此辛苦，她也明白了，原来真心在意一个人，又是这样的。

她想，她可以忍到自己毕业的那天，哪怕以后也还是会分别，她也可以。

正是因为这样的念头，从而让左西达有了额外的灵感，她想她的参赛作品，可以改一改了。

11

不能说因祸得福，但左西达确实更满意修改后的设计。

之后的一段时间她都在忙着这件事。

至于说梅如馨那边，左西达并没有额外关注，直到李教授主动来找她。

那场谈话的中心思想是李教授希望左西达息事宁人。

"你们现在的年轻人，还在求学阶段，就应该把主要的精力放在学习上。"

左西达不予置评，也不打算和对方争辩。

李教授对她而言基本等于一个毫无相干的人，至于对方说息事宁人的要求，左西达答应了，她原本也是打算到此为止。

那之后左西达偶尔也会遇到梅如馨，梅如馨看到她就好像没看到，左西达也不打算和对方有任何交流，只是她不知道每次在她离开之后，梅如馨看着她的眼神都充满了怨恨。

梅如馨当然怨恨，她被自己的导师当着很多人的面点名批评，无论是对以后的前途，还是对平日的相处，都不是什么好事。

后来陶乐咏也得知了这件事，找到左西达，话里话外都透着无奈。

他说是他教子无方，这些事他也有责任，但左西达摇了摇头："每个人都是独立的个体。"

她不是为了安慰陶乐咏，而是真心这样觉得。

闻言，陶乐咏再次叹了口气，并且表示绝不会因为这些事牵连左西达，说她是有天赋的孩子，他会尽力帮助她，而他之后也确实是这么做的。

只是左西达再也没去陶乐咏家做过客了，陶乐咏对此惋惜不已，但也没有强求。

这些事左西达都和时涧说了，他没时间过来，两个人的交流都靠视频。

有时候左西达等他下班一直等到晚上十二点多，才能在视频中看到时涧略带歉意的表情，而那双深邃的目光中，还有许多来自真心的深情。

不过在进入十二月之后，忙的人就不再是时涧一个人了。

左西达不仅要准备自己的参赛作品，还要跟着陶乐咏做项目，中间还去了一趟邻市，虽说收获颇丰，学到了很多书本上学不到的东西，但也确实辛苦，一天恨不得拆成两天用。

之前左西达还能配合时涧的时间等他的视频，等她也忙起来，两个人连好好说几句话的时间都没有。

有天时涧好不容易有半天空闲，中午就给左西达发微信让她有时间给他视频，结果左等右等，一天都过去了，左西达那边也没动静。

一直到第二天中午，时涧趁着午休给左西达打了电话，左西达才后知后觉，并且十分惭愧地说她忘了，昨天回宿舍太晚太累，直接就睡了。

时涧没有怪她，她却有些过意不去，因为她还想到时涧之前说的话，他以为，他们只是各自为了自己的事而在努力着，他没想过要分开。

不过是一件很小的事，却让左西达对这句话有了更深层次的理解，从而觉得更加抱歉。

这样的状态一直持续到快过年。

其实寒假早已放了，但陶教授的项目还没结束，左西达便没办法放假，中间还出了一点小意外，又把时间往后延了延，等到结束街上都已经挂上红灯笼了。

左景明想留左西达过年，他说他们父女两个还没一起过过年，左景明说的是事实，左西达想了下："我大年三十前一天回来。"

没剩下几天了，她却坚持回南松市一趟，左景明便懂了："是很重要

229

的事？"

"是很重要的事。"左西达不仅没否认，还很认真地一边说一边点头。

左景明看了她一会儿，没有再坚持："好。"

时隔半年多，左西达终于回到南松市。

从离开机场的那一刻开始，左西达发现自己的心情，几乎可以用紧张来形容，但也不完全准确，其中还涵盖了很多其他的东西，例如期待。

她终于要去打开那个盒子，把里面明知道的东西拿出来，后果是什么无法预料。

这感觉就像你明明伸手紧攥，已经用了最大的努力和决心，但依旧无法抵挡世事难料，可只要是对方和自己一起，倒也不至于犹豫迟疑。

左西达回到老房子时，已是下午一点多。

老房子有一段时间没人住，到处都落了灰，左西达先收拾了一下，然后又给自己点了外卖。等待的过程中，她还是没忍住给时涧发微信，问他在做什么、忙不忙。

她坐在椅子上等消息，开始想过去，也想现在，同时想未来。

曾经她觉得很顺利的过去，现在看来似乎漏洞百出，幸好，一切还有机会纠正。

她没放任自己多想，只是决定好了就执行下去。

时涧那边也没让她等太久，回复：有点忙。

内容也和左西达所预料的差不多，时涧之前就和她说过，年前这段时间很忙。

左西达又问：会到很晚吗？

时涧：还不确定，但十二点之前肯定能下班。

后面还接了一个笑不出来的表情。

左西达想了一下，回道：那你结束工作了给我打电话。

时涧追问：怎么了，有什么事吗？

左西达看了赶忙回过去：没有，没事。

之后时涧没有再回了，左西达不知道自己拙劣的掩饰有没有成功，她不想打扰时涧，所以才没有第一时间告诉他自己回来了。

想等他工作结束再说，可半个多小时之后，时涧的视频就过来了。

当时刚吃完外卖的左西达，在看到视频通话的界面后整个人都蒙了，她有些可爱地转头前后看了看，发现无论在哪里都破绽百出，微微思索之后，决定坦白。

视频接通之后，画面卡了一会儿，是声音先传过来的，时涧问她："你在哪儿？"

左西达不知道时涧是已经猜到了，还是只是巧合，但都不妨碍她实话实说："我在家。"

"南松市？"时涧又问。而他话音落下时，刚好视频画面回归正常，不再是一个虚影，变成了时涧的脸。

他在办公室，背景左西达看过很多次，这会儿领带半解，应该是一直在工作的关系，眼神中多了一些平时没有的专注，但唇边依旧带着左西达很熟悉的笑容。

"我就知道。"时涧语气中带着了然，一点不意外。

左西达撩起眼皮，往摄像头那儿瞥了一眼，然后又转开了，有点逃避的意思。

时涧的眼神跟着彻底软了下来。

"等着，我回去找你。"他这样说。

左西达却不愿意："没事，我等你。你先工作吧。"

"一个小时。"时涧很坚持，只在挂断前给了个时间。

左西达觉得自己的计划稍微有点失败，但又不免期待。

她来来回回看了手机好几遍，直到马上到约定时间了，大门口传来了解锁的声音。

熟悉的画面，熟悉的场景，曾经在这个房子里上演过很多次，坐在客厅里的左西达转过身，刚好看到时涧推门走了进来。

他的身上沾着风霜，今天南松市温度创了今年新低，可左西达只觉得胸口漫溢鼓噪着的情绪让她无比焦躁，又迫不及待。

12

左西达原本的计划是晚上等时涧工作结束再告诉他自己回来了，可现在被打乱，看着站在门口对她笑的人，左西达难得体会了一次脑袋空空的感觉。

她什么都不想想，能快一点拥有这个人，就是最好的事。

所以她一刻都没再等，直接从沙发上下来，两步跑过去直接扑进了人家怀里。

时涧的大衣是凉的，可以催生一点理智，所以左西达说："我没想打扰你工作。"

只是那理智并没有持续太久，很快专属于时涧的温度传来，尼古丁和烟草的味道也跟着一起出现，时时刻刻都在提醒着左西达，这个人是谁。

就像是一片小天地，时涧是那个天地的主宰，而左西达，为此而着迷。

"但既然都打扰了，我能先坐下吗宝贝？"时涧失笑。他比左西达高，现在的姿势让他必须垂下视线来看人。左西达盯着他的眼睛看，愣了一下才点了点头，但手却没放开。

时涧有些无奈，才刚进门就被扑了个满怀，然后这小家伙就彻底成了只树袋熊，抱着他不打算撒手。

不过他也没想要真的拒绝，干脆就着这个姿势一把将人抱起来，一起坐到了沙发上。

"好了我的小懒猪，你现在可以说了，你想抓紧时间做什么？"时涧的声音低低的，在过近的距离下充满了颗粒感。

"你还记得上一次，就是我们决定交往的那一次，我和一个男生在一起吗？"左西达突然问起。

时涧虽然不解，但还是配合地点头，微微眯起眼睛，喉结无意识轻轻抖动了一下，又性感又迷人："是有这么回事。"

"我是故意的。"左西达坦白，"因为我听人说，男人都有很强烈的占有欲和嫉妒心，所以我故意找了个人。"

"所以呢宝贝儿，你到底想和我说什么？"时涧不想说自己当时就想到了，他只想听后半部分。

"我想说我做错了很多很多事，我做错了，也想错了。对不起。但我现在没有了，我喜欢你，我爱你，都是真心话，完全没有谎言，我想和你在一起，不光被你照顾，也想照顾你，我想一直和你在一起，不是因为你好，而是因为我爱你。"

因为坐在时涧腿上的关系，她不需要仰望就可以看到他的脸。虽然她的语气也是淡淡的，几乎不含情绪——这小孩连告白都不见激动情绪——可当她说到我爱你的时候，时涧听到了最纯粹的真挚。

他无法去分辨这一次和上一次是否有不同之处，他也根本不想去想，他只知道，他愿意相信，无论之前是否存在欺骗，可现在左西达说了，他就愿意相信。

"那你的意思是我现在不好了？"时涧问得很故意。

果不其然就看到了左西达表情上的变化，她似乎很意外时涧竟然会这样理解，垂着的眼皮终于抬了起来，又变成苦恼。

这点小表情将她整个人都带得分外生动起来。

"我开玩笑的。"时涧的坏心到此为止，他舍不得让他的宝贝等太久，"我只是希望你记得，不需要和我道歉，你说你爱我，就足够了。"

他说到这里的时候停了停，眼前的人正用一种无比专注的神情看着他，眼睛里只有他，这种感觉让他悸动。

过多的思考没有必要，他几乎是迫不及待地低下头，直到终于唇齿相依，才把最后一句话说了出来，让左西达可以用听觉和触觉两种方式体会清楚："我也爱你，比起道歉，我更愿意告诉你，我爱你。"

以前左西达不理解爱，甚至觉得没必要，她看过别人说爱，也看过别人说不爱。由爱到不爱的过程是快乐少痛苦多，就好像左景明和戈万仪，他们也曾经说爱，可到后来却是连面都无法再见，还不如陌生人。

左西达曾经是带着一点鄙夷的，不相信也不向往。

"我爱你"这句话，可以成为她的筹码，她的武器，就是不会成为她告白的词句。

可她现在却心甘情愿让爱赢，她说我爱你，然后把自己的心拿给对方，幸好，对方的心也属于她。

焦躁终于有了可以下落的地方，那是时涧温暖的怀抱。

在听到时涧说出"我也爱你"几个字的时候，左西达的眼睛微微发酸，可她还是将嘴角牵了起来，她想，时涧一定能感觉到。

衣服散落在了房间四处，空置了许久的房子在这个下午被彻底点燃。

算上时涧去美国的那一年，足够让原本熟悉的重新变得陌生起来，可陌生未必是坏事，因为陌生才可以创造一个可以重新去探索彼此的过程。

时涧依旧是那个主导者，但左西达也不甘示弱。也是在这一刻她才发现，其实想念从未被消解，不过是中间停滞的时间，直到现在他们重新拥有彼此，才算是被按下了停止键。

直到夜幕降临，时涧才抱着左西达去往浴室，将她放在浴缸里。

左西达泡得直到昏昏欲睡了才起来，她给自己穿好睡衣，想到时涧的叮嘱又吹干了头发，等她走出浴室，就闻到了饭菜的香味儿。

时涧在厨房里，衬衫皱巴巴卷到手肘上，却丝毫没有影响他的帅气程度，反而多了些懒散与随性。

"洗好了？"时涧注意到左西达，并且发现她很听话地吹了头发，就笑着凑过来在她的头上亲了亲，"乖。"

"东西哪儿来的？"左西达好奇。她走了这么久，家里连电闸都关了，冰箱里什么都没有，而现在时涧却做了两碗西红柿鸡蛋面。

"我让助理送来的。本来想点外卖，但后来想了一圈也不知道吃什么。"时涧说着又把煎的午餐肉也一并放到桌子上。

下午左西达吃了饭，这会儿其实不太饿，可东西是时涧做的，终究不一样，再加上看起来确实很好吃，又酸又香的味道刺激着味蕾，就也不免食欲大开。

她坐下来吃了一口，谈不上惊艳，就是家常味道，却恰恰是左西达很珍惜，也最想要的味道。她想到之前，便忍不住开口："你记得那年过年，你带我去放烟花，回来也给我做了西红柿鸡蛋面。"

"怎么，你是嫌我做东西的种类太单一吗？"时涧笑。

左西达愣了，然后直接皱眉："你很烦。"

她认认真真地扔出三个字。

她已经发现时涧总是故意逗她这件事，而对她这个反应感到意外的时涧，笑得更厉害了。

"所以今年你会留在南松市过年吗？"时涧最近忙得几乎要失去时间

概念，被左西达一提醒才意识到，今年也快结束了。

　　"我和我爸说好了要回去，年三十走。"左西达有点遗憾。

　　时涧先是若有所思了一会儿，然后说："那我们这几天算是难得的相处时间了，得争分夺秒才行。"

第七章：和你，共度余生

以后一起去任何地方，看任何风景

01

刚坦白过心意的两个人正是最黏糊的时候，偏偏只有三天。在去机场的路上，左西达一直抱着时涧的胳膊不撒手，哪怕前排的司机还在也没顾忌，最后还把头靠在了时涧肩上，那小模样看得时涧特心疼。

"我很快过去找你，我保证。"时涧用誓言安抚爱人。

左西达点头，刚想说话，身上的手机响起来了。

是寇智明打来的。

寇智明希望左西达回去过年，他用的那个词叫"回家"，说左西达在外面这么长时间，过年总是要回来的。左西达对此并不认同，那里从不是她的家，也没有让她产生丝毫的归属感，她并不认为自己有非回去不可的理由，如果不是寇智明打电话过来，她连告知的意图都没有。

"我已经答应我爸了。"左西达想也没想地拒绝。拒绝需要理由，但对她而言只不过是实话实说，可对寇智明来说，这个理由让他无法再继续坚持，连劝说都不合适。

"那之后呢？开学前回来住几天吧？"寇智明换了一个方式，退而求其次。

左西达的回答却没什么差别，都是拒绝："不了，过完年我要跟着导师做项目，之后还要出国参赛，时间很紧张。"

这通电话挂断后，左西达神色如常，并没有受到任何影响。时涧在旁边无可避免地听完全程，虽然没听到寇智明那边说了什么，但从左西达的回答也能大致猜到。

左西达和母亲的关系并不好，这一点时涧很早就知道。

也从左西达偶尔说起的细节中了解到，戈方仪对左西达采取的态度可以说是完全地无视，甚至还在有意无意进行回避，只充当一个给钱的角色，并没有真正在生活上照顾过左西达。

虽然左西达没说，但时涧知道，那份排斥或许也带着怨怼，长期被冷漠之后的反抗，便是以同样的冷漠回馈。

时涧因此也越发了解了最开始左西达为什么会说"我需要你照顾我"。

她缺少来自家人的关爱，父母长期不在身边，对她也并没有表现出太多的亲情和在意，而是排斥甚至抗拒；只有外婆和她相依为命，后来外婆也去世了，她自己或许意识不到，但其实她的心里是很孤独的，他的出现在某种程度上，被她用来填补那份孤独。

时涧对于自己能弥补左西达心中的那一块空缺，是乐意的。

他在感情里不是善类，从没想过要长久地去照顾谁，但左西达的出现告诉他，爱一个人，希望长久地在一起是如何的。就像时原和伊宛白一样，不离不弃，各自为了人生追求努力着。

这是最好的了，时涧是这样认为的。

不过这些事时涧没打算和左西达说起，也不打算去过多地干涉左西达的家事，再亲密也依旧是两个独立的个体，更不能用感情来绑架对方。

"一会儿下飞机之前把衣服穿好，两边还是有温差的。"

"好。"左西达点头。

手机又响了，这次是左景明，问左西达到没到机场，名安市下了点小雪，不知道飞机会不会延误。

虽然左西达的语气依旧带着无意识的冷淡，表情甚至还因为马上要和时涧分开而有一点不快，可时涧能感觉到细微之处的随意，左西达和左景明交谈的时候，是全然放松的。

她和左景明相处得不错，这一点时涧能感觉到。

偶尔还能听到左西达提起左景明对某件事的看法之类的，在左西达来说已经是很难得的了。

对此时涧的心情多多少少有些复杂，相比起左西达，他的家庭简单和睦太多，难怪左西达会喜欢他妈妈。想到这里，时涧又觉得应该找个时间再带左西达回家一趟。

就在左西达接左景明电话的同时，另一边的戈方仪也在犹豫要不要给左西达打个电话。

对于过年要左西达回家这件事，戈方仪没提过，一直都是寇智明在说，戈方仪还每次都要泼冷水，说左西达现在大了，根本不听他们管，很不懂事。

但其实刚刚寇智明给左西达打电话的时候，戈方仪一直在旁边偷听。

在她意识到左西达的回答是拒绝的时候，戈方仪的神情中有一瞬间的落寞。可等寇智明真正挂断电话之后，她还带着一些侥幸："怎么说？是不是根本没打算回来？"

她嘴很硬，但她其实并不想看到寇智明点头，只是事实并没有按照她希望的那样进行。

"说是和她爸爸说好了要一起过年。"

如果只是单纯的拒绝，戈方仪或许还不会这么生气，可当左西达提到左景明，戈方仪几乎是瞬间被点燃。

"什么叫和她爸说好了？她这简直是忘恩负义，这么多年她爸回来过几次？一直都是我在照顾她，她不念着我的好，反倒是站在了她爸那边，我真是养了个白眼狼！"戈方仪气急败坏，冲动之下就要一通电话打过去质问，可她才刚把手机拿起来，便又在瞬间停住了。

物极必反，似乎在盛怒之后，产生了瞬间的茫然，连眼神都跟着空白，只是动作确实没有再继续了。

寇智明原本就是要阻止戈方仪的，现在看戈方仪顿住，他先是也愣了一下，随即似乎明白了什么，从而默默叹了口气，过去搂住妻子的肩膀："要不我们去看看西达吧。等过完年天气稍微暖和一点，带上冉冉，顺便我们一家人也能去名安玩一圈，让西达给我们做导游。"

他尽量语气轻松，似乎是在故意缓解气氛，把事情描述得挺美好。

戈方仪也有迟疑，最后却只剩下一句："我是她妈，我把她养这么大我还有错了？她不回来看我，我还要巴巴地过去看她？做梦！"

说完，她就转身上楼了，留寇智明在原地，又一次深深地叹了口气。

大年三十左景明在外面定了年夜饭，鲍瑾瑶也来了，还给左西达带了一件红彤彤的毛衣。

"过年了，想给你买个礼物，不知道你喜不喜欢，我觉得挺喜庆的，但又怕现在的孩子觉得俗。"鲍瑾瑶这话说得谦虚，至少左西达和她见面时，她的衣着品位还是不错的，简约干练。

她送给左西达的那件毛衣也是这个风格，除了颜色是红的之外，版型样式都很简单，并不难看。

"谢谢。"左西达没怎么抗拒就收下了。

旁边的左景明倒是有点意见："不是，就只有一份吗？我的存在感那么低？"

"怎么，你也想要一件红毛衣？老来俏啊左先生。"鲍瑾瑶笑着回。

左景明也不否认，很坦然地点头："是啊，越老越要俏。"

他说完自己先乐了，鲍瑾瑶也在笑，左西达虽然没有那么明显的表情变化，但半垂着的目光也带着某种柔和。

这样的气氛让她很放松。

"你表现完了该我了，其实要放平常，以你老爸我的性格，我肯定直接给钱了，多直接还实惠，不过鲍女士提醒我礼物之所以是礼物，就是得有点实际的东西，不能偷懒，你爸我很努力了，要是不喜欢，你就怪无情无义的鲍女士。"

左景明说完拿了个小盒子。那牌子就连左西达都认识，知名奢侈品，价位高得清晰透明。

可左西达什么人，自动忽略这些高价值感动，然后她脑海中回响着刚刚左景明的那番话，不过打开盒子的瞬间，也确实惊喜了一下。

是一条项链，银色的链子上缀着颗粉色的桃子，小小一颗，闪耀着星星点点的光芒。

左西达承认鲍瑾瑶是对的，因为在连着两件礼物之后，心里的那点暖意和直接转给她一笔压岁钱相比，确实不同。

"谢谢。"左西达第二次说，或许客气了些，也或许太过简单了些，可她说的是真心话。

"和你爸还客气什么，你喜欢就行。"左景明无所谓地说着。

而旁边的鲍瑾瑶目光中多了些赞赏："没想到你眼光还真不错，西达喜欢吗？"

"喜欢。"左西达点头，并不打算去分辨到底是这条项链本身让她喜欢，还是在这个过程中感受到的暖意让她喜欢。

02

这个年左西达过得很开心，鲍瑾瑶在厨房包饺子，左景明从书房出来看左西达在客厅很无聊的样子，一时兴起。

"闺女，要比比吗？"左景明微扬着下巴，少有地搬出长辈威严。

左西达一时茫然，之后才弄明白，左景明要和她比人像素描，由鲍瑾瑶做裁判，时间就以鲍瑾瑶的饺子出锅为准。

左西达想了下，在晚会和这项活动间做了个权衡后，点了点头："行。"

就这样父女两个一人占据餐桌的一边，时不时抬头往鲍瑾瑶那边看上一眼，把鲍瑾瑶看得直乐："我的天啊，只是包个饺子而已，这样心理压力太大了我。"

大年夜在两张素描和一锅饺子中过去大半，最后的赢家是左西达，作为裁判本人，鲍瑾瑶的选择遭到了左景明的严重抗议："不公平！"

"反对无效。"鲍瑾瑶一点犹豫都没有。

其实左景明的人像素描画得很好，只是父女两个确实风格不同，左景明更写意，带着强烈的个人风格，而左西达则趋向于还原，就看鲍瑾瑶偏向哪个风格了，但更有可能的还是情感因素。

这本就是一场很不公平的比赛，输赢也没有人真的那么在意。

午夜十二点，左西达和时涧很默契地卡好时间，然后给彼此发信息。或许是网络关系，时涧的那一条在左西达上面，同样的00：00：00，左西达正盯着聊天界面，时涧的视频就到了。

"宝贝新年快乐！"时涧满脸笑意，迷人的眼睛里闪烁着细碎的光芒。

左西达忍不住也跟着牵动嘴角："新年快乐。"

那天他们聊到挺晚，左西达把她收到的礼物拿给时涧看，时涧和她说他妈妈还提到左西达，问什么时候有空让她来家里，左西达听得很心动。

晚上睡得晚了，大年初一左西达起得也有些晚。

左景明煮了粥，还有昨天鲍瑾瑶包的饺子。吃饭的时候，他问左西达想不想去看电影，左西达觉得也没什么事，只问了一句："鲍阿姨来吗？"

"她恐怕不行，今天好像要值班。"左景明已经吃完了，一边说着一边起身把碗放进了水槽里。

左西达点了点头。

大年初一电影院人很多，幸好他们提前在网上订了票，不用在售票台排队挤。

等他们看完电影出来天已经黑了，值完班的鲍瑾瑶打来电话，问他们在哪儿。左景明回说在市中心的商业街，鲍瑾瑶就提议晚上要不要在家里吃火锅。

左景明没有直接回答，转过来问左西达的意见，左西达同意了。左景明就又对电话那边的鲍瑾瑶回道："我闺女批准了，那我们在家附近的超市集合吧，我们现在出发，时间应该差不多。"

这个年对左西达来说很特殊了，和外婆在的时候不一样，和之前那两年也不一样。

左景明和鲍瑾瑶给左西达的感觉比起长辈更像朋友，彼此尊重但又互相包容，让她觉得既轻松又简单，便也不排斥和他们相处。

吃火锅是一个很耗时间的事，但反正是过节，也不着急。

左景明还开了一瓶红酒，左西达也跟着喝了一小杯，但很快又放下了，她不怎么喜欢。

在吃饭前左西达给时涧发了语音过去，但时涧没接也没回复，所以在吃饭期间左西达时不时就会看一眼手机，直到快吃完，左西达接了个电话，是时涧打来的，问她刚刚找他什么事，现在又在做什么。

"没什么，就是想和你说说话，在吃火锅。"

到此为止的对话都很正常，左西达一点没多想，可时涧的下一句却有些特别了，他问："那你方便出门吗？"

背后的含义很明显，左西达几乎是瞬间就心里一跳，下意识左右看了看，然后又起身走到窗边，太高了，什么都看不见。她只好问："你在哪儿？"

"你家楼下。"

时涧的声音里裹着笑意，很明显是故意暴露的，同时也引来了左西达的急切："你等我，我这就下来。"

她说着就打算换衣服出门，刚迈开脚步才反应过来，转头去看的时候左景明和鲍瑾瑶都在看着她，于是她就开了口："我出去一趟。"

从刚刚左西达忽然起身突兀地跑到窗边时，他们两个就注意到了，也大概猜到是怎么回事。

鲍瑾瑶没说话，她觉得自己在这时候不应该喧宾夺主。而左景明在停顿了一下之后，才问道："这么晚出去，那晚上还回来吗？"

很平常的语气，不带有任何压迫感，从而让左西达也没有那么抗拒。其实她也不太确定，只是出于她自己的期待回答道："应该不回来了。"

左景明又问："来找你的人，是男生？"

"是我男朋友。"左西达没犹豫。

"哦？"男朋友这个身份注定是有些特别的，左景明略一挑眉，目光转了转，给出个提议，"那明天要不要一起吃个饭？正好过年，也热闹。"

"他事先没和我说，我还不知道他具体的安排，一会儿我问问。"

左西达急着去见时涧，刚刚在电话里什么都没说清楚。

左西达知道时涧过年期间会很忙，很多应酬都是非去不可的，所以刚刚听说他在楼下时左西达才会那么意外。

"行，你问问他，提前给我打电话。"左景明没强求，看着左西达穿了外套急匆匆地就出了门，目光好一阵没收回来。

"怎么了，看女儿有男朋友了，心里不舒服了？"鲍瑾瑶开口，一语中的，同时也有些专属自己的晦涩。

她喜欢左景明，可左景明从一开始就说得很清楚，他不会再结婚，如果哪天她想走了，她可以随时离开。

鲍瑾瑶喜欢左景明，却也恨他不愿意再尝试一次，不过在左西达身上，鲍瑾瑶觉得她似乎又看到了另一个左景明，远没有他自己说的那么不在意，也让她开始重燃希望。

左景明也没否认："身为老父亲的我不能免俗啊，不看见还好，在眼皮子底下就觉得来抢我闺女的都是坏小子。"

"那你也只能想想。"鲍瑾瑶很直接，一点不怕伤害左景明老父亲的心情。

对于左景明的这些想法，左西达是一点都不知道。

她几乎是跑着出去的，于是等在车边的时涧看到的就是一个小跑而来的左西达。

出门的时候急，左西达的衣服都没拉好，随着她的跑动敞开着，时涧觉得自己眼皮跳了跳，和楼上左景明的心理多少有点类似。

"我的宝贝儿啊，衣服要穿好。"他稳稳接住了向他扑来的左西达，脸上笑着，但同时也操着老父亲的心。

"你怎么来了？"左西达一点不在意，也没觉得冷，只一味搂着时涧的脖子不放，也不管她这个动作会不会妨碍时涧帮她拉衣服。

时涧干脆放弃整理，把人抱住，用自己给左西达挡风："想你就来了，明天一早就得走。"

只有一晚上的时间，一来一回的路程就占了不少时间。

左西达开始舍不得，但同时也能感受到时涧这样不辞辛苦也要过来看她的用心和在意。

"先上车，外面冷。"时涧帮左西达开了副驾驶的车门，等人坐进去之后，自己绕到了驾驶座那一边。

"那我们现在去哪儿？回公寓吗？"虽然时间很短暂，可看到时涧左西达就开心，显得有些兴致勃勃。

"不。"时涧摇了摇头，一边系安全带，一边问她，"你刚吃过饭？"

"是啊。"左西达点了点头，"吃的火锅嘛。"

"那就好，路程可能有点远。"时涧侧着脸，一边说一边露出微笑。

左西达盯着看了两秒，然后凑上去在时涧的嘴角亲了亲，把他的笑容给亲得又加深了几分，而她自己也跟着微微扬起了嘴角。

左西达那双漂亮的眼睛里满满的只有时涧一个人，她没问时涧要带她去哪儿，那不重要，只要是眼前这个人，她愿意跟他去任何地方。

　　路程有点远，时涧让左西达先睡一会儿，可左西达对他突然到来的那股惊喜劲儿还没过，根本睡不着，拿眼睛直勾勾盯着时涧看。

　　在高速上时涧一边要集中注意力开车，一边又被这略显灼热的目光盯得哑然失笑。

　　如果目光真的有实质的话，时涧脸上现在应该已经被烧出两个洞了。

　　左西达刚刚吃完饭，所以时涧准备的吃的并没有用上，只有咖啡被左西达拿了出来，两个人分别喝了点。这场景有些熟悉，左西达因此而突然多了些想法，对于时涧要带她去的目的地，同时也生出了许多期待。所以当他们把车子停稳，才刚下车，天空中就突然绽放出绚烂色彩的时候，左西达有惊喜，也有真的如此的满足和幸福。

　　时涧选的这处远郊很静，别说人，就连户住家都难找。

　　似乎只有身后的烟花和他们共享这一片天地，在盛放和散落的过程中，是左西达无法控制的极速心跳，鼓噪着，催促着她走上前，直到距离所剩无几，在唇贴着唇的暧昧和亲昵中，她听到时涧说："新年快乐我的宝贝儿。"

　　他匆匆赶来，只逗留一个晚上就必须匆匆离开，奔波的辛苦被时涧用微笑遮掩，好像根本不值一提，他只在意地问她："开心吗？"

　　"开心。"左西达用力点头。

　　她的嘴唇有一片嫣红，还有些微肿，在车前灯的照射下，缱绻着，带着一些模糊的不真实，可她却又实实在在地被时涧搂在怀里，小声说着："谢谢你。"

　　之后又跟了一句："我爱你。"

　　"我也爱你西达，只要你开心就好。"时涧的声音柔和温暖到了无以复加。

　　左西达先是盯着他的眼睛，又从他的眼睛看到头顶的那片天空，那是一场时涧送给她的，专属于他们的演出。

　　很短暂，但留下的记忆可以很绵长，一直到很久很久的以后，左西达都会记得，时涧突然出现在楼下，他们在满天绚烂的烟花下接吻，和上次很像，但又和上次很不一样。

一样的是这幅画面，不一样的，是画面里两个人，已经变得坚定的心。

回程的路上是时涧的助理开车，其实时涧更想像上次一样只有他和左西达，但他毕竟对名安的路不熟，再加上时间确实有点紧迫，就先安排了助理过来准备。

不过现在不用开车倒是可以休息一下，时涧低头看了一眼已经窝在他怀里睡着了的左西达，现在这样其实也挺好的。

左西达一直睡到车开到公寓楼下，原本时涧还想抱她下车，但没等他动作左西达就自己醒了。时涧笑着凑过去在她脸颊上亲了亲，依旧把毯子裹在她身上："刚睡醒容易着凉，披着点。"

于是左西达就乖乖自己拉着毯子，被时涧搂着上了楼。时涧和上次一样，直接把她推进浴室让她先洗个热水澡。

左西达在洗澡的时候就想着，今天和上次比起来，只差一样东西，而等她洗完了澡，这样东西就有了。

西红柿鸡蛋面被分装在两个碗里，热气腾腾地散发着诱人的香味儿，看着就能让人觉得幸福。

左西达站在原地，并没有马上过去。直到时涧疑惑地看过来，她才迈起脚步，却不是奔着面去，而是奔着人去的。

"你都记得。"左西达说。

"是，我都记得。"时涧单手搂着左西达，充满耐心地回答她。

"你要记一辈子，也要给我做一辈子。"左西达又说。

这次时涧笑了笑："一辈子都吃西红柿鸡蛋面？也太单调了吧。"

"只要是你做的，我可以。"然而左西达一点没犹豫。

这回反倒是时涧愣了一下，等他回过神之后，几乎是情不自禁地低下头，在左西达明亮又清澈的目光下，把人吻住了。

那是个漫长又短暂的夜晚，左西达本想第二天早晨送时涧去机场的，可她定的闹钟被时涧按掉了，压根没听见。等她自然醒的时候，时涧的飞机已经起飞了。

昨天还十分缱绻的房间，早晨就已经只剩下她一个了。

左西达被思念填满，一时之间没办法调适心情，她甚至有些气愤，可等她冷静下来，想得更多的，是理解，还有以后。

她也是在这个早晨决定，研究生毕业她不会再读书，她要回南松市工作，最好时间能自由一点，可以多一点选择的空间，在时涧很忙的时候，她可以做那个迁就的人，而不再像现在这样，让时涧辛苦地来回奔波。

做出决定的左西达开始盘算起毕业之后的计划和打算，她现在在圈子里是很有名气的新人，找工作不难，投来的橄榄枝一直就没断过，只是之前左西达还没决定是不是要继续学习，也就暂时没考虑，现在也是时候好好想想了。

或许她的这个决定会让陶教授失望，他说她有潜力，甚至和建筑业的未来扯上了关系，但左西达并没有那么远大的志向。

她只是她自己。

一直到下午，左西达才回左景明那边，昨天左景明的邀请她和时涧提了，但也只是提了："你也不用怎么放在心上，有时间再说。"

这话要是被左景明听到估计要一口气提不上来，时涧明显比她更了解："别让你爸听到啊，要不然我怕他用扫帚迎接我。"

"不会的，自从我上大学他就和我说大学就是要谈恋爱的。"左西达想法简单，却忽略人本身就是复杂的动物，说到和做到，以及看到也完全不介意之间还是有差别的。

距离开学还有一阵子，不过陶教授手里的项目有些急，所以大年初五一过去左西达就回学校了。

时间安排得挺满，一直到正月十五，时涧给左西达打电话，说要过来。

那两天左西达是没时间的，可她犹豫之后还是决定和导师请个假，并且保证之后会争分夺秒把耽误的进度抢回来，陶教授便同意了。

时涧是一大早的飞机，左西达专门赶去了机场，时涧几次表示不用，让她等着就好。可左西达异常坚持，在她看来能早见到时涧一秒也是好的。

眼看着时涧出现的瞬间，左西达深刻体会到了什么叫作幸福。

时涧让助理在机场安排了车，今天中午他们约好了要和左景明一起吃饭，鲍瑾瑶也会去。

"不用紧张。"在路上左西达像模像样地安慰时涧，眼神特别认真。

时涧笑得连眼睛彻底弯了起来："好的宝贝儿，我不紧张。"

时涧是真的不紧张，在交际方面他算擅长，天生的性格是一方面，从小的生活环境也是另一方面，更何况他这两年在公司也历练不少。

时涧故意早到一会儿，等人到了，他很自然地站起身从位置上走出来，微微弯腰颔首的同时主动伸出手，礼貌恭敬，但又不过分谦卑讨好。

左景明似乎有一瞬间的愣怔。

今天的时涧特意穿得正式了些，白衬衫黑西裤，面容俊美，气质洒脱，说话的时候总是带着点笑容，同时又有几分稚气，难得地将稳重和清爽融合在了一起。

是个外表太过出色的人，左景明在落座时鲍瑾瑶还不动声色地与他对视了一眼。

那一眼，是只有左景明和鲍瑾瑶才懂得的默契。

之后的整顿饭，时涧的表现几乎可以用"无懈可击"来形容，进退得当、从容淡定。

遇到左景明或许带着一些故意的试探时，也处理得十分完美。

左景明挑不出一点错处，还注意到，时涧能一边和他说话一边分神给左西达夹菜。

其情商之高，就连左景明身边那些堪称人精的人，也未必能做到如此。

可也就是因为这样，左景明才越发不能放心。

03

说起来左景明也是个生意人，尤其是古董这一行多的是弯弯绕绕、尔虞我诈，你不算计我我就要来算计你，左景明能在这一行混到现在，自然有自己的独到之处。

他的心思半点都没露在面上，直到吃完了饭，两边分开，他才在车上显露出忧心忡忡的神色来。

鲍瑾瑶似乎也不意外。让她意外的是，她之前都没想到左西达的男朋友竟然是这样一个人，但要问，她之前想象中的到底应该是一个怎样的人，她也未必说得出来。

"你别想那么多了，我看他们感情很好。"鲍瑾瑶劝了一句。

左景明不认同："现在感情好有什么用，谁刚谈恋爱的时候感情不好。"

情绪似乎有些失控，他自己往下压了压，之后就没再开口了，并不打算再多说，而鲍瑾瑶则轻轻叹了口气。

而另一边的左西达却是完全相反，半点心理负担都没有。对她来说这就是一起吃顿饭，也压根不去考虑左景明对时涧印象如何，会不会喜欢之类的，她不在意，自然不会去想。

时涧看她一派轻松，也不破坏她的好心情。只是当晚左景明打来电话，说想要左西达回家的时候，时涧也一点点觉得惊讶。

他看得出来，左景明其实并不喜欢他，准确点来说，是担忧更多些。

左西达原本想拒绝，时涧好不容易来一次，她是一分一秒都不想和他分开的，最后是时涧劝她，她才勉强同意。

那会儿已经九点多了，左西达和时涧刚刚吃完饭，正准备回公寓，下午他们去看了场电影，之后时涧又带左西达去买了几件衣服。她自己对这些不是很在意，时涧说让她试哪件她就试哪件，说哪件好看就买哪件，对时涧付钱也没有丝毫心理压力。

左西达都不知道那些牌子的价钱，其实就算知道，她也不会放在心里，对她来说，那就是几件衣服，换作别人买给她，她还未必肯要。

等时涧把左西达送回左景明家时已经快十点了，左西达垂着眼睛，很平常的神情。可时涧能看出她情绪的不佳，帮她解开安全带之后又亲了亲，她才算好了一点。

"明天早上你要早点来接我。"左西达强调。

时涧点头："好，你起床就给我打电话。"

左西达恋恋不舍地下车。

打开门，她对左景明难免有点迁怒，平常就不多话的人今天还要更少些。左景明看得有点来气，可又有点想笑，最后只把人喊到沙发上坐着。

鲍瑾瑶没在，左景明想和左西达来一场父女之间的谈话。

"你们在一起多久了？"这是左景明开场的第一个问题。

左西达仔细想了一下："没仔细算过，这重要吗？我觉得未来比较重要，我想和他在一起一辈子。"

左景明听得想想叹气："闺女，你太直接了，对男人你要懂得欲擒故纵。"

左景明给左西达传授经验，他是男人，自然了解男人。可左西达却摇头："不，不需要。"

左西达对这段感情的认真和投入显而易见，可这并不是左景明想看到的，他琢磨了一下用词，想尽量委婉地把自己的想法说出来。

"闺女，老爸我是个不称职的老爸，我看透了自己是个没责任心的人，但我们都必须承认，世界上就是有像我这样的人，可能还不在少数。只是有些承认有些不承认而已。我不是为自己开脱，相反，我就是因为了解，所以才更加不放心你。我看得出那个男人很好，迷人有魅力，你为他着迷，而同样的像你这样的女孩会有很多，选择多了就容易动摇，如果他想骗你，他能做到滴水不漏，到时候受伤的还是你。"

左景明是站在一个父亲的角度上，说出完全失去公允的一番话，左西达可以给出很多反驳的理由，可她先问的却是："你是在要求我和他分开吗？"

"当然不是。"左景明有些意外，但还是毫不犹豫地给出回答，之后才轻微叹了口气，"没人能干涉你选择爱情的自由，我和你说这些，只是出于我的担心，希望你能多做考虑。"

左景明的语气充满无奈，而他直接的那句否认，无意中将左西达安抚了下来。

其实在她看来她根本没必要和其他人解释。

"时涧很好，就像你说的，很多人都能看到他的好，他有很多选择，可他选择我，我也选择他，自然会相信他，同样，他也会相信我，我不怕受伤，时涧也不会让我受伤，以后都不会。"

依旧是左西达独有的语气，好像不沾染任何情绪，可偏偏左景明就是从中听出了一些不容置疑的坚定。

那坚定像最为坚固的城池，几乎是超过他想象的。

左景明不知道左西达为什么如此执着，可他没打算问。

这场谈话到这里已经没有继续下去的必要了，他的担心属于他，他能做的就是把建议和想法说给左西达，最多，也就到这里了。

左景明没有多做纠缠，哪怕担心依旧存在，却也不会再在左西达面前表露："你就当我这个老爸闲着没事和你唠叨两句，不过我可和你说，人越老就是会越唠叨，你以后要是嫌我烦了，我就去你家门口哭去。"

左西达听得愣愣的，似乎还没能从刚刚的话题离开，反应了一下才调整好，冷冷淡淡地扔出一句："那我就不告诉你我家的地址。"

这回愣住的人换成了左景明。

左西达起身准备回房间，眼睛里却难得透出一点精明和笑意。

谁让左景明大晚上的，就为了说这么几句话特意把她叫回来，让她好不容易能和时涧相处的时间变得更少了，自然要小小报复一下。

其实左西达还有想去找时涧的想法，可现在已经快晚上十一点了，再折腾过去，就半夜了。

她自己倒无所谓，但今天时涧本来就是一早飞过来的，明天还要去马场玩，还是让他早点休息比较好。

左西达打消了念头，去洗了个澡，吹干头发上床才发现，时涧给她发了微信。

到这会儿她又有点后悔，再次拨通视频过去的时候就把这个想法和时涧说了，时涧在那边低低地笑。

他也已经躺下了，只留下一盏床头灯，昏黄的光线下立体的五官好看到惊人。左西达想起左景明的那句话，他说他迷人又有魅力，真的一点没说错。

"我爸夸你来着。"左西达嘴很快。

时涧略一挑眉，有些意外："他夸我什么了？"

"他说你迷人又有魅力，说你把我迷倒了，还说肯定有很多女生也会同时被你迷倒了，你要是想劈腿的话能做到滴水不漏，一点都不被我发现。"

左西达就这样简简单单卖掉了自己老爸，用的还是一种略带扬扬得意的语气来炫耀。

时涧听出言下之意，对于左景明和左西达都说了什么也大致有了一个猜测。和他之前想得差不多，不过对于左西达这样毫无防备的样子，他又忍不住想笑，同时也觉得很温暖，左西达是真的对他不设防。

"宝贝儿啊，我的大宝贝儿，我应该拿你怎么办才好呢？"

时洞的语气中都是笑意和满满的宠溺，可左西达却面露不解："什么意思？"

她是真不明白，时洞摇了摇头也不解释，只说："没事，你困了吗？"

左西达立刻想起自己想让时洞早点休息的初衷，刚刚的事也就忘在脑后了："困了，我们一起早点睡。"

"好。"时洞点点头，互相说了晚安挂断视频之后，时洞却没立刻他躺下，反而起来点了根烟。

他的想法在左西达的言语中得到了证实。

时洞却并不担心这会对左西达产生影响，就好像左西达和左景明说的那样，源于相信，他也没打算就此放任左景明对他的偏见，只是比起刻意去做什么，他更偏向于，让时间来证明。

04

左西达一早就出门了，当时左景明都还没醒。等他起床还以为左西达在房间，结果左等右等，等到午餐都凉了，去敲了门才知道，人根本不在。

左景明在门口幽幽叹息，随后又扬起了一个无奈的笑容。他自诩洒脱，可在碰到女儿的事情后，却还是不能免俗。

这段时间他和左西达的相处，让他渐渐适应了父亲的角色，很多他以为并不存在的感情都跟着一一苏醒，结果就是现在这么婆婆妈妈，明知不应该也没有用，却还是跟着操心吃醋。

这天气不太适合骑马，但时洞的朋友热情邀请，再加上还有上次帮忙的柴文林，时洞就答应了。

马场本身不对外开放，除了马之外还养了不少别的动物，例如很有名的羊驼，其余还有孔雀和各种鸟类等等，都被照顾得非常好，大有要发福的嫌疑。

其他人大多是来过的，唯独左西达是第一次。

左西达好奇，盯着一只大鹦鹉看得目不转睛。时洞被她那小模样萌得心都要化了，陪着她里里外外逛了个遍，回来就被柴文林嘲笑了一番。

"时少爷什么时候变这么听话了。"柴文林笑得那叫一个贱。

时洞一点不在意，大大方方承认："是啊，我和女朋友感情好怎么了，

251

羡慕吗？"

"羡慕你个大头鬼，我才不去遭那个罪。"

时涧这话是往人家心窝子上戳。柴文林年前刚失恋，时涧是明知道，还故意哪壶不开提哪壶。

一旁的左西达并不知道这些事，但她听时涧说了上次拿监控视频的事是柴文林帮的忙，所以对柴文林还是很有好感的，被开了玩笑也没在意。

他们在马场一直待到下午。

原本晚上回市区要请柴文林吃饭，但柴文林临时有事搁置了，今天正好补上，结果三点左右鲍瑾瑶打来电话，说她晚上要亲自下厨，邀请时涧去家里吃饭。

左西达拿不定主意，挂断电话把事情和时涧说了。时涧二话没说，在柴文林的骂骂咧咧中，推掉了晚上的安排，和左西达一起回家。

从马场到市区，在不堵车的前提下大约要一个小时。

时涧没打算赶着时间回去，提前了一些，顺便去了趟商业街，买的东西都还算平常，茶叶和一条女士的丝巾，把价位控制在了一个既能展现诚意但又不会过于炫耀的区间里，然后带着东西和左西达一起回了左景明那里。

比起饭店，在家里吃饭的气氛自然是不太一样的。

时涧之前就知道左景明是个古董商，家里的装修也很符合他的身份。在和左西达的视频中，时涧他也看过一二，算是陌生中带了些熟悉，不过时涧察觉到墙上的很多画都是市面上没见过的，画风高度统一，明显出自同一个人，便心中了然。

鲍瑾瑶还在厨房准备晚饭，时涧便寻了个恰当的时机问起，果然和他想的一样，这些画都是左景明画的，只是近几年很少提笔了。

"生意做多了，脑袋空泛得厉害，提起笔来画金条，我敢摆怕别人不敢看。"左景明讽了他自己。

时涧却觉得左景明这话或许还有个双重含义。

毕竟，他也是做生意的。

当时左西达也在旁边，时涧和左景明的对话她都听着，却完全没感觉到任何不对劲的地方，只觉得两人谈笑风生，聊得挺好。而她多出来的心思想的是，她之前画了一幅时涧的画像，当时她和时涧的关系还不明朗，她就收在了房间的角落里，但今时不同往日，她又有些其他想法。

之后鲍瑾瑶来喊说可以吃饭了，她做的都是家常菜，很有本地特色，绝对是外面饭店里吃不到的。

时涧在尝过之后很真诚地点头，表示非常好吃，鲍瑾瑶便笑着回应："那就多吃点，当作自己家一样，别客气。"

她的话刚说完，就看到左西达默默从自己盘子里挑了几粒花生放到了时涧的碗里。

那道菜花生只是辅助，又切开了，夹的时候难免会带上来一些，她之前并不知道左西达是不吃花生的。

其实鲍瑾瑶不知道很正常，因为左西达是吃花生的，只是不那么喜欢，尤其是加在其他菜里的这种，如果是她自己一个人她会吃掉，但现在有时涧在身边，她几乎是下意识就变得娇惯了些。

而时涧似乎一点都没察觉到有什么不对，见左西达挑出来给他，就直接吃掉了，之后再给左西达夹那道菜时，他干脆就在自己的盘子里挑好，然后再给左西达，左西达对此一点表示都没有，很自然地接受了。

鲍瑾瑶压下心里的惊讶，对此闭口不谈。一直到吃完了饭，时涧要回去的时候，左西达说要跟着一起，她眼见着左景明动了一下，似乎要说话，但她先一步伸出手去，拉了对方一把。

左景明回头，鲍瑾瑶无声地看了看他。在彼此的对视中，左景明沉默了下来。

于是左西达那天晚上顺利地跟着时涧一起离开，走时还带了件东西，看样子就知道是一幅画。

左景明记得左西达屋里有一幅画一直用布盖着，应该就是那一幅了。他并不知道内容，如今看左西达要拿走，便又不免有些好奇。

同样好奇的还有时涧，只是他也没问。一直到他们回到公寓，时涧才开口："那是什么？"

当时左西达正打算把画放到沙发上，听时涧问起，先回头看了他一眼，然后把包画的布摘了下来，再把画转过来对着时涧的方向。于是时涧就看到了他自己。

背景是在左西达老房子的客厅里，他坐在沙发上，头低着，嘴里叼了根烟，好像被烟雾熏到了似的，眼睛微微眯着，脚搭在面前的茶几上，腿上放了台笔记本电脑。

这个场景是在现实中出现过的，还不止一次，可时涧没想过自己有一天会以这样的形式，来反观他自己。

"我画得像吗？"左西达的声音响起。

直到这时时涧才反应过来，又盯着画看了很久，却依旧没有答案："我不知道。"

时涧有点被震撼到了，左西达之前曾经画过他的素描，但因为是很简易的版本，不过是随手勾勒的，所以他并没有怎么放在心上，但这次不同，而且他还在意另一件事。

"你什么时候画的？"时涧一开口，才发现自己嗓子有点发干。

"去年十一的时候。"左西达下意识地实话实说，心里想的是这幅画在她看来已经很像了，但如果她现在再画，或许还会有不一样的效果。

例如说时涧的眼神，如果她现在提笔，她会把它画得更柔和、更温暖。

"那也就是说，在我们还没和好之前，你就已经偷偷在画我了？"时涧说不清现在自己心里是个什么感觉，有感动，有温暖，有安稳踏实，但同时也有冲动焦躁。

"是。"不过左西达却觉得这没什么，而且还很主动地坦白，"其实在我第一次见到你之后，我就已经开始画你了，只是那时候怎么画都画不好，一直到这次，才终于画得我自己稍微满意一点，你要看吗？"

左西达的话让时涧愣了一下，难得显出几分茫然，然后才点了点头，心里的鼓噪远比外表要不淡定很多。

左西达去拿了自己的速写本，就在她的包里，用得久了，外皮磨损得厉害，内页几乎都画完了，只剩下最后几页是空的。左西达在众多设计手稿中翻到了其中几页，就如同她说的，上面都是时涧。

没有背景，也没有那么多外在因素，内容完全统一，都是时涧的笑容。

时涧不知道在此时此刻应该说些什么才合适，所以他干脆什么都没说，直接将近在咫尺的人拥进怀里，用恨不得融进血肉的方式，便是此时最好的表达。

05

快开学的时候，陶教授把几个学生叫到家里吃饭，左西达依旧没参加，也没有特意找借口，就只是摇了摇头："导师，我就不去了。"

陶教授叹了口气，抬手在左西达的肩膀上拍了一下，没有再说什么，但陶太太想得很多。

自从那次陶乐咏和陶英卓聊过之后，陶英卓很久都没回家，就算回来也大多是趁陶乐咏不在的时候。

中间有被陶乐咏碰上过一次，但陶英卓连声招呼都没和他打，哪怕是过年期间也没有回来。

陶乐咏不知道陶英卓是怎么和他妈解释的这一切。

反正在陶乐咏这里，夫妻两个并没有就这件事深谈过，他没主动说，妻子也没主动问，以及之后学生和亲友来拜年发现陶英卓不在而问起时，他们也多用对方工作忙的借口匆匆带过了。

陶乐咏不知道这样的情况会持续多久，他并没有主动联系陶英卓的意思。

但陶英卓到底是先回了家，没避着陶乐咏，相反地，他回来就是为了要和陶乐咏说一件事。

他的公司被人刻意打压了，从去年就开始。

之前陶英卓不能确定，以为是正常的市场竞争，是最近有朋友给他透风，他们现在的窘境，和百岩集团有关。

在时涧全面接管之后，百岩集团的脚步越发迅猛，大有把其他公司都甩在身后的势头。

百岩手里掌握的资源不可小觑，像陶英卓这样的小公司，站在时涧的位置上如果有心针对，都不用自己动手，只需要放出一句话来，自然有想要巴结的人愿意效劳。

"再这么下去我公司也就彻底玩完了，这个结果，您满意了？"陶英卓满脸讽刺，这次父子之间的谈话没背着陶太太，有陶英卓故意的成分在。

他知道比起父亲，母亲对他要宽容心软很多。

"那也是你自己活该，你做过什么事别以为我不知道，丢了我的脸我可以不追究，但如果别人不饶你，我也没办法，自己做过的事就要自己承担。"陶乐咏半分都没退让，看上去依旧沉着冷静，但其实并非如此。

比起生气，寒心可能更加贴切，同时还有失望。

他不知道自己是怎么把陶英卓教育成今天的样子，但他知道这里面一定有他的责任，作为老师，或许他还对得起这两个字，可作为父亲，他是失职的。

陶英卓回来是存着让父亲和左西达那边沟通一下的，可看陶乐咏的态度，他就知道不可能了，之后也不多说什么，转身就走了。

反倒是陶太太实在心疼儿子，就和陶乐咏说了几句，大抵的意思是都不是外人，何必闹得这么僵。

她不知道具体发生了什么，也能猜到是陶英卓做错了事，但还希望左西达那边能宽容大度一些，陶英卓自己辛辛苦苦打拼也不容易。

她说着说着就掉了眼泪，她也知道自己在这件事上实在偏心，但她也是没办法："看着你们父子这样，我这心里就跟在油锅里一样难受。"

陶乐咏也不舒服，可他最终还是摇了摇头："这话我说不出口。"

不是他好面子，而是在他看来，这件事就是陶英卓有错在先。

最起码陶英卓要有个态度，可从事情发生到现在，他除了逃避就是逃避，还死不认错，陶乐咏要去说都没个立场。

陶乐咏心里揣着这件事，等开学之后看到左西达，难免会想到，但这并不会影响他对左西达的态度，该如何就如何。该是左西达的一样也不会少，只是陶乐咏应该也没想到，其实这些事左西达压根不知道。

对左西达来说，事过了就是真的过了，她完全没意识到还会有后续。

她现在在意的，是她之前修改的参赛作品，得了金奖，这个月的中旬她要去美国领奖。

那个作品她原本是听取了陶教授的意见，设计了一个很特殊的博物馆。

可后来图纸丢失，以及之后发生的种种事件，让她又改变了想法。她以家的主题建了一座宅院，这类生活型住宅在比赛中很不占优势，可她依旧拿了金奖，这让她越发肯定了自己之前的目标和想法。

左西达要在纽约逗留差不多一个星期的时间，除了领奖之外还要参加一些交流活动，和她一起来参加的还有陶教授和另一个学校领导。

除了得奖这件事，左西达对其他的都兴致缺乏，但身为主角又不得不出席。

她站在场内，却几乎不说话也不想交流，这让陶教授挺无奈，只能自己可能多地带着她，让她和有经验的教授或大拿有更多的交流。

这样做对陶教授是没有任何益处的，他为的不过是左西达以后的发展。

改变发生在第四天，那天他们回酒店的时间比较早。

左西达先去洗了澡，出来的时候听到有人在敲门，她以为是陶教授，结果打开门之后，意想不到的人带着许多不真实，出现在了面前。

连续几天都无精打采的人，此时换了一副面貌。

那傻兮兮的模样把时涧逗笑了，时涧伸出手在她鼻尖点了一下，一点点力道，成功唤回了左西达的思绪。

走廊里的灯落在眼前人身上，轮廓的阴影下，是完美勾动左西达心神的线条，左西达清楚听到了自己激动的心跳声。

除了一种名叫爱情的东西，她想不到还有别的可能。

时涧穿的是一件米色风衣搭配黑衬衫，锁骨半隐在领口里，左西达的目光从上面一扫而过，然后干脆利落地伸手扯住时涧的衣服，在时涧加深的笑容中，将人拉进了屋里。

一直到几个小时之后，左西达才有时间和心情问一问时涧怎么会突然过来。

"你前两天不是还在抱怨吗，我就抽时间提前过来了两天。"

时涧原本下周要去洛杉矶出差，可那时候左西达已经回去了，左西达知道的时候便为两人完美的错过而沮丧，当时时涧什么都没说，默默连加了几天的班，终于挪出两天。

惊喜的余温还在，左西达靠着时涧的肩膀，似乎只要有这个人，就算身在异国他乡也可以觉得踏实又安心："能看到你真好，尤其是在我刚领完奖之后，这就是双重的开心，之前刘教授一直说我胜负欲有点太强了，事实也确实是这样，第二名不能让我高兴。"

"胜负欲也可以说是对自己有要求的表现，我不觉得这是什么坏事，当然也没必要给自己太大的心理压力。"时涧语气懒散而放松。

"但这次得奖，我是尤为开心的，你知道为什么吗？"左西达一边问一边抬起头，"因为是你给了我灵感，我在设计这个作品的时候，想着的不是比赛，而是你，是我们。"

左西达说完就起身去把自己的iPad拿了过来。

她之前一直在刻意回避，没有告诉时涧她这次准备的作品是什么。时涧对此也并没有强求，那是左西达的专业领域，他完全尊重她，却没想到这一切会和他有关。

这个作品的主题叫"家"，和它的名字很相符的是，它给时涧的第一感觉就是温馨，虽然不是实物，可光看图片和3D稿件，依旧能感觉到那种奇妙的氛围。

可能这就是建筑的魅力，时涧在感动之余，心里也渐渐有了一个计划，一个暂时还不能告诉左西达的计划。

"谢谢你。"在入睡之前，左西达喃喃说着。

时涧默默笑了笑，明明说谢谢的人应该是他才对，可他没有和左西达争辩这些，只用落在额头上的吻来回应，还有一声低低的耳语："我爱你我的宝贝儿，希望你能有个好梦。"

左西达睡得又香又沉，连睡梦中都是幸福的，等到第二天早晨起来，便是神采奕奕，看到时涧的第一眼就直接露出了笑容："早上好。"

他回应她："早上好。"

今天左西达要去一所大学参加学术交流，临出门前她表现得依依不舍。时涧无奈地揉了揉她的头发，再三保证自己就在酒店的房间里处理工作，她一回来就能立刻看到自己，她才一步三回头地离开了。

之后的一整天左西达都在期待着结束，大约是她脸上真的藏不住事，很快就被陶乐咏察觉了异样。左西达也没隐瞒，大大方方就把事情说了。

陶教授一愣，顿了好一会儿，才说："你的男朋友，是百岩集团的时总？"

这称呼对左西达来说很陌生，可她还是点了点头："是啊。"

这天的交流结束，剩余的两天就没什么事了，回到酒店的左西达是开心的，尤其她一打开房门就看到了在窗边坐着的时涧，脸上立刻沾染上了一些明媚。

"回来得挺早。"时涧伸手，自然地搂过已经向他扑过来的左西达。

让人坐在自己腿上，左西达的视线瞄到电脑屏幕，上面显示着一堆数据，应该是时涧的工作。

"导师听说我男朋友来找我，就让我提前回来了，本来是要一起吃饭的。"

"这么好。"时涧笑了笑，脑海中想到的事是左西达并不了解的。

左西达的导师，自然就是陶乐咏教授，也就是陶英卓的父亲。

之后的两天，左西达和时涧在纽约简单地逛了逛，最主要的行程是带左西达去吃好吃的。

等到第三天，左西达要回国了，而时涧也要飞往洛杉矶和助理会合，两人一起去的机场，碰上了陶教授。时涧主动伸出手，礼貌地对方打招呼，陶教授也回握了一下。

在场的三个人中，有两个人是心知肚明的，却默契地都没开口提起，唯一被蒙在鼓里的左西达也完全没发现任何异样，她沉浸在即将要面对的分别上，幸好时涧承诺在他回国时会先到名安落一下脚，然后再回南松市。

"那我先进去了。"左西达要去安检了。

时涧压下心底的不舍，在左西达的头上揉了一下："去吧。"

而在左西达的身影消失之后，分开了的两个人想的是同一件事，尽可能地，不要再分离。

也是在同一天，等时涧到达洛杉矶见到了助理之后，他吩咐助理做了一件事，停止对陶英卓公司的打压，还帮忙牵了一条线，至于说能不能谈成，就是陶英卓自己的问题了，只要谈成，陶英卓的公司应该可以转危为安。

时间的快进键，藏在不知不觉四个字间，具体到左西达和时涧，便是一个又一个期待着见面但之后又得分离的节点。

随着又一次斩获国际比赛的第一名，左西达的名字在圈内已经成为一种标签式的存在。

而她出于对未来的规划，便开始在各种邀请中认真地思考和选择。

她是打算回南松市的，这当然是因为时涧的关系，虽然从各个方面来看名安市都是更好的选择，但她并不在意。

分隔两地的感觉并不好，努力盘算着什么时候彼此能有时间的匆促感，左西达很不喜欢。

所以，当今年暑假陶教授问她要不要参与他个人的项目时，左西达拒绝了。

她买好机票，在假期的第一天就飞回了南松市。时涧有事不能来接她，派了助理过来。

左西达在车上给时涧发微信报平安，看着时涧回复的"好的"两个字，很简练，便知道他大概是在开会。

回到家左西达先做了个简单的大扫除，忙到一半有人敲门，她才知道时涧还让助理去给她买了午餐。

助理也很负责，问她有没有其他需要帮忙的地方。左西达摇头表示不用，但对方又一次强调："时总特意吩咐过，您不用和我客气。"

"这样的话，那一会儿送我去趟超市，我想买点东西。"家里什么都没有，左西达想去超市添置点东西。

"当然。"助理笑着点点头。

等左西达吃完午餐，助理便开车把她送到了超市，并且表示会在停车场等左西达，快结束的时候给他打电话他再上来帮左西达提东西。

这次左西达会在南松市逗留将近一个月的时间，她盘算一下，先去了生活区域，买些日用品，又拐到生鲜部，按照自己和时涧的口味采购了不少东西。

如果是左西达自己一个人的话，这是她不会涉及的领域，她连速冻水饺都不会买——可现在不一样了，她也想对时涧好。

　　买到一半时涧打来电话，左西达兴高采烈地接起来，没想到却不是什么好消息。

　　时涧临时点事，要晚点回来。

　　左西达眼中的光彩几乎是在瞬间减半，她原以为时涧打电话来是已经忙完准备回来了，结果正好相反。

　　"对不起。"

　　左西达确实委屈，可当她听到电话那边的时涧开口向她道歉时，又立刻强调："不用对不起，你是有工作又不是别的，我等着你。"

　　她下意识就用了很肯定的语气，心里的那一点点委屈被她自己收拾得干干净净。电话那边传来一阵低低的笑声，带着沙哑的质感，紧接着是时涧的一句："谢谢你宝贝儿。"

　　左西达并没有意识到自己的改变。

　　从一味接受别人的照顾，到现在真心实意地会替对方着想、帮对方分担，她的改变时涧都看在眼里，在某方面来讲，这比说出口的那一句句我爱你，都更有力量，也更加珍贵。

　　双方挂断电话。

　　时涧一分钟也不愿再耽误，迅速投入工作当中，就希望能早点结束早点回去。

　　而另一边在超市里的左西达看着购物车里的东西，心里突然萌生出了一个想法。

　　以往都是时涧做饭给她，她还没有自己尝试过一次，最多只是准备火锅，今天正好时涧要晚些回来，她可以自己在家试试看。

　　这样想着的左西达在采购时就明确了许多，她用手机翻找了几个她感兴趣的菜谱，按照菜谱把食材都买齐全。

　　在结账之前给助理打了个电话，等她付完钱出来助理正好到了，帮着她提上东西开车回了家。

　　对于做菜左西达也不是一点都不懂，以前也帮外婆打过下手，之前在时涧家住的时候还跟伊宛白学习了一下。

师傅都是好师傅，奈何左西达好像在这方面就是没什么天赋。

现在的食谱都做得很详尽。左西达也很诚恳，几乎拿出了钻研精神，阵仗弄得很大，可最后做出来的唯一成品——红烧肉——却怎么看怎么不对劲。

左西达自己先尝了一口，刚咽下去，门口传来些声音，时涧回来了，原来在不知不觉间，已经七点了。

"你在干吗？"

时涧刚走到厨房门口，脚步就停顿了下来，对厨房里的一片狼藉感到费解。

再看左西达，她表情十分复杂，犹豫挣扎了一会儿，把手边的盘子往他面前递了一下："尝尝？"

"你做的？"时涧惊奇，"怎么想起来做饭了？"

"就是想尝试着做做看。"左西达解释着。

时涧夹了一块肉放进了嘴里，其实看颜色还是可以的，只是稍微深了一些，但滋味就是真有点奇妙了。

和红烧肉有点像，要是硬说的话也能搭上边儿。

可应该是叔叔或者爸爸辈儿的，沧桑颓废过了头，大概是香料放多了的关系，又都搭配在一起，就形成了一种过于成熟复杂的口味，再加上肉也老了，瘦肉的部分非常柴。

"其实也还可以。"时涧说得稍微勉强了些。

左西达对自己却是很不客气："不对，应该是不太可以。"

她拒绝遮掩，但也真的不懂为什么自己明明很认真但最后的结果却是这样的。

她半垂着的眼睛盯着那盘红烧肉看，好像有什么深仇大恨似的。

时涧忍不住"扑哧"一笑，在左西达的脑袋上揉了一下之后，抬手解了领带，把黑色领带放到餐桌上，一边卷袖口一边向厨房走去。

他刚下班，还是商务西服的打扮。

时涧开始洗手，准备收拾左西达留下的烂摊子，顺便把晚饭搞定。

左西达看着在厨房忙碌的时涧，那抹修长身影带来强烈反差，让左西达不再专注红烧肉失败的原因，而是看起眼前这个人。

06

从收拾厨房到做好晚餐，时涧只用了四十分钟。

他没把左西达准备的食材全部做完，毕竟已经有些晚了，就把鱼蒸了，然后又炒了青菜，至于那道红烧肉也被保留了下来，只是时涧用水重新过了一遍，奇怪的香料味被去掉了一些，便还能吃下去。

"我好像不太有天赋。"吃着时涧做的晚饭，左西达默默说了一句。

时涧上了一天的班，晚上回来还要帮她收拾烂摊子，她心里有些愧疚，但同时又感叹，时涧真的是什么都能做好。

"可能有点关系，最主要还是熟能生巧吧，如果你真的想学做饭，可以从最简单的开始。"时涧没有打消左西达的积极性，一边说一边给她夹了一块鱼肉。

左西达这鱼买得好，很新鲜。

"下次我再试试别的。"左西达看样子是没打算放弃。

时涧笑了一下，只提醒她："别的都好说，但用火一定要小心注意。"

"我知道。"左西达点了点头，然后在吃完饭之后推着时涧让他先去洗澡，而她主动承担了洗碗的工作。

等时涧从浴室出来，左西达已经洗完碗了，正在客厅接电话，时涧便没打扰她，将擦头发的毛巾放回浴室，刚转身，被左西达扑了个满怀。

毫无准备的时涧一踉跄，然后迅速稳住身形扶住左西达。

剩下的事便发生得合情合理了，温度持续升高，一直到两个人都心满意足，体力也几乎耗尽才有了回落，而这个漫长夜晚，也终于来到了尾声。

第二天是周六，但时涧还是得去公司。

他走的时候，左西达还没睡醒，所以左西达对于清晨时落在自己额头的吻，也是毫不知情的。

左西达一直睡到快中午，起床的时候有点恍如隔世的错觉。过了一会儿，她才完全清醒，第一反应是去拿手机。

果然有一条来自时涧的微信，问她睡醒了没，时间在一个小时以前。

左西达回了一句刚醒，然后起床去洗手间简单洗漱了一下，回来的时候发现手机在响，是时涧给她发来的视频。

"小懒猪，你看看现在几点了。"

还差两分钟十一点，左西达也觉得奇妙："没想到会睡到这个时候。"

"厨房给你准备了吃的，本来是早饭的，现在都成午饭了。"时涧的笑意不含任何苛责，调笑中带着无限宠溺的味道。

"好，用微波炉热就行了吗？"左西达一边说一边向厨房走去。

时涧煮了粥，还有三明治和煎蛋，左西达睡了这么久胃里早就空了，第一时间拿起三明治就先咬了一口。视频那边的时涧跟着加深了笑意："不光是小懒猪还是小馋猫，粥和煎蛋直接放微波炉里就行。"

左西达乖乖照做，期间时涧一直在和她聊天，直到助理来敲门提醒他开会，他才挂断，而左西达吃完时涧准备的早餐加午餐之后，也准备出门了。

昨天晚上尤泽恩打来电话，之前戎颖欣也在群里问左西达什么时候回南松市，左西达说了时间。

尤泽恩知道她昨天回来就打了电话过来约她。

正赶上今天是周末，她们四个也有一阵子没凑在一起了。

方高诗现在在银行上班，朝九晚五，时间规律，待遇也不错，周末都是有空闲的。

尤泽恩本来自己就是老板，除非特殊忙的时候，要不然总能挪出些时间，唯独戎颖欣比较难约。

她在一家外资企业上班，世界百强，精英云集，竞争压力很大，加班是基本日常，所以尤泽恩第一个就先打给了戎颖欣，配合着她的时间定了今天下午。

她们说好在尤泽恩的新家集合，左西达虽然是第一次去，但也很快找对了地方。

到公寓楼下的时候，正好碰上来的戎颖欣，左西达第一眼几乎没认出她来。

戎颖欣的变化颇大。大约是工作忙的关系，戎颖欣瘦了非常多，头发染成了浅褐色，还烫了大卷，人看着成熟不少，越发单薄的身材再配上一件黑色连衣裙，和大学时期微胖总是喜欢穿运动服的她差距甚大。

左西达和她单独视频的机会不多，再加上视频和见到本人还是有很大不同。

264

其实外表上的改变都还好，最主要还是气质的不同，戎颖欣的目光变得沉稳干练了，脚步坚定有力，这些都让左西达觉得陌生。

只有当她对着左西达露出灿烂笑容之后，才终于让左西达找回了一点熟悉的感觉。

"真的好久没看到你了，我们在群里视频你也不怎么出现，是不是都要把我们忘了。"戎颖欣一笑，那份因改变而带来的疏离就变得浅浅淡淡许多，当她亲昵地挽住左西达胳膊的时候，左西达心里并没有任何抗拒。

她们依旧是朋友，哪怕已经不住在一起，分隔两地，见面的机会也不多，可当她们在一起的时候，只需要一个笑容，就可以将这些全部消解。

"没有。"不管戎颖欣是不是只是在随口调侃，左西达回答得认认真真，却又不做多余的解释，很有她的风格。

熟悉的即视感让戎颖欣"扑哧"笑了出来："逗你的。我们上去吧，泽恩搬家之后你还没来过吧？"

"没来过，但她给我发过视频。"左西达被戎颖欣挽着一起走进电梯。

尤泽恩在装修之前有问过左西达的意见，左西达给她出了一份设计图，没想到尤泽恩直接就采纳了，装好之后特意给左西达拍了视频，总体效果还是非常不错的。

"何止不错，来过我们家的几乎都要问一句，尤其是我老公他们摄影圈里的人，有多少都想找你啊，你现在在摄影圈也是红人了。"这个话题一直被延续到她们进门，尤泽恩直接开启了小迷妹模式，"小宝贝儿，以后你飞黄腾达了，别忘了我们呀。"

"就是，我可等着你解救我于加班的水火之中了。"戎颖欣对尤泽恩的新家明显比左西达要熟悉很多，一来就自发从冰箱里掏出一罐可乐，一边喝一边说。

这样随意又轻松的气氛让左西达好像瞬间又回到了她们一起住宿舍的时期。

之后差不多有个十多分钟方高诗也到了。她们几个人中只有戎颖欣的改变比较明显，用方高诗的话说："人家现在是职场精英了。"

"一边去，吃还堵不住你的嘴吗？"

戎颖欣带了甜甜圈来。那家店很有名，总要排队，不过味道确实不错。

方高诗一口气吃了两个，左西达也吃了一个，唯独尤泽恩一口都没动。戎颖欣察觉到了，就随口问了一句："泽恩你不喜欢吃啊，我记得你挺喜欢吃蛋糕甜点的啊。"

"最近不太行。"她略带保留。

方高诗却追问道："什么意思？"

这次尤泽恩顿了一下，脸上的笑容颇具深意，分别看了看面前的三个人后，低下头，一只手摸上了自己的肚子："这也是我今天约你们来的原因，有件事想和你们说。"

"什么？"戎颖欣问是这样问，但其实她已经有了预感。

左西达和方高诗也同样如此，毕竟尤泽恩已经结婚了，而她那个动作，实在很有标志性。

"我怀孕了。"果然，尤泽恩的答案和她们心里想的高度一致，可冲击力依然存在。

方高诗立刻发出感叹，顿了下之后又问："什么时候的事啊，多久了？"

"是啊，几个月了？"一旁的戎颖欣也激动地凑了过去。

"刚满三个月。"尤泽恩说着，脸上露出柔和、温暖的笑容。

其实尤泽恩之前并不期待有一个自己的孩子，生孩子这个选择暂时不在她的人生清单里面，一切都是意外，可当她得知了这个意外的时候，她才发现，自己不仅没有抗拒，反而是高兴的。

"天啊，你这进度也太快了，才结婚多久啊，你这是要做性感辣妈单手抱娃吗？"方高诗有些被这个消息冲击到了，还没回过神，只跟着好奇心提问，"那老石怎么说？"

"他能怎么说，他敢不高兴我就打断他的腿。"尤泽恩话说得凶，但眼神中分明都是爱意，藏都藏不住。

方高诗见了立刻就"啧啧"了两声："爱情的酸臭味儿。"

"你少在这里柠檬精，你家里给你介绍的那个，不是也在稳定发展吗，说不定下一个结婚的就是你。"

戎颖欣怼方高诗是怼习惯了，方高诗回嘴回得也很顺畅，两个人一唱一和，就显得旁边的左西达越发安静了。尤泽恩看了她一眼，发现她的眼睛在盯着自己的肚子，便拉过了她的手。

左西达坐在方高诗的旁边，这会儿越过中间的方高诗，左西达被尤泽恩拉着放在了她的小腹上，才三个月而已，什么都摸不出来，可左西达知道，那里有一个宝宝存在，就觉得很神奇。

那天的话题围绕着尤泽恩的肚子展开，毕竟这件事实在冲击力颇大，顺便延伸到几个人的感情生活，方高诗被逼问和相亲对象进展如何，什么时候带出来给她们看看。

"八字都还没一撇呢，现在只处在没事发发微信，有空了就出去吃个饭看个电影的阶段。"方高诗也很坦诚，在其他三个人面前，她没什么好隐瞒的，"和你们说实话，那人吧，哪儿哪儿都好，人老实，长相过得去，又是家里给介绍的，知根知底，对我也不错，我应该很知足，但总觉得差点意思，我也不知道为什么。"

在第一次见面之后，对方就对方高诗明确表示过有以结婚为前提交往的意愿。

是方高诗还没想好，便一直拖着，没有更进一步的发展。她父母对此很不理解，总是劝她现在这么好的男人不好找了，可她就是迟迟没有下定决心。

她知道父母的话有一定道理，也看得出对方是不错的对象，想到最后她自己都觉得自己不可理喻。

不过她的想法并没有得到其他人的认同，戎颖欣毫无心理负担地回了一句："这有什么不知道为什么的，就是不喜欢呗，多简单。"

"但他人真挺好的，这样的我都不喜欢，那你说我得上哪儿找个我喜欢的去啊。"方高诗顺口说出家里常说的话，"再等下去我年龄大了，就更不好找了。"

"你这话说得我不爱听，那我不也还单着呢吗，我不是也没着急？"戎颖欣知道方高诗没恶意，只是单纯对她的话不赞同。

可方高诗同样能找到理由反驳戎颖欣："但我们也不一样吧，你的工作有前景，对未来也有自己的规划，你想多拼拼事业，这是你的选择，而我对事业本来就没什么野心，再没个家庭，那我真是一头都不占了。"

这些都是现实，戎颖欣心里不想接受但也知道方高诗说的才是大环境

267

下的现状，她一时有些不知道该回什么才好。没想到一直没开口的左西达却在这会儿说话了："但人生总要抱有期待。"

她的声音清爽干净，没有太多情绪起伏，却意外地让人从窒息中稍稍有了些缓和。

尤泽恩立刻跟着接口："是这样没错，你怎么就知道明天一定比今天糟呢？方糕啊你要做个甜甜的方糕啊。"

这回轮到方高诗沉默了，不过她也没纠结太久，她选择把这个问题略过："算了不说我的事了，老石什么时候回来，不是说晚上要一起吃饭吗？他这个孩儿他爸不出现？"

"他一会儿就能回来。"

几乎是在尤泽恩的话音刚落下，说曹操曹操就到。随着尤泽恩的老公石朋兴的出现，话题被引回到了尤泽恩和她的肚子上。

后来差不多到晚饭时间了，他们就从尤泽恩家出发去了订好的餐厅。

在路上，左西达收到时涧的微信。昨天晚上尤泽恩打来电话的时候就问过时涧，但他今天加班没办法过来，多少有点可惜。现在戎颖欣见左西达在回微信，就又问了一句："时涧还在忙？"

"嗯。"左西达点点头。

戎颖欣感叹道："这么一说我应该平衡了，毕竟连老板都这么辛苦，我这个小职员还有什么可抱怨的。"

"亲爱的你要搞清楚，同样都是辛苦都是加班，但老板赚多少你赚多少，别瞎平衡了好吗？"方高诗嘴特别快，又损。

戎颖欣直接被损乐了："有你这样的吗？我抑郁了你得负责我告诉你。"

就这么一路说说笑笑，到了餐厅也没闲着。

包房里的气氛一直都很好，只是尤泽恩不能喝酒，想当初她每次喝醉之后都立下誓言要戒酒，没想到最后是因为怀孕而实现了。

连聊天再吃饭的，时间过得飞快，等结束的时候已经快十一点了，中途左西达接了个电话，等他们从饭店出来的时候，正好看到了时涧的车。

自从时涧去美国之后，戎颖欣她们就没再见过他。

左西达和时涧一度分开的事，左西达也没和任何人说过，所以在她们看来，他们两个是一直在一起的，到现在也有很多年了。

"好久不见了。"

从车上下来的时涧笑着和众人打招呼，并且主动和第一次见面的石朋兴握了下手，简单寒暄之后才把视线放到左西达身上，看似并没有什么特别，可眼神却在顷刻间变得柔和了许多，那是专属于这个人的，其他人都没有的特别。

其实很细微，可因为方高诗看得分外认真，所以也看得足够清楚。

从刚刚时涧一出现，有些久违的感觉也跟着一起苏醒。

这是方高诗大学时代的男神，她曾经追逐过他的脚步，甚至一度有过幻想，还为此而和左西达产生了矛盾，直到后来真正地放下。

她对时涧早没了其他心思，可有些东西在看到时涧的瞬间，好像又重新燃烧了起来。

那是年少时的简单和炙热，而不是被现实层层重压下的妥协。

也是在这一刻方高诗才发现，其实她之前一直深陷迷惘，她走不出来，就以为自己只能身在其中，可现在那份重新苏醒的感觉给了她一个出口，让她意识到，其实还是有另一个天地的。

"方糕你的眼神太露骨了。"左西达和时涧的车已经走远了，但方高诗看着那个方向的目光却迟迟没有收回。

戒颖欣对此觉得不解又意外，方高诗应该老早就接受左西达和时涧在一起的事实，更何况都这么多年了，当初那个男神男神叫着的女生，早就长大了。

"没关系，我看看我男神又不犯法，我也只是看看。"

然而让戒颖欣更加没想到的是，这个好久没有出现的称呼，竟然会再一次被方高诗提起，她在惊讶之余，也多少有些沧海桑田的感觉。

其实仔细想来，距离她们毕业也才两年的时间，可为什么有些事却好像已经离她们那么遥远了？

"你怎么了啊方糕？"尤泽恩和石朋兴也已经走了，这会儿就剩下她们两个，戒颖欣对方高诗的状态有些不放心。

她明明是她们这些人中最活泼最开朗的那一个，可她现在的样子却让戒颖欣感觉到了某种压抑。

"要不你去我那儿住一晚？"戒颖欣提议。

方高诗摇了摇头："不用了。"说完好像才意识到自己的情绪已经影响到了别人，她在瞬间清醒，立刻把语气调整了过来，"我就是觉得自己眼光可真好。你看时涧，一点没油腻，反而更加有魅力了，这是我男神啊，说出去多有面子。"

戎颖欣对此倒是认同的："是啊，他也算咱们学校的优秀毕业生代表了吧，之前毕业季不是还说要把他请回去吗，后来好像是他没时间还是怎么的。哎呀，这些都不重要，现在的重点是，你到底怎么了，之前不是还好好的？"

"我就是突然回想起了挺多以前的事，那种很单纯喜欢的感觉，而不是觉得这个人挺好，要强迫自己去喜欢他那种。"方高诗说完转头看了一眼戎颖欣，察觉到她眼中的担心，赶忙笑了，"别那么看我啊，要是担心我，你就答应我要是我以后真的找不到男朋友了，我去你家蹭吃蹭喝的时候，别嫌我烦就行。"

"不可能的，我肯定会嫌弃到死。"戎颖欣一点不客气，可之后又补充了一句，"但是嫌弃又能怎么办，都这么多年了，我除了忍着还有别的出路？"

"这就对了。行了。有空车了，你先走。"

方高诗把戎颖欣送上了出租车，还提醒戎颖欣到家给自己发微信。

她在很多时候都是大大咧咧的性格，但其实以前上学的时候，都是她提醒戎颖欣带钥匙、关宿舍的灯，以及什么什么东西又缺少了。

方高诗有属于自己的细腻，同样也有属于她自己的压抑。

她的父母属于那种把孩子看得很重，又有些强势的类型，方高诗一直以来也都算听话，可听话并不意味着喜欢。

想到这里，方高诗又想了刚刚在尤泽恩家，在聊起她时左西达说的那句话，"总要抱有期望"，或许还应该有下一句——"并且努力去实现它"。

也是在这时方高诗才深刻意识到，左西达和时涧，其实是很般配的，那个一路走来都无比耀眼的男神，留在他身边的，也是同样优秀的人。

07

平时越是活泼开朗的人一旦突然展现出低落脆弱来，会让人格外担心，就像是久久不生病的人突然感冒了都不那么容易好一样。

戎颖欣虽然忙，但她操心的性格还是改不了，昨天晚上回去就一直在想方高诗的事，想到第二天早晨，在去上班的路上给对方发了微信。

她没问得太具体，都是用臭贫来试探对方的口风。不过方高诗没有表现出丝毫异样，给她用语音回复时的语气也都很正常。

戎颖欣多少放心了些，之后她连着加班了三天，熬得人不像人鬼不像鬼的，终于把手头的策划书赶了出来，她想去吃顿好的犒劳犒劳自己，第一个想到的人是方高诗。

那天她下班时七点左右，有点担心方高诗会不会已经吃过晚饭了，于是打了电话过去。方高诗接得挺快，表示还没吃饭："你要请客的话，那我快马加鞭赶过去。"

回答得很正常，戎颖欣却察觉到一丝不应该有的哽咽和鼻音，她微微皱眉，追问："你怎么了？"然后又跟了一句，"方糕你是在哭吗？"

"没有。"方高诗否认，"好了，你给我发个位置，我们一会儿见吧，先不说了。"接着便急匆匆挂断了电话。

很明显不对劲，戎颖欣犹豫要不要再打过去，但想到她们一会儿也要见面，有这个时间还不如早点出发，便也没再耽搁，把餐厅地址发给方高诗后，收拾好东西就离开了公司。

等到终于见面，证实了戎颖欣的判断果然是没错的。方高诗眼睛很红，还有点肿，明显就是哭过的样子。戎颖欣自然要问清楚，方高诗开始还有点隐瞒遮掩，但最后还是坦白了。

她和父母闹了矛盾，因为她准备拒绝那个相亲对象，父母对她的行为表示不理解，在他们看来那就是一个完美的对象。

他们希望方高诗能先交往看看，感情这东西都是可以培养的，在一生的安稳幸福面前，爱情的冲动不过是昙花一现。而方高诗一向都很听话，所以他们一直在劝她，觉得她总会改变心意。

方高诗没妥协，直接跳过他们联系了相亲对象，和对方把话说明白了，等她再回家，等待她的是一场战争。

原本听话的孩子突然变了，方高诗的父母无法接受，明明有一条简单又容易的路摆在方高诗面前，他们不明白方高诗为什么要拒绝。

"我不要容易，我只想走一条我自己想走的路。"方高诗把对父母说过的话又对戎颖欣说了一次。

当时父母并不赞同，而且还在说服她。幸好这一次她得到了支持："我明白，也理解你。"

戎颖欣的表情都是心疼。

她和方高诗都是不太能喝酒的人，今天却陪着方高诗喝了不少，这会儿头已经开始有些疼了，好在神志还是很清醒的。

"但父母长辈的想法也很正常，他们是站在担心你的立场，希望你能过得开心，最好不要有任何风险，等他们老了，无法再帮到你的时候，你能生活得好。"戎颖欣试图劝慰方高诗，最起码不要和父母闹僵。

方高诗却摇了摇头，也不再说话，只用摇头的动作来表达她的不认同。

其实这些都只是一角而已，父母对她的控制来自于长久以来的习惯，如果她这次选择用一种缓和的方式，那事情的本质还是不会发生改变。最后她说："我能去你那住两天吗？"

"当然可以，但我觉得你要不要打个电话说一声，别让他们担心。"戎颖欣这样说。

不过方高诗却并没有直接答应下来："再说吧。"接着便喝空了手边的啤酒。

那天方高诗彻底喝多了，倒在桌子上人事不知，戎颖欣虽然不到这个程度，但也脚步虚浮。凭借她一个人的力量根本没办法把方高诗弄回去，正在她烦愁的时候旁边那桌的三个男士表示要来帮忙，说可以开车送她们回去，可她很戒备地拒绝了。

已经半夜了，两个喝多的女生上陌生男人的车实在不是什么明智之举，在饭店最起码还是个公众场合。

"真不用了，谢谢，我已经打给朋友来接我们了，他们马上就到。"戎颖欣撒了谎，才终于把人赶走。她在松了口气的同时，也真的给尤泽恩打了电话过去。

知道尤泽恩怀孕要休息，这么晚打扰不太合适，但戎颖欣也是没办法了，她身边可以完全相信的朋友并不多。

戎颖欣是希望石朋兴能来帮个忙，可两通电话打过去都没人接，戎颖

272

欣等了一小会儿又试了一次，依旧得到了同样的结果之后，她想了一下，改成给左西达打。

二十分钟之后，左西达来了，不光她还有时涧也一起来了。

戎颖欣对自己的深夜打扰觉得很不好意思，但时涧很自然地说朋友之间帮忙是应该的，之后又接了一句："之后请我吃饭就行了，喝酒都不叫我们，有点不够意思。"

瞬间让戎颖欣的顾虑消除了不少，连忙表示下次一定请客。而左西达则对方高诗突然喝了这么多酒表示不解："是出了什么事吗？"

趴在桌子上的方高诗把头埋在了自己手臂里看不见脸，但露出来的耳朵和脖子都是一片红，刚靠近就能闻到酒气，明显是喝了不少。

"说来话长。"戎颖欣苦笑了一下。

时涧看了她一眼，开口说道："先送你们回去吧，今天太晚了。"

他说着又看了左西达一眼。左西达不是太明白，但眼神中明显带着一些对方高诗的担忧。时涧收回目光后弯下腰，直接将方高诗从位置上抱了起来。

动作十分轻松，还有富裕保持绅士风度尽量不要碰到方高诗，左西达很自然地帮忙拉衣服，戎颖欣则拿了她和方高诗的包跟在后面。

车子就停在餐厅门口，左西达先去开车门，在时涧正打算把方高诗放到车里的时候，方高诗悠悠睁开眼睛，盯着时涧的脸看了两秒，又闭上了，同时还嘟囔了一句："妈呀梦到男神抱我，我得跟西达下跪请罪了。"

一句话里的两个主人公都在场，也都听见了，跟在后面的戎颖欣忍不住"扑哧"一笑。

为方高诗那小屁样而忍俊不禁，同时也越发觉得，其实方高诗的父母应该对方高诗有点信心，相信她哪怕不走这条他们为她安排好的路，她也依旧可以收获自己的幸福。

在车上，戎颖欣把方高诗的事对左西达和时涧简单地说了，左西达在听完之后沉默着转过头去看后排的方高诗。

方高诗的家庭环境和她正好是两个极端，而左西达也是到现在才发现，自己在某种程度上来说，也可以说是另一种幸运。

273

等到了戎颖欣家楼下的时候，方高诗算是醒了，只是整个人有点发木，呆愣愣的，但好在能自行走路上楼了。左西达和时涧一路将她们送到戎颖欣的公寓，确定一切安好之后才离开。

凌晨的街道，没有了白天的繁忙拥堵，整个城市好像都在沉睡，还在活动的，是少数的异类。

左西达从戎颖欣家离开后，就一直沉默。虽说她平常话也不多，可时涧看得出，她在想事情，便没有去打扰。

一直到家楼下，停好了车，转头发现左西达还想着，时涧就有点疑惑："怎么了？"

"我也要抱一下。"左西达特别直接地提出要求，顺便伸手。

时涧听得一愣，反应过来之后顿时有些哭笑不得："我的大宝贝儿，这种醋咱就不吃了吧。"

时涧之所以来帮忙是因为方高诗和戎颖欣是左西达的朋友，所做的一切也都是为了她。这些左西达当然明白，所以她说："你抱我一下我就不吃醋了。"

她的要求一点都不高，却带着一点坚持。时涧看着她那小模样忍着笑叹了口气，但还是绕到了副驾驶那边，先帮左西达解开了安全带，然后将人抱了出来，顺便关上车门。

"好了我满足了，放我下来吧。"左西达一边说时涧一边还在往楼梯口走，眼看就要上楼了还没有停下来的意思，左西达着急了，"你放我下来啊，我说抱一下就行。"

"不行，我的宝贝不高兴了我怎么能就抱一下呢，要抱我们就抱到底。"

然而时涧根本不听，左西达也不敢挣扎得太厉害，怕伤到时涧，动作幅度都很小，对时涧完全没有任何影响："而且你搞错了宝贝，抱你对我来说根本不是惩罚，我愿意一直抱着你。"

低低的声线涵盖着温柔暖意，过近的距离下是时涧含着笑意的眼睛，左西达看着听着，所有的动作便都下意识停了，隔了几秒钟之后，改成了伸手牢牢环抱住时涧的脖子。

她也愿意，一直被他抱着。

08

关于昨天晚上，方高诗最后的记忆是在饭店，所以当戎颖欣说是时涧和左西达把她们接回来的，时涧在饭店还把她抱上了车的时候，她受到了暴击。

"你是说，男神抱我来着？"方高诗坐在床上独自凌乱，"那我岂不是要向西达下跪乞求原谅了吗？"

很好，果然是同一个人，不管什么时候反应都很一致。戎颖欣失笑，凑过去在方高诗的脑袋上使劲儿拍了一下："想什么呢，时涧是帮忙而已，而且全程绅士手，再说了当时那种情况，我自己也喝多了，光靠西达自己根本弄不动你好吗？"

"道理是这个道理。"方高诗点头，被打了一下也不知道还手，整个人傻愣愣的，明显还有些宿醉的后遗症，"这样说的话那我有点赔本了，一点记忆都没有啊，这么难得又正当的机会，太不争气了我。"

重点依旧很偏，完全没回到正轨上来，戎颖欣被她闹得没脾气了，也不再理方高诗，收拾收拾就自顾自去上班了。

方高诗今天请了假，准备在家休息一天。

只是戎颖欣到底不怎么放心，中午午休的时候发了视频过去，当时方高诗正在打扫卫生，看上去状态还不错，好像已经彻底从昨天的情绪中走了出来。

到了下午尤泽恩也回了微信过来，问她昨天晚上打电话是不是有什么事。戎颖欣想了想，回道："明天晚上有事吗？聚一聚顺便当面说吧。"

"没问题。"尤泽恩很痛快。

戎颖欣又联系了左西达，还特别提了时涧，左西达问过之后表示时涧有时间，于是事情就这么定了下来。

原本戎颖欣打算请客，这也是昨天晚上她答应时涧的，无论当时时涧是认真的还是只为了给她一个台阶，反正她是认真的。

不过等她晚上回到家把这件事和方高诗说了之后，方高诗却说："这次我来请，你要请你排下一次。"

"凭什么？"方高诗那副理所当然的样子直接把戎颖欣气笑了。

"凭我昨天喝醉了，你要是不答应，我就再喝一次，喝死我自己拉倒。"

什么乱七八糟的理由，却被方高诗说得无比理直气壮。戎颖欣拿她没办法，最关键的还是看她最近心情不好，也就没和她一般见识。

那天的饭局简直就是一场开导局，这完全不在方高诗的预料之内，饭局上撒泼打滚也没能把话题转移开，尤其是在尤泽恩知道了事情始末之后，更是直接掰开了揉碎了去聊，根本不给方高诗逃避的机会。

在尤泽恩看来这就是一个脱敏的过程，一件事说到你麻木，也就放下了，很多心理医生在做心理疏导的时候也会采用这种方式，如果一味把事情放在心里，憋着藏着不说，那就始终是个事儿。

"而且你个小丫头还学会喝酒了，还敢把自己喝得烂醉，休想姐姐我能放过你。"尤泽恩搂着方高诗的脖子，态度十分强硬。

可也就是在这样的气氛和方式之下，方高诗的心情确实比来时好了很多，也不再选择一味地躲在戎颖欣家里了，她打算回去再和父母谈一谈。

"实在不行姐姐我就给你介绍几个男人，你不是觉得自己交际圈窄吗，那帮你拓宽点不就完了。"尤泽恩觉得这不叫事。

在这一点上，时涧和她看法也一致。

"你喜欢什么类型的，我也可以看看身边有没有合适的人。"他跟着开口。

这回方高诗直接愣了，眼睛睁得老大。见状，时涧低低笑了一下："毕竟被你叫一声男神，也不能白叫了。"

他用轻松玩笑的语气说出来，可方高诗却觉得心里有一种突然被击中的感觉。

她还记得自己日夜不休为时涧在学校论坛上和人吵架，只要听到时涧在哪出现就立刻赶过去的日子。那些都是真实存在的，虽然已经过去，可现在听时涧这样说，就好像那些日子的付出都得到了认证，并没有白白浪费一样。

也让方高诗更加坚定了之前的决定，她要拥有属于自己的爱情，而不是被父母支配着，选择一个看似不会出错的人。

之后的几天，她们四个基本只在群里有交流，等再见到方高诗，是在周六那天，她们四个女生聚在尤泽恩家里，听方高诗汇报情况。

她和父母聊过了，效果不算太好，但她父母也接受了她这一决定。

方高诗家里的气氛变得紧张起来，父母明显不高兴，话里话外都在埋怨方高诗，甚至还联合其他亲戚，尤其是和方高诗关系很好的表姐，让她来做方高诗的工作。

"但我这次有男神加持，谁说都没用。"方高诗斗志昂扬，很显然心情已经不受影响了，只是说完之后似乎又意识到了什么，赶忙冲左西达解释，"不是我没别的意思，你别多想，我就那么一说。"

"我没多想，也很高兴你选择了坚持自己。"左西达一点没勉强地回答道，总算是让方高诗放下心来。

她们来得早，中午在尤泽恩家吃完火锅，到了下午尤泽恩有点累，再加上戎颖欣也有事，就散了。左西达坐地铁回家，中途接到了寇智明的电话。

说起来很巧，就在电话接通的那一瞬间，地铁里传来了报站的声音，寇智明原本要说的话有所停顿，再开口的时候就成了："西达，你回南松市了？"

左西达没有立刻回答，但电话那边的寇智明明白左西达还在回避他们，可他没催促，最后左西达回了一句："回来了。"

"那什么时候有时间回家来吃顿饭吧？"寇智明问。

他内心也在想，如果不是自己这么刚好听到地铁播报声，是不是左西达都没打算让他们知道，她回来了。这些他都没说，只说："我们挺想你的，尤其是你妈妈，你也好久没回来了。"

他说的是实话，过年左西达都没回去，寇智明之前还想请年假，好一家人一起去名安市看左西达，顺便旅个游，但戈方仪不同意。

戈方仪态度强硬，还说左西达不回来她就巴巴地过去，她丢不起那个人。但寇智明知道，其实戈方仪心里是很惦记左西达的，好几次被他看到她在看左西达的朋友圈。奈何左西达很少更新，多是有关学校的一些转发，几乎看不到她的个人生活。

所以寇智明才打了这通电话。

通话又一次迎来空白，是左西达在思考，而她并没有用很长时间："我下个周末回去。"

她并没有要和戈方仪从此不往来的意思，就好像她之前所说的，戈方仪依然是她妈妈，有事的时候她也会帮忙，也会去看戈方仪，但仅此而已，

277

没必要过多地参与对方的生活。

"好好，下个周末我们等着你，有什么想吃的吗？"寇智明赶忙答应下来。

左西达回得很快："没有，不用特别准备什么。"

她虽然这样说了，可周末那天寇智明依旧做了很多菜，还专门跑去买了最近在南松市算是新晋网红的芝士蛋糕。之前寇冉冉几次吵着要吃，但寇智明嫌排队麻烦，只给她买过一次，还是她考试考得好奖励给她的。

寇智明没和戈方仪说是他主动给左西达打的电话，反而说成是左西达主动联系的他。戈方仪听到的时候虽然回了一句"她回来干什么，不是都不打算回了吗"，但寇智明没有忽略她掩藏在嫌弃之下的期待，以及周末这天从早晨便开始的不安。

可等左西达真的回来之后，气氛却算不得好。戈方仪拿着架子不主动说话，表情也很冷漠，寇冉冉几度阴阳怪气，把寇智明好不容易缓和的场面又弄得难堪起来。

寇智明对此感到特别无力，在苦笑的同时觉得左西达不愿意回来其实也不难理解。

再组家庭本就特殊，需要格外小心努力维系着，尤其是做父母的，可很明显他们这对做父母的，做得并不好。

这些话他以前也试图和戈方仪聊过，但戈方仪却表现得很抗拒。也是最近，戈方仪才算终于意识到。

随着寇冉冉即将步入高三，他们夫妻俩围着寇冉冉忙得团团转的同时，她或许也会想，左西达高三那年她几乎什么都没做，一切如常，然后她就接到了左西达是理科状元的好消息。

亏欠感姗姗来迟，但其实也不是没有机会弥补，至少从今天、从现在开始，可戈方仪实在太好面子，再加上和前夫的种种矛盾，让她拉不下脸来。

在左西达偶然提起左景明时，她几乎是想也没想就冷笑了一下："所以你现在彻底和你爸是一伙儿的了？"

戈方仪的眼神在冰冷和愤怒之下，还有一丝受伤："左西达，你有没有想过，这么多年到底是谁在照顾你，哪怕我做得不好，我也做了，左景明他只会说好话，这么多年他除了几通电话和钱，他还做过什么？"

说到最后，戈方仪开始控制不住自己的情绪，声音大了起来，愤怒超过一切："你就是个白眼狼，你根本不记得当初他是怎么抛弃我们母女的，他尽过一点作为父亲和丈夫的责任吗？没有，根本就没有，我当初有多难，我一个女人带着个孩子，而你现在却和他站在一起，你就是个白眼狼！"

她说完直接扔了筷子，寇冉冉跟在她身后一边走一边劝她。

左西达听到寇冉冉说"妈妈你别哭啊"，她不知道自己心里是什么感觉，也不知道戈方仪说的到底是不是对的。

一直到回去的路上左西达还在想，想到最后，她发现她终究是个自私的人，她不是法官，不准备去评判在他们这个破碎的家庭中到底谁对谁错，谁更加不负责任一点，她只会选择怎样才让自己舒服。

仅此而已。

09

开学之前左西达和时涧去了趟日本，时涧是去出差的，而左西达是跟着他一起去的。

时涧忙的时候她就在酒店里等他，时涧回来了再一起出去吃饭，吃完饭就到处逛逛。

一个星期的时间一眨眼就过去了，回国的两天前时涧终于结束了工作，带着左西达转到另一家温泉酒店好好玩了两天。

不过两天时间终究短暂，回国之后左西达也要回名安市了。

在机场，左西达搂着时涧不说话但也不松手，时涧哄了好半天，最后时间实在来不及了，左西达把脸埋在他肩膀上，并非故意，但确实显得无比委屈地说了一句："真希望时间能快点走完。"

分开的日子太辛苦，忍耐思念成了必修课。

他们两个谁有时间就谁"飞"，名安市和南松市之间的航线成了搭载他们的桥梁，也将日子分化成了一个又一个段落。到了这一年的春节，左西达跟着时涧回了家，伊宛白早就说想她，但这次的意义还是有些不同的。

时涧将她正式介绍给所有的亲戚朋友，带她一起参加家族聚会，各种朋友的组局，甚至是商场上的应酬。

这个过程左西达未必喜欢，尤其是那些应酬场合，可在另一方面，她又是愿意的，原因很简单，只要有时涧，她就愿意。

也是在这个春节，左西达在和方高诗她们碰面的时候得知，方高诗和戎颖欣相继有了好消息，她们都交男朋友了。

戎颖欣还为爱跳槽，从公司出来，准备年后和男朋友开始自主创业，而方高诗也不负众望，找到了自己真正喜欢的人。

"没用男神介绍，我还是比较争气的。"方高诗对时涧这样说，明亮的眼睛一看就是正被幸福包围着。她用事实说话，也终于让她的父母渐渐改变了原本强势的态度。

"是，恭喜你。"时涧笑着点头。虽然方高诗依然叫他"男神"，可心态上早已不再是上学时那样带着爱慕，更多的是玩笑着，同时也是对过去那段时光的一种追忆。

正月十五在左西达走之前，她们四个女生都带上家属全员齐备地聚了一次。尤泽恩的孩子已经三个月了，她的身材基本恢复，虽然不再化烟熏妆，可爽利透的性格一点没变，真的做成了单手抱娃的辣妈。

"以后大家领着我儿子出门，不知道的肯定以为是姐姐泡了小鲜肉。"尤泽恩口无遮拦。

方高诗立刻阻止她："哎呀我去，我男朋友在呢，你别乱说毁我形象，我可一直走的是淑女路线，人以群分你知不知道。"

"你一直走淑女路线？我怎么没发现这件事？"还没用尤泽恩说话，方高诗的男朋友就先拆了她的台，只是语气中的笑意和宠溺都是分外明显的。

原本四个女生的队伍不仅有了另一半，甚至连下一辈都有了，让人不得不感叹人生的变化。

其他朋友都有了新的生活，依旧是学生的左西达变化倒不大——似乎还没有开始工作就不算迈入下一个篇章。

不过她在这个学期回到学校之后，陶教授给她介绍了一个人。

——饶音华。

说起来，饶音华的经历和左西达有不少相似的地方，她们都是陶乐咏的学生，也同样早早成名，斩获了许多国际上的奖项，不仅为自己和学校，也为国家争得了荣誉。

她研究生毕业之后就出国了，并且在国外也取得了一定的成绩，同时累积了不少经验和人脉。春节前刚回国，准备自己创立工作室。她来拜访陶乐咏时聊起，陶乐咏就想到了左西达。

之前左西达和他明确表示过不打算再继续求学，而以她的喜好和擅长的领域看来，陶乐咏觉得这或许是比较适合左西达的一个机会，就帮两人牵了线。

其实向左西达发来的邀请几乎就没断过，她看得多想得多了以后，对自己到底想要什么也就越发明朗了。她不太喜欢过分束缚、要求多且严格的环境，所以设计院之类的并不适合她。

至于那些给出诱人价码的房地产商，左西达并不是很在意别人说她图钱，没有艺术追求之类的，只是在聊过之后，他们大多更倾向于流水线类的设计，重量不重质，和左西达的想法相互违背。

所以看似她的选择很多，可真正符合预期的却寥寥无几。饶音华的出现，对左西达来说是刚刚好的。

饶音华的工作室不会有很大规模，也不会频繁接项目，对合作伙伴也有一定的要求和选择，饶音华所期待的是他们工作室完成的项目都是可以被记住，甚至可以冲击奖项的作品。

饶音华是个爱惜羽毛的人，她把话也和左西达说得很清楚。

左西达看来，她的想法趋于理想化，很可能无法落地实现从而走向解散，但她也做出了承诺，她会尽全力不让事情发展到那一步。

其实饶音华名声在外，再加上这几年的积累，工作室的前景还是很被看好的，就像现在，她才刚把自己要成立工作室的消息放出去，就已经有不少项目找上她，前期的几个合作也已经谈得差不多了，但她还是选择把丑话说在前面。

毕竟比起那些已经有了一定基础的工作室，他们需要做的事是从零开始。

饶音华和左西达说她可以考虑一下，不用急着给答复。左西达确实考虑了，也在视频中与时涧聊过。

饶音华的工作室在南松市，不用打卡上班，时间弹性，这些同样都是吸引她的点，但时涧说："西达我只希望你能考虑好，而不是为了我去做出牺牲。"

时涧说这是牺牲，但左西达完全不这么认为。在她看来，这不过是选择的前提，更何况在这个前提之下，饶音华的很多想法也都和她不谋而合，所以在三天之后，她主动联系了饶音华，选择加入。

对此，饶音华表现得非常开心。她很希望左西达能加入，不光是因为陶教授的大力推荐，还因为她欣赏左西达的作品，尤其是左西达前不久得奖的名为《家》的作品，她特别喜爱，那种彼此可以产生共鸣的感觉，让她十分期待可以和左西达合作。

也正是因此，她才不希望这份合作中有任何一点勉强的部分。

事情就这么敲定了下来，左西达继续在学校读书，饶音华则继续招兵买马。

虽然工作室的规模不很大，但她力求精益求精，找的都是她信得过且欣赏的人。工作室的人员配备在她的努力下渐渐完善起来。

等到暑假，左西达刚回到南松市就被饶音华拉去了工作室，说要带她参观参观。

工作室的地址在中山区的一片居民楼里，是用一个废弃车库改造的，饶音华亲自操刀，外表几乎没怎么动，连大门都是原来的老旧铁门，一推就吱嘎乱响，饶音华笑说防贼，这么大的动静，贼轻易不敢来偷。可一旦走进去，里面却是另一番景象。

大多为纯白的极简风格结合了未来智能的设计理念，办公桌和座椅全部电子遥控，用来分隔区域的玻璃可以变化模式，从全透明到磨砂雾面，只需要连接一个APP，就可以操控全局。

带着左西达小转了一圈儿之后，饶音华随意坐到一张办公桌上，一边晃腿一边问："怎么样？"

"不错。"左西达如实回答，这对她来说已经是夸奖了。

饶音华却笑："小家伙不知道天高地厚，有这么和老板说话的吗？"

左西达投去疑惑的目光，饶音华笑着摇头，从桌上下来对左西达招了招手，两人迈上半截台阶，上面有两间办公室，饶音华指了指右手边的那间："这间是我的。"然后又指另一间，"这间是你的，暂时空着。快把书念完，我可等着你呢。"

饶音华说着率先推开了那间办公室的门，左西达跟着她一起走进去，大量的白色和圆形的运用让这里有一种宁静的氛围，不随人的意志为转移，而是属于建筑本身。

"现在在这里，我要和你谈你的第一单生意，就是你的那个《家》。"饶音华站在办公桌旁边，收起玩闹，眼神中带上了专注，那是她在谈正事时才有的神情。

她从抽屉里拿了一份项目书出来，一式两份。她讲解得很认真，左西达听得也很认真。在听完之后，左西达便陷入了思考，并且没有直接给出答复，她要回去想一想。

这次她犹豫的时间比之前考虑要不要加入工作室时长得多，也更为挣扎。不是没人找过她要合作，恰恰相反，有意的人很多，但都被她拒绝了，因为这个作品对她来说是特殊的。

那是她想着时涧，以及她和时涧的未来所设计出来的作品，意义非凡，可另一方面她也很清楚，她暂时甚至未来很长一段时间都无法落地实现，放在她手里，最多也就是一直放着，也就失去了建筑本身的意义。

建筑不是一个模型或者一堆稿件，建筑就应该是建筑，存在，就是它最应该具有的价值，也是设计者本身理念的传承。

以后左西达还会有更多作品，和时涧有关的也好，和时涧无关的也罢，她总不能把每一个都留下来，让它们静静躺在硬盘里。

或许学生时代可以，一个奖项的认可就足够让人满足，可接下来左西达会步入另一个领域，有人会把她设计的作品变成现实，这让她兴奋，那种兴奋的感觉催促着她，鲜活而具有生命力，那是她喜欢的感觉，所以左西达觉得，以此作为一个开端，或许也不错。

10

左西达收到第一笔钱的时候，数额之高对于她现在的年纪，绝对让人羡慕，足够她轻轻松松享受生活了，但她的重点不在这里，当她发现并不存在后悔这种情绪时，才松下一口气。

对方给出的价格是以往之最，但左西达在意的并不是这个，只能说对方是在最最刚好的时间，用了最最合适的方式，才促成了这次的合作。

在和对方代表谈过之后，左西达感受到了对方的诚意，他们完全没有提出任何修改意见，他们的意见就是全部都按照左西达的想法来执行，毫无保留地放权给她。

这让左西达更为放心了些，如果对方要肆意修改的话左西达绝对不会同意，这次的合作很可能也就不存在了。

"你们是要用它来做什么？是住人吗？"这一点也在左西达的考虑范围之内。

对方代表的回答是："暂时空置，我们老板的意思是，要等到房子的真正主人出现。如果左设计师到时候不同意，您依然有权向我们提出异议，我们会完全尊重您的意见。"

哪怕是在这一点上，对方也将左西达的意见放到了最前面，她似乎是项目的核心，一切都围绕着她的喜好。左西达初出茅庐，只觉得稍微有些奇怪，但也没有太往深的地方想。

尤其是她后面和饶音华讨论，饶音华态度轻松地给出回答："可能是对方真的太喜欢这个作品了，想收藏也说不定。你作为这个作品的设计师，就是这个作品的灵魂，对方想做到完美自然要尊重你的意见。"

饶音华说服了左西达，只是左西达并没有注意到，在她转过头去的时候，饶音华笑容背后藏着的深意，开口说的下一句话也同样如此："放心吧西达，之后你就会发现，人生真的有很多惊喜在等待着你。"

当时的左西达没听懂，也没在意，也因为她还需要上课，没办法完全参与到为期一年的项目中，所以在她不在的时候饶音华会全权负责，她是信任饶音华的。

银行存款突然多了好多，左西达第一时间想的是要送时润一份礼物，她考虑再三，最后决定送时润一块腕表。

这还要得益于饶音华前几天的偶然提起，全球限量版，需要提前半个月预订。预订那天是方高诗陪她一起去的。

在看到价格的时候，方高诗都茫然了，总觉得是自己眼花看重了影儿，使劲晃了好几次脑袋，等到终于认清现实，干巴巴地来了一句："早知道就算学死，我也报建筑专业了，这么赚钱的吗？"

她当然知道这并不是一个行业的标准，无论什么专业都需要在某一方面做到极致，而她生来就不是那种人，她也觉得她大概是她们这四个女生中最不思进取的。

尤泽恩不用说，上学时就开始自己开店做老板了，戎颖欣则先是在世界百强中厮杀了一圈，现在正在艰苦创业阶段，左西达最高调，研究生在读就已经可以一掷千金只为博得美男一笑，而她却还在惦记着下个月开工资，好还上她分期付款买的新手机。

羡慕方高诗自然是羡慕的，也觉得她们那样的人生确实精彩很多，可要换的话她也是不愿意的，毕竟每个人性格不一样，换给她她也做不来。

"一会儿我请你吃饭吧。"左西达说完又接了一句，"这个周末如果颖欣和泽恩有空的话，我们再出来聚聚，看看到时候大家想吃什么我们提前订个餐厅。"

"好啊，那我们今天就在这附近随便找一家吧，周末再好好研究一下。"说到吃，方高诗高兴了，一边说就一边拿出手机，准备在群里联络其他两个人。

星期六那天戎颖欣和尤泽恩正好都没事，她们便开始在群里热火朝天地八卦左西达晋升小富婆，接着又说要狠狠宰她一顿，吃上档次的饭店。

这也算左西达的本意了，在群里一共就说了两句话："好""你们定就行"。

这次聚会她们都没带家属，只有四个女生，热热闹闹地边吃边开玩笑。

好像时间一下就倒转回了大学时代，那时候她们还住在一起，有多到花不完的相处时间，对彼此的陪伴都习以为常，可这一切都有期限，自从戎颖欣她们毕业，各自的生活才是她们人生的主导。

幸好，她们的感情并没有真的疏远，或许很多事情都改变了，但对比彼此的心没变就行。

那天时涧在公司加班，左西达这边结束的时候是时涧的司机来接的。

看着她上车离开，方高诗突然来了一句："我们之后会在财经杂志上看到她也说不定。"

"是以知名建筑师的身份，还是百岩集团总裁太太的身份？"戎颖欣笑着问。

这次是尤泽恩回答了她："都有可能。"

之前有很长的一段时间，尤泽恩是很不看好左西达和时涧的，也劝过，还说过你们不是一种人这类的话，可后来他们一直在一起，渐渐到所有人都习惯并且遗忘了最开始的感觉，他们都还在一起。

到现在其他人也有了新的感情，人生跟着发生了很多转变，唯一没变的，是他们的身边依然有彼此。

尤泽恩得承认，她看错了，也幸好左西达当时没有听信她的，要不然就要错过这么难得的缘分了。不过换一个角度去想，或许也正是因为左西达的性格，才让她一步步走到今天。

她想要的，终究会实现。

那天左西达喝了点酒，回到家简单洗漱了一下就直接睡了过去。时涧是什么时候回来的她一点都不知道，只知道当她第二天早晨睁开眼睛的时候，时涧在对着她笑，眼神中的温柔将她无限包裹着。

"小懒虫，你知道现在几点了吗？"时涧的声音很清爽，完全没有一点刚睡醒的慵懒，整个人也都是干净利索的，明显已经起来一会儿了。

"几点了？"左西达重复了一次时涧的问题，她一点概念都没有。

"十一点啦，你都不饿吗？"时涧的声音中含着满满的笑意和柔和。

左西达之前不觉得饿，被时涧这么一问，才察觉到自己空空如也的胃："饿了。"

"我给你拿过来？"时涧突然提议，倒是把左西达弄得一愣，她直勾勾地盯着时涧的脸看了一会儿。时涧带着一点调侃，似乎只要左西达点头，他就真的能把早餐端到床边来。

只这一点，就足够让左西达心里装满了幸福感。

"不用了，我这就起来，你吃了吗？"左西达一边说一边掀开被子下床。

时涧的回答带点无奈："我七点多就起来了，左等右等某人就是不醒，结果我刚吃完，你就起来了，我都觉得你是故意的了。"

左西达已经走到了浴室门口，转过身的同时刚准备说话，她放在床头的手机响了，刚好在时涧旁边，时涧便递过来给她。

电话是寇智明打来的。

刚开始左西达还以为这通电话是像前几天一样，催促她回去吃饭什么的。

但寇智明说戈方仪生病了。她从前天开始就觉得心脏不舒服，今天去医院看了之后医生直接就把人扣下来，说是需要做手术。

左西达第一时间似乎没能听懂寇智明的话，等到寇智明又喊了她一声，她才后知后觉。

"你们在哪个医院？"她的问题引起时涧的注意。

时涧走过来，等左西达挂断电话便问："发生什么事了吗？"

这会儿左西达已经恢复理性，她把事情原原本本和时涧说了。

时涧的反应非常迅速："你去洗澡收拾，我给我妈打个电话，她认识心血管方面很权威的专家，看看能不能给阿姨做个会诊，别着急，不会有事的。"语速微微加快，但语气是沉着的。

左西达轻轻点了点头，没多说什么，转身去了浴室。等她洗完出来，时涧刚好打完电话。

她自己没发觉，她进去浴室五分钟后就出来了。时涧的眼神中多了些心疼，但并没有提起，只说："联系好了，我们现在过去。"

时涧联系的专家就是戈方仪所在医院的副院长，等时涧和左西达赶到时他正在戈方仪的病房里，除了他之外还有心外的主任和副主任，三个人进行了会诊。

结论是发现得很及时，不需要太担心，要给心脏做手术听起来吓人，但其实支架手术的风险很小，微创，只需要局部麻醉就可以完成，恢复期也很短，术后不要做激烈运动，保持良好心情和作息，对生活几乎没什么影响。

这三个人在国内心血管领域都是权威人物，他们的话让寇智明多少放心了些，但戈方仪似乎还没能完全接受这一现实。

她一直都觉得自己身体挺好的，这两天觉得有些不舒服也完全没往这么严重的地方想，哪想到还需要做手术。哪怕说什么可以微创、不危险，但这可是心脏，哪是那么轻松的。

从被告知需要住院做手术开始，她就一直处在回不过神的状态，明显是吓得不轻。

左西达和时涧过来的时候她都没心情理会，认认真真地听完专家的话，还留有一丝不切实际的期望："这手术非做不可吗？"

"非做不可。"

然而得到的回答让她绝望。

见完全没有转圜的余地，戈方仪就不再说话了，躺在病床上第一次对生命的脆弱有了明确的认知。

人和死亡之间，其实也没有那么遥远。

11

这段时间戈方仪的生活可以用一团乱来形容。

寇冉冉的高考分数不理想，勉勉强强能够上一本的线，但不是专业不好就是学校不行，总之是不符合戈方仪的预期，她有心想让寇冉冉复读一年，在她看来，寇冉冉是很聪明的，只要寇冉冉愿意努力，就能把成绩提上去。

其实在高二之前寇冉冉的成绩都还不错，可等到了关键的高三却下滑得厉害，几次摸底成绩都只能用一般来形容，戈方仪对此很不理解。

她花了很多心血，各种补习班冲刺班一样没落下，该做的都做了，可寇冉冉却并不领情，也远不如小时候听话。

寇冉冉每天宁愿用一小时化妆也不愿意多背几个单词，明显心思都在别处，只要戈方仪不在就立刻拿出手机，被戈方仪发现了好几次，母女两个没少因为这些事起争执。

其实寇冉冉也不是没说过实话，理由就是不想学了，学腻了。

可戈方仪觉得高考之前就没有允许你腻的空间，就这么一路吵到高考结束，面对复读这个选择，算是将她们的矛盾彻底激化，寇冉冉甚至做出离家出走这种事，一走还走得十分彻底，一个星期都联系不到，戈方仪急疯了，差点报警。

"现在这孩子知道她妈生病了却一直不露面，估计是心里过意不去呢。"在医院的走廊里，寇智明勉强露出点笑容，"算了，不说这些事了，总有解决的办法。其实要说起来挺不好意思的，这次真是麻烦时涧了，应该请你到家里去吃个饭的，但现在也不是很合适，等过一阵子吧，过一阵子等你阿姨出院了，到家里来。"

在这种情况下见到左西达的男朋友，也是寇智明始料未及的。不过从时涧安排专家为戈方仪会诊，再到刚刚帮忙办手续，看着是周到又稳妥的样子。

寇智明对时涧的印象不错的，外不外形在他这里都是次要，关键还是要看人品。

之前寇智明知道左西达有男朋友，也知道两个人在一起很长时间了，可终究没看到。这次见面虽然有些仓促了，但越是这样的情况反而越能认识一个人，寇智明现在倒是放心了些。

"叔叔您客气了，是我做得不好，等阿姨好些，我一定登门拜访。"时涧态度谦逊有礼地应着，之后又主动去给戈方仪和寇智明打包了饭菜回来。

尽管没什么胃口，但戈方仪还是勉强吃了些，而在这个过程中，她始终没有主动和左西达说话。

一直到左西达和时涧从医院离开，她才对寇智明问起："你们刚刚在外面聊什么了？"

"我向他表达了感谢，还邀请他之后来家里吃饭，很不错的小伙子。"寇智明并没有吝啬对时涧的高度评价，也没去戳穿戈方仪人前冷漠人后却要主动问起的小心思，刚刚也一直都在尽力调节气氛。

其实戈方仪是记得时涧的。他一进门，戈方仪就认出他了，毕竟以时涧的外形想不记住也挺难的，所以她心里才更加不舒服。

第一次见面时，她对时涧的态度十分糟糕。这一点戈方仪同样没忘，她怎么也想不到，这么多年了，左西达和他依然没断。

"是做什么的？"戈方仪又问了一句。

这些问题她当然可以趁着时涧在的时候直接问他本人，以她的立场和身份来讲，问这些问题是很正常的。可是她没有，非要等到人走了，才拐了个弯来问寇智明。

"那个百岩集团，你知道吗？"寇智明的问题让戈方仪有些疑惑，但她还是点了点头，没想到寇智明后面会接一句，"那是时涧父亲创立的，现在时涧是负责人。"

戈方仪的眼睛微微睁大了一些，随后又皱起眉，但始终都没有再说话，过一会儿干脆就躺下了。

她背对着寇智明的方向，寇智明在后面默默看着她，没说话，哪怕是叹气都很轻很轻，不想被她察觉。

手术那天时涧公司有事没办法过去，但他派了助理，把左西达送到地方之后还一路陪着，如果有什么事也能帮把手。

戈方仪是害怕的，做了再多心理建设都没用，依旧紧张到手脚冰凉。

寇智明安慰的话说了一箩筐，但都收效甚微，而她在进手术室之前几次看向左西达都表现得欲言又止，可最后还是没开口。

而一直到手术开始，寇冉冉都没有出现。

寇智明早晨出门的时候问过寇冉冉，当时寇冉冉没说话，可她的眼睛肿得厉害，眼底的红也很明显，寇智明知道她一定是偷偷哭过了。

寇智明没有强求，但后来寇冉冉还是来了，似乎一路小跑着，到的时候还有点喘，急匆匆地问寇智明情况怎么样，寇智明如实说了之后，她又看了看旁边的左西达，没说话，也没主动打招呼，只坐到了对面的椅子上，眉眼间带着担忧，放在腿上的手紧攥在一起。

寇智明的情绪虽然没有那么外露，但时不时看向手术室方向的眼神还是出卖了他，幸好难熬的时间并不算长，医生带来了好消息。

"手术很成功"这几个字近乎天籁，始终提心吊胆的寇智明终于能松下一口气来。

当然术后的看顾也同样不能掉以轻心，寇智明将医生的嘱咐和要求都一一记下，副院长也特意来看过，还专门和左西达打了招呼。

而让左西达意外的是，伊宛白竟然也打来了电话。

她的声音温婉轻柔，关切地问着左西达这边的情况。左西达实话实说地答："都挺好的，手术也很成功。"

"那就好，你也别太担心了。"

伊宛白这样说，左西达却觉得，自己谈不上多么担心，在最初的惊讶之后，她便接受了这一现实。人吃五谷杂粮，都会生病，医生说问题不大，她是相信的。

他们在病房里见到戈方仪，她的状态不错，只是胸口有点憋闷，医生说这是正常反应，慢慢就会减轻，直到彻底消失。

除此之外，她的情绪倒是比手术之前好了许多，大概是手术做完了而且一切顺利，她自己就也放松下来。

只是暂时还不能动，需要卧床十二到二十四个小时。

"妈妈，你还好吗？"刚刚在等待的过程中寇冉冉没哭，可在看到戈方仪的那一刻，却像是再也忍不住，眼泪一下子夺眶而出，让声音也跟着带上了哽咽。

戈方仪对她笑了笑，可到底还是虚弱："哭什么，我不是好好的。"

"没有，我也不知道我是怎么了。"来到床边的寇冉冉小心翼翼的，不敢碰戈方仪，但语气很坚定，"对不起，妈妈，我不该任性，我错了，我会听你的话复读，也会好好学习的，你别伤心了，我真的知道错了。"

"不用了冉冉，妈妈也不好，没有考虑你的感受，如果你真的不想复读了，妈妈尊重你的选择。"

母女两个经历过这一切之后，终于愿意站在对方的立场上替对方着想了。

左西达在门口默默看了一会儿，然后退了出去。

她准备走了，也并不知道她刚有动作，戈方仪就注意到了，目光紧随而来，但真正跟出来的，是寇智明。

他问左西达能不能聊聊，左西达点点头。

两个人一起去了后面的花园，时不时有穿着病号服的病人出来溜达，有人陪着或者没人陪着，轻松或者沉重，医院似乎就是一个浓缩着人生百态的地方，承载着生老病死。

"你妈妈是真的很想你，她是非常希望能和你敞开心扉，消除彼此之间的隔阂的，只是她拉不下面子。"他们找了个凉亭，寇智明的话不能说在左西达的意料之中，但也不见得有多惊讶。

寇智明说要聊的，无外乎就是这些。

"还有些事你可能不清楚，这关乎于一个女人对一个男人的期待落空之后的怨怼，那是她的第一次婚姻，她自然抱有无限憧憬，可最后的结果却是不欢而散，她心里一直有个伤疤，你的存在等于时时刻刻都在提醒着她，她的爱情失败了。"

这些话左西达倒是第一次听，但她很快就理解了，寇智明绕了一个大圈，总结下来其实就一句话，需要她宽容，需要她体谅。

"你妈妈她知道自己有些事做得不对，只是她不好意思说出口，而我希望你能做那个更善良的人，原谅她的过错，给她一个改正的机会。"果然，寇智明的下一句便是如此。

左西达的情绪没有任何起伏，语气自然平静："叔叔我想您搞错了，她从没和我承认过错误，又怎么轮得到我原谅呢？"

平铺直叙的一句话之后，又是一句没有任何停顿的告别："其实您和我说这些挺没意义的，我的立场我已经说过了，今天我也来了，以后同样会如此的。"

如果这场对话只是如此的话，便是再没有谈下去的必要，左西达注定要让寇智明失望了，而她并不在意让人失望。

12

助理把左西达送回了家。

在路上，左西达接到了饶音华的电话，是有关设计图纸的事，在电话里一时半会儿也说不清，饶音华就说用邮件给她发过来，让她回家看一看那些需要修改的地方。

左西达答应了，也和饶音华说好明天会去工作室。

有了这通电话，左西达一回家就坐到了电脑面前，这一坐就不知道多久了，直到时润回来，她还是这个状态，等人都走到面前了才后知后觉地抬起头。

"你回来了啊。"左西达的眼神中还带着思绪迟来一步的迷茫。

时润拿手指轻点了一下她挺翘的鼻尖："今天怎么样？"

其实早先他和左西达已经通过电话了，但左西达还是很老实地回答："一切都很顺利，手术非常成功，寇冉冉的问题也解决了，复不复读可能都不是问题了。"

"是吗？还有其他的吗？"时涧又接着问了一句。

左西达就有点不懂了："其他的？什么？"

"我刚刚接到一个电话，是我继父打来的。"

时涧脱掉了身上的西装外套，劲瘦的腰身随着动作而伸展着，像是个时尚宣传片。

他的话让左西达有些惊讶："他给你打电话做什么？"

"他希望我能劝劝你。他说他今天也找你聊过了，不过看样子是没什么效果。"

时涧没打算隐瞒左西达，这和寇智明希望的很不一样。

而左西达似乎并没怎么把今天和寇智明的谈话放在心上，时涧说完之后，她才像是明白过来："是有这么回事，他希望我和我妈和好。"

"那是他的希望。你的想法呢？你希望和你妈妈和好吗？"

可能是一直看着电脑的关系，左西达的眼底稍稍有一点红，时涧看到了，下意识就用拇指在她的眼皮上轻抹了一下。这个动作让左西达跟着闭了下眼睛，但没躲开，很乖顺的样子。

"我觉得他有一件事搞错了。我和我妈妈没有不好，至少在我看来，没有闹掰，也没有什么实质性乃至不可调和的矛盾，只是也不需要刻意去亲近而已。就好像这次，她生病我还是会去看她，但要我像寇冉冉那样和她彻底地亲近起来，不太可能，我也并不希望那样。"

左西达说得平淡，甚至冷漠，和她此刻在时涧面前展现出的柔软很不一样。

时涧凝视着她的眼睛，过了两秒钟之后应了一句："我知道。"

他的回答太过简单，反倒是左西达忍不住追问："所以你要劝我吗？"

时涧笑了一下，眼睛弯了下来，又迷人又带着些稚气，是左西达最喜欢的样子。

"我劝过了啊。"

这回答让左西达有点惊讶，还有些茫然。她凝视着时涧的脸愣愣地说了一句："我怎么都没感觉到？"

"那可能是我太不会劝人了吧。"时涧说着又伸手轻捏了一下左西达

293

的脸颊。

似乎面对自己喜欢的人就是这样的，总是移不开眼睛想去看对方，还想有一些身体接触。不过他的话似乎引起了左西达的不赞同，她虽然没说话，可她的眼神告诉了时涧这一点。

那差之毫厘的转变是专属于他们之间的默契，不需要开口依然明白对方。停顿了一下之后，时涧选择了主动解释："我不会违背你的想法，要求你做自己不喜欢的事，我会问只是怕你心里因此而有负担，但现在看你并不存在这种情况的话，我自然也不会勉强你做任何事。"

寇智明找错了帮手，或许时涧在左西达这里确实有影响力，可归根结底，时涧并不会为了其他的人和事选择站到左西达的对面去。

"不过他对你倒是真的关心。"时涧又补充了一句。

在寇智明那个立场上，他能做到这样也算很难得了。对这一点左西达是认同的，她也跟着点了点头："所以我也并不讨厌他。"

这话听来或许有些伤人，在真心付出之后，也仅仅只换来一句不讨厌而已，左西达在某些方面确实显得冷血冷情。

但这和她长久以来的成长环境有很大关系，想要走近她并不是一件容易的事。她可以在一定程度上和你平和相处，可如果要成为那个可以影响她甚至改变她的人，是很难的。

而时涧，是少数中的最少数，独一无二的存在。最开始或许是左西达选择的他，可一路走来一直到现在，已经不存在单独一方的主动或者被动了。

之后左西达连着去了一周的工作室，为的都是设计图纸的事，她的经验到底还是欠缺，这是需要时间一点点累积的，幸好饶音华帮了不少忙。

左西达很忙，戈方仪出院那天，也没能过去，时涧当时也不在国内，他去日本出差了。

在左西达看来，这是个不能强求的事，她要是有时间就去了，但没时间也没办法。不过中午那会儿，她接到了戈方仪的电话。

不是寇智明，而是戈方仪。

看到手机上显示的那三个字时，左西达一时间有些恍惚，好像上一次戈方仪给她打电话，还是她刚去名安市那会儿。

一转眼都快两年了。

左西达的心神从电脑上收了回来，保持一个姿势的时间有点久，一动起来脖子酸痛酸痛的，她微微蹙了下眉，手机里已经传出了戈方仪的声音。

"你叔叔说你在忙，还说你加入了一个工作室，是吗？"戈方仪的声音听起来很正常，心平气和地说着，似乎还比平时更轻了些。

"没错，是我一个学姐开的工作室。"左西达如实回答。

对面的戈方仪沉默了一下，只将将超过正常地停顿没一会儿，甚至来不及填补，戈方仪就又开口了："什么时候开学？"

"二十三号。"这次左西达回答完之后又主动问了一句，"你怎么样？你今天出院了我没能过去，感觉好点了吗？"

"没什么了，剩下的就是养着。主要是上楼梯的时候稍微有点费劲，其他都还好。"

戈方仪这样说着的时候，左西达莫名地觉得戈方仪的语气中好像带着了欣喜，她不是很理解，但戈方仪的提议中断了她的思索。

"回名安之前过来吃顿饭吧，带着你男朋友一起，看看你们哪天有时间。"戈方仪说完之后就又一次安静了下来，等着左西达的回答。

左西达的想法很单纯，她在盘算时间，但最后也不是很确定，尤其是时涧那边："下周末应该差不多，但我没办法保证。"

"没关系，你们商量商量，也别耽误工作，定好了提前告诉我们就行。你叔叔说要做他的拿手菜，松鼠鱼和东坡肉。"戈方仪的声音中多了笑意，这次的情绪转变很明显，但左西达并没有想太多，当时正好饶音华进来有事找她，左西达便匆匆挂断了电话。

不过这件事她倒是记着的，等时涧回来两个人定个时间，赶着左西达回名安市之前那一个星期，回去吃了顿饭。

寇智明确实使出了拿手绝活，他和戈方仪两个人都会做菜，而且会的东西各不相同，要说起来，其实还是戈方仪烧菜更好吃一些，可她现在的身体状况不允许。

如果说那天在电话里不够明显，等今天见了面，便是连左西达都轻易察觉到了，戈方仪有了转变。从时涧和左西达进门开始，她似乎就已经开始释放善意，对时涧也热情了许多，就像一个真正的长辈面对前来拜访的小辈那样。

在等着寇智明做菜的空当中，她问了时涧一些问题，都是很常规的问题。

例如工作忙不忙、家里的情况，以及之后对和左西达的关系有什么打算这一类的，明明上一次在医院她还从始至终采取漠视态度，对左西达更是带着怨气。

左西达几乎把疑惑直接写在了脸上，有些猜不透这转变的由来，可她很快又想到了戈方仪刚做完手术之后和寇冉冉的那场互换立场的温馨谈话。

或许在经历了手术之后，人的心态会发生一些转变。或许是这样，但左西达也并不是太能理解。

唯一找到点熟悉感的是在吃饭的时候，戈方仪提起希望左西达十一假期能回来，左西达并不是想拒绝，她只是暂时不想把话说得那么死，毕竟现在距离国庆节还有一阵子。

而戈方仪大约是把她这样的沉默视为了抗拒，就不高兴了，脸色沉下来，语气也变冷了："我都生病了，想你能有时间的时候回来看看我，就这么难吗？"

左西达抬头，原本半垂着的眼睛随着睫毛的上扬，底下那双黑白分明的眼睛就都露了出来。她看了戈方仪一眼，然后点了点头："我知道了，我会回来的。"

在戈方仪那句愤怒的言语中，左西达突然听出了一份无助和恐惧的味道，戈方仪是害怕的，在她和死亡远远地打过一个交道之后，她是恐惧的，她希望能抓到点什么，那里面就包括了左西达。

而那份脆弱，是左西达妥协的理由。

吃过饭左西达和时涧准备走了，戈方仪现在的作息很规律，晚上九点左右就该睡觉了，这会儿脸上已经有了倦色。

"你们慢点，有时间就回来。"寇智明今天心情很好的样子。

说起来他对时涧是真的很满意，在厨房里他们还聊了一会儿，两个男人单独的谈话。在那之后他对时涧的好感便又增加了不少。

"好的，叔叔。"时涧应了一句。

戈方仪很自然地接着说道："麻烦你了，帮我们多照顾着西达一些，让她多吃饭，我看她瘦了挺多，别总是顾着学习。"

这样的话左西达几乎从没听戈方仪说过，她平时总是反过来的，叮嘱左西达把精力集中在学习上。

左西达下意识看过去，但对面的人却避开了她的目光。

左西达眨了眨眼，感觉自己的手被人牵住了，她回头，便看进了一双带着笑意的眼睛里。

而一旁一直略显沉默的寇冉冉也在这时开了口："西达姐再见，时涧哥再见，你们路上小心。"

声音有点小，说话的时候，她的目光在左西达身上停了一下。

左西达注意到了，但随后寇冉冉便低下了头，今天大多数时候她都是这样。

之后隔了两天，左西达学校开学，她也回到了名安市，不过这次她不是自己一个人回来的，时涧陪着她一起，还有一个非常正当的理由，他来出差。

这种感觉非常不赖，时涧在名安市逗留了两个星期，左西达的心情便一直保持在水平线以上。

如果时涧结束得早就会来学校接她，实在来不及左西达就自己先回公寓。她也有再尝试做菜，按照时涧说的那样，先从简单的开始，倒是可以吃，但也谈不上多好吃。

左西达可以不做这些事，吃外卖还更节省时间，可她觉得做饭是一件充满了烟火气的事。

过去她放学回到家时，看到最多的场景就是外婆在厨房里做各种各样的好吃的，看到她回来就会给她尝上一口，那是属于家的味道。

不过分别还是在所难免的，但这次并不会持续太久，或许之后这一年都会如此。

左西达加入了饶音华的工作室，而且还有项目在进行中，她总要回去，尤其是十一假期她还答应了戈方仪，现在距离十一也就只有两个多星期了。

也是在时涧走之前，左西达定的腕表终于漂洋过海地到了。收到时，时涧表现得很惊讶，毕竟这块表是真的很贵。在听了左西达说是用什么钱买的之后，时涧表情似乎有些微妙，但左西达没能察觉，她被时涧的吻分走了全部的心神。

在时涧离开之后，左西达便没有再回公寓，她住在宿舍里。

第一个学期的阴差阳错之下，到现在左西达还是自己一个人住，始终都不见新室友，而住在学校里又比较方便，左西达便一直留着了。

研究生最后一年的毕业设计和毕业论文成了重中之重，忙碌让时间的脚步没有片刻多余的停留，在每天入睡前和起床后的信息视频中，十一假期转眼就到了。

左西达只有三天时间，来去都显得匆忙。

再见面，戈方仪的状态看上去好了很多，除了不能长时间走动，以及每天需要定时服药之外，基本没有太多影响了。

"我现在作息规律，晚上九点睡早上五点醒，把汤炖上再看会儿书也才七点，好像一天一下子就变长了。"戈方仪给左西达和时涧盛了她自己煲的汤，有一点点中药味。

用寇冉冉的话说："闻着就很健康。"

寇冉冉最终没有复读，她选了南松市本地的大学，不住校，每天都回家。

寇冉冉是戈方仪养生汤最大的销路，偶尔还让她带去分给同学，别的女生都是香香的，只有寇冉冉时常是一身中药味儿。

"不过这样也好，显得我很神秘。"寇冉冉一边笑一边做了一个夸张的手势。

进了大学之后，寇冉冉似乎长大不少，很多小孩子的心性脾气都不见了。可能和戈方仪那场病也有关系，她始终都把责任揽在身上，觉得是自己不懂事把戈方仪气病的。

她在高考的这个夏天摔了跟头，但也让她学会了不再那么尖锐，只顾着自己而不去考虑别人的感受。

也就是在上个星期，左西达还收到了寇冉冉发来的微信，她们一直都有彼此的"好友"，之前却很少聊天，最多是寇冉冉帮父母传达消息。

寇冉冉给左西达发来的是一条微博链接，左西达点进去之后才发现竟然是和有关自己的新闻，标题写得夸张，甚至扯到"华人之光"类的字眼，左西达没看完，在寇冉冉发来第二条的时候切了出去。

寇冉冉：我和同学说这是我姐姐，可她们都不相信，说我们不同姓长得也不像，我太难了。

寇冉冉最后还加了一条哭泣的表情。左西达看完之后便把手机收了起来，没回复，可寇冉冉接着又发来了第三条。

寇冉冉：西达姐姐，求合照，求证明血缘关系。

这次后面跟的是一个打滚的表情。

左西达盯着那个小人看了两秒，然后打了一个"好"字发了过去。

寇冉冉也真言出必行，这会儿戈方仪在厨房做饭，寇智明和时涧在餐厅那边说着什么，客厅里只有她们两个，寇冉冉左思右想，手机在手里握了好半天。

其实之前那几条微信她完全没有看上去的那么轻松，是下了很大的勇气和决心才敢发的。

她知道自己之前对左西达很不友善，甚至可以用"坏"来形容，她们姐妹的关系也绝对算不上好。

寇冉冉并不喜欢左西达，这和左西达是个什么样的人没有任何关系，她不喜欢的，单纯是对方作为戈方仪女儿的身份。

左西达并不常出现，甚至连戈方仪都很少提起，可后来她突然就住进了家里，寇智明又对左西达百般照顾，这让寇冉冉觉得左西达就像一个入侵者，来抢夺她的父母，要分走她的爱。

所以寇冉冉才会做那些挑拨的事，为的就是希望父母能讨厌左西达，甚至故意鼓动戈方仪把她的东西放进左西达的房间。

她觉得如果换作是她，放假回来看到这样的场景肯定会不舒服，而事实也确实如此，之后左西达就回来得少了。

寇冉冉觉得自己是成功的，为此沾沾自喜，可当左西达真的回来的次数越来越少，甚至不再出现的时候，哪怕戈方仪不说，寇冉冉还是能感觉到，妈妈不开心。

那是一种不会表现出来，甚至连戈方仪自己都不愿意承认的情绪，一直萦绕在她略显忧愁的眉眼间。

可能和年龄也有一定关系，渐渐地，寇冉冉开始意识到自己在扮演怎样的角色，如果放到电视剧里，她就是会被骂上热搜的反派，这让她在和身边的闺蜜一边追剧一边集体吐槽时，都总是沉默。

或许爆发是因为戈方仪的病，但之前沉淀的时间其实很长很长，长到寇冉冉再没办法回避，她现在想做的，是去改正错误。

手机被握到和寇冉冉的体温融为一体，最后是指尖都泛了白，寇冉冉才终于下定决心，掩盖掉紧张，努力自然地拿出和寇智明撒娇卖乖的表情，往左西达身边凑近了些："西达姐，说好的自拍。"

尾音还是有一点抖，但向来不擅长观察的左西达自然没注意到，她在和饶音华发微信，说的是项目的事，全神贯注，都不知道时涧是在什么时候离开的。

她花了一会儿回神，先看了看寇冉冉的手机，然后又看寇冉冉，轻点了下头。

这下寇冉冉开心了，同时暗暗松了口气，打开相机对着她们两个，笑得很甜，而左西达虽然没什么表情，但也没有嫌弃或者是不耐烦。

"这我就不开心了，都是姐妹，凭什么西达姐你眼睛这么大这么好看。"寇冉冉看似抱怨，但语气都是笑意，甚至透着亲近。

左西达没回答，只看了看她，眼神平和。

她们两个都没注意，其实戈方仪一直站在后面的厨房门口，目睹了全过程。

那天晚上左西达和时涧吃完饭就回去了，左西达明天一早要去工作室，然后晚上的飞机就得回名安市，陶教授的项目很着急，一点也耽误不得。

在车上，左西达和戎颖欣她们解释这次可能没办法见面了。

等着回复的工夫随手刷了刷朋友圈，刷到一条寇冉冉的，内容是：姐姐我错了，对不起。

下面配的，是下午她们一起拍的照片。

那照片拍得很随意，看着就像是姐妹两个的随手自拍，便显得内容也不那么严肃，但其实包括左西达，还有戈方仪和寇智明他们都知道，这代表了什么。

那些不好意思宣之于口的道歉，被寇冉冉用这种方式表达了出来。

13

研究生的最后一年，是在工作室和宿舍的来回往返中度过的，左西达的毕业设计得到了多方关注，而她已经加入饶音华工作室的消息也跟着一起被曝光了。

不过这好像也不妨碍什么，有人依旧想来挖墙脚，也有人觉得这样挺好，以后有机会可以一起合作，反正这世界从来都是复杂而多样的。

举办研究生毕业展的时候，戈方仪和寇智明带着寇冉冉一起来了名安市，顺便旅游，算是把之前的计划给推迟完成了。

临毕业，左西达事情挺多，戈方仪一再表示不用陪他们，酒店什么的都已经提前订好了。

他们到的那天左西达是真抽不出时间，只打了电话，第二天才终于有时间。之后他们去看展的时候，左西达也一路陪着，中途还遇到系里的教授。左西达向对方介绍时用的是"家里人"这样的称呼，她说得平常，可戈方仪稍显惊讶，随后又似乎很欣喜。

左西达不太懂，她觉得她和戈方仪之间始终隔着一层东西，可这似乎也没什么影响。

左景明听说戈方仪来了，便提前和左西达确定时间，为的是和戈方仪他们错开。左西达还以为鲍瑾瑶会和他一起来，结果左景明却说，前两天刚分手，以后都不会一起了。

"上个星期一起吃饭的时候不是还好好的？"左西达挺意外。

"有个人追她追了很多年了，下个月结婚。"左景明的语气太正常了。

左西达盯着他看了一会儿，没再开口多说什么。

这场展览，左西达作为焦点，被陶教授带着周旋在各种人之间，让她有些疲惫。直到时涧过来，她才松口气放松下来。她的开心真实而坦诚，在陪着时涧看展的时候，才终于显露出一些想把自己引以为傲的东西展现出来的孩子气。

其实左西达已经获得很多荣誉了，她的才华没有人会去质疑，可她最在意的，还是身边的这个人。

而时涧自然不会吝啬他的夸奖和赞扬。

左西达的毕业设计他几乎是一步步看过来的，也就是因为了解，所以这些言语全部都来自真心，也让左西达眼神里闪烁着亮亮的光芒，像洗去所有阴霾之后的，艳阳高照。

一个月之后，左西达正式毕业。

她把宿舍里的东西都搬到了时涧买下的那间公寓里，除了一些生活用品，其他的也没打算全部带走，左景明还在名安，她到底还是要回来的。

回到南松市，左西达先休整了几天。

然后和尤泽恩她们一起去旁边的古镇玩了一圈，其实她还想再休息两天，但饶音华说有生意上门，催着她在周一早晨正式到工作室报到。

上个星期有一个英国华侨主动联系饶音华，他前不久买下了一座岛，希望左西达能来帮他设计，算是慕名而来。

对方开出的价位远远超出市场价，作为老板饶音华没有不答应的理由，但她没有擅自做主。这也是他们工作室的特色，设计师有权选择项目，而不是单纯地被选择被安排。

这也是左西达之所以会选择加入的最关键原因之一。不过具体到这次这个项目，左西达还是很感兴趣，在和对方代表聊过之后，这样的想法似乎又更坚定了一些。

对方给予了她很大的发挥空间，几乎就是任她施展，工期预算约等于没限制，只有一个要求，尽量环保，附加条件是能拿奖最好。

有了最后一个附加条件，一切就都合理了。

饶音华之前也遇到过，毕竟建筑是可以世世代代传承下去的，很多功成名就之后的富豪都会用这种方式给自己达到一种永恒，甚至千古留名。

也是饶音华的这番话，让左西达误以为对方是个年龄很大的人，但这并不会改变什么，既然一切都按照她的想法来，那自然不需要考虑对方的意见，左西达的创作便是彻底自由的，不会被任何外在条件束缚，这也是让她最为舒服的方式。

"但你也要做好心理准备，客户可不会都是这样的。"饶音华给左西达打预防针。

左西达不解："但我连着遇到两个。"

"哪是两个啊，那第一个不是……"饶音华一愣，话说到一半硬生生停下。

眼看着左西达面露不解，饶音华干咳了一下："那个我还有点事，我先回自己屋里，你忙。"

无比突兀，但正好时涧打来电话，他今天下班挺早，这会儿人已经在门口了。

他们工作室是不用坐班打卡的，如果你愿意甚至可以不来上班，只要能定期完成工作就行，十分自由。

在车上，时涧问左西达饿不饿，左西达摇头，这会儿时间还早，远没到吃晚饭时间。时涧便一边发动车子，一边对左西达说："那我带你去个地方。"

对时涧要带她去的地方，左西法从来都不会有异议。

只是今天这条路似乎越走越熟悉，在过去的一年里，她曾经去过很多次，包括前不久完工的时候她还去过。

随着车子慢慢驶向山顶，左西达越发肯定，她知道终点在哪里。

那栋房子里有一个很大的厨房，有白色的壁炉，有可以看星星可以晒太阳的透明屋顶，有摆满了花架的阳光房，那是属于她的设计，她对一切都太过熟悉。

左西达觉得奇怪，可有一个念头同时出现，并且久久不再离开，甚至让她跟着回想起许多小细节。例如在她提起这个项目时，时涧偶尔略显回避的言语，再例如他明明没有主动问过，可当她和他聊起的时候，他又好像很了解的口吻。

左西达之前没多想，也压根没往这方面想过，可她现在似乎有了答案，一个足以将一切都串联起来的答案。

她甚至想起，饶音华最开始对她说的有关于不会后悔的惊喜，以及今天还不小心说漏了嘴等等，原来都通向同一个地方。

左西达想明白了。

车子停了，眼前的一切证明了左西达的猜想。

她转头看着时涧不说话，时涧对她笑了一下。

那是左西达已经看过很多很多次，却依旧十分喜欢的笑容，深邃的眉眼中，有专属于她的深情，不再是不经意间的天生，而是真正发自内心的。

左西达被他牵着走进屋里。

房子多了很多有生活气息的东西，有左西达给时涧画的那幅画，被摆在了小书房里。

有了这些充满爱的布置，这栋房子就不再只是冷冰冰的，也让左西达的心无可避免地悸动起来。

"所以说，那个人是你。"

他们站在客厅里，太阳快要西落了，可那片光亮好像丝毫没有减弱。

他们对视着，那份因幸福而激动的心，在彼此的胸腔中充盈着、鼓噪着。

"是。"时涧点点头，"对不起，瞒了你这么久，但我想给你一个惊喜。你毕业了，加入了工作室，以后会有一片属于你的天地，但我希望一切都是从这里开始的，也以此来祝你之后的每一步都走得顺顺利利。"

时涧的眼神认真，他说话的时候同时凝视着眼前的人，仿佛凝视着他最重要的那一部分。

"以及，我希望这里以后能成为我们的家，只属于我们两个人。我知道言语会显得浅薄，可我还是想亲口对你说，你愿意，和我共度你的余生吗？"时涧拿出早已经准备好的戒指，上面镶嵌有许多星星形状的钻石，在黑色的丝绒布料上，好像真的将一小片天空缩小了无数倍。

"以后我们可以在阁楼里看星星，只是我想告诉你，对我来说，最美的星星在你眼里，而现在，我也想把星星戴在你手上。"

时涧单膝跪地的姿势，让凝视着他的左西达从仰视的角度变成了俯视。她的视线跟着时涧改变，变成了她最最平常的半垂着眼睛，好像对一切都满不在意的疏离。可时涧看得很真切，左西达眼睛里闪烁着的，是比星星还耀眼的光芒。

　　左西达的人生一直很游离，父母婚姻的失败让她成了牺牲品。加上随着外婆去世，左西达那很少的一部分安全感也跟着消失了。可现在时涧对她说"我希望这里以后能成为我们的家"，她以前并不知道，原来人真的会因为一句话，而觉得好像拥有了一切。

　　既然全世界都在面前，左西达当然不会拒绝，她只会尽全力去接受，并且在以后的时光里，尽全力不让它溜走。

　　哪怕她对这个要和她携手的人十分有信心，可她实在不想辜负，不想辜负这段感情，也不想辜负自己真挚的心。

　　所以才会分外珍惜。

　　"我愿意和你共度余生，让这里成为我们真正的家。"总是波无波澜没有情绪的语气在这会儿成了庄严而肃穆，这是属于左西达的小心翼翼，也是对这一刻的尊重。

　　"星星"被戴在手指上，左西达将眼前这个人拉起来，比起刚刚的距离，她更喜欢，在对方怀里。

　　一路走来好不容易，一路走来又好容易，因为同行的人是你，我便愿意永不停歇脚步，跟着你一起，去任何地方，看任何风景。

　　（正文完）

番外一：左西达被爱着
同时她也真心地爱着时涧

今年南松市的冬天格外冷，据说是受到了什么气流的影响，这使得左西达没事就喜欢窝在壁炉前面取暖，和他们家的新成员一起——一只不知道什么品种的小黄狗。

时涧和左西达在圣诞节那天举办了一个小型订婚典礼，就在他们的新家里。

邀请的也都是身边的亲戚朋友。

原本左西达还有顾虑，但左景明主动帮她化解了难题，他要去西藏做生意，明年春天才回来，到时再来看左西达，到时候给她补上一份大大的订婚礼物。

做生意是真，但不能赶回来的无可奈何中，或许也有几分不想让左西达为难的因素在。

而这只小黄狗，是左西达和时涧去取礼服时在路边遇到的。

那天的雪下得很大，幕帘一样从天空垂下，车子不得不放慢速度行驶，也幸好是这样，这只狗在路口突然就冲到了时涧车前面，如果不是车速够慢，或许就要撞到它了。

时涧打着伞下去查看，再回来时，小黄狗正在他怀中瑟瑟发抖。

"不知道是吓的，还是生病了。"时涧把狗放在腿上，小小的一只，只比他的手掌大一点点。

左西达接过去，小黄狗从头到尾都没有挣扎，乖乖地让左西达抱过去大致检查了一下："没有外伤，但它看着好小，有没有两个月？"

他们都没养过狗，完全没概念，于是原本要去取礼服的行程就改成了去宠物医院。

医生说这只小狗才五十天左右，还没完全断奶，能在这种天气活下来简直是奇迹，而它竟然还能有气力冲到你们的车前面，那就是另一个奇迹。

为了不让这份奇迹被辜负，左西达和时涧把它收养了。一天几顿羊奶加幼犬狗粮小心喂着，如今一个月过去，它已经变胖变壮了许多，一改刚来时的虚弱。

天气冷，左西达不怎么去工作室，每天都留在家里画图。有小黄狗在，它也是个伴儿，一人一狗哪儿暖和往哪儿去。等时涧下班回来，就看到左西达和小黄狗在壁炉面前分别窝成两团，睡得很香。

时涧笑得无奈，悄声走过去，但到底还是被小黄狗察觉了。它睁开眼睛看见时涧，也不知道是不是要叫，但时涧先一步对它比了一个嘘的手势，它便眨了眨黄豆一样的眼睛，只用摇尾巴来展现热情，始终保持安静。

左西达面前散落着很多图纸，设计岛屿对她这样的新人来说算是不小的挑战，但她很兴奋于这样的挑战，这样的兴奋激发了灵感，现在已经到了最后的收尾阶段。

前一段时间左西达也和那个英国华侨见过面了，对方对左西达的整个设计构想非常满意。

只是那场见面多少让左西达有些意外，她意外的点在于对方竟然非常年轻，顶多三十岁出头。

"还很帅。"饶音华跟着补充。那天她的车送去维修了，时涧来接左西达的时候顺便也把她捎回去。

"哦？是吗？"时涧说的同时突然心血来潮，特意对副驾驶座位上的左西达问了一句，"你觉得呢，帅吗？"

"我没注意。"

左西达在回微信，是伊宛白发来的，问她周末有没有时间回去吃饭，语气就显得尤为漫不经心。却引来饶音华的反驳："怎么可能没注意，我们谈了一上午啊。"

左西达回完微信，在把手机收起时转头看了饶音华一眼，很理所当然："聊正事啊，我没注意对方的长相。"

她说完好像才努力回忆了一下，但依旧并不认同饶音华的评价："我没觉得哪里帅。"

之后她又转向时涧，补充了一句："和你差很远。"

典型的左西达式认真语气，完全不似作伪，时涧是习惯了，但饶音被突如其来的狗粮散了满头，愣了一下之后，不得不强迫自己"佛系"起来："行，我服了，谁让我是单身狗呢，我老老实实地蹭车，我闭嘴。"

饶音华之后真一句话都不多说，等到地方了就直接下车。时涧被她像是逃跑的样子逗乐了，也没着急开车，转过来在左西达的头上揉了一把。

"哄我开心？"他问，没抱多少期待会听到肯定回答，结果也果然不出所料。

"没有，实话实说而已。"

被时涧和饶音华这么一弄，左西达也有点茫然了，不过她能感觉得到，也能看得到，时涧眼睛里越发明显的笑意，那是她喜欢，且希望能看一辈子的。

而原本睡在壁炉前面的左西达隐约感觉到身后动作时，她睁开眼睛，第一眼看到的是时涧含着笑意的眼神，还有时涧的一句："我抱你去床上睡。"

"嗯。"左西达并没有完全清醒，朦朦胧胧中，身处的怀抱让她觉得自己正在被幸福包围，便安心地重新坠入了梦中。

番外二：左西达是幸运的

她确定她真的获得了所有的幸福

怀孕生小孩这件事，左西达没概念，她第一天觉得不舒服，是在和时涧出门吃日料的时候。

她是喜欢吃日料的，尤其是生鱼片，她自己就能吃完一整份。

时涧今天订的日本料理店很难约，他还托了向光霁帮忙才终于约上。原本左西达很期待，可不知道怎么今天一走进店里就觉得不舒服，反胃。

可能是有点热，七月份的日子里，南松市的温度可不是开玩笑的，左西达这样想着，以为缓一会儿就好了，结果等菜端上桌，尤其那份生鱼片拼盘往她面前一放，恶心感瞬间上涌。

当天晚上，时涧就拿出一根验孕棒。左西达看着那根白色的小棒棒，一脸茫然。时涧又对着她比画了一下，她接过去了。

十分钟之后，左西达一脸茫然，时涧深吸一口气，下意识地想抽烟，手都伸出去了，又半路止住，不自然的僵硬是还没对这一事实有清楚的认知。

第二天，左西达就被时涧带到了医院。这次医生的解释很清楚，左西达怀孕了，一个小生命已经在他们不知道的情况下，悄悄降临。

没有人有准备，他们甚至还特意避免。左西达最近很忙，有两个项目

309

在同时进行，她连和时涧一起好好出去吃顿饭都是勉强找时间，他们没这个打算，至少今年内没有，可有些事就是这样，并不完全按计划来。

时涧开始不在左西达面前抽烟，左西达生活不规律不懂得照顾自己，他本就格外关切，如今想再努力，多少有点找不到门路。

"别紧张，其实没有那么脆弱的，也不要给彼此太多压力，保持良好心态很重要。"

像他们这样的新晋父母，医生见多了，不再一味地劝说小心谨慎，在一切都正常的情况下，也不需要太如履薄冰，毕竟日子还长着，总是神经紧绷的人也受不了。

左西达听得很认真，还下意识地点头。她是最最重要的当事人，说不紧张害怕那是骗人的，可她除了紧张害怕的情绪，更多的是一知半解的茫然。

她知道有个小生命在她肚子里，慢慢地长大，然后出生。是她和时涧的孩子。

可除此之外呢，她想到她的家庭、她的父母，以及她父母后来的生活，她对家人的概念很模糊，对父母子女的关系，也没有什么依据可言。

但左西达也知道，她是特殊的，时涧家就很好，她喜欢时涧家，她也希望自己的孩子以后能在那样的家庭长大，她不太希望她的孩子和她一样。

这些想法左西达没和时涧说过，但时涧似乎是懂的，他不再过度紧张，只按照医生说的那样去做，帮左西达规避风险，也帮她分担内心的压力和无措。

"我们会一起照顾他，陪他长大，我们也慢慢变老，就这样在一起一辈子。"他搂着左西达，依偎在阁楼里。今天天气很好，虽不是满天星星，但隐隐约约，是能看到星光的。

左西达依赖时涧，也相信时涧，现在听他这样说着，想象着那些画面，负面情绪似乎跟着慢慢消失，取而代之的，是一种类似期待的东西。

这么大的事自然是要告诉家里人的，伊宛白和时原当时正在日本，他们现在一年中有差不多半年的时间都不在国内，接到电话都很高兴，并且表示下周就回国。

左西达也分别给戈方仪和左景明打了电话。戈方仪做完手术，身体虽然慢慢恢复得不错，但到底是不如以前，也要多注意休息，就办了提前退休，现在在家里喝喝茶、做做饭、养养花，过得倒是越来越像她的母亲，左西达的外婆。

她就在本市，当天晚上人就到了，一起到的还有她煲的汤。现如今她煲的汤已经脱离了"闻起来就很健康"的阶段，迈入了色香味俱全，堪称一绝的新领域中。

相比起戈方仪，联系左景明要困难许多。

左景明不能说定居，但他这几年几乎都在川藏那边，那边手机信号是个问题，有时候半个月都找不到人。昨天左西达打了两通电话都提示暂时无法接通，也就放弃了。

直到一个月后，左西达正在医院做检查，左景明才出现。

当时接通的那通电话，信号十分不稳定，但也足够把重点说明。左景明的激动被分成好几个段落，最后干脆断线了，再打回去又是暂时无法接通状态。

左西达自己没拿怀孕这个事当作一个多了不得的事，已经一个多月，她适应了新身份，也习惯了因为怀孕所带来的改变，倒是比其他人都坦然，该做什么做什么，工作也没停下，除了不剧烈运动、多休息之外，好像也没什么特别大的差别，反倒是身边的其他人更在意。

时涧不用说，本就是左西达身边的人，照顾她也是照顾得最多的。

但左西达并没有一味理所当然地享受被照顾，她现在做饭比之前进步了挺多，有时候时涧加班回来晚了，她还会给他煮点粥，或者把戈方仪带来的汤放在小火上热着，这样时涧回来时就能喝了。

戈方仪最近是常来的，不说每天，但间隔的时间不算长，所以当左景明风尘仆仆敲开左西达家的门时，会碰上，也不奇怪了。

挺尴尬的，如果当时时涧在，或许还能化解些，可他当时在公司，家里只有左西达，不仅不会化解，她自己甚至都没察觉到，所谓的尴尬，她只是觉得沉默、安静而已。

"我去的地方挺偏的，信号不好，几乎与世隔绝了，总慢半拍。"左景明是解释，但可能也是不想气氛这么一直冷下去，只是语气多少有些不自然。

西藏是高原地带，紫外线强大，他黑了不少，脸上的沟壑也不知道是颜色显的，还是真的有了岁月的变化，这些是在左西达看来，换作戈方仪的角度，就有了更强烈的差异。

他们有二十几年没见了。

戈方仪不知道左景明会来，毫无心理准备之下遇见，一时间整个人都有些发木。

已经二十几年了，沧海桑田，物是人非。

对这个人，她恨过，怨过，厌恶过，嗤之以鼻过，也假装不存在过。直到他进门前，戈方仪还处在"假装不存在"的范围之内。

不是还爱，或者是还喜欢还在意，仅仅是不能释怀。

年少时父母说过，她太较真，这样的性子不好，要吃大亏，做人还是迟钝点好。当时她不听，也听不懂，左景明给过她至今难以忘记的幸福，结婚的时候，她以为她嫁给了爱情，从此便一生无虞，就真的像那句话说的，无论贫穷富贵还是疾病，她都不怕。可左景明说，他厌倦了。

这是戈方仪唯一没想到的可能，可她太要强了，在每一次争吵中，也在最后左景明放手时。

她一定要赢，不能低头不能示弱，左景明走得利落，她就要比对方更不在乎，甚至自我催眠，她是真的不在乎了。

可疼不疼只有自己知道。

后来遇上寇智明，对方斯文儒雅十分绅士，她是喜欢的，可她也是胆怯的。不光是她有过一段婚姻，还因为她对自己的不确定。

那段失败且刻骨铭心的婚姻，让她对自我产生了怀疑，是不是自己真的不够好，对方才能那么毫不留恋？明明是真心喜欢过的人，怎么在相处之后，就选择了放手？

她害怕再来一次，她担心自己毫无进展。可人毕竟是感性动物，她到底被寇智明打动，却也更极端，她不愿回想上一段婚姻，一朝被蛇咬，十年怕井绳一般，只想抹除。

戈方仪知道她对不起左西达，她不知道所谓的弥补到底有没有意义，她没想那么多，她做的，都是她想做的，她想对左西达好，便向这个方向努力。

或许是有一部分释怀吧。随着年龄，随着时间，戈方仪终于做到了她父母希望的，不那么尖锐，迟钝一点。

戈方仪一直没说话，也没什么表示，左景明几次将目光看过来，又都默默收回，最后坐不住了。

"那个，我先走了，我会在南松市留一段时间，我下次再来。"

他说完就打算起身，那一点慌乱不知道怎的，看在戈方仪眼里，竟然有了些酸楚。

他也老了，那个曾经意气风发，仿佛永远有追求的男人，竟然也会老。

左西达跟着起身，她的大脑不足以处理现在的情况，她看得出左景明的疲惫，应该是赶路导致的。她想留他住下，家里有很多房间，又怕这样会破坏左景明原本的计划，同时还有戈方仪。

她卡住了，人际关系不是她所长，最后干脆什么都不管。

反倒是戈方仪主动开口："你刚回来，陪陪西达吧。我先走了，你也不用躲着，又不是仇人见不得面，女儿现在怀孕了，都是要做外公外婆的人了。"

这番话说出来没有想象中的难，说完甚至是轻松的，戈方仪自己都没意识到。

左景明面露惊讶，戈方仪看了他一眼，在那一眼里，似乎所有情绪都消失了，就连最后那一点不自然，都化为灰烬。

她说完便站起身，和左西达说了声让她趁热把汤喝了，便拿上东西走了，留下的，是最后一点执拗。

左西达觉得自己挺幸运的，除了最开始有些恶心反胃，之后整个过程她没觉得哪里特别难受，十分顺利地生下一个男孩，她眨巴着眼睛觉得不可思议。

　　而手术室外，除了时涧，所有家人都在等着她，左西达一点都不觉得孤独，相反地，很幸福。

（全文完）